遇到她，是我深思熟虑后的见色起意。

"我觉得买奶茶适合你。"
"可以暖手吗？"

" 不，和你一样甜。 "

最好的我们，是不早不晚，
　恰好喜欢，爱得不偏不倚。

"你，相信命中注定吗？
其他人在他的眼里是薄雾，独独她最特别。
其他人在她的眼里是过客，独独他发着光。"

有爱的青春陪伴者

闪耀的你

墨西柯·著

北京燕山出版社
BEIJING YANSHAN PRESS

图书在版编目（ＣＩＰ）数据

闪耀的你 / 墨西柯著. -- 北京：北京燕山出版社，
2023.4
ISBN 978-7-5402-6795-7

Ⅰ.①闪… Ⅱ.①墨… Ⅲ.①长篇小说－中国－当代
Ⅳ.①I247.5

中国国家版本馆CIP数据核字(2023)第005273号

闪耀的你

著　　者	墨西柯	
责任编辑	李　涛	
封面设计	Insect	
出版发行	北京燕山出版社有限公司	
社　　址	北京市西城区椿树街道琉璃厂西街20号	
电　　话	010-65240430	
邮　　编	100052	
印　　刷	长沙鸿发印务实业有限公司	
开　　本	880mm×1230mm　　1/32	
字　　数	401千字	
印　　张	11	
版　　次	2023年4月第1版	
印　　次	2023年4月第1次印刷	
定　　价	45.80元	

目 录 contents

● ● ●

目 录 contents

第一章
闪亮的男孩

你，相信命中注定吗？

其他人在他的眼里是薄雾，独独她最特别。

其他人在她的眼里是过客，独独他发着光。

她能看清全世界，唯独看不清他。

他看不清任何人，唯独看得清她。

这是一场庆功宴，也是一场小离别。

餐厅内，一群女孩子坐在一起，桌面上的饭菜已经被清空了大半，残羹冷炙，无人举筷。

此时，女孩们多半聚在一起聊天。

透明玻璃杯里的气泡翻腾着，朝着一处聚集，又慢慢地安静下来，仿佛喧哗沉寂下来，平复了，不见了。

莫笙拿起杯子一饮而尽，随后将杯子放在桌面上："行了，就到这儿吧，玲姐明天早晨的高铁。"

聚在这里的，都是东高大女子排球队的队员。

她们刚刚结束一个赛季的比赛，全国大学生排球比赛中，她们的队伍大获全胜，拿到第一名，莫笙还被评为"最佳自由人"。

比赛结束后，大四的玲姐就要去实习了。

到毕业也没有混出头来，出于对未来的考虑，玲姐打算参加工作，不再打排球。

这也是无奈之举。

这种场合，莫笙多少也有点儿难受。

她今年也大三了……坚持，还是放弃？

就算她是教练非常喜欢的球员，有时也会迷茫，没有正式进入省队，她就踏实不下来。

她们一起结账，打算离开的时候，一直盯着这边的一个男生终于忍不住了，快步走到莫笙面前，急切地说道："你、你好……"紧张之下说话都有些不利落。

男生一早就注意到了莫笙。

莫笙长得不错，是那种清爽型少女。她的五官并非精致脱俗的惊艳，却十分大气，眉宇之间带着些许英气，又"A"又飒。

她今天没有化妆，纯素颜，扎着单马尾，皮肤白皙，笑容爽朗，很容易获得旁人的好感。

她美得毫无攻击性，笑起来的时候眼眸仿佛上弦月，嘴角微扬，颊边漾起酒窝。

眸中是月的影，声音是如风的歌。

就在男生搭讪的一瞬间，莫笙站了起来，男生的目光从下往上看，直到微微需要仰视。

随后场面一静。

这个男生其实长得不错，不过比莫笙矮一点，莫笙身高178厘米。

"怎么了？"莫笙拎起外套问他，显然已经打算离开了。

"哦，那个……你能给我你的微信……"男生说话的时候，同桌其他女生也陆陆续续站了起来，男生环顾了一下这群身高普遍超过一米八的女孩子，吞咽了一口唾沫，"没事，打扰了。"说完，他快速离开了，跑得特别快，仿佛视频里开了2倍速。

莫笙愣了一下，随后纳闷地问身边的齐柠："我被要微信号了？"

齐柠边穿外套，边点了点头："应该是。"

莫笙立即朝着那个男生的背影喊："欸！回来啊，我给你。"

男生没回来，甚至直接出了店门。

莫笙继续喊："我单身，你再考虑一下！我们再商量商量行吗？"

这场面把莫笙的队友逗笑了，打趣道："叫回来干什么？聊着聊着成了你的兄弟？"

莫笙特别无奈地叹气，将乌黑的长发从外套里拎出来，头发有些起电了，服帖地伏在衣服上。她又活动了一下脖子，朝着门外走去。

这群高个子的女生跟在莫笙身后离开，气势惊人的场面颇为吸引旁人的目光。

按照莫笙的自身条件，不应该单身至今才对。

可惜，她就是长这么大还没谈过恋爱，提起来就默默无语两行宽泪，耳边响起嘲笑声。

身边无郎，说来话长。

回到学校后，莫笙跟其他人道别："你们回去吧，我去趟图书馆。"

齐柠正在跟男朋友发消息，听完笑着问："怎么，你要学习了？你不是期末'一星期战士'吗？"

"别提了，小组作业害人害己。"莫笙回答的时候还"tui"了一口，众人立即懂了。

和队友们分开后，莫笙一个人走向图书馆。

等人少了，莫笙开始揉膝盖。

她今天也不知道怎么想的，穿了一条黑色的露膝牛仔裤。她就这么一条裤子百搭，外加不爱买衣服，一条裤子常年穿，之前膝盖有两指宽的破洞现在撑成了巴掌大的窟窿。

最近天冷了，穿着这条裤子真的有点儿冻膝盖。

之前朋友在旁边她还努力保持形象，分开后就忍不住了。她一边揉一边抱怨："天气怎么突然就冷了，一点过渡都没有。"

她正揉腿呢，恍惚间看到谁举着一个巨大的灯泡一晃而过。

莫笙奇怪地打量了一眼周围。

夜色已深，巨大的校园如同冬眠的熊。

周围都是昏暗的环境，图书馆附近树较多。树木被风吹拂得沙沙作响，树叶抖动间带着一丝诡谲的气氛，时不时捎带来一阵草木清香。

路灯不算明亮，堪堪在叶片上镀上一层光亮，仿佛覆上了一层霜。

莫笙四处看了看，并没有谁举着灯。

可能是她看错了吧……

莫笙继续朝着图书馆走，进去后，图书管理员提醒道："还有四十分钟就闭馆了，有些地方灯已经关了，不着急就明天过来吧，着急就尽快。"

莫笙回应了一句，随后走了进去。

别看她都大三了，其实她不常来，对于图书馆的布局并不熟悉。

在找参考书的时候，她进入了已经关了大灯的区域。这个范围内只有一些壁灯开着，依稀可以看到书名。

莫笙眯缝着眼睛，努力寻找和自己作业相关的参考书。找了一会儿，突然想到可以用手机手电筒，她从口袋里拿出手机，屏幕刚打开就听到了电量低的提示音，于是又把手机放回口袋里。

这个时候，她听到图书管理员提醒道："还有十五分钟闭馆，看书的同学收拾一下吧。"

莫笙刚找到自己的参考书书架，多少有点儿着急，好在不远处似乎有人拿着灯过来了。

这盏灯还挺亮的。

莫笙找到了两本书拿出来，随口说了一句："谢了。"

对方似乎很意外，为什么要跟自己道谢？

他正迟疑着要不要回应，莫笙转过身来看向他……

很多次，莫笙想起来她和郁黎川的初遇，都会崩溃得扯头发。

如果一切可以重来，她一定不是那副屁滚尿流的模样。

至少，不要把嘴咧成平行四边形。

莫笙转头看过去，面前似乎站了一个人。

对，似乎是个人。

这个"人"衣品不错，只不过没有被衣服遮盖的部分，诸如脸、脖子、手都在发光，仿佛是由光束凝聚成了人形。

亮。

很亮。

亮得晃眼睛。

从这一刻起，这世间再也没有比他更"亮"的仔。

她被这一幕吓了一跳，当即"我×我×"了几声，学渣气质尽显，再难在脑海中找到其他精准的词汇来形容。

接着，她惊恐万分地往后躲。

郁黎川被她的模样吓了一跳，慌张地问："你怎么了？我吓到你了吗？"

"你吓不吓人你自己心里没数吗？""莫大胆"居然还敢回答。

"对不起……我……"郁黎川从来不知道自己这么吓人。

莫笙躲闪得过于狼狈，身体撞到了身后的书架。

郁黎川出于本能想要伸手扶住莫笙，结果这一举动再次刺激到了莫笙，她伸出手来狠狠地将他推开。

莫笙是体育生，又是练的排球项目，力量惊人，这一推将郁黎川推出老远，他身体撞在身后的书架上，撞落了一堆书。

莫笙推开他后，尖叫着想要趁机逃离。

图书管理员被这边的动静吸引过来，紧张地询问："怎么了？"

莫笙仿佛找到了依靠，拉着她的手说道："老师！报警，那边有怪物！"

"怪物？"图书管理员纳闷地朝里面看，同时问郁黎川，"小伙子，怪物在哪儿呢？"

郁黎川被撞得五脏六腑都产生了巨大的震颤，要扶着书架才能站稳，狼狈地哑着声音回答："抱歉，是我刚才吓到她了。"

"吓成这样？你干什么了？"图书管理员蹙眉。

这么帅的男生，估计被一群小姑娘追着跑，怎么就是个色坯？

郁黎川迟疑着说道："就是我……在她附近找书，她回头看了我一眼就吓到了，可能是没想到身边有人。"

莫笙看着图书管理员居然在跟发光的"怪物"说话，指着郁黎川问："他、他就是怪物啊，他在发光……你不觉得吓人吗？"

"发什么光？"图书管理员纳闷地问。

"你看不到吗？"

"就是一个很帅的小伙子啊。"

"哈？！"莫笙睁大了眼睛，有些难以置信。

图书管理员多少有点儿不耐烦了，松开了莫笙的手，看着散落的书不悦地说："都要闭馆了，你们闹成这样！"

郁黎川态度很好地道歉："对不起，我会整理好的，给您添麻烦了。"

图书管理员看向莫笙："你跟他一起收拾，五分钟内搞定。"说完就要走。

莫笙惊呆了。

为什么图书管理员不害怕？

她又看了看周围凑过来围观的学生，似乎只是在小声议论是怎么回事。

难道他们看不到这人在发光吗？

周围的人都散了，她一个人傻呆呆地站在原处。

此刻的莫笙仿佛一只傻狍子。

明明刚才她被吓得不轻，偏偏还回头去研究这是个什么玩意儿。

别人都觉得没问题，只有她一个人觉得有问题，太反常了。

她又看了看郁黎川。

他依旧在发光，把这片已经关了大灯的区域照得锃亮，书柜的油漆面都在反着光，她没看错啊……

郁黎川揉了揉胸口，强撑着蹲下身。

那一推，简直就是"排山倒海掌"，杀伤力极强，久久不散。

他伸手去捡书，按照编码放回原来的位置，这熟练程度显然是经常来图书馆。

郁黎川一个人整理完书柜后，对莫笙说道："我收拾完了，走吧。"

莫笙木讷地点头，快步朝着图书馆外走。谁知走在路上那个发光的"怪物"又追上了她，要知道她可是小跑着离开的。

郁黎川将手里的书递给她："喏，给你。"

莫笙还处于惊魂未定的状态，顺手拿过书朝郁黎川砸过去："你还有完没了？！"

砸完才发现，郁黎川是将她刚才慌乱间掉在地上的参考书给她送了过来。

图书管理员就在他们身后，看到此幕立即吼了一声："又是你们两个，没了是吧？还要打架不成，都跟我来办公室！"

齐柠接到导员电话后，穿着睡衣披上外套，穿着拖鞋就冲出了宿舍。

火急火燎地冲到了教务处办公室，进入楼道里齐柠才反应过来有点儿冷，毕竟普通的睡衣被她穿着都是七分裤的效果。

不过，此时她也顾不上了。

这栋楼里就只有一楼的一间办公室亮着灯，仿佛庞大的丛林中唯一发光的萤火虫，很容易找到。

"怎么了？"齐柠走进来后看到莫笙，急切地问。

莫笙原本坐在椅子上抱着膝盖哭，缩成巨大的一团。

此刻，她看到齐柠过来了，立即哭号着要抱："我不想和他坐在一起，太吓人了，为什么觉得我有病啊？！"

齐柠赶紧抱着莫笙安慰，揉着莫笙的头跟老师说道："老师对不起，我朋友平时很规矩的，从来不惹事。我们导员开车从家里过来得半个小时左右，已经在路上了。"

他们学校图书馆的管理员是一位退休的干部，留在学校里就是一种情怀，属于说教型老做派。

她看到这两个学生打打闹闹的，就想叫过来批评两句，让他们收敛点，顺便问清楚是不是男生要流氓了。

如果是，就要严肃处理了。

结果过来之后，她觉得莫笙疯疯癫癫的，显然不是男生的问题。

老师安排他们坐在一起，莫笙死活不愿意，非得说这个男生是个怪物。

老师问："他调戏你了？"

莫笙否认："他没攻击过我。"

"办公室就这么大，你不愿意和他坐一起，你想怎么样？"

"我站着就行。"

郁黎川尴尬地在一边，站也不是坐也不是，嘴唇抿成了一条直线，垂着眼帘，表情阴郁。

他想要调整自己的情绪，做了一个深呼吸，发现自己的呼吸都在微微发颤，指尖冰凉，心口被人攥着一般难受，浑身的血液都不再流通了似的，悲愤的情绪在体内凝固。

压抑，沮丧，凄凉。

这是他从未有过的感受。

老师有点儿被莫笙气到了，可莫笙还挺委屈的。

她是真的害怕这个发光的"怪物"，可是老师就是不理解，解释了几句之后，老师的话就有点儿重了。

害怕加委屈让莫笙开始哭。

莫笙一哭，老师反而慌了，只能想办法联系莫笙的导员。

齐柠到了之后，莫笙就好多了，总觉得有安全感了。她指着郁黎川小声问："你看他，发光吗？"

齐柠朝郁黎川看过去，看了一眼之后又看了一眼，刚想回答，没忍住又看了一眼。

这人有病吧？

怎么长得这么帅？

"是……是挺帅的。"齐柠小声回答，接着重重咽了一口唾沫。

莫笙的双眼里充满了迷茫。

"你不会为了吸引帅哥注意，用了什么诡异的法子吧？"齐柠特别小声地问，生怕老师听到。

这男生光凭一张脸，就能引得莫笙流哈喇子。

不仅长得好，对方身高又十分合适，看起来最起码185厘米往上，莫笙会见色起意太正常了。

莫笙真是欲哭无泪，都不知道该怎么解释了。

齐柠看他也很正常吗？

莫笙再次确定，这男生只在她眼里不正常。

他们班的导员过来了之后，跟那位老师赔礼道歉，一个劲儿地夸莫笙是学校的优秀学生，高中就签约了本校的保送，来了之后给学校拿了不少的奖，还再三表示莫笙是一个正常的孩子。

老师又看向郁黎川："这个女孩子欺负你了？"

郁黎川犹豫了一下后才回答："没有，我们是朋友，只是在开玩笑。"

老师扬眉问道："是朋友？那她叫什么？"

齐柠和导员一听完了，这谎是圆不过去了。

齐柠天天和莫笙在一起，莫笙的交际圈子里就没有这么一号人物，不然这么帅的男生她不会一点印象都没有。

郁黎川低声回答："她叫莫笙，竞技体育专业的。"

老师听完后叹气："你们这些小年轻真让人难以理解。"

老师年纪大了，也困了，确定没问题了就放人了，起身离开。

齐柠一瞬间眼睛一亮。

这小子肯定是提前认识莫笙了。

有戏！她姐妹儿能脱单了？

齐柠扶着莫笙往外走，莫笙还没忘记把书拿着，吸着鼻子抱着齐柠不松手，模样委屈巴巴的，显然惊魂未定。

莫笙平时大大咧咧的，脾气也挺暴，还真就没怎么哭过。有一次莫笙受伤，疼得一额头的冷汗都没掉一滴眼泪，这次倒是哭得梨花带雨，也算新奇。

齐柠跟导员道歉，打算回宿舍再问是怎么回事。

导员也带她们三年了，和莫笙、齐柠关系都很不错，自然不在意，还叮嘱齐柠好好安慰安慰莫笙，之后自己朝着车库走了。

这个时候，郁黎川走过来再次跟莫笙道歉："抱歉，没想到会把你吓成这样。"

莫笙好不容易鼓起勇气朝着郁黎川看过去，直视这个发光体，突然察觉到了不对劲儿，郁黎川的头顶飘着什么。

她仔细一看，居然是弹幕一样的文字。

【要不要说以后不会再出现在她面前？】

【算了，还是不要这么说了……说了连挽回的余地都没有了。】

【为什么她会吓成这样？】

【我很丑吗？】

【我只是想给她书而已。】

【是不是之前被发现了？】

莫笙看着郁黎川头顶的弹幕，还没来得及回答，就吓得眼睛一翻晕了过去。

坚持到这个时候才晕，是莫笙最大的坚强。

齐柠一惊，赶紧扶着莫笙，可是莫笙的这种体格非常难控制，毕竟有 128 斤。

好在郁黎川及时赶过来帮忙扶住了莫笙，齐柠艰难地稳住后，发现莫笙已经靠在了郁黎川怀里。

郁黎川十分绅士，他把手指搭在莫笙的颈动脉处去感受是否还有跳动，又查看了莫笙其他的生命体征后说道："生命体征正常，你先稳住不要动，我叫救护车。"

说完，他拿出手机来打电话。

齐柠也不知道什么是生命体征，就把手指伸到莫笙鼻子下面，确定还有呼吸，又翻了一下莫笙的眼皮，这才放心下来。

这期间，郁黎川的手指一直搭在莫笙的颈动脉处，持续观察。

"用做心肺复苏什么的吗？"齐柠问。

"目前没有问题。而且心肺复苏十分暴力，真的做了有可能会损伤肋骨。"

你说得专业，就听你的。

等救护车的时间，齐柠看着莫笙靠在郁黎川怀里的画面。这俊男美女的，齐柠都不知道应该放手成全，还是保护闺蜜。

按照她对莫笙的了解，估计莫笙更期待郁黎川这种大帅哥帮自己做人工呼吸。

莫笙做了一个梦。

梦里，她趁着暑假最后几天回了一趟老家，去陪陪外婆。

她的外婆住在乡下，家里有一个巨大的果园，这个季节需要帮忙，她就是最好的劳动力。

外婆总说，他们的收成好，全靠山神保佑。

后来山神庙被拆了，外婆留下了山神庙内的一棵大树。

这棵树在果园里十分突兀，又高又壮，枝丫蔓延，铺天盖地，好似果园一霸。

外婆说，如果莫笙有什么愿望，可以跟山神树许愿，说不定哪天就实现了。

莫笙临回队前，突发奇想地真的许愿。

单身二十一年的她，许了一个非常少女的愿望：希望能够遇到一个闪亮的男孩，我是最懂他的人，也是他眼里最特别的存在。

对于莫笙这种猛虎女孩来说，男朋友不是生活的必需品。就算单身，她也会活得潇洒自在，该吃吃，该喝喝，该玩玩。

但是吧……偶尔她也想试试谈恋爱是什么感觉。

接着，郁黎川出现在了莫笙的梦里，就算在梦里，他发着光、头顶有弹幕的样子都让莫笙一阵惧怕。

闪亮的男孩子——发光。

我是最懂他的人——弹幕。

那流动的弹幕文字，是他内心的想法吗？用这种方法去了解？

莫笙在这个时候突兀地睁开眼睛醒来，错愕地盯着天花板。

齐柠从昨天半夜陪护到早晨，困得不行，坐在椅子上手臂搭着床边睡得正香。

不会是……愿望实现了吧？

不过，这实现方法是不是有点儿偏激？

这个愿望最后一句话该怎么实现？

她在那个男生眼里，究竟是怎样的特别？

想起昨天发生的事情，她觉得她绝对引起那个男生的注意了，绝对是特别的存在了。

估计他还会觉得她有病！

缘分来了，但是她也不敢上啊！

发着光的人，这也太可怕了，现在她想想都心有余悸。

如果一切能重来，她想写白话文，不加形容词的。

比如：我，莫笙，想要一个男朋友，帅，交往后少吵架就行，谢谢您了！

就在她懊恼的时候，听到了一道男声，温柔且富有磁性，仿佛午夜电台里温柔的男主持人："你醒了？感觉怎么样？饿不饿？"

她朝着声源处看过去，看到了一个发着光的人。

于是她又把眼睛闭上了，就当她没醒吧。

果然不想面对。

郁黎川没有打扰依旧在睡的齐柠，独自走出去叫来了医生。

医生走进来看了看，问："醒了？"

"嗯，眼珠在转动，是在装睡。"

医生走过来帮莫笙做检查，同时问了情况，莫笙闭着眼睛回答，场面一度非常尴尬。

确定没有问题后，莫笙就可以出院了。

医生进来后齐柠也醒了。

她坐在一边擦了擦嘴角的口水，扶着莫笙起来，问："你昨天怎么了？"

莫笙依旧觉得丢人，想了想后小声说："我回去跟你说吧。"

莫笙打算去结算医药费的时候，得知郁黎川已经帮她结算过了。

在郁黎川帮她办理出院手续的时候，莫笙小心翼翼地说："这笔钱我还给你。"

她不愿意欠别人人情。

尤其是她现在看到郁黎川就特别心虚，羞愧难当。而且她到现在还是无法面对一个发着光的人。

郁黎川余光扫到莫笙，看到她虽然不自在，不过已经没那么怕他了，他松了一口气，失落感也没有那么强了。

他拿着单据放进了自己的口袋里，回答："不用，毕竟是我吓到了你。"

其实，如果按照许愿成真这种荒谬的解释，那么这件事归根结底算是莫笙的问题。

她乱加形容词，外加看到郁黎川就攻击，简直就是一个神经病。

"注孤生"的人是什么样呢？就是上天给她打开一扇窗，她都能在窗口埋伏，将所有路过的人无情狙击。

爱情游戏玩成竞技游戏，她能一个人"大吉大利，当场吃鸡"。

她拿到了外挂，也能把人家得罪成这样，也是凭本事了。

一定被讨厌了吧？

莫笙鼓起勇气抬头去看郁黎川头顶的弹幕。

【还是要一个联系方式吧……】

【会不会很唐突？】

【如果错过这次就没有机会了吧？】

莫笙理解了，人家还是要她付医药费，现在只是客气几句。

这种客气不能当真，她懂！她也没打算占这个便宜。

她在身上找了找，齐柠特别默契地懂了，帮忙把她的手机递了过来。

莫笙打开微信对郁黎川说道："不唐突。你赶紧扫我，我手机要没电了。"

郁黎川看着莫笙一愣，头顶的弹幕还在出现。

【……】

【？？？】

【！！！】

莫笙也不知道男生经历了怎样的思想斗争，对于她这种学渣来说，这么强的外挂，都无法第一时间理解对方的想法，也是白瞎了。

郁黎川扫了莫笙的微信二维码，添加了好友。

莫笙对他说："我手机快没电了，我回学校之后联系你。啊……昨天对不起……那个……我……我眼睛突然闪光了，你懂我的意思吗？"

大体意思就是我狡辩了，非常努力地想了理由，你得理解我。

郁黎川又看了一眼微信列表里的新好友，随后关了屏幕将手机放回到口袋里，回答："没事，我不在意。"

"对，每个月都有那么几天吗……哈哈哈！"莫笙终于体会到什么叫尬聊了，她最后叹了一口气，"算了，没什么特别的理由，就是我唐突了，我跟你道歉，你没受伤吧？"

莫笙看不清郁黎川的五官，也不知道郁黎川什么表情。

"没事。"郁黎川回答得特别简短，依旧是那如沐春风般温和的语气。

莫笙看着郁黎川头顶飘过去心电图一样的波浪线，然而莫笙看不懂心电图。

这玩意儿……怎么这么难懂呢？

莫笙没词了，求助地看向齐柠。

齐柠正在看热闹，或者说沉浸于欣赏郁黎川的颜，莫名其妙回了神。

莫笙只能急中生智地再次说道："作为赔礼道歉加你送我来医院的感谢，我请你吃饭吧？"说完她就后悔了，她不知道自己能不能坚持住和"灯泡"一起吃饭。

不过，这位估计也不会同意，谁愿意和神经病一起吃饭？

谁知，郁黎川轻快地回答："好啊。"

莫笙愣了一下："那我们微信联系。"

"好。"

回去时三个人打了一辆车，两个女生坐在后排。

莫笙不自在得浑身的毛孔都在叫嚣，她偷偷打开了手机导航，想看看还有多久才能到学校。看到堵成红色的道路显示，她抬眼看天窗，绝望。

车子不能开进学校，他们在校门口下了车，莫笙对郁黎川说："我们还得训练，先走了，拜拜。"说完便拉着齐柠往体育馆跑。

"莫笙！"跑远了之后，齐柠吼了一声。

莫笙被这突如其来的一嗓子吓了一跳："干什么啊？吓我一跳。"

"你怎么回事？昨天真吓到了？校草怎么你了？"

莫笙听完一愣，问："校草？"

"对啊，那个是郁黎川！最近非常火，说是拿了什么国际大奖凯旋，是新任校草。我们刚刚拿到全国大学生排球比赛第一名的风头就是被他抢了。"

莫笙看不清郁黎川的样子，只是觉得这个男生高高瘦瘦的，衣品不错，人也文质彬彬，除此没有其他的感觉了。

现在得知郁黎川居然是校草，她不由得一惊，随后就是沮丧。她看不到校草长什么样，真是馋死她了。

莫笙忍不住问："我来东高大三年了，怎么也没听说？"

"用不着三年，毕竟人家今年大一，才来了不到一学期。"

"还是个学弟？'○○后'？"

莫笙，1999 年出生，一直自称"九○后"小姐姐。

她总觉得她和"○○后"就不是一代人。

她许愿来的人是校草，还是"○○后"的弟弟？

她突然有种自己即将猛虎拱蔷薇的奇异感觉。

莫笙一直自称为"猛虎女孩"。

何为猛虎女孩呢？就是距离爷们儿只差临门一脚。

打架、打嘴炮向来罕逢敌手，自身也足够强大。玩游戏不用人带，自己扛着水桶换上，自己换灯泡。

她们需要的不是男人，而是一种陪伴，甚至只是一种体验。

有你不嫌多，少你无所谓。

猛虎女孩也看韩剧，也有少女心。

不过她们一般期待第二集就有吻戏，第三集全垒打，第四集甜蜜完，她们就会弃剧了。

要继续看，估计是哪天突然听说后面的吻戏挺多。

每次一看韩剧，电脑前聚集半个宿舍的人，一群人看球赛似的对着屏幕大喊："干什么呢？亲她！亲啊！哼，对你非常失望！"

莫笙偶尔也会去回味一下韩剧，多半是哪天突然吃了单身的苦，找来韩剧里分手的片段集中看一下，再笑出声来。

这样她心理就平衡了。

现在，她的生活出现了男主角。姑且……算是男主角吧。

她拉伸的时候就在想，应该怎么控制剧情？

她的吻戏应该安排在第几集？她什么时候能和学弟全垒打？全垒打的时候会不会看着一个全身都在发光的人把被窝照得锃亮？

就在她胡思乱想的时候，就听到队友们在聊天：

"听说莫笙昨天把校草给打了。"

"为什么要打人家？"

"柠柠说，好像是她被校草吓了一跳。"

莫笙没敢说实话，估计说了齐柠也不会信。

"笙笙以前脾气暴，也没暴成这样吧？不过她也算是给校草上了一课，让校草知道什么叫人间险恶，同时对我们家笙笙印象深刻。"

"你说校草有没有可能就此看上我们笙笙？"

"这要是都能看上，这位校草纯属脑袋有包，包里有屎，屎里有毒。"

莫笙听完挺来气的，然而仔细想想，又觉得队友说得有道理。她也觉得这位爷绝对是疯了，才能经历了这些事情还能看上她。

别人开局一个吻，她开局泼了粪。

于是，莫笙叹了一口气。

队员们纷纷凑过来安慰莫笙：

"没事没事，小事情。"

"我也觉得校草不至于给你穿小鞋。"

"放心吧，真报复也不一定能打得过你。"

最后一句算是说到莫笙心坎里了。

赛季刚刚结束，这期间的训练很轻松，几乎等同于放假。

每天只是进行最基本的训练，其他时间就可以去上课或者休息了。

训练结束后，一行人去学校食堂吃午饭。

莫笙老远就看到了郁黎川，毕竟一个发光的人在人群里真的十分扎眼。

排球队的队员们低声提醒："那个就是郁黎川。"

其中一人朝郁黎川看了一眼："我去。"

不明真相的人也终于看到了，跟着："我去。"

队员们表演了一个"我去"接力，一个传一个，以此发表她们统一的意见。

这个"我去"包含了许多。

不过从她们的表情里就能看出来，她们是在感叹这位的颜值。

郁黎川是温柔类型的。

这个男生身高有 188 厘米，四肢纤细修长，穿着得体。

他留着蓬松的短发，发色接近青木灰，更衬得他皮肤白皙。他的眉眼柔和，鼻梁高挺且有着流畅的曲线，嘴唇不薄不厚刚刚好，唇色尤其好看。

郁黎川和一个男生并肩朝着她们走过来，队长下意识地挡住了莫笙，小声道："别怕，他如果为难你，我们帮你挡着。"

另外一个人跟着说："没事，我们这么多人呢，不怕他。"

莫笙被她们搞得也有点儿慌了。

这个时候，郁黎川走过来对莫笙说道："莫笙，智能机械技术这门课你如果有不懂的，可以问我。"

他依旧是那种温和的语气，犹如久旱后的细雨，烈阳下飘来柔软的云，轻飘飘的，撩拨得人心口痒痒的。

莫笙一怔，提醒郁黎川："我是大三的欸！"

郁黎川的语气波澜不惊："我可以看完之后教你。"

"……"

"有需要微信联系我吧，拜拜。"

"哦，拜拜。"

等人走远了，队长奇怪地问："什么智能机械技术？"

莫笙弱弱地回答："我的小组作业……"

当初莫笙选课的时候也不知道是怎么想的，听说是跟着做机器人，可有意思了，结果真的去上课了，却一阵迷茫。机器人的零件挺贵的，他们这些选修凑学分的一般也不会真的去做。

另外一个队员问："你居然还有他微信号？"

莫笙讪笑："我欠他医药费。"

队友们了然地点头，和莫笙一起朝着食堂里走，同时感叹："校草情商挺高啊，要钱都要得这么委婉。笙笙，你赶紧还钱吧。"

队长大笑："不还，让他天天来催账，我们就能天天看到他了，要什么脸？不要脸！"

莫笙叹气："我就是手机没电，回宿舍里充了电就给他转账把钱还他了，散了吧。"

队长恨铁不成钢："人家齐柠都和男朋友庆祝恋爱一周年去了，你都快毕业了还单着，抓紧吧。"

莫笙委屈。

下午。

阳光透过窗户投进教室，光影在教室里无限拉长，带着树木枝丫的阴影轮廓与叶片间斑驳的光影，给教室带来了几分温暖。

学校内尚未开始供暖，这种阳光照得人懒洋洋的。

莫笙坐在教室里上课，身边还坐着她的另外一位室友白小婷。不过白小婷是教育体育专业的，和她所在的竞技体育专业有些许不同。

莫笙挂科有教练帮忙担着，说参加比赛耽误了就行，东高大对他们这个专业的学生格外宽容。

但是白小婷不行。

白小婷全程都在奋笔疾书，笔尖划过笔记本发出沙沙的声音。

在莫笙的耳朵里，讲课的声音总会变得绵长无力，配上这种沙沙声更加催眠。

她打了一个大大的哈欠，嘴巴半天合不上。

莫笙很少记笔记，下课前拿着手机对着黑板拍个照就完事了。老师如果没把重点写在黑板上，就证明她和重点无缘。

唯一的烦恼就是期末整理照片的时候，总是分不清哪张照片的内容是哪一科的，毕竟全都看不懂。

就在这个时候，白小婷撞了撞莫笙的手臂，示意她朝窗外看。

她扭头看向通风口的小窗户，就看到有一个人突然跳起来，在通风口处露出脸来，又很快落下去。

没一会儿，那个男生再次跳了起来，还对着通风口窗户做着鬼脸。

他们学校的阶梯教室，走廊一侧的墙壁在接近房顶的位置开了一排用于通风的窗户，一般人在走廊里根本够不到那个高度，也没人能蹦得这么高。

所以，在窗外的这位不是一般人，至少有身高优势加弹跳力惊人。

他是学校篮球队的队长唐祎，身高 193 厘米。

莫笙看到唐祎过来还有点儿意外。

等到老师离开教室，她才慢悠悠地走出去问唐祎："怎么，借钱？"

唐祎一脸不爽地问："我在你心里就这种印象？"

"不，比你想象的要更差一点。"莫笙说。

唐祎叹了一口气，从口袋里取出手机来，对莫笙说道："扫码，把我加回来。"

"我手机没电了。"

"我恢复单身了。"

莫笙看着唐祎，知道他说的应该不假，并且这次估计不打算与女朋友和好了，不然不会来找她。

她只是不知道他和女朋友是什么时候分手的。

唐祎是个渣男，臭名昭著的那种。

就是因为唐祎实在是太渣了，他的女朋友也是个能闹的，让唐祎把通讯录里的女性联系人全删了，莫笙是第一个被指名删掉的。

谁让莫笙和唐祎是青梅竹马呢？

莫笙以前还没心没肺的，后来发现这样确实不妥，所以在唐祎恋爱后会有意避嫌，尽可能不引起唐祎女朋友的不快。

不知从何时开始，"青梅竹马"和"青青草原"画上了等号，带着"沁人心脾"的绿。

青梅竹马，最不招恋人待见的存在。

合格的青梅竹马就应该在对方恋爱后，安静得像座坟，只在对方结婚的时候封个大红包，这就够了。

唐祎恋爱后，他们两个就成了陌生人，这种情况大概持续了五个月。

当时正处于赛季，莫笙也没工夫搭理唐祎。最近她清闲下来了，差点儿把他给忘记了，他要是不刷刷存在感，莫笙都要忘记这号人了。

"我手机真的没电了。"莫笙拿出手机给唐祎看。

唐祎眼睁睁地看着莫笙的手机因没电而自动关机了。

唐祎释然一笑，取笑道："上课少玩手机，对手机不好。"

莫笙收起手机，和唐祎并肩朝外走，说道："这种时候就应该买几个'呲花'庆祝一下。"

"庆祝我恢复单身？"

"不，庆祝一个可怜的女孩子脱离苦海，远离渣男，可喜可贺。"莫笙一边走一边撸袖子抱怨，"你说你加回我干什么啊？过几天你找新女友了再把我删了，何必折腾这一茬儿？微信列表几日游？"

"我不打算谈了，受伤了。"

"滚吧你。"

男人的嘴，骗人的鬼。

唐祎能坚持几个月单身，莫笙都觉得是奇迹。

唐祎依旧是那副嬉皮笑脸的样子，伸手揽着莫笙的肩膀说道："走，陪我去庆祝一下。"

"不去，别跟我拉拉扯扯的。你最近都少来找我，滚一边儿去。"莫笙把唐祎推开，接着朝着宿舍的方向跑。

唐祎并没有就此放弃："明天找你一起吃饭！"

"滚！"

莫笙回到宿舍里就翻开书研究她的小组作业。

学校对竞技体育专业的学生相对宽容，但是也有老师一视同仁的，小组作业还是要完成。

东高大的很多学生，最怕课程里碰到竞技体育专业的，尤其是在完成小组作业的时候，经常会出现一拖三的情况。

莫笙就是那个"一"。

莫笙还记得分完组后，同组的一个女孩子直接翻了一个白眼，交换联系方式的时候都不情不愿，显然是觉得她会是拖累。

莫笙自然不想拖累别人，有时间了，就拿出书看一看，但看着看着就觉得脑袋晕。

莫笙打开电脑整理笔记、做作业，认认真真地搞了一下午，然后看着电脑屏幕发呆，也不知道自己的作业有没有跑题。

她觉得渴了，在宿舍里翻找矿泉水，发现满箱子的空瓶子，也没人去扔。

就在这个时候，手机振动起来，她想起来似乎还没联系学弟呢，是不是学弟来催了?

唉,猪脑子。

是齐柠打来的电话,她很快接通了:"喂,宝宝,给我带瓶水回来。"

"莫笙,你……能不能借我点儿钱?"齐柠的语气很不好,似乎在努力忍耐。

"可以啊,不过你怎么了?"

"我没事,你给我转一千块钱吧。"

"行,我现在就给你转,你别着急啊。"

莫笙挂断电话后用微信给齐柠转钱,之后就在等齐柠再打电话过来跟她解释。

结果,她等了好久都没等到电话。

她知道齐柠自尊心强,有事不愿意说。她有些担心,穿上外套按照齐柠之前说过的地方去找。

齐柠去的是学校附近的一家餐馆,是她男朋友张垚常来的地方。

莫笙来了之后,就看到齐柠一个人坐在一张桌子前,拿着手机,似乎是在生气。不远处坐着张垚和另外几个男生,一桌加起来有七八个人。

这些男生正一起喝酒,高声谈论着什么,因为醉酒,说话含混不清。

莫笙走到齐柠身前,问道:"怎么回事?"

看到莫笙,齐柠一怔,随后赶紧推着莫笙往外走,生怕莫笙闹事。

齐柠找了一个安静的地方,抿着嘴唇掉眼泪。之前她还能忍住,看到莫笙来了,委屈一窝蜂儿地蹿了上来,再难抑制。

莫笙看到齐柠哭,脾气一瞬间就上来了,顺手拿了餐馆外的一把扫帚就要进去打架,齐柠赶紧把她拦住了。

"怎么回事啊?"莫笙不爽地问。

"我们回宿舍吧。"

"就这么回去?"莫笙指着餐馆里的人问。

齐柠下定决心似的说:"我要和他分手了。"

莫笙又气了一会儿,把手里的东西一扔,随后伸出手来:"过来。"

齐柠立即扑到莫笙怀里哭了起来。

回去的路上,齐柠哭着说了今天的事情。

这件事情说大不大,说小不小,但是积累在一起齐柠就有点儿受不住了。

她们这次比赛结束后,每个球员都拿了一笔奖金。

这时刚巧是齐柠和张垚在一起一周年的日子,齐柠就打算请张垚吃饭,两个人一起庆祝一下。

结果到了店里，张垚居然叫来了一群狐朋狗友，毫不客气地点了一桌子菜，还一起喝酒喝了几个小时。

齐柠去结账的时候，钱都不够。

张垚呢，全程都在跟朋友聊天，都没和齐柠说话，说好的二人世界也毁了。

"我当初就觉得张垚不行，你非得鬼迷心窍。"莫笙听完气得不行，忍不住抱怨。

张垚是齐柠通过唐袆认识的，是学校篮球队的。

像齐柠和莫笙这种身高的女孩子，篮球队的男生比较合适。张垚的长相算是中上等，齐柠先动的心，两个人互相试探，几经周折才在一起。

但是，张垚真的挺浑蛋的，玩起游戏就不理齐柠了，人也跟个铁公鸡似的，交往后堪称一毛不拔，还老跟齐柠借钱。最过分的是，张垚从来没看过一场齐柠的比赛。

在莫笙看来，这种男朋友都不如不交。

回到宿舍，齐柠的情绪也平复得差不多了，结果张垚打来了电话。

莫笙看到之后就嘟囔："现在才想起你来？"

齐柠挣扎了一会儿，还是接通了，听到张垚在那边大着舌头说道："你人呢？过来把账结了啊……还差230块钱，凑齐了……啊。"

他不是发现齐柠不见了，而是找齐柠回去结账的。

莫笙隐约间听到了，直接把齐柠的手机抢走了，挂了电话开了飞行模式。

把手机丢到了一边儿后，莫笙对齐柠说道："来吧，击掌吧，从今天开始，咱姐妹俩就又都是单身了。姐们儿一生一起走，谁先脱单谁是狗。"

齐柠原本挺气的，听完破涕为笑："行。有姐们儿呢，要什么狗屁男朋友。"

"那是。"

莫笙看着齐柠睡着了，才回到自己的床铺上，拿出手机来给郁黎川发消息。

所剩余笙：学弟，医药费是多少？

据说还叫了救护车，想起费用莫笙就一阵肉疼。

郁黎川并没有立即回复，她估摸着时间，养生的人早就睡觉了。

她有点儿好奇学弟长什么样子，就想去学弟的朋友圈看看有没有相片，结果朋友圈空荡荡的，什么都没有。

切回来后，郁黎川回复了。

C：不用给我了，我应该负责才对。

负责？

这个词有点儿刺眼。

莫笙有点儿想跟郁黎川要张相片看看，后来又觉得这个操作是不是太直男了？

所剩余笙：那多不好意思？不用客气，我给你转一千块合适吗？

C：不用。

莫笙觉得这是一个僵局，干脆直接转账一千块过去，对方没接，还转移了话题。

C：学姐还没睡觉吗？

所剩余笙：嗯，在研究小组作业。

莫笙只能含糊过去。

C：不会可以问我。

所剩余笙：啊……应该不用。

对面没回复，她也不知道该说什么了。

僵持了一会儿两个人陷入了尴尬，她快速打字：晚安。

C：嗯，学姐晚安。

莫笙还是好奇郁黎川长什么样，于是在排球队的群里找人要郁黎川的相片，毕竟郁黎川这么有名，学校内肯定会有相片流传吧。

没一会儿真要到了，莫笙兴奋地点开，手机一瞬间爆炸似的亮，莫笙被晃得眼睛都睁不开，默默地捂住了手机……

她将脸埋在枕头里，差点儿哭出来："啊……我的狗眼啊……要被闪瞎了。"

在那之后，齐柠和张垚彻底分手了，不算和平。

那天张垚联系不到齐柠，回到宿舍后就用唐祎的手机给齐柠打电话。张垚因为自己垫付了二百多块钱，对齐柠破口大骂。

齐柠质问："我根本不认识那些人，我凭什么请他们吃饭？你只出了两百要你命了？"

"明明之前就是你说要请的，结果出尔反尔，请不起就别说得那么满，到头来是我丢人！"

齐柠做了一个深呼吸后，终于下定决心说道："张垚，我们分手吧。"

"你威胁谁呢？"张垚的音量都提高了些许，旁边还依稀听到了唐祎的声音，劝他好好说话。

"没威胁，认真的，记得把你欠我的钱还给我。"

张垚立即急了，质问："齐柠你什么意思？因为一顿饭就要跟我分手？"

齐柠已经懒得翻旧账了，对这种人她无话可说，直接挂断了电话，任由张垚继续打，就是不接了。

齐柠分手第一天还在气，一整天都骂骂咧咧的，第二天就开始难受了。

　　好在这期间训练不紧，队友都能陪齐柠出去散散心，她们也就一起去吃饭散散心了。

　　别小看她们是一群女孩子，个个是相声界在逃艺人，真聚在一起吹得比男生还狠，唠得比男生还多。

　　尤其是这种场合，几个女孩子聚在一起骂一个男生，那真的是话匣子打开了，仿佛开闸放水一般，关都关不住。

　　莫笙和她们聊了一会儿，其他人说什么都配合地点头，之前游戏玩得有些狠了，熬夜后不舒服，脑袋也开始疼了。她再看看同桌其他人的状态，又看了看时间，于是在桌子下面偷偷给队长发消息。

　　所剩余笙：江湖救急，速来。

　　接着发了一个共享位置过去。

　　怕被齐柠她们发现，莫笙赶紧把手机放进了口袋里，继续陪着喝酒。按照她们队友之间的默契，队长肯定能懂。等队长来了，说几句也就散了，还能帮忙带她们回去。

　　什么是队长？

　　实力方面另说，东高大女子排球队的队长不是处事多周到，而是能管得住这群丫头片子。队长一吼，没人敢反驳。

　　自由人能不能做队长先不论，莫笙这辈子都做不了队长，她一吼，队友们都想笑，注定没有那种威严。

　　此时，同桌的女孩子正在疯狂数落男人。

　　齐柠愤慨地拍着桌面说："找什么男朋友啊！到时候我们姐几个好好赚钱，大不了一起开一家健身房，一起创业，然后我们一起去住养老院！"

　　莫笙跟着点头："对，就这样，咱们谁也不谈恋爱，就当那些渣男啊、小狼狗啊、小奶狗啊都是浮云，是过客，他们玩他们的去，我们独美！"

　　另外一个身高185厘米的女孩子跟着说道："呜呜呜，等我老了，我的背驼了，我是不是就能尝试着做一米七几的娇柔妹子了？"

　　莫笙想了想，问："能缩那么多吗？那我也想试试做一米六多的娇柔妹子。"

　　齐柠摆手："你们那是娇柔老太！"

　　几个女孩子开始放肆大笑，接着笑声戛然而止。

　　因为突然来了一个人。

　　郁黎川进来后站在了莫笙的身后，莫笙看到光亮还很纳闷，问道："怎么突然开这么大的灯？"

　　一扭头，她就看到郁黎川朝着她走过来，还在思考了一瞬间后坐到了她的身边。

在座的其他女生都顿住了。

齐柠的饮料喝到一半，没吞进去，也没吐出来，眼睛睁得圆溜溜的，尴尬得不行。

另外一个妹子正在啃串，动作停顿后仿佛嘴粘在签子上了似的，嘴唇上的辣椒面都没擦。还有一位队友下意识地闭上了嘴，后悔自己刚才吃了太多大蒜。

郁黎川客气地跟她们打招呼："你们好。"

没人搭理。

女生们只是尽可能缓慢地调整自己的姿势。

莫笙诧异不已，问道："你怎么来了？"

"你发微信叫我来的。"

"我叫的？"莫笙赶紧拿出手机看了看，发现真是她叫的郁黎川。她本来想跟队长求救，结果错发给了郁黎川，可见她此时的迷糊程度。

队长的微信头像是罗小黑。

郁黎川的微信头像是一只真的黑猫。

莫笙觉得自己的背脊渗出汗来，周围阴气森森，让她都不敢抬头去看其他人。

什么叫无耻老贼？

就是姐妹失恋开安慰会的时候，带着自己的男朋友来秀恩爱了。

虽然莫笙叫来的不是男朋友，不过是校草而已……但这正好证明了校草在她那里随叫随到而已。

莫笙重重地吞咽了一口唾沫，声音都在发颤："你跑得快吗？"

郁黎川不明所以地回答："还可以。"

莫笙应了一声之后，迅速站起身，拉着郁黎川就朝着外面狂奔。

齐柠也反应过来，瞬间举起椅子朝着他们跑走的方向丢过去，嘴里喊着："莫笙！你大爷！秀恩爱秀到我这儿来了？你还是人吗你？"

莫笙一边跑一边解释："是误会！我之后跟你解释！"说着拉着郁黎川继续朝外跑。

这动静惊动了餐馆里的其他人，还有人要过来拉架，正好让莫笙顺利逃脱了。

郁黎川有点儿缓不过来神。

他突然收到莫笙的消息时吓了一跳，询问莫笙到底怎么了。

但是没收到回复。

他便急匆匆地朝着定位赶了过来。

所幸他当时的位置距离莫笙并不算远。

郁黎川很少这么着急，路上还撞到了一个人，匆忙地道歉后又急匆匆地朝着餐馆跑。

看到莫笙，似乎也没有人欺负她，他提了一路的心终于放了下去。

等喘匀了气，他走过去，结果还没坐稳，就被莫笙拽着逃亡了。

他错愕地看着两个人拉在一起的手。

莫笙的手比一般女孩子的大一些，手上有被磨得平滑了的茧子，格外有力，这种力量让郁黎川完全挣脱不开。

然而她手指纤长，手型又很好看。像郁黎川这种音乐生，都会感叹这是一双适合弹钢琴的手。

莫笙一直都是体育生，从小开始训练跑步，她长腿迈开，挺直身体，单马尾一甩一甩的。

看身后有没有人追上来，她才拽着郁黎川到了一个拐角停下。

郁黎川看莫笙想要伸手去扶墙，连忙扶住了她的手，问："累了？"

其实两个人都喘得厉害。

"我是体育系的，怎么可能跑几步就累了？"

郁黎川微笑地扶着莫笙到一边的长椅上坐下，感叹："那你真的很厉害啊。"

"这算什么？我到了队里之后才知道什么叫人外有人，天外有天。"

郁黎川一直看着莫笙。

他第一次这么真切地看清楚一个人的面容，看到这个人的面部表情那么生动，就连奔跑过后的狼狈都这么可爱。

随后莫笙开始坐在椅子上傻笑，明明是发愁的事情，却是笑着说出来的："怎么办啊，我晚上不敢回宿舍了，我居然在齐柠分手的当口，把你带到她们面前了。这一晚上都别想让齐柠消停了。"

郁黎川提议："我送你去酒店吧？"

"可别！"莫笙立即拒绝了，一个劲儿摇头，摇着摇着就有点儿晕，赶紧扶着郁黎川稳住身体，继续说道，"我就……总觉得吧，大学情侣去酒店怪不好意思的。你看看我们学校旁边那一片，简直就成了酒店村了，地图放大了看全是。两人走进去一交身份证，人家都知道你去那儿干吗的。"

"我并没有那个意思。"

"我知道的！你的便宜应该不那么好占。"

郁黎川听到这句话，诧异地看向莫笙，反应过来后就笑了起来，眼眸弯弯的，成了月牙的形状。他的眸中含着星河浩瀚，让眼神变得温柔起来。

郁黎川想了想后说道："也不算占便宜吧。"

"不不不，我们如果真的一起走进去，那在别人眼里看来绝对是我占便宜了，还会怀疑你是不是被挟持了。"

"呃……"郁黎川不知道该怎么和她聊这个，思考着该不该转移话题。

郁黎川和女孩子聊天，都会用最简短的话语来结束。他第一次冥思苦想，该如何继续聊下去。

结果扭头莫笙就拍着大腿，一副气得不行的模样。

郁黎川赶紧挡住了她的手，帮她揉了揉手掌，怕她疼。

莫笙此时比较迟钝，没有反应过来，只是跟郁黎川抱怨："他们都说你帅，我就是看不到，我根本不知道你长什么样子。"

这句话让郁黎川警觉起来，问道："你也有脸盲症吗？"

"我不啊，我不脸盲，别人我都能看清楚，唯独看不清你。"

在别人看来，莫笙的这句话恐怕是莫名其妙的，可是郁黎川听得特别认真。

他觉得莫笙说的是真的，毕竟这种事情他也经历了。

他有脸盲症，看不清身边人的样子，结果突然有一天，他看清了一个人的样貌，那个人就是莫笙。

那天他震惊得不行，觉得这可能是一场幻觉，甚至没有勇气去追上莫笙。

之后他沮丧了好久，幸好再次遇到了莫笙。

可惜他们的初遇并不美好，郁黎川一度认为他被莫笙讨厌了。

现在他突然发现，事情不一般。

"所以你第一次看到我，是被这奇怪的情景吓到了吗？"郁黎川问。

"嗯！"

莫笙想要点头，却被郁黎川的手托住了下巴。因为他注意到莫笙只要摇头或者剧烈地动都会蹙眉，应该是头疼。

接着，郁黎川温柔地揉她的头发，小声询问："那天你一定吓坏了吧？为难你了，是我不好，太唐突了，抱歉。"

莫笙奇怪地看着郁黎川，眼神迷茫，随后抬眼去看他的头顶。

又是心电图……

莫笙十分不解，看这玩意儿有什么用？了解他的健康状态吗？

她看了一会儿就作罢了，拿出手机来看到了排球队群里的消息。

队友1：笙笙，我们控制住柠柠了，一会儿会送她回宿舍，你就别回来了。

队友2：努力拿下！

队友3：回来我都瞧不起你。

莫笙打字回复：我是真的发错人了，我是要叫队长的。

接着她发了截图。

所剩余笙：你们看，这两个头像像不像？

接着收到了一排：不像。

莫笙叹了一口气，接着给岑沐可发消息，问她能不能收留自己一晚上，对面的人很快回复了。

可可：可以啊，欢迎光临，我先化个妆。

所剩余笙：见我你化什么妆？

可可：对你重视呗。给我半个小时，你慢慢走过来。

莫笙抬手指了指女寝的方向，对郁黎川说道："我去朋友那里住一晚。"

郁黎川看着她起身，立即扶住她说道："我送你过去。"

莫笙也没拒绝，拉着郁黎川说了一路："说出来你恐怕不信，我还是我们系的系花呢。"

"我信。"

"这也信？"

"嗯，因为你非常漂亮。"

莫笙开始傻笑，这笑声简直有四匹马踏浪的音效："你们渣男的嘴，就是说话好听。"

郁黎川糊里糊涂地就成了渣男，想要解释却不知道该怎么澄清。

莫笙继续说："我们系当时选系花，有两个女孩子特别漂亮，然后两边掐起来了，谁也不服谁，我就莫名其妙地成了挡枪的，愣是被人投上去了。等我发现的时候，我已经异军突起，票数超过那两个妹子一大截。"

"可能是他们也觉得你很漂亮。"

莫笙摇头："我人缘好，凭人缘上去的，还有人看热闹不嫌事大，想要添把火。别看我们是体育系，那些练体操的都漂亮得不得了，哪像我们练排球的，人高马大，满手老茧。"

"不，这都是优点。"

莫笙笑得傻兮兮的，说道："一会儿来接我的妹子就是当时的候选妹子之一，特漂亮，你看看。"

"我看不到。"

"啊？"

"我……有脸盲症，看不到。"

莫笙迷迷糊糊的，有点儿不明白："其实吧……我也有点儿脸盲，就觉得好多小姑娘化了妆都长一个样儿，我都分不清谁是谁。"

"我不是这种脸盲。"

郁黎川也不准备仔细解释，估计莫笙醉醺醺的也听不懂，只是扶着她到了女寝楼下。

这个时间，女寝楼下依旧十分热闹，有些女生刚刚回来，有些则是和男朋友在楼下聊天。

音乐系的郁黎川和体育系的莫笙居然走在了一起。这两个人是非常奇妙的组合。

很多人都看过去，还有女孩子和莫笙打招呼。

莫笙算是东高大的一位奇女子。

她的朋友很多，男生是兄弟，女孩子也是她的迷妹。

一到莫笙比赛，加油的女孩子都能凑够一个团，她们手里拿着手幅，穿着统一的服装，尖叫欢呼加上齐刷刷的口号，人气比唐祎还高，要知道唐祎也是系草级别的了。

他们学校篮球队都没有莫笙一个人的待遇好。

真要仔细品吧，也能品出一些缘由来。

唐祎有女朋友，随便看看就行了，大家不会给唐祎组织什么后援会引人家女朋友讨厌。

但是莫笙不一样啊，身为女孩子，比男孩子还帅气洒脱，入学三年一直单身，本身还有实力，自然招人喜欢。

唐祎是他女朋友的，莫笙是大家的。

现在东高大最招女孩子喜欢的两个人聚在一起了。

这画面……真该拍照留念。

第二章
护短小狼狗

莫笙给岑沐可发了消息，岑沐可很快就跑了下来。

岑沐可是教育体育专业的，早年是练习体操的，身材保持得很好，人也有气质，长得甜美可爱。

听说莫笙要过来，岑沐可是笑着跑下来的，结果跑出来就看到郁黎川扶着莫笙。她脚步一顿，随后朝着他们两个人走过来。

看到岑沐可，郁黎川依旧是之前的表情，说道："你好。"

岑沐可是个人精，可以看出来郁黎川的眼神里一点温度都没有，倒是莫笙看到她之后笑得很开心，笑意浸入眼底。

岑沐可伸手扶住莫笙，看着莫笙微红的脸颊，问："你不舒服？"

"嗯，昨天熬了夜，今天陪柠柠很久，她失恋了……"

"她那个男朋友早就该甩了，亏得她还忍了这么久。"

"我们找男朋友不容易。"

"宁可单着，也不便宜了渣男。"岑沐可说完看了郁黎川一眼，接着说，"谢谢学长送笙笙过来。"

莫笙提醒她："是学弟，大一的。"

"哦……"岑沐可又上下打量了郁黎川一番，随后扶着莫笙说道，"我扶着笙笙回去了，拜拜。"

"嗯，好，拜拜。"

郁黎川看着穿着白色上衣的人扶着莫笙离开，莫笙还在回头朝他挥手道别。

他对莫笙笑了笑，随后反应过来，莫笙应该看不清他的表情。

岑沐可扶着莫笙进入宿舍楼便问道："他是谁啊？"

"是个学弟，音乐系的。"

"你离他远一点，他看起来城府很深。"岑沐可看人还挺准的。

"哪里城府深了？他人特别好，被我揍了也没生气。"

"你太傻了！"岑沐可对莫笙"科普"，"他在笑，眼底却毫无笑意，走的就是面子工程。再看他的形象，应该是特意打扮过的，男生能有这种衣品的肯定经历过几任女朋友的洗礼，不然不会有这样的觉悟。"

"男生就不能自己注重衣品？"

"他的一件衬衫就三千多，牛仔裤我没看出来，不过鞋子我认出来了，匡威联名，他的码数估计得八千多……"

对于岑沐可这个人肉估价器，莫笙也是十分服气，不知道这能证明什么。

岑沐可继续说："这就证明他家里条件还可以，而且气质也不错，估计是从小娇生惯养。这种小康家庭出身，长得不错的男生肯定抢手，接近你干什么？要么打赌输了，要么想换个口味，要么就是看你长得好想玩玩。"

莫笙听得一脑门儿的问号。

岑沐可最后叹气，拍了拍莫笙的后背："乖，以后就跟我在一起，不然你容易被骗。"

莫笙："什么跟什么啊，你误会了。"说完她进了岑沐可的宿舍，倒在床上就睡着了。

岑沐可无奈："你还没洗漱呢！"

最后没辙，她只能帮莫笙擦脸擦手，帮莫笙盖了盖被子。

岑沐可靠着床的栏杆看着睡着的莫笙，怎么看怎么顺眼，她家莫笙真的是太可爱了。

　

和莫笙分开后，郁黎川并没有立即回宿舍，而是去了学校旁边的房产中介。

中介小伙子还在喝奶茶，见到他后放下奶茶客气地问："同学，租房子啊？"

这附近租房子的学生很多，大多是大学的小情侣。

"你好，我想买房子。"

"买？"中介小伙子愣了愣。

"对，要二手房，主要是想很快就能住进去，不用装修放味道。如果能有新房装修后没有住过人的就更好了。"

中介小伙子立即打开电脑，搜索房源，说道："你好，我叫小刘。你是要附近的？多大的房子，什么价位的？"

"对，学校附近，最好可以步行过去，要三室以上。"

"这是要结婚准备婚房了？"

"也不是，毕竟我需要一间练习室，我觉得她可能需要一间健身房。"

小刘又偷偷看了看郁黎川，一边找一边问："贷款吧？首付几成？"

"全款。"

小刘又是一惊。

小刘帮郁黎川搜索的时候，外面又走进来了一个男生，是郁黎川的好朋友云折竹。

云折竹坐下后，问："你怎么突然想买房子了？"

"她不喜欢酒店。"

"你……你这未雨绸缪得也太早了吧？"

"无所谓。本来我也想过在这里买一栋自己的房子，毕竟家那边已经限购了。"

小刘也挺好奇的，问道："老家限购了？在我们这买一套房子也行，房价虽然贵一点，但是升值空间大，不像其他城市还有降价的，在我们这儿买就没有亏的。对了，你老家哪里的？"

"上海的。"

小刘闭嘴了，继续搜索。

云折竹忍不住劝郁黎川："黎川，你确定你真的喜欢她？"

"嗯，应该算是一见钟情吧？"

云折竹连连摇头："你这种没谈过恋爱、处世不深的小屁孩最容易想不明白，第一次看到一个能看得清的女孩子就以为自己喜欢了？"

郁黎川没说话。

云折竹继续说道："我劝你还是再相处看看，看看两个人的性格合不合适，你是不是真的喜欢她，这样再决定要不要追。"

小刘一听，这小姑娘还没追到呢，于是问："那房子还买不买了？"

"买。"云折竹大手一挥，"这里房子也不贵，我就是开导开导孩子，你查你的。"

小刘看着屏幕上的三室，突然觉得装修不行了，于是扭头去看附近的大平层，挑最豪华的来。

这时，郁黎川说道："你的意思我都懂，不过在我这里，一见钟情是追求，如果觉得合适，确定心意了是求婚。"

莫笙的小组作业终于完成得差不多了，她用手推桌沿，转椅往后位移了两个身位。

她从下午一直奋斗到这个时间，尚未来得及开灯，宿舍里只有电脑屏幕上的光照在她身上，她眼底还映着电脑屏幕保护的抹茶绿色。

她伸了一个大大的懒腰，活动了一下脖子，拿起手机打算订点什么外卖，看到有人在群里 @ 她的消息提示。

她打开群，看到了群里的消息。

郭从漫：你们的作业都完成得怎么样了？

刘易：我两天前就做好了。

毛向文：我也做完了。

郭从漫：@所剩余笙。

三十分钟后。

郭从漫：做没做都得说一声吧？最起码告诉我们进度，让我们心里有个数。

郭从漫：你们竞技体育专业的不是有特权吗？为什么就不能退出小组作业呢？不是第一次被你们专业的人拖后腿了。你们为校争光，我们就要跟着挂科是不是？

毛向文：莫笙应该只是没看到，她不是会拖累人的人。

郭从漫：她是什么样的人我不清楚，我就知道我不想重修。

莫笙看到消息后立即打字回复。

所剩余笙：抱歉，我刚才在做小组作业，才看到消息。

郭从漫：看到没有，她果然没做完。

所剩余笙：我刚刚做完，正在检查。

毛向文：做完了就好，我们找个时间再一起互相看一下吧，方便做 PPT。

郭从漫：@所剩余笙，用不用再给你两天时间？我不想看到你漏洞百出的作业，还得大家帮你修改。

所剩余笙：我已经在修改了，今天晚上可以改好，明天开始时间都方便。

郭从漫：@所剩余笙，你之前的课都没来上过几节，你改了能有什么用？我劝你找一个懂的人帮你，不要浪费我们大家的时间。

郭从漫就是那个在分组之后，翻白眼的女孩子。

之前他们群里一直沉默，莫笙还没觉得有什么，今天一聊就觉得郭从漫有点儿咄咄逼人了，并且说一句，就@她一下，让她十分不舒服。

所剩余笙：@郭从漫，之前拖累过你的人不是我，你没有必要把气撒到我的头上。

所剩余笙：@郭从漫，我和你并不熟，所以不要用这种语气和我说话。我不是你妈，不会惯着你。当然，如果我是你妈，也至少会让你有点儿家教。

郭从漫干脆发了一段语音过来，声音又尖又细，说话的时候像玻璃划过黑板，让人浑身不舒服："顾元是你们专业的吧？他上次害得我奖学金都没有了。你们这些体院的人就是没有素质，上技校都费劲儿的成绩非得来上大学。你看看你说的是人话吗？我好心好意提醒你，你看看你什么态度？"

所剩余笙：@郭从漫，他拖累你关我什么事？

所剩余笙：@郭从漫，第一，先撩者贱；第二，我不是体校的，高二签约保送，并且目前确定保研，你能吗？

群里瞬间安静了。

之后毛向文做了和事佬，场面才缓和了。

群内约定，后天一起碰头。

莫笙并未再计较，答应了。大家都是为了能够完成作业，此时闹僵对谁都不好。

之后毛向文私聊莫笙，说郭从漫就是一个很"龟毛"的人，让她别生气。

小组里另外一个成员刘易也私聊莫笙，跟她说可以帮她看一看。但莫笙并没有麻烦人家，她知道刘易最近在赶论文。

放下手机，莫笙气得喝了半瓶矿泉水。

为了化解糟糕的心情，她把自己的瑜伽垫拿了出来，在宿舍里做拉伸。

发泄了一通之后，她才重新走到书桌边，拿起手机看了看通讯录，最后病急乱投医地停留在了与郁黎川的聊天页面。

他似乎说过可以帮她？

不过，大三的学生找大一的求助是不是有点儿丢人？

她点开郁黎川的聊天框，先解释：我那天喝糊涂了，把你当成我队长了，抱歉，折腾了你那么久。

C：没事。我还在庆幸你联系的人是我，不然就没机会和你聊天了。

莫笙看着手机扬眉。

你说人和人之间的差距怎么就这么大呢？

她被郭从漫气到了之后，被另外两个组员安慰了，现在又被郁黎川治愈了。

对比之下，这个学弟真是讨人喜欢，和这样的人相处真舒服。

所剩余笙：上一次你说小组作业可以帮我，是认真的吗？

C：只要你需要。

所剩余笙：目前看来，我需要。

C：那我就可以。

所剩余笙：我已经做好了，你帮我看看作业做得行不行。

C：嗯，可以，不过我可能需要一些东西。

所剩余笙：需要什么？

C：告诉我你们的作业主题，然后把你的教材和参考书借给我。

所剩余笙：你该不会是要我先自学然后再帮我看吧？

C：说起来是这样。不过只要有主题了，研究的方向就窄了，放心吧。

莫笙看着手机，内心沸腾……这位学弟一定是个学霸。

不过，这样还不如问问别人，她开始打退堂鼓。

然后就看到郁黎川说道：我也会学这一科，就当预习了。我们什么时候见面?

莫笙很快收拾了东西,给郁黎川发消息说:等我,我给你送过去。

C:我在图书馆,现在下楼朝你宿舍的方向走。

所剩余笙:好的。

莫笙穿上外套,戴了一顶鸭舌帽就准备出门,想了想后又退回来照了照镜子。她素面朝天,甚至因为熬夜赶作业有了黑眼圈,不过在夜里也看不清吧。

想了想,她补了一下唇膏,这才拎着东西出了门。

两个人开了位置共享,地图上的两个小点朝着彼此汇聚。

莫笙先看到了郁黎川,主要是在夜里郁黎川会格外显眼。

郁黎川看到莫笙之后快步走过来,似乎是在微笑,她能听到他话语里的笑意:"冷不冷?我给你买了奶茶。"

莫笙看到奶茶有点儿迟疑,随后伸手接了过来。

郁黎川一直在看她,注意到了她的微表情,问道:"怎么了?"

"其实我们不能喝这个。"

"哦,这个热量确实很高,防止兴奋剂吗?"

"主要是影响肌肉。兴奋剂方面吧,我们比赛前三个月开始吃食堂就行,不过很多职业的都是干脆不吃了。我们校队管得没那么严格,不过油炸食品和碳酸饮料是绝对不允许碰的,奶茶也被列入其中。"

郁黎川点了点头,表示自己记下了:"我知道了,以后会避免,我只是觉得奶茶适合你。"

"可以暖手吗?"

"不,和你一样甜。"

莫笙听完咧嘴大笑,还给了郁黎川一杵子:"你们渣男是不是到处乱撩啊?我长这么大还是第一次被人说甜。"

郁黎川被这一拳捣得身体一晃,有一瞬间的错愕,随后揉着胸口说道:"我是真心的,你的笑容真的很甜。"

"别说了,我鸡皮疙瘩都起来了。"莫笙说着,拿起了自己的袋子给郁黎川,"这里面是参考书和教科书,我们作业的主题是科技兴国。我还给你带了点儿哈尔滨红肠,算是特产了,室友妈妈特意带过来的。这个你吃过没?"

"没有,不过我可以试试,谢谢你。"

莫笙依旧在笑,说道:"我谢你才对。这个奶茶我收下了,不过多半是孝敬室友。可以冒昧地问一句你的高考成绩吗?"

"我没参加高考,是保送。"

"你这种可以获得国际大奖的人,为什么不去北京的艺术院校,反而来我们这里?"

"其实我是专门为一位老师来的，这位老师是本地人，留在了家乡做老师。他在国际都享有盛名，也曾经是我父亲的老师，能做他的弟子是我三生有幸。"

莫笙将手揣进口袋里，了然地点头，说道："我也是。我们省队的训练基地就在我们学校里，天时地利人和。不过能进我们学校的校队也不意味着就能进省队，我们队里也挺复杂的，有学姐已经开始实习了。"

"那你呢？"

"我保研。"

"哦……"郁黎川松了一口气，接着说道，"那很好啊。"

郁黎川说着，将自己的围巾解下来围在了莫笙的脖子上。

莫笙诧异地看着黑色的围巾，再抬头看看郁黎川，只看到一片亮光，并不知晓他的面部表情。

于是她的目光上移，看到了心电图。

"其实……你不用这样照顾我，我们练体育的体格都好。"莫笙扯了扯围巾说道。

"戴着吧。果然漂亮的女孩子怎么搭配都很好看。"

莫笙突然有点儿尴尬了，抬手挠了挠自己的脸颊，随后忍着笑说："谢谢。"

"荣幸至极。"

莫笙又指了指袋子："我上次推了你，还几次三番麻烦你，是不是挺不要脸的？"

"不会啊，我很开心能这么快就再次见到你。"

"如果觉得很吃力你也不用勉强，我就是不想被小组里的人埋怨，实在走投无路了，后天就要一起讨论做PPT。"

"没事，我一天内帮你修改完。"

郁黎川说完，用手指在她的帽檐上敲了敲，说道："那我先走了，回去看看这些书和你的作业。"

"好的！"莫笙看到郁黎川要走，想起了什么赶紧说道，"学弟，你的钱还没收呢。"

郁黎川摇了摇头："钱不用给我，不过你要请我吃饭。哦，对了，我帮你改作业了，可不可以请两次？"

莫笙爽快地答应："可以啊，没问题！"

"嗯，可以只有我们两个人吗？我比较认生。"

"可以！"

她看着郁黎川头顶的弹幕飞过了一个【可爱】的表情包，整个人都惊呆了。

这弹幕还带表情包的？

不过她确定，郁黎川此时并不觉得麻烦，还很开心。

莫笙回到宿舍后，室友也回来了，莫笙将奶茶递给了教育体育专业的白小婷。白小婷开心地喝了起来，高兴得恨不得捧着莫笙的脸亲一口。

齐柠和莫笙站在一边，双手环胸，眼巴巴地看着白小婷喝奶茶，馋得直吧唧嘴。

莫笙委屈巴巴地问："这玩意儿好喝吗？"

白小婷立即摇头："不好喝，太难喝了，我独自一个人承受了所有。不过，莫笙你怎么想起给我买奶茶了？"

"我刚才去见学弟了，他给我买的。我喝不了，就只能孝敬您老人家了。"

她不提还好，提了之后齐柠的手臂就搭在了莫笙的肩膀上，同时深沉地叹了一口气。

莫笙吓得一个激灵，腰板挺得笔直。

齐柠晃了晃手，安慰道："铁子，别怕，哥酒醒了。"

莫笙只从鼻子里发出了一声"嗯"。

"不至于我失恋了，就让你陪着我单着是不是？再说光看学弟那张脸，就值得你为了他背叛你的至亲！"

"我没有，我就是找他帮忙改作业。"

齐柠大手一挥："找大一新生帮你改作业这种事情你都做得出来，他才入学几个月啊？小组作业他做过两次吗？PPT都搞不好吧？他一个音乐系的顶多给你的 PPT 配一段 BGM（背景音乐）！"

"可是我在微信好友列表翻来翻去，总觉得就他最聪明了。"

"简而言之就是我们都不太聪明？"

"你们什么样，你们心里没点……"莫笙伸出手指比量，"没点数吗？"

齐柠和白小婷一起大笑起来。

白小婷反驳："这叫物以类聚，人以群分！人类是高等动物，他们懂得以智商划分好友群。"

齐柠也不纠结，继续说："按理说，闺蜜找到了暧昧的对象，都会有一种'我的闺蜜被猪拱了'的感觉。但是，我看到你和学弟就觉得吧……我们家的猪会拱小白菜了。"

"啧，我们叫猪？你铁子我绝对算得上猛虎。"

"对，咱叫'猛虎拱蔷薇'，是吧？"

"对咯。"莫笙说完就觉得不对，赶紧纠正，"我真的是找他帮忙，还给他带了哈尔滨红肠。"

白小婷当即睁大了眼睛："我妈昨天来给你们带的那些？"

"对啊。"

白小婷震惊了："散装的？"

莫笙点头："怎么了？"

"送男神散装的红肠，你怎么想的？人家女孩子都是给男神送巧克力，送便当都装饰一下，你送红肠？"

"很奇怪吗？"

白小婷和齐柠对视了一眼，一起摇头叹气。

齐柠扭头去拿洗漱用品了："处成哥们儿预警。"

莫笙依旧不解："为什么呢？红肠不好吃吗？"

白小婷喝着奶茶，吞咽了一口，举起来说道："奶茶，男神送的。红肠，妈妈的爱。唉……"

莫笙不服气地坐在桌子上，感觉到手机的振动，拿出来看到郁黎川发来消息。

C：学姐，你到宿舍了吗？

所剩余笙：到了，你呢？

C：那我就放心了。我也到了，要开始看书了。

所剩余笙：好的，辛苦你啦！

放下手机，莫笙感叹："唉，我这该死的魅力啊！"

白小婷摇了摇头："笙笙，不是我打击你，我们开玩笑归开玩笑，我总觉得吧，学弟说不定对你真的没有什么企图。"

莫笙不服气了，问："怎么呢？我怎么就不行了？系花也是三选一，我上去了吧？"

白小婷用手指了指莫笙："你自己卷起袖子看看你的肱二头肌，再拎起衣服看看你的腹肌，最后看看你手肘跟膝盖上的伤疤，你觉得那种文质彬彬的男孩子会对你有企图？但是，你这种肌肉女就和健身房里的肌肉男一样招男人喜欢，他说不定想向你询问怎么健身，省个私教钱。"

莫笙把手机往桌面上一放，不说话了。

齐柠在这个时候还拿着盆在门口徘徊，突然冲了回来，对着莫笙说道："拱！硬拱！给我拿下！这种绝色一辈子能碰到几个？你都有他的微信号了，四舍五入你可以想想你孩子叫郁什么好听了！"

莫笙看了齐柠一眼，随后大大咧咧地说："我年初给自己制订了两个目标，大目标是成为全国冠军，最佳自由人；小目标是找个对象。后来大目标实现了，小目标却没有，这注定我是一个不会沉迷于小情小爱，要走向成功的女人。"

一杯奶茶见底了，白小婷说："不，笙笙，你只是在单身方面天赋异禀而已。"

莫笙不理她们了，拿着毛巾进浴室准备洗漱睡觉。

这天没法聊。

第二天傍晚，莫笙就收到了郁黎川发来的修改版本。

她打开看了看，简直就是"满江红"。她一边拨动鼠标齿轮，一边觉得不好意思。

接着，她收到了郁黎川的消息。

C：学姐，明天你们见面的时候我也去，顺便把书还给你。

所剩余笙：会不会耽误你上课？

C：不会。

莫笙拿着手机，小声嘟囔："我该怎么回呢？"

刚刚"吃了爱情的苦"的齐柠每天都恹恹的，此时居然爬起来了，伸出手："给我。"

莫笙把手机递了过去。

白小婷也凑到齐柠身边，拿着手机说："就回：哎呀，总麻烦你，人家也怪不好意思的。"

莫笙扒着栏杆问："非得加'人家'吗？"

白小婷用手指推莫笙的脑门儿："你就不能可爱一点儿？"

齐柠直接否决了："太做作。"

莫笙点头，她也这么觉得。

齐柠再次开口："就说：壮士挺身相救，小女子无以为报，唯有以身相许。"

莫笙直接蹦起来把手机抢走了，打算给郁黎川发一段语音，结果刚按了语音键，就听到齐柠在那边吼："你就按照我说的发！"

莫笙愣是把这段发过去了！

莫笙赶紧撤回，希望郁黎川没听到。

C：？

所剩余笙：没事，按错了，那明天见。

C：好的。

齐柠和白小婷都把脖子伸得老长去看莫笙的手机，齐柠看完后摇头叹气："没戏了，成兄弟了。"

"散了吧，晚安啊我单身的兄弟们！"白小婷也钻进被窝睡觉去了。

莫笙没理她们，坐在电脑前去整理文档，顺便通篇读了几遍，免得明天见面的时候出现什么问题。

她这次绝对不能让竞技体育专业的丢人。

其他人对他们搞体育的偏见太大了。

等到了见面的时间，莫笙给郁黎川发了位置，先到了约定的地点。

他们学校很多大厅里就有桌椅，学生可以在这里临时学习、休息。

他们约在二楼，旁边是整整一面墙的落地窗，站在这里能够看到外面的人工湖，算是学校的打卡胜地。

现在这个季节，只剩下枯黄的树叶，以及被吸干水的人工湖湖底，没有什么景致可言，人也就少了些。

莫笙到的时候同小组的成员毛向文已经占好位置了，对莫笙招了招手。

莫笙背着包走过去，坐下问："他们到了吗？"

"刘易去买水了，我特意让他给你带矿泉水了。"

"谢了，一会儿我朋友也过来。"

毛向文吓了一跳："打群架啊？"

"我给你就是这种印象？"

毛向文"嘿嘿"直笑。

小组作业的四个人都到齐了，郭从漫过来之后就对着莫笙翻了好几个白眼。

郭从漫总有一种莫名的优越感，像她这样长相中上且擅长打扮，学习也不错的女孩子，总是被一群人惯着，多少都有点儿骄纵的毛病。

会哭的孩子有糖吃。

像莫笙这种猛虎女孩就是当自强，很多事情都被当成理所应当。

可惜，被人宠着的郭从漫遇到了不惯着她的莫笙。

郭从漫坐下之后就跟刘易道谢，感谢他的水，随后伸出纤纤玉指，嫌弃似的拿起了其他两个人打印出来的作业看了起来。

她看着看着开始点评："写得挺好的，只要再润一润色就可以直接做 PPT 了。"

她又随便翻了翻莫笙的，一边看一边叹气："我都不敢看莫笙的，怕看得头疼。"

莫笙当即不爽地看向郭从漫，毛向文用眼神示意莫笙别计较，她才没说话。

这个时候，郁黎川姗姗来迟。

"抱歉，我来晚了，排队排了很久。"

说着，他把带来的几瓶果汁放在了桌面上，在场所有人都有份，比买了四瓶矿泉水的刘易有诚意得多。

随后郁黎川坐在了莫笙的身边，从里面拿出了两杯来："西瓜汁和杞果汁，都是没添加太多东西的，你可以喝吗？"

莫笙看了看后，伸手拿了西瓜汁，说道："感谢。"

郭从漫诧异地看着郁黎川过来，再看着郁黎川和莫笙交谈。

学校里热爱八卦的女孩子都多多少少知道郁黎川，就算不认识，也都知道有这个人。毕竟郁黎川刚来学校报到就引起了轰动，极品男神，还是新生代表。

郭从漫和郁黎川是一个系的,她的室友还曾去跟郁黎川要过微信号,对方没给,礼貌地拒绝了。

他们也算偶尔打过照面,不过郁黎川明显不记得她,都没有打招呼。

随后,郁黎川微笑着拿走了其他几个人的作业,翻看起来,似乎并不在意其他人诧异的目光。

刘易问:"这位是?"

莫笙立即介绍道:"我的顾问。"

郁黎川看了几个人的作业后,抖了抖其中的一份,问道:"这一份是谁的?"

郭从漫看了看,说道:"是我的。"

"你的作业严重跑题,能用的估计只有三分之一,想改却非常吃力。这样的作业很难拿高分,及格都勉强。"

郭从漫睁大了眼睛,问道:"怎么跑题了?你……你都没上过我们的课,怎么就知道我跑题了?"

郁黎川将郭从漫的作业递给了刘易和毛向文,说道:"你们看,这次的作业主题是……"

郁黎川侃侃而谈,说得条理清晰,指出了关键点。

郭从漫的作业,从郁黎川的角度分析,确实需要推翻。

小组的另外两名成员刘易和毛向文看着看着,也跟着点头。

毛向文感叹:"幸好还没开始做PPT。"

郭从漫立即觉得眼前一黑,一时间竟然不知道该从哪里反驳,哑口无言。

郁黎川说完,递出了莫笙的作业,说道:"学姐的作业做得很好,你们可以看一下。"

毛向文和刘易都拿过来看了,加上之前郁黎川的洗脑,他们看了之后都觉得莫笙的这一部分做得直扣主题。

毛向文说:"莫笙的这份可以救场了。"

刘易也跟着感叹:"让人刮目相看啊大莫莫!"

莫笙想说是郁黎川帮忙修改的,结果被郁黎川制止了,并且听他说道:"我看看这位学姐的该怎么改。"

郭从漫的脸都黑了,嘴唇紧抿地看着他们一言不发,眼圈微红,似乎要哭了。

真的是羞愤难当。

莫笙身体后仰,看到郁黎川头顶飘过的弹幕:

【她的作业只需要改其中一部分就可以扭转回来。】

【该怎么说才能让她多改一点?早知道就多看点资料了。】

看来……她的学弟也不算小白兔吗!

是只护短的小狼狗。

她喝了一口西瓜汁，还挺甜的。

郭从漫表情紧张地看着郁黎川，坐在一边强调道："你知不知道我是常年拿奖学金的？每次成绩都名列前茅。"说话时她用手遮住了嘴巴，姿态和眼神里带着欲盖弥彰的优越感。

莫笙此时正在看郁黎川的弹幕，就看到弹幕划过去几条新的。

【文体院的强调自己的成绩，就是主修拿不出手？】

莫笙，都知道她是女排队里的自由人，获得过全国冠军。

郁黎川，都知道他的小提琴拉得很好，还获得过国际大奖。

但是，郭从漫主要练什么的却没人知道。

不过郁黎川依旧客气："那看来学姐这次是失误了。"

他敷衍地回答完，低头继续看作业。

郭从漫显然是急了，果汁和水都没动，身体移了一个座位，似乎是想靠郁黎川近一点。

郁黎川不动声色地朝着莫笙挪了一下位置，头顶弹幕更新。

【啧！】

郭从漫再次开口问道："莫笙的作业是你帮她写的吗？看起来风格不像她的。"

"你跟莫学姐很熟吗？"

"啊……不算熟，这次是第一次合作。"

"那你怎么知道她是什么风格？"随后郁黎川无奈地叹气，"莫学姐非常用心地做这次的小组作业，你为什么要这么说她？"说完，还好似失望地看了郭从漫一眼。

郭从漫怔怔地看着郁黎川，竟然一时间不知道该说什么好。

想了许久后，郭从漫才补充："这节课莫笙之前都没怎么来上过，所以……"

"学姐你好像很关注莫学姐，我开学这么久了都不会去注意同班的都有谁。"

郭从漫再次卡壳。

【果然她很早就留意莫笙的事情了。】

【所以针对并非偶然。】

莫笙看完郁黎川头顶的这段弹幕突然笑出声来，突然觉得渣男就是厉害，是不是"绿茶"看得明明白白的，比钢铁直男强多了。

说起来，就是郭从漫的段位太低。

听到莫笙的笑声，郁黎川扭头看向她，温柔地问："等急了吗？我告诉这位学姐怎么修改之后就可以讨论了，我也没想到会有这么大的改动。"

莫笙摇了摇头："没有，你继续。"

她的表情明摆着是请学弟继续你的表演的架势。

这一次讨论莫笙特别开心，因为她都不用开口，郁黎川就能全权代表她。

本来组长是毛向文，此时毛向文也只是拿出笔，按照郁黎川说的快速记录，并表示赞同。

刘易的改动最小，所以主动说道："郭从漫的要大改，需要时间，之后我来做 PPT 吧。"

莫笙摇了摇头说道："你不是要写论文吗？我来吧，我最近训练少比较闲。"

郭从漫气得写笔记的时候下笔都很重，气鼓鼓地说："你的审美肯定不行，真亏得你能搭配这双袜子出来。"

袜子？

莫笙就是早晨随便穿了一双袜子而已，长裤加一双 AJ，袜子基本上露不出来，也就坐下伸腿的时候才能看到。

这都注意到了？

莫笙不懂，自己的袜子招谁惹谁了？

于是她不爽地问："谁说我审美不行了？我审美挺好的。"说完拍了拍郁黎川的肩膀。

她虽然看不到郁黎川长什么样，但是相信自己的队友，那些口味杂乱的队友的审美都能被统一，可见郁黎川颜值得逆天到何种程度。

这句话说得很暧昧，仿佛郁黎川是她男朋友似的。

郭从漫更是惊讶得睁大了眼睛。

郁黎川看了看莫笙，没反驳，反而温柔地笑了。

郁黎川低头看了看莫笙的脚踝，随后笑道："袜子挺可爱的。这位学姐不提我都没注意到，她观察得还挺仔细的。"

郭从漫的表情越发精彩起来。

莫笙听完就只能抿嘴笑了。

怎么克"绿茶"？

就是说话比她更"绿茶"。

怼人于无形，嘲讽得毫无痕迹。

莫笙偷偷对郁黎川竖了一个大拇指。

郁黎川却有点儿不解莫笙的举动。

其实郁黎川不想让莫笙接 PPT 这个任务，小组作业里做 PPT 的人总是背锅，动不动就修改，后期有什么问题也会被埋怨是 PPT 做得不到位。

不过莫笙主动说了，郁黎川也没有再说什么，之后帮帮她就可以了，也有了再次找她的理由。

莫笙被转移了注意力，没有看到郁黎川头顶的弹幕。在她看来就是尽可能帮忙，属于讲义气，没什么大不了的。

毛向文写完之后把笔放下说道："行，那莫笙做大框，我来二改，莫笙的制作过程我会全程参与。"

"好的。"莫笙比了一个"OK"的手势，爽快地答应了。

他们的讨论接近尾声的时候，唐祎突然背着包出现了。

唐祎个子高，还喜欢穿得花里胡哨的，一出场就会吸引众多目光。

他穿着一件非常扎眼的外套，两条腿又细又长，还配了一双联名运动鞋，因为腿细显得腰小、脚大，就像只一米九几的大花蝴蝶。

唐祎明显是奔着莫笙来的，看到莫笙身边还坐着一个人也不意外，毕竟他是收到了好友拍的照片而赶过来的。

他到了莫笙的身边，用身体拱莫笙，让她再往里坐点，他好能坐下来。

莫笙的身体在长椅上横移，靠在了郁黎川的身上。郁黎川伸手扶了莫笙一下，才配合地挪了挪位置，但是并未移开很多。

于是，三个人挤在了一起，姿势十分尴尬。

小组另外三个人齐刷刷地看向这诡异的组合。

这是……什么修罗场？

唐祎坐下后大大咧咧地问莫笙："干吗呢？"

莫笙没好气地回答："讨论小组作业。"

"哦——"唐祎朝着莫笙看了看，随后把自己的包拿下来，从里面拿出了一卷宽胶带来，撕开后扯下了一段，直接贴在了莫笙的乞丐裤的破洞位置。

莫笙连忙挡着他的手，说："你干吗啊？"

"上次我看到你的时候就想说，这种天你还穿条破洞裤，你怎么不直接穿肚兜秀你的肱二头肌呢？"

莫笙气得不行，跟他解释："我今天这条裤子里面其实有一层布。"

"那也透风。"唐祎说完，还在贴好的胶带上拍了两下固定。

莫笙觉得唐祎简直就是氛围破坏杀手，她刚才的好心情都没有了。

唐祎贴完后说道："明天跟我去买裤子，哥给你买！"

莫笙一巴掌拍在了唐祎的手臂上："跟谁装哥呢？"

唐祎不情不愿地改口："弟弟给你买！"

莫笙依旧不爽。

唐祎再次说道："爸爸，儿子给你买！"

"行。"

郁黎川一直看着他们两个人的互动，表情淡然，似乎并没有什么波动。

不过就算这样，也能让人看出端倪来，毕竟之前郁黎川都是温柔的，还会微笑，此时笑意全无。

等莫笙将唐祎推开，让唐祎坐到毛向文身边去，郁黎川的表情才缓和。

唐祎坐在了对面，撑着脸懒洋洋地看他们做最后的总结，有机会就朝郁黎川看过去，目光坦然，似乎在认认真真地观察。

郁黎川也不在意，还对唐祎笑了笑，淡然且优雅。

唐祎和郁黎川是截然不同的两种类型。

一个野，一个雅。

唐祎丢到社会上就是地痞无赖，丢到高中去就是校霸，丢到乱世去都能占地为王。

这放荡不羁的劲儿特招女生喜欢，偏偏莫笙看着不顺眼。

讨论完毕，收拾东西的时候，莫笙突然注意到郁黎川头顶的心电图变了颜色。

平时都是红色的心电图，特别活跃。此时突然变成了绿色的，看起来也没之前活泼了。

她突然叫住郁黎川："你身体不舒服吗？"

郁黎川十分诧异，回答道："没有。"

她伸手摸了摸郁黎川的额头，因为不知晓他额头的具体位置，首先碰到的是他的发丝，随后往下才摸到额头。

并不算很热。

随后她又握住了郁黎川的手腕，去感受他的脉搏，随口问："你有没有心脏不舒服的感觉？"

莫笙问完，就看到郁黎川的心电图从绿色慢慢转变成了红色，这才放下心来说道："好像也没什么问题。"

郁黎川的声音发紧："嗯……"

唐祎看到郁黎川看莫笙的眼神和那副紧张的模样，心里突然一阵不爽。

他凑过来说道："我好像不太舒服。"

莫笙伸手摸了摸唐祎的额头，问："你是不是一到春秋就觉得脑仁疼？"

唐祎点了点头："嗯。"

莫笙叹气道："就是脑袋里太空了，空荡荡的，风就能在你的脑袋里打旋，所以你觉得脑袋疼。你稍微注意点，下次戴个耳包。"

唐祎努了努嘴，问："我是不是还得把鼻孔堵上？"

莫笙摇头："不至于，你把嘴闭上少说话，也能减轻你的病痛。"

唐祎笑了笑，朝着郁黎川看过去。

郁黎川依旧是笑盈盈的样子。

只有莫笙觉得不对劲儿，他的心电图怎么又绿了？！

唐祎是一个非常冲突的个体，明明剃着"球头"，长相也是非常野的那种。

这种发型、长相、身高与穿着搭配在一起就会给人一种不是个好人的感觉。然而唐祎一笑起来就瞬间充满了亲和力，竟然出奇地可爱。

也是因为这种冲突感，排球队的女生们都叫唐祎为"唐甜甜"，主要是他笑容太甜，人也很好相处。

唐祎也欣然接受了这个外号。

他微笑着打量郁黎川，看到郁黎川看着他，和看着莫笙的眼神对比，渐渐意识到了不太对。

之前朋友路过这里看到了莫笙，随手拍了照片发给他。他起初没在意，还说是莫笙在讨论小组作业而已。

那个朋友立即说："这位可不是普通人，他是大一的风云人物，两个人不是同学年的。你发小这是有男朋友了，陪着一起做作业呢！不错啊，一举拿下校草。"

他们学校即将实行新政策，公共选修课不分学年，都可以选。然而这学期还是按照老标准来，公共选修课只能是同学年的选择，所以郁黎川的出现十分违和。

唐祎看着手机迟疑了仅仅几秒钟，问了地点就过来了。

到了之后，他发现还真没白来，果然有点儿情况。

不过莫笙傻乎乎的，似乎还没有意识到。

莫笙对这方面要再稍微聪明一点儿，也不至于单身这么久。

"学姐如果做PPT的时候有问题，也可以问我。"郁黎川见他们两个人嬉闹完了，便对莫笙说道。

莫笙摆了摆手，依旧是大大咧咧的样子："放心吧，我有经验的，更何况还有他们帮我收集资料呢。"

郁黎川点了点头，一同离开的时候，唐祎还在问莫笙要不要一起去打篮球。

莫笙直接拒绝了："不去，我看到那个张垚来气！"她说着将唐祎推开，"你离我远点儿，分手后很快和其他女生在一起最恶心人了。我请学弟吃饭去，拜拜了。"

唐祎看着莫笙推开他后笑呵呵地走到了郁黎川的身边，开心地问："学弟，你想吃什么？"

郁黎川回头看了唐祎一眼，并没有叫上唐祎的意思，而是反问："学姐想吃什么？"

唐祎站在后面指着自己问："我呢？"

莫笙嫌弃地"啧"了一声："自生自灭去。"

唐祎没再跟着，他知道莫笙的脾气。他一直看着莫笙和郁黎川离开，目光无法移开。

两个人明明是完全不同的风格，看起来格格不入，但是就这样走在了一起。唐祎很好奇，在这段时间里究竟发生了什么。

唐祎拿出手机来，拨通了齐柠的手机号，对面的人无精打采地接通："喂？"

"我，唐祎。"

"哦。"齐柠怕是张垚纠缠，听到唐祎的声音就放心了，问，"怎么了？"

唐祎脸上的笑意全无，手臂搭在栏杆上，看着两个人离开的背影低声问："莫笙身边那个男的是谁啊？"

"很帅很帅的那个？"

唐祎撇嘴回答："也就是长得还行。"

"郁黎川！校草！凭一己之力统一了我们全队的审美，要知道我们队里可是有几个觉得你长得一般的。"齐柠显然对郁黎川的印象不错，毫不吝啬自己的夸奖，引得唐祎一阵不悦。

"他和笙笙什么关系？"

"这个吧……信女无郎，说来话长。"

"刚刚那个男生是你的朋友？"郁黎川问莫笙。

莫笙走路的速度仿佛要去打劫，腿长步子也大，不知不觉间速度就很快了。郁黎川依旧能跟上她，平稳地跟她并肩。

两个人走在一起的画面，就是两个长腿怪物。

"他啊，我发小，我们小学就认识了。"莫笙回答的时候还在用手机翻附近的饭店，看看哪里好吃点儿，同时说道，"他刚和女朋友分手。我很讨厌他的女朋友或者前女友来纠缠我，这个时期我都避开他，看到他就烦，他也不太敢招惹我。"

"看来是有过不好的事情发生？"

莫笙拿着手机想了想，随后叹气。

还真发生过。

应该是大一的时候吧，唐祎的一任女朋友在分手后来找莫笙闹，哭着喊着说是因为莫笙他们才分手的。

莫笙当时觉得非常莫名其妙，她和唐祎见面次数很少，也没搞暧昧，为什么要来找她？

那阵子还传过一些流言蜚语，说得很难听。

莫笙非常气愤——你们分手就分手，别沾我一身腥好不好？

为此莫笙和唐祎大闹了一场，甚至要绝交，打算老死不相往来，她还揍了唐祎一顿。唐祎就此老实了，费了好大力气才把她哄好。

在那之后，唐祎谈恋爱了就尽可能不和莫笙扯上关系，免得莫笙为难。

"别提了，你想吃什么？火锅行吗？"莫笙没回答。她不愿意和不熟悉的人交心，于是转移话题。

"可以。"

莫笙看到郁黎川头顶的弹幕飞过。

【她喜欢吃火锅吗？】

莫笙看了看手机又问："麻辣香锅？"

"我不擅长吃辣。"

【这么说会不会很扫兴？】

【去了不吃反而扫兴吧？】

莫笙摇了摇头："无所谓，我们吃牛排自助？学校旁边这家很火。"

"也可以。"

【我吃了牛排就饱了吧？其他也吃不了什么。】

莫笙又看了看，问："铁板烧？他们那里的芝士焗饭非常好吃。"

"嗯，也可以。"

莫笙习惯性地抬头看了一眼，就看到郁黎川头顶的弹幕突然变成了彩色的。

【芝士！】

莫笙看到那个七彩的芝士两个字，错愕了一瞬间，接着笑出声来，点了点头，说道："好，就吃这个，我们走。"

"好的。"郁黎川开开心心地跟着莫笙走了。

莫笙突然觉得这个学弟非常可爱，走了一路，笑了一路。

郁黎川不解地问："你想到什么好笑的事情了吗？"

"不，我就是因为不用为了比赛而专门吃食堂，开心！"

"那里你能吃的东西多吗？"

"挺多的，放心吧。"

莫笙是一个很豪气的人。

她充分利用了能够看到郁黎川头顶弹幕的优势，在郁黎川看菜单的同时，就点全了郁黎川想要吃的东西。

莫笙给郁黎川点完之后，才看菜单加自己想吃的。

郁黎川抿着嘴唇看着莫笙，她安静的时候竟然多了几分恬静。

铁板烧店里的灯光并不算明亮，在烹饪区有一排灯，亮着橘黄色的灯光，让食物更加诱人。

莫笙沐浴在橘色的灯光中，有种复古的美感。

又开始了。

那种杂乱无章的心跳。

从见到莫笙的第一面就开始了，现在越发分明，好似顽劣的孩子不受管束。

莫笙注意到郁黎川吃饭的时候话很少，也就很少跟郁黎川聊天了。

两个人吃完饭后一起往学校走，郁黎川突然问她："你现在还会怕我吗？"

莫笙诧异地问："什么？"

"你上次不是说看不清我的样子，很害怕吗？"

莫笙这才想起了自己喝醉酒后的胡言乱语，想一想，幸好自己没轻薄了郁黎川，不然真的又成神经病，又成女流氓。

她笑得有点儿尴尬，含糊地回答："好多了，只是不太敢直视你。不过无所谓，我连你什么表情都不知道。"

"是模糊一片吗？"

莫笙摇了摇头，说道："我连你的手都看不清，只能看到轮廓。"

"这么严重？"

"嗯，我都不知道你长什么样。"

郁黎川想了想后，伸出手来握住了莫笙的手腕，把莫笙的手放在自己的脸上。

她的指尖触碰到郁黎川的皮肤，觉得有点儿逆天，刚刚吃过饭也不油腻，反而清爽柔嫩。

他控制着她的手，触碰他的额头，说道："这里是我的额头。"随后，带着莫笙的手指向下，"这里是我的鼻子。"

莫笙突然想到了什么，想要抽回手。郁黎川却抓住了，问："怎么了？"

"我的手……有茧子。"

刚刚练排球的时候，莫笙手上的茧子还是硬的，后期渐渐破了，又磨软了。就算是这样，也并非寻常女孩子那种细嫩的手。在这一方面，似乎是被人打击惯了，她稍微有点儿自卑。

郁黎川的手都比她细腻很多，触感很凉，却如柔玉。

"有吗？我只注意到你的手很暖。"郁黎川说这句话的时候应该在微笑，语气温柔得让莫笙的心都要跟着融化了。

莫笙看着眼前的发光体，心中的思绪非常奇妙。

所有躁郁的情绪都开始下落不明，胸腔里升腾起来的仿佛是柔柔的棉花糖，香炉里飘散而出的袅袅烟雾，细腻且温暖，还泛着甜，让一向走硬汉路线的莫笙都开始温柔起来。

她笑了笑，坦然地伸手去摸郁黎川的脸颊，倒也不觉得害羞。

看不到，就只能用手去描绘郁黎川的样子，他的眉，他的眼，他高挺的鼻子以及柔软的嘴唇。

犹如盲人摸象。

她只能凭借一些感知，去想象。

仅仅是这样，她都觉得面前的这个男孩子一定非常温柔，面部线条柔和，皮肤细腻。

片刻后莫笙快速收回手，因为她突兀地发现自己的指尖在微微发烫，指肚就像火柴头，在擦着火柴的沙皮纸，再继续触碰就会燃烧起来。

她有点儿尴尬地解释道："我大概能猜到你什么样子了。"

"嗯，什么样？"

"就是很好看。"

郁黎川笑了起来，笑声轻柔。

也不知是不是因为两个人靠得很近，这笑声仿佛在刮莫笙的耳郭，让她下意识地捏耳垂。

郁黎川想到了什么似的说道："学姐，近期会有一场演奏会，我会参加。我这里有两张票，希望学姐能来做观众。"

莫笙伸手接过票，点了点头说道："我肯定要给你捧场的，在台下给你疯狂打CALL。"

"其实学姐安静听就可以了。"

莫笙还没听过演奏会，只能小声问："你们是不是不兴这个啊？"

"嗯，确实和演唱会不太一样。"

"行，我知道了，就算请假我都会去。"莫笙看了一眼日期，也想不起来那天有没有课，便将票放进了自己的包里。

郁黎川赶紧继续说道："我送你回宿舍吧。"

"不用！都进学校了还送什么啊？学校里谁想打劫我们体育系的，都得多掂量掂量。"

"呃，不是……我……"

"真不用，你也累了一天了，早点回去吧。"

莫笙说完，独自一个人朝女生宿舍走，走了几步还回身跟郁黎川挥手道别。

郁黎川看着莫笙走远，一个人站在原处惆怅了片刻，才朝着莫笙挥了挥手。

也幸好她看不到郁黎川的表情，不然都能因为他失落的表情百米冲刺回来。

第三章

被撩了

莫笙回到宿舍后，齐柠和白小婷同时过来问："莫笙，学弟没送你回来？"

之前两人显然在阳台盯着呢。

莫笙把自己的包拿下来丢在桌子上，大大咧咧地说："我用得着他送？这种破事麻烦人家干什么啊？"

齐柠听完，直拍自己的脑门儿。

白小婷也是一脸的荒唐表情，问："笙哥，你没送人家学弟到宿舍门口吧？"

莫笙很诧异，问："没啊，还得送他吗？"

白小婷松了一口气。

白小婷往椅子上一靠，单手拄着下巴叹气："唉，我真的觉得笙哥和学弟是没戏了。按理说，初遇就打了人家一顿，后续还能有联系都很神奇了，我们究竟在期待什么？"

齐柠则是靠着床盯着莫笙，也不知道怎的，怎么看怎么不顺眼。

莫笙被齐柠瞪得不舒服，总觉得这眼神颇为熟悉，她妈妈每次觉得她嫁不出去的时候都是这种眼神，恨铁不成钢的。

莫笙懂了，拧开一瓶矿泉水还没喝，直接问道："所以我这是又做错了呗？"

白小婷点头，说："知道要和学弟见面，你看看你穿的是什么？破卫衣，破牛仔裤，这玩意儿一点儿也不显身材，你的长腿优势没显露出来！"

齐柠跟着补充："对，你的眉毛是不是好久没修了？"

莫笙大声抗议："我早上走的时候涂唇膏了，就是吃完饭擦没了。"

白小婷再次开口："学弟是不想送你，还是你拒绝了？"

莫笙苦着脸说:"我说不用,没人敢打劫我。"

白小婷直接哀号了一声。

齐柠气得拍桌子:"这是打劫的事儿吗?学弟就算真对你有点儿想法,都得觉得你对他没意思。我说你的脑袋是不是拿块木头刻了花纹,草率地就安上去了?在让自己单身这方面,你发挥得怎么总是这么稳定呢?"

莫笙觉得心虚,大口喝水,一口气喝了半瓶下去。

真搞不懂了,她不过是找学弟帮忙搞小组作业,怎么就跟执行任务似的,没做好还有两位姑奶奶数落她。

这玩意儿就好像乙女游戏,好几个攻略对象,剧情也是朝着暧昧方向发展。结果按照莫笙的脑回路去玩,都能玩出各种花样的 BE(Bad ending)来,生离死别,阴阳两隔。

她又想起和郁黎川在一起的画面了。

她突然开始想,郁黎川发着光,是不是就证明他是她命中注定的那个人啊?这是山神给她指定的男朋友啊!

她以后会和郁黎川……交往?

她拿着水瓶发了一会儿呆,随后叹气。

估计按照她的一系列操作,命中注定都能变成命中无缘。

而且,她发现她对郁黎川的印象确实挺好的,不过不确定自己喜不喜欢他。

或许是因为她也没喜欢过谁,根本不知道喜欢是什么感觉。只是在心中笃定,按照她那种稳定的发挥,过不了多久郁黎川就能成她的兄弟。

板板的。

第二天早晨九点钟,莫笙的手机突然振动起来。

她习惯性把手机放在枕头边,通常都是晚上玩完手机后随手一放,接着就睡觉。

什么辐射啊,有危险啊之类的道理她都懂。就好像她妈妈天天在她耳边说不要熬夜,她依旧我行我素一样。

她粗鲁地拿起手机,接通了电话:"喂?"

"爸爸,起床了,儿子想孝敬您,给您买衣服。我一个小时后去接你,允许你再睡半个小时。"唐祎的声音从电话里传来,似乎还在那边整理东西,乒乒乓乓的。

他知道最近排球队不晨练了,特意提前打电话过来。

莫笙看了一眼来电显示的号码,眼熟,估计是唐祎的手机号——她连唐祎的手机号都删了。

"为啥啊?"莫笙蒙着被子烦躁地问。

"讨好你，巴结你，爱慕你，想见你。"

"你放屁！"

"我爸让的，他说换季了，陪笙笙去买几件衣服。"

莫笙多少有点儿起床气，单手捂着额头半天缓不过神来。

齐柠正在打扫卫生，随口说道："笙笙，你去买两件衣服吧，见学弟也得穿好看点是不？"

莫笙含糊地回答："行，我去。"

挂断电话，她打算再睡一会儿，突然起身问齐柠："你怎么知道唐祎要和我去买衣服？"

齐柠一下子被问住了，讪笑了两声回答："他……关心我和张垚的事情，顺口说起了。"

"一起去。"

"我不去。"齐柠立即拒绝。她要是去了，唐祎得用眼皮子夹死她。

莫笙盯着齐柠看了一会儿，才从床上坐了起来，拿起手机给岑沐可发消息：陪我去逛街，唐祎给我买单。

岑沐可：我去，你想讹他多少？我给你计算一下，斟酌一下品牌。

所剩余笙：别了，都是我叔给的，逛一逛吧，看看有没有喜欢的。

岑沐可：好的！

莫笙去见郁黎川，至少还会涂个唇膏，去见唐祎干脆懒得收拾，扎一个马尾辫，随便套上昨天的那身衣服就出门了。

唐祎有自己的车，还是大 G，主要是别的车他都嫌弃太窄。

不过学校里不让学生开车，唐祎就在学校周边租了车库。今天要出门，唐祎就把车开到了校门口，十分拉风，路过的学生都会多看两眼。

莫笙和岑沐可坐在后排，莫笙懒洋洋地靠着岑沐可的肩膀休息："我昨天熬夜打游戏了，都没睡醒。"

简单的一个小举动，足以让岑沐可兴奋。

岑沐可是学校啦啦队的成员，除此之外还有一个特殊身份，就是莫笙后援会的会长。

她是莫笙的粉丝，以后要找男朋友，就参照莫笙找——要跟我们莫笙一样帅的，一样有安全感的。

这种"偶像和粉丝"的关系也使得岑沐可看到靠近莫笙的男生都会十分讨厌，包括唐祎。

此刻莫笙靠着岑沐可的肩膀，简直就跟偶像靠着自己的肩膀休息似的，岑沐可整个人荡漾起来，都不敢多动弹，人却在故作镇定地说："没事，你靠着我休息一会儿。"

唐祎启动车子的时候看了一眼后视镜，看着岑沐可的样子忍不住"啧"了一声。

岑沐可直接白了唐祎一眼。

唐祎觉得自己可真是委屈，不过没理，坐在驾驶席上设置导航。

岑沐可突然说了一句："那个不是上回见过的学弟吗？"

莫笙顺着岑沐可指的方向看过去，就看到郁黎川站在校门口，身边站着他的好友，两个人正在说什么。

郁黎川还背着一个小箱子，看形状应该是装小提琴的。

他朋友的箱子更大，干脆放在了脚面上搭着，估计是大提琴。

莫笙正好看到了有女孩拿着手机朝着郁黎川跑过去。

岑沐可伸长了脖子看，嘟囔："看他怎么应付。"

莫笙莫名其妙跟着紧张起来。

郁黎川显然是拒绝了，身边的好友在帮他打圆场。

那个女孩离开后，有其他背着乐器的女孩子跟着起哄，一看就是性格开朗的类型，朝着郁黎川喊："郁黎川，我要给你生猴子！"

郁黎川朝那个方向看了一眼，随后文质彬彬地说道："您抬举了，这个物种我无能为力，抱歉。"

岑沐可"扑哧"一声笑了出来。

莫笙轻轻咳了一声，有点儿不知道要不要跟郁黎川打招呼。她扭头问岑沐可："我头发是不是乱糟糟的？"

她早上出来得匆忙，头发就拿手撸了撸就扎起来了。

岑沐可帮莫笙掖了一下头发，说道："挺好的啊，你什么样都好看。"

唐祎回头看了莫笙一眼，问道："要不，我直接开车走？"

说话间，郁黎川和云折竹似乎注意到了这辆车。

唐祎的车刚提不久，停久了没开总会有些味道，他来时开了全部车窗通风，此时并没有关。外加这辆车十分显眼，朝他们这边看也正常，还是云折竹先注意到了莫笙。

显然，云折竹是认识莫笙的。

随后郁黎川径直走了过来。

莫笙只能故作淡定地从车窗里探头跟郁黎川打招呼："学弟，好巧啊，你要出门？"

郁黎川依旧是温柔的模样，低声回答："嗯，要去实地彩排。这次表演是两所大学一起，今天第一次一起彩排。"

"哦……"莫笙不知道该说什么好了。

郁黎川介绍身边的好友："我的朋友，叫云折竹。"

"你好！我是莫笙。"莫笙跟云折竹打招呼。

云折竹微笑回应，不知为何吞咽了一口唾沫，模样有些惊慌。

不远处，之前那几个女孩子都朝这边看过来。

同样在等车的音乐系学生也纷纷探头朝他们这边看，似乎很好奇车上的女孩子是谁。

开学这么久，他们还没见过郁黎川和谁特别熟悉呢，更别提郁黎川会理会哪个女孩子。估计郁黎川在东高大认识的女生都不超过两位数，难得认识的还是乐队成员，不得不打交道的那种。

有人说他自命清高，有人说他有难言之隐，众说纷纭。

"谁啊？"有人小声问。

"不认识，好像不是我们系的。"

"长得也就一般……"

"素颜，化了妆应该挺好看，底子很好，估计是他老同学？"

郁黎川朝着驾驶席看了一眼，看到唐祎的手臂搭在车窗框上，枕着手臂看着他，似乎是在等他们聊完。

那种怡然自得让郁黎川一阵不喜。

莫笙眼睁睁地看着郁黎川头顶的心电图从红色变成了绿色，不由得担心地问："学弟，你昨天熬夜了吗？"

"没有，我每天晚上都会在十点前睡。"显然是一位养生达人。

"哦……欸？那我给你发消息问医药费的那次？"

"我听到手机提示音醒了。"

怪不得回得有点儿慢。

这也就是郁黎川脾气好，要是莫笙这种脾气炸的，睡着了还被吵醒了，一准"口吐芬芳"到对方怀疑人生。

莫笙又问："你有没有觉得心脏不舒服之类的？"

郁黎川很疑惑："没有，怎么了？"

莫笙看着郁黎川头顶绿色的心电图有点儿担心，不知道绿色是正常的，还是红色是正常的，还是说这种颜色有其他的含义？

这时音乐系的大巴到了，学生们纷纷上车。

郁黎川和云折竹对视了一眼，跟莫笙道别，朝着大巴车走过去。

临上车的时候，云折竹扛着自己的大提琴箱，对郁黎川小声嘟囔："这哪是大哥的女人啊，这是大哥。"

其实莫笙只是正常说话，但是气场就让云折竹难以承受。

烟酒嗓，说话的时候自带霸气，让云折竹看着她就觉得害怕，更何况莫笙比他还高一厘米。

别小看这一厘米，178厘米的女孩子看起来就是高一些，177厘米的男生则在视觉上让人觉得矮。

云折竹一直觉得，郁黎川应该找一个温柔如水的女朋友，这才符合他书香门第的出身。

结果郁黎川突然就看上了莫笙。

云折竹总觉得，莫笙一巴掌都能给他拍成半身不遂。

郁黎川小声说："别这么说，我喜欢她。"

"好好好。"云折竹赶紧闭嘴了。

莫笙他们三个人到了商场里，莫笙和岑沐可两个人逛，唐祎跟着凑热闹，逛完他结账，买完他拎包。

岑沐可本人很漂亮，也很会穿搭，全程都在帮莫笙搭配衣服，推荐的一般都很不错。

唐祎难得拎起一件马甲给莫笙看："这个，保暖。"

"花里胡哨的，你就喜欢这种是不是？"岑沐可立即反驳。

唐祎赶紧挂了回去。他就知道，这位娘娘忍了一路，就找机会数落他呢。

莫笙没理他们两个人，在一条裙子前停下了。

裙子是祖母绿色的，丝绒材质，V领，属于复古的御姐风。想驾驭这条裙子多半得化妆，还得是深色口红。

莫笙长这么大还没化过浓妆。

岑沐可也看到了裙子，立即眼前一亮，拿下来在自己的身上比量："这条裙子好看欸。"

莫笙瞬间回过神来，看着说道："嗯，好看，适合你。"

唐祎走过来，站在莫笙身边跟着看，看着莫笙的表情问："怎么，你喜欢？"

莫笙看向唐祎没说话。

唐祎看了看那条裙子，摇了摇头："不合适，吊带，还是短裙。你应该买长袖和过膝的，把你膝盖和手肘的疤痕挡上，你不能穿着裙子套护膝吧？"

莫笙的手肘和膝盖经常会青一块紫一块，露出来不太好看。一般只要鱼跃救球和摔向地板时姿势正确，也不会有伤，会青紫是因为莫笙使用了极端的方式救球引起的。

她的手肘和膝盖都有疤痕，是早期急于求成时过度训练，方式不对，摔了一次后留下的。

她还是那种大骨架的女孩子，明明体脂率很低，并不胖，偏偏看起来就是高大壮，不适合穿这种小裙子。

岑沐可一听就不愿意了："笙笙怎么不能穿了？她皮肤白！祖母绿也显白，肯定好看，买！"岑沐可终于意识到刚才的举动有点儿不对了，立即帮忙反驳唐祎。

莫笙之前都不是这种风格，她还当是莫笙帮她看的……

莫笙叹了一口气说道："估计也没有我这么大码的。"说着举起裙子问售货员，"这条有180码的吗？"

售货员过来看了看，说道："你瘦，穿175码的就行，我给你找一件你上身穿上试试。"

莫笙想了想，真的去试了。

在等待的时候，岑沐可双手环胸问唐祎："慌不慌？看来她还挺在意那位学弟的，都要改穿衣风格了。"

唐祎依旧笑呵呵的，不在意地拿着手机看："慌什么。这种情况我见过很多次了，之前有一位学长追得更凶。"

"你搅黄多少个了？"岑沐可觉得唐祎特别可气，"你自己女朋友不断，却不让她谈，你什么人啊你？"

"我没有不让啊，就是发现他们其实也没那么喜欢她而已。"唐祎将手机屏幕锁上，把手机放回口袋里。

岑沐可都想打人了。

唐祎却突然说："我不打算再找了，等过一阵子，她觉得我不是渣男了就好了。"

"谁管你找不找？"岑沐可说完，就跑过去帮莫笙换衣服了，生怕莫笙不会穿裙子。

莫笙走出来后，唐祎抬头看了一眼，没说话。

其实挺好看的，但是他不想莫笙买。

这条裙子可以露出莫笙的直角肩和漂亮的锁骨，还有隐隐约约的凹陷线。

莫笙皮肤很白，五官也很好看，身材又是那种特别适合穿旗袍的，凹凸有致。

售货员积极地送来了两件外套，帮莫笙套上，同时介绍道："外面穿上毛衣就不会冷了，颜色也搭，是不是好看？还有这件黑色的呢大衣，你试试，也很有气质。"

莫笙看了看镜子里的自己，有点儿拿不定主意，扭头看向岑沐可。

岑沐可的回答就一个字："买。"

唐祎和莫笙对视了一眼，就起身去结账了，一条裙子加一件外套就花了将近一万块。

唐祎也没有犹豫，毕竟他给莫笙花钱真就没心疼过。

莫笙则是觉得是唐爸爸买单，倒是也花得理直气壮。

唐祎刷卡的时候，就听到莫笙和岑沐可聊演奏会的事情，讨论套什么打底裤才能不 LOW，毕竟这种天气有点儿冻腿。

演奏会？

那个大一新生的？

唐祎忍不住撇了撇嘴角，心情一阵烦躁。

这次演奏会是东高大和音乐学院一起举办。

东高大的文体院比较出名，但还是会有更多人愿意考去专业的音乐院校。

音乐学院学生多，优秀的学生也多，导致这次演奏会参与的人数，省音占三分之二，东高大出席的只有三分之一。

间接地，就显得东高大有些弱势了。

调整位置的时候，大家集合在一起，都是按照乐器分的，队伍被打散了。

省音的学生小声嘀嚷："真厉害，能考东高大？也没看这些年出来什么人，虚名而已，我艺考的时候都没考虑过这个学校。"

这一句虽然音量不高，还是被听到了，引得东高大的人有些不悦，反驳道："这还分高低贵贱了？个人选择而已。"

"你看看出来的人数，再看看奖项，水平高低立见。"

其他东高大的人赶紧出来劝道："别和他们一般见识，还要表演呢，没必要与小学鸡斗嘴。"

这个时候省音的一位老师看到了站在人群中的郁黎川，突然笑着打招呼："小师弟。没想到老师还能收关门弟子，我和你爸爸是同学，我却要叫你师弟。"

说着，他对自己的学生开玩笑似的说道："论辈分，这个小朋友是你们的师叔。"

郁黎川，人小辈分大。

需要叫郁黎川师叔的就有之前看不上东高大的那位。

你们人多，你们是专业院校，但是……我们有郁黎川。

莫笙回到学校后打算叫齐柠一起出来吃饭，她请客。

结果打电话时就发现齐柠的语气有点儿不对，她立即警觉，换了语气问道："你在哪儿呢？"

"没事，你不用管。"齐柠很快拒绝了，还挂断了电话。

莫笙拿着手机看向唐祎，说道："问问你朋友，张垚在哪儿呢？"

唐祎点头，拿出手机来联系，果然打听到了。

齐柠和张垚正在吵架，就在体育馆外面的台阶上。

莫笙听完就觉得特别气："贱不贱啊，还去找他！"

"张垚欠齐柠的钱，上次我帮齐柠要了，张垚说会还，让我别担心。不过让那小子还钱真的费劲儿，欠我的五千块分两年还的，当初说好就借一个月。"唐祎说。

"齐柠跟我说他已经还了。"

"怕你闹呗，你马上就要入省队了，闹事不好。"

莫笙气鼓鼓地朝着体育馆去了，岑沐可赶紧跟着。

唐祎拎着手里的袋子，犹豫了一会儿也跟着去了。

齐柠这边分手后冷静了几天，决定去跟张垚要钱，两个人之间还有八千元钱的债务关系。

八千元钱对其他人来说可能不算多，但是对学生来说，这已经是一笔巨款了。

就算是省队的成员，每个月的固定工资也就六百元。

排球又是集体项目，参加的比赛规模不大的话，奖金分到个人头上也是杯水车薪。

东高大女排队也是这一次获得了全国大学生比赛的第一名，奖金才丰厚一些。不过稍微奖励自己一下，买些东西钱就不够用了。

齐柠心里过不去这个坎。

她觉得就算张垚不愿意在交往的时候为她花钱，也不能跟她借钱不还。分手了，钱得还给她。

八千块钱呢，拿这笔钱干点什么不好？！

结果一提钱张垚就开始气急败坏，对着齐柠吼："我都说了会还你了，下个月生活费拿到就给你！你催命呢？你差这点钱续命是不是？没完没了的，烦不烦啊你？"

"你都说了几个下个月了？"

"我这个月不是出了点事吗，都跟你解释清楚了。"

"我看你游戏里的新皮肤也没少买啊。"

"你又盯着我了是不是？"张垚已经有些急了，伸手去推齐柠，"走吧你，别站在这里烦我了行不行，怎么分手了还这么阴魂不散？"

结果齐柠还没被推走，张垚先被突如其来的饮料瓶砸了脑袋。

这一击很重，看得出来出手的人十分有力量，砸得张垚一瞬间脑袋一片空白，身体一晃撞在了墙壁上。

饮料瓶掉落在地上，因为巨大的冲击力炸开，从裂开的缝隙冒出泡沫来，喷溅了张垚整个鞋面。

张垚骂了一句脏话。

莫笙站在不远处，看着张垚扬眉："你敢再碰她一下，我废了你。"

张垚对莫笙自然十分熟悉，毕竟是前女友最好的闺蜜。他平时就看莫笙不太顺眼，主要是他和齐柠有点儿事，莫笙就会过来掺和一脚。

和女朋友吵架原本是挺正常的事情，被女朋友的闺蜜白眼相对，真的让人非常不爽。

他们交往期间，几乎是莫笙指挥张垚怎么对齐柠好。

好好的交往，变成了完成任务，真分手了也有莫笙的功劳。

张垚看到莫笙之后开始吼："又是你，我忍你很久了，你还来惹我？"

莫笙一点儿也不怕张垚恼羞成怒，还笑得出来，嘲讽地回答："你看到没有，你就是无能暴怒的典型代表。"

"说什么呢你？"

莫笙不愧是莫笙，主动挑衅，看到张垚气得额头青筋都暴起了，还敢坦然地走过去，伸手将齐柠拽到了自己的身后护着。

齐柠哪儿都好，平时也挺能耐的，就是有点儿"恋爱脑"，恋爱的时候张垚说什么是什么。

莫笙是齐柠的朋友，她能怎么办，只能像护崽子的老母鸡一样护着齐柠。

此刻也是。

她指着张垚继续骂："就是说你。你如果还钱了，谁愿意来找你？真当自己多金贵是不是？啊？照照镜子认清自己什么样能累死你是吧？"

"我什么样？我挺好的，至少挺多人追我的。"

"是，你厉害，你一出生就自带 BGM，医院里的灯光全都和聚光灯似的，照在你那个黢黑黢黑的小身板上，让你觉得自己是巨星降世了？扔耗子窝里，你就跟耗子似的，分不清谁是谁，长得贼眉鼠眼的，自信心倒是很强，屎盆子里放鞭炮你膨胀了是不是？"

张垚愣是被莫笙骂得一句话说不出来。

他也就是个子高，体育系的，勉强算是个型男，还挺招女生喜欢的。

但是他皮肤黑，眼睛说好听点儿是丹凤眼，说难听点儿就是小眼睛睁不开。鼻头也有点儿尖，看起来确实不太舒服。

总体看着顺眼，不过经不住仔细端详。

莫笙也不需要张垚回答，她骂人完全不需要别人捧场，真打怵了都算她输。

"把钱还了，咱们好聚好散，以后你去你的臭水沟，我们走我们的阳关道，谁也不打扰谁。中心思想姐给你点个题，就是赶紧还钱。这钱我们就算留在支付宝里每天涨几毛钱，最后捐出去爱护花草树木，也比浪费在你这里强。至于你怎么还，我们都管不着，你要是实在没招，姐去给你找个小额贷款去。"

张垚气得龇牙咧嘴地反驳："那么点儿钱，你们至于吗？"

莫笙点头："至于，真迫在眉睫了，这是救命钱。就算现在我们不缺钱，也不应该把钱砸在垃圾身上耗着。你去专栏搞个募捐，就说你是废物你没有钱，让大家看在你不要脸的分上给你捐点钱，你看看谁愿意帮你？"

"这是我和她之间的事，轮得到你管吗？"

"你认清楚你的关系好不好？你是前男友，我是她朋友，现在我和她的关系更好，怎么就轮不到我管了？废话怎么这么多呢？还钱！"

张垚左右看了看，发现体育馆里有人出来了。

另外一边岑沐可就站在唐祎身边，往他这边看。

他突然觉得丢脸，气急败坏地看了唐祎一眼，随后嘲讽莫笙："你觉不觉得你这个破锣嗓子说起话来，就跟泼妇在菜市场门口骂街似的？"

"怎么的？骂你还得声音好听？你是有多贱？"

"你是不是自己找不到男朋友，别人处对象就非得来插一脚？你朋友处对象，你就各种捣乱，不够你忙的，关你屁事啊？你看看你，膀大腰圆，虎背熊腰的，身上还和癞蛤蟆似的全是疤，你恶不恶心，谁能看得上你？谁能喜欢你这样的？"

莫笙被气到了，问："我找不找得着男朋友，关你屁事？"

"你就是没人要憋的，就不想别人好，不可能有人喜欢你这样的，你就一泼妇。"

唐祎原本拎着东西站在一边，他知道莫笙的战斗力，也不怕，没准备参与，但是听到张垚这么说就有点儿听不下去了，他放下东西走过去，想让张垚适可而止，突然听到有人说："我喜欢她这样的。"

唐祎一愣，朝着说话的人看过去，郁黎川不知何时出现的，朝着他们这边走过来。

张垚想到唐祎会过来，但是没想到还会有其他人帮莫笙说话。毕竟这附近都是篮球队的人，都会给他点儿面子。

结果他一扭头就看到了陌生的面孔，最要命的是还挺帅的。

郁黎川青木色的头发在夕阳下镀上了一层红色，背光的面孔埋在阴影之中，柔和的轮廓多了几分沉稳。

他还穿着彩排时的衬衫，外面套着大衣，白色的领口仿佛落着雪，如冠少年衬白衣，气质卓然，仪态翩翩。

郁黎川身上还背着装着小提琴的箱子，显然刚刚回来不久。

他看了莫笙一眼，笑容温和："学姐。"

莫笙原本还在骂人，突然被打扰了有点儿恍惚，气场多少有点儿收不回来，愣愣地跟他打招呼："呃……你排练完了？"

"嗯。"

张垚不爽地问："你是谁啊？"

岑沐可原本挺不喜欢郁黎川的，甚至还有点儿敌意，但是此时突然特别捧场地跟张垚介绍："校草！"

说完，她又补充了一句："人家校草都喜欢，轮得到你来嫌弃？你赶紧还钱就是了，废话真多，我要是你我都觉得害臊。"

张垚还想反驳，却被唐祎按住了肩膀，小声劝道："赶紧把钱还了，不然你反驳都不能理直气壮。"

张垚被搞得再难嚣张，最后对齐柠说道："我想办法还给你。"说完扭头就走了。

看到张垚走了，齐柠气得直哭，莫笙伸手拍了拍齐柠的肩膀安慰。

郁黎川也不打扰，只是站在一边等候。

在岑沐可帮忙安慰的时候，莫笙到了郁黎川身边问："你来找我的？"

"我们系的训练室在那边，我要去取东西。"

"哦，谢谢你帮我救场，刚才那一句特别解气。"莫笙说完，还伸手去揉郁黎川的头。

"我说的是实话。我确实很喜欢学姐这种女孩子，很直接，很可爱。"郁黎川说道。

莫笙的手都盖在郁黎川的头顶了，身体一下子僵住了，突然不好意思起来。

这是在表白吗？

唐祎看到莫笙睁大了眼睛，有些呆愣的模样，直接走过来伸手揉了揉莫笙的头，说道："我也喜欢你这种女孩子，对姐妹讲义气。"

莫笙立即回过神来，收回自己的手，推了唐祎一把："老娘用你喜欢？"

"是，不用，你得去安慰安慰你的小姐妹吧？她正哭着呢，你还在这里调戏学弟？"

"哦。"莫笙缓过神来，探身问郁黎川，"你要去取东西吧？你先去，我这边处理一下。"说着，指了一下齐柠。

郁黎川点了点头："你先忙，我先走了。"

"嗯嗯。"莫笙有点儿不自在地目送郁黎川离开，接着去安慰齐柠。

唐祎则是看着郁黎川，目光并不友好。

齐柠一个身高一米八的女孩子，此时哭得娇滴滴的，难得有了点儿少女姿态。

她哭唧唧地对莫笙说："笙笙，对不起……我又让你失望了。"

"你啊……老跟他耗什么啊？再不还钱就挂他！公开撕！怕他？！"

"这是我初恋啊。"

"一说这个我就气。"莫笙白了唐祎一眼。

唐祎无辜死了，委屈巴巴地说："不关我的事啊，我早就说过了体育系渣男多，你还非得搞一个联谊，我……"

莫笙伸手将唐祎手里的东西拿了过来，说道："这叫迁怒，我不讲道理，突然不想请你吃饭了，拜拜。"

唐祎没给她，对着她挑了挑下巴，说道："我给你送过去，乖，别闹。"

莫笙又瞪了唐祎一眼，随后几个人一起朝着女生宿舍方向走。

回去后，齐柠坐在宿舍的椅子上，抬头看着莫笙，因为心虚，所以低着头努力翻眼睛，都挤出抬头纹来了。

莫笙不爽地看着齐柠，对她进行了为时四十分钟的批评教育才放过。

"看看我新买的衣服,我打算听演奏会的时候穿。你得陪我去啊,就当将功补过了。"莫笙教训完齐柠,消气了。

莫笙刚将裙子拎起来,齐柠就惊呼了一声:"我去,你这是豁出去了啊。"

等莫笙换上了之后,齐柠眼泪一擦,之前的伤心难过全都忘记了,毫不吝啬自己的夸奖:"我姐妹这是要出道啊!你幸好没去混娱乐圈,你要是去了,那些小花还有活路吗?没有!我姐妹独美!"

莫笙被夸得飘飘然的,还转了一圈。

齐柠拿着手机对着莫笙拍照,拍完了之后拿去给莫笙看:"啊啊啊!姐姐你的生图好好看啊!姐姐你怎么这么美!"

莫笙终于被逗笑了,拿着手机仔细看:"是不是显得有点儿壮啊?"

"不壮不壮,目光全在你的大长腿上呢!美!让婷婷给你化个妆,你对学弟一笑,直接把学弟拿下了。"

莫笙突然兴奋起来,扶着齐柠的手臂说道:"你还记不记得学弟说喜欢我这种类型的女生?"

"听到了!要不是场合不对,这就是活脱脱的表白,四舍五入你都可以等他到法定年龄领证了。"

"唉,他才十九岁。"

"没事,先恋爱着,他值得等待。"

莫笙往椅子上一坐,哀愁地说:"唉,我已经在思考我是不是喜欢他了。其实吧,我和他也不熟,朋友都算不上,刚认识没几天,这么草率地恋爱了是不是不太好?"

"不用,就他那张脸,真的是看几次就能坠入几次爱河。"

莫笙又开始发愁了,实在是她到现在都不知道郁黎川长什么样,所以也没有坠入爱河的感觉。

她现在只是觉得郁黎川人挺好的,对他印象不错。

谈恋爱吧,她还得再想想,相处一段时间再说。

别看她是猛虎女孩,但是也有执念,毕竟是自己迟到的初恋,怎么也得斟酌好了,这要是遇到渣男了怎么办?

万一郁黎川是那种千家万户送温暖的"中央空调"呢?

虽然看到郁黎川拒绝过一次女孩,但也不能证明他就不花心,说不定今天的这位不是郁黎川的"菜"呢?

这时白小婷走进宿舍,手里还拿着一壶热水。

她夜里总饿,就买了一箱泡面,半夜在宿舍里吃。只见她走进来又闷头出去了:"抱歉,走错了。"

莫笙刚要去追,就看到白小婷把暖壶放在了门边,回头对莫笙抛了个媚眼:"美女,可以要个微信吗?我确定刚才那一瞬间是心动的感觉。"

莫笙这才反应过来，被白小婷逗得大笑出声，笑了没一会儿就开始尖叫："天啊，我的裙子要撑裂了，我买的小号的。"

白小婷赶紧过来帮莫笙把裙子的拉链拉开了，一边帮莫笙脱衣服，一边开始研究该怎么给她化妆。

莫笙和齐柠准备要去听演奏会的那天，才注意到上午有运动解剖学这门课，上课的老师是周副教授。

周副教授，体育系的噩梦之一，恐怖程度可以排到前三。

这要不是莫笙和齐柠真的没得选了，她们是真不想去上这节课。

莫笙和齐柠两个人对视了一眼。

莫笙犹豫："要不……我们就不去了？"

齐柠摇头："去，必须去。上次学弟间接表白让我搅和了，这次怎么的也得去捧场。我给你们制造机会，让你们单独相处，把上次的表白续上。"

"行。"莫笙咬牙答应了。

白小婷把自己的化妆品都摆好了，帮莫笙化妆的时候还在叮嘱："笙笙，学弟如果表白了，一定要矜持，把持住了，不能当场扑倒，你再等等。"

"其实我有点儿犹豫……"莫笙小声嘟囔。

"嗯，可以先说考虑一下，让他慢慢追你。"

"不是，我觉得学弟说不定只是客气一句呢？他有什么理由喜欢我呢？比我好还软萌的妹子多了去了，不应该就轮到我了啊！"

齐柠一下子不高兴了，反驳："他看上你是因为他眼光好。"

莫笙摆了摆手："我知道，你们看我怎么看怎么好，但是吧……我们理智一点儿，人家是校草，拿了国际大奖的，才华出众。"

齐柠再次强调："对，他优秀，所以他配得上你。要是他不优秀，我们都不会让你考虑。"

白小婷跟着点头："是的。"

莫笙经过一夜的沉淀已经冷静下来了，突然觉得她们可能想得太美了，甚至有点儿自作多情。

不过人家邀请了，还是帮过她的人，演奏会她还是得去看，其他顺其自然。

她不觉得郁黎川能看上她，自己也没喜欢上郁黎川。

所以这事吧，不急。

莫笙和齐柠先是去了教室签到。进去的时候莫笙一阵不自在，总觉得这身衣服不是自己以往的风格，还化着妆，反而比素面朝天还让人觉得奇怪。

他们已经上大三了，还是学期中，大部分学生都蓬头垢面，莫笙这样还挺扎眼的。

不过她的不自在是多余的，有人看了莫笙一眼，夸了几句，也没再说什么。

莫笙和齐柠想逃课非常艰难。

他们现在签到非常变态，用手机 APP 扫码，那个码五秒钟换一次，想拍照给室友都来不及。

而且，签到后到下课前，手机信号范围都要在教室内，到了下课才能扫码离开。

上课前周副教授还会点个人头数，看看和扫码的人数是否一致，签到才算结束。

没个备用手机，都不算东高大成熟的大学生。

她们俩只能把手机给白小婷，让白小婷帮忙拿着。

两个人蹲行离开教室，拿着票赶往大剧院，到了地点之后发现观众还挺多的。

莫笙和齐柠找到座位后，发现位置还挺不错的，不过有点儿靠边。

等到演奏会开始，莫笙就觉得这个位置一点儿也不靠边了，因为就在郁黎川站的这边舞台上，坐在这里看着郁黎川正好。

莫笙看着那个穿着正装的发光体，竟然也跟着紧张起来，要知道她平时比赛都不会这么紧张。

这个时候，她听到后排的观众说道："那个男生好帅啊！"

"他就是郁黎川，刚刚获奖的那个。"

"我听说过，胡匀的关门弟子。真帅啊，我要录下来给我朋友发过去，她们肯定会后悔没来。啊啊啊！他朝这边看过来了。"

齐柠也在这个时候用手臂撞莫笙："学弟在看你呢。"

"他转头了？"莫笙的眼里，郁黎川整个脑袋都在发光，还特别晃眼。

"不是，你一个不怎么学习的人，装什么近视眼，显得你有文化吗？"

"我要招手吗？"

"不用，他已经转过去了。"

"哦……"

演奏会开始后，莫笙和齐柠呆若木鸡，主要是因为听不懂。

她们两个都是喜欢听抖音土嗨歌的人，这种场合真的是第一次来，显得格格不入。

齐柠凑过来小声地和莫笙说："姐妹，我有点儿困。"

莫笙紧紧地握住了齐柠的大手，安慰道："坚持住。"

"嗯。"

到了中间一段，居然有郁黎川的独奏。

莫笙和齐柠瞬间精神了，想着郁黎川独奏的时候肯定要捧场啊。结果郁黎川一曲结束之后，根本没有人鼓掌。

齐柠有点儿尴尬，也就没动，生怕掌声稀稀拉拉的更丢人。

她凑到莫笙身边小声说："看来学弟的人气不行啊，一会儿结束之后你安慰安慰学弟，让他别气馁，还能得一个好印象。"

莫笙重重地点头，感觉任务艰巨。

郁黎川再次开始拉起小提琴，音乐旋律悠扬，就算是她不懂音乐也觉得好听。

也不知道是不是学音乐的气质都很好，郁黎川站在台上，气质要比平日里更加出众，让人移不开目光。

莫笙就算看不清郁黎川的样貌，也不由得在心中惊叹。

这一曲结束，全场掌声雷动。

莫笙奇怪地看向周围，也跟着鼓掌，随后拿出手机查询，查到答案后把手机递给了齐柠："不要表现出很土的样子。"

齐柠看完手机后"嗯"了一声。

演奏会同一乐章之间不需要鼓掌，这是一种礼仪。

然而莫笙和齐柠根本不知道哪个曲子和哪个曲子是同一乐章……

当观众都好难啊，仿佛在上马哲课。

演奏会结束，郁黎川在休息室整理东西的时候，一直盯着手机看。

他之前发消息给莫笙，让莫笙等一等他，莫笙还没有回复。

云折竹还在念叨着什么，结果郁黎川根本没听进去，云折竹不由得有点儿恼，提高了音量叫道："黎川。"

"嗯？"

"魂不守舍的。"

"我今天表现得还可以吧？"

"挺好的啊！你一直都特别稳。"

郁黎川点了点头，却还是没有轻松下来。

云折竹不由得有点儿好奇，又问："你怎么了？"

"她来听演奏会了，我今天一天都有点儿紧张。而且，我上一次和她说过，我喜欢她那种类型的女孩子，你说今天见面了我该怎么办？"

云折竹看着郁黎川，突然有点儿想笑："你也有被难住的时候？"

"我只是太在意她了，不知道她是什么样的想法。刚认识几天就说这样的话会不会很唐突？她会不会觉得我轻浮？"

郁黎川是真的不擅长和女孩子相处，每次和莫笙见面后，都会反思他今天说的话会不会不稳妥，他有没有做什么事情会让莫笙讨厌。

原本每天晚上十点一定要入睡的人，最近都失眠到了十一点多。

"这个我也不清楚，你观察一下她的态度，轻易不要表白，不然直接被拒绝了，说不定连下次见面的机会都没有了。刚认识几天，你就说你喜欢她，她肯定会觉得你不靠谱。"

云折竹主要是怕郁黎川挨揍。

郁黎川做了一个深呼吸。他从未想过有一天自己也会动心，所以从来没做过这方面的功课，完全是凭直觉来行事，现在突然开始纠结了。

一会儿见面了他该怎么办？

莫笙那边回了消息：我和齐柠离场了，我去哪里找你？

C：我对这附近比较熟悉，你发定位给我，我去找你。

所剩余笙：我都到演员出口了。

郁黎川脱掉西装外套，穿上大衣后整理好物品，快步走了出去。

云折竹真不愿意扛着自己的大提琴跟着到处跑，于是只是闷头朝外走，结果走到半路就看到郁黎川和莫笙她们会合了，就站在演员出口的门口。

他走过去和莫笙打招呼："大哥。"

莫笙："？？？"

云折竹发现自己口误了，赶紧说："你好。"

齐柠站在一边，努力想理由不当电灯泡，看到云折竹来了灵感，伸手拿走了云折竹的大提琴箱："你这玩意儿挺沉吧？我帮你拿着，走，我送你。"

"哈？！"云折竹看着这个比自己还高三厘米的女生愣了愣，随后明白了过来，跟着齐柠一起走了。

莫笙有点儿无语了。

她还看不到郁黎川是什么表情，只是知道郁黎川没说话，更尴尬了。

就齐柠这演技，去剧组演尸体都能 NG。

这时，郁黎川从自己的口袋里取出了一个新的一次性口罩，对莫笙说道："最近流感很严重，你把这个戴上。"说着，就帮莫笙戴上了口罩。

莫笙震惊了一瞬间，没反对。

她今天来听演奏会，特意换了一身淑女一点儿的衣服，还化了妆。结果郁黎川刚刚见到她，就给她戴上了口罩？

口红不得蹭掉了？

郁黎川应该不是恶意的吧？

还是说她化妆不好看？他不忍心看了？

莫笙木讷地戴着口罩，跟着郁黎川一起朝外走。

郁黎川说："我的师兄要回学校看老师，会开车顺路送我，你和我一起回去吧。"

"哦……好的。"不单独去吃饭吗？

"你的朋友一起吗？"

莫笙扭头朝齐柠看过去，就看到齐柠摇头，显然是让她和郁黎川单独离开。

莫笙回答："不用，她一会儿要去附近的商场。"

"好的，我们走吧。"

郁黎川带着莫笙去找了自己的师兄。这位师兄是省音的老师，年纪和郁黎川的父亲差不多。

师兄人很客气，看了莫笙一眼，默认莫笙是郁黎川的女朋友，也没多问，只是招呼他们上车。

郁黎川看着莫笙上车，迟疑了一下，没有坐在莫笙身边。

不能让莫笙觉得他是一个轻浮的男生。

等上了车，莫笙一个人坐在后排，看着郁黎川坐在副驾驶席，后悔没叫齐柠一起了。

什么玩意儿吗！

途中郁黎川都在和这位师兄聊天，话题都是音乐和胡匀，莫笙也插不上嘴。

她拿着手机疯狂地跟齐柠吐槽：我就知道他不喜欢我！

所剩余笙：他就是出于礼貌给我票的！

所剩余笙：搞什么啊！我自己傻乎乎地坐在车里，尴尬死了。

齐柠：欲擒故纵？

所剩余笙：才不是！

所剩余笙：亏得我还很纠结要不要和他在一起，结果是我自作多情。赶紧到学校，不然我就要疯了！

齐柠：你别急，我和他朋友打听打听。

莫笙放下手机，气鼓鼓地坐在后排，干脆拿着手机刷抖音。

抖音的音乐声时不时响起，声音不算特别大，也引得两个音乐生回头看她。她也没管，依旧开开心心地看着抖音里的帅哥美女。就算知道他们都是用的滤镜，至少看着就开心。

总比看着一个不理她的"灯泡"开心。

郁黎川回头看了看莫笙，又是一阵纠结，不知道该和她聊点儿什么好，她看样子也挺忙的，还没想到车子就行驶到了学校。

下车后，莫笙打算直接回宿舍，却被郁黎川伸手扯住了衣角，低下头小声跟她说："等一下。"

郁黎川似乎有点儿急，所以靠得很近，他的呼吸就在她的耳边，暖暖的，痒痒的，让她突兀地紧张了一下。

或许是因为郁黎川温柔的声音具有某种神秘的力量，又或者她也好奇郁黎川到底想干什么，她还是留了下来。

郁黎川要送师兄去老师那里，说是胡匀换了新的办公室，他亲自带路。

莫笙就跟在了郁黎川身边，和他并肩一起走。

莫笙还是第一次来音乐系的大楼，进来之后就觉得，音乐系和他们体育系的画风完全不同。

他们体育系和音乐系还有表演系在一个院，简称文体院。

文体院是东高大最有人气的地方，全校最受欢迎的男男女女都在这里。不过，体育系的女生，尤其是重竞技的女生……除外。

莫笙所在的排球队，还有女篮队因为个子太高，也除外。

将师兄送到后，郁黎川对莫笙说道："我带你去一个地方。"

他们去的是音乐教室，此刻学生都不在，显然刚刚表演完，大家都没有兴致过来继续练习。

郁黎川进来后，打开自己的箱子，同时对莫笙说："今天的曲子是老师选的，不知道你喜不喜欢？如果你有喜欢的曲子，我可以单独拉给你听。"

莫笙不高兴地坐在了一边的椅子上，低声说："也没什么想听的。"

"为什么你看起来不太开心？"郁黎川很快发现了莫笙的不对劲儿。

"我今天化妆了！结果见面后你直接给我戴个口罩，是嫌我丑吗？"莫笙直接问了出来，根本不用别人猜她为什么不开心。

郁黎川愣了一下，随后走过来拿下了莫笙的口罩，低下头认认真真地看她。

这样被看着莫笙反而不自在了，她拿起手机看了看自己的口红糊没糊，幸好看起来还不算太糟糕，只有下唇瓣有一处溢出来了。

郁黎川抬手，将她嘴唇上糊出来的口红用大拇指抹掉，动作很轻，很温柔。莫笙却莫名被他指尖烫了一下，人也慌了，心脏就好像离群的小梅花鹿，慌乱得没有方向，迷茫地到处乱撞。

郁黎川微笑着说道："抱歉，我有脸盲症，你是我看清的第一个人，所以我对化妆的概念不强，我还是第一次知道化妆是什么样子。很漂亮，谢谢你让我看到。"

"脸盲症？"莫笙诧异。

"嗯，我只能通过一个人的特征，比如体形、声音、发型来分辨。如果那个人突然换发型、衣服，身材改变，闭口不言，我恐怕就认不出来了。"

莫笙还是第一次知道这件事情，脑袋里突然出现了两个字：果然。

原来，最后一句话是因为这个实现的？

所以郁黎川对她特别，是因为他能认出她来吗？并不是因为喜欢她？

就在她胡思乱想的时候，郁黎川又把口罩给莫笙戴上了。

莫笙奇怪地看着他问："怎么了？"

在室内还戴着？

郁黎川回答："你还是戴上吧，太漂亮了，再看我要害羞了。"

"……"

她是不是被撩了？

第四章
东高大女子排球队

　　莫笙此刻的体验，就是冰火两重天。

　　一半欢喜一半忧，一半琼瑶一半金庸。

　　她算是明白为什么郁黎川被她揍了也没生气，反过来还和她成了好朋友。

　　因为郁黎川脸盲，估计是天生的，长这么大看不清任何人，终于有一天能看清她了，所以对她很特别。

　　这就好像从没见过人脸，终于能看到了，他肯定愿意多看她两眼，看看人类究竟长什么样子。

　　她在郁黎川的眼里肯定好看啊！

　　他长这么大，只能看清她一个人，也不知道什么是美，什么是丑，也没个衡量的标准。可以说她是最好看的，也可以说她是最丑的，反正就她一张脸。

　　她这个外挂开得可真太大了。

　　她在郁黎川的人生里就是独一无二的，出现了，就会让他欣喜若狂。

　　郁黎川为了能多看她两眼，对她好，帮她完成小组作业也是正常的了。

　　莫笙一时间不知道该高兴，还是该心疼郁黎川，或者说矫情地失落，毕竟不是缘于她的自身魅力。

　　这事儿说不清。

　　郁黎川接近她，说不定也不是喜欢她，也不是因为她多吸引人，而是因为好奇。

　　同理，如果莫笙听说动物园里来了一只独一无二的动物，说不定也愿意买票去看。

　　一方面，她矫情地觉得，郁黎川如果哪天真和她在一起了，也不是因为她多好，而是因为郁黎川能看清她，仅此而已。

另一方面，她又窃喜，哈哈哈，牛大发了，她是校草眼里最特别的存在，她在校草眼里是标准的独美！

她有这么得天独厚的条件，如果还拱不到郁黎川的话，那她在单身方面绝对是天赋异禀了！

还有就是，郁黎川的温柔，是莫笙从未体验过的。

刚才被郁黎川碰了嘴唇，她的脸颊一瞬间就烧起来了。也幸好重新戴上了口罩，不然郁黎川能够第一次看到人类的脸变成猴屁股。

那她也算是给郁黎川上了一课。

莫笙有点儿好奇，所以继续问："你谁都看不清吗？"

郁黎川靠着一个台子，点了点头回答："我是统觉性脸盲，在我的眼里，所有人的五官都是模糊的，就好像脸上有一团雾。其实我到现在，都不知道自己长什么样。"

"能治好吗？"

"不能。"郁黎川叹了一口气，"我是枕叶和颞上沟有损伤，很早就去医院看过医生，不过无能为力。"

莫笙还是第一次知道这件事情，她之前认知里的脸盲，无非是H国选美，分不清那些选手谁是谁。

没承想，真正的脸盲症这么严重。

莫笙思索着问："那你第一次看到我的时候……"

"我很惊讶，整个人都傻掉了。当时我在图书馆三楼的缓步台朝操场看，你正在和队友跑步，我站在那里看着你跑了五圈，都没敢下楼去找你。我怕这只是我的幻觉，到了楼会再次认不出来。"

莫笙没好意思说自己许愿的事情，只能含糊地说："那真是神奇啊，我唯独看不清你。"

"嗯，我也觉得很神奇，不过幸好有这种事情的发生，让我能够注意到你。"

莫笙突然扯下自己的口罩，对郁黎川介绍：看到没，这个叫眉毛，这个叫鼻子，这个叫嘴巴……"

郁黎川被她认真的样子逗笑了，声音温和地说："这个我还是知道的，我会时不时摸自己的脸。"

"哦……"莫笙突然觉得自己像个傻子，又把口罩戴上了。

郁黎川拿着小提琴，问莫笙："有没有什么想听的，我单独拉给你听。"

莫笙开始翻找自己的小曲库，憋了半天才说出来一首："那个，来个《赛马》吧。"

郁黎川听到这个曲子怔了一下，拿着小提琴迟疑了一会儿。

莫笙注意到了，问："怎么，不会吗？"

"呃，稍等，我想想谱子。"

郁黎川从口袋里拿出手机来，翻找出了谱子，眼睛扫了一眼之后就为莫笙演奏起来。

莫笙喜欢这种会让人热血沸腾的旋律，尤其是郁黎川诠释得真的非常优秀。

莫笙听得忍不住鼓掌，又觉得这样不太礼貌似的，又抑制了，坐在椅子上认认真真地听。

等曲子拉完了，莫笙轻咳了一声，说道："还是非常不错的，就是吧，差了那么点儿味道，和我之前听过的不太像呢，不过也算可圈可点。"

"嗯，我会继续努力的。"郁黎川文质彬彬地回答。

莫笙拿出手机想要找其他版本给郁黎川听，结果发现她之前听过的是二胡的版本。

莫笙："……"

太丢人了，她还点评人家呢。

郁黎川没有说破，而是问："你还有什么想听的吗？"

"我知道的小提琴曲很少……《千本樱》算吗？"这个曲子，还是莫笙在抖音里知道的。

"是林赛·斯特林的 Senbonzakura 吧？"

"啊？"

"翻译过来就是'千本樱'。"

"哦……"

郁黎川显然是知道这首曲子的，拿起小提琴再次演奏。

依旧是一首非常澎湃的音乐，旋律让人听得热血沸腾，自带干劲儿似的。

她听得嘴巴张成了"○"形，拿出手机偷偷将郁黎川拉小提琴的样子录了下来，随后发到了排球队的群里。

所剩余笙：是不是挺帅的？

队长：滚。

主攻手：滚。

二传齐柠：滚。

提示：您被踢出群聊。

莫笙震惊，这群女人这么无情？

过了一会儿，莫笙再次被拉进群聊。

二传齐柠：你在不在群里无所谓，我们主要是想看校草。

队长：我嘴里弥漫着柠檬的味道，把视频翻来覆去看了三遍，也就姿色平平吗！

主攻手：队长，你的屏幕是不是湿漉漉的？

郁黎川一曲结束，放下小提琴问："还有什么想听的吗？不是小提琴曲也可以，只要有旋律，都可以试试看。"

莫笙还真说了一首歌。

郁黎川想了想后将小提琴放回箱子里，接着走到了钢琴边打开琴盖，试了试音后说道："这个曲子钢琴弹更好听。"

"你还会钢琴？"莫笙惊讶地问。

"嗯，我学过的乐器很多，小提琴是主修的。这就好像你们体育生，会打排球也会打篮球吧？"

"何止啊……"莫笙掰着手指头跟郁黎川算，"我们选修课就有乒乓球、篮球、足球，甚至是太极拳，这些项目大学四年里必须得学全了，并且要求及格。我们竞技体育专业还好，有比赛成绩就可以抵消很多。我室友白小婷教育体育专业的，那真的是……毕了业就十项全能。"

郁黎川手指放在钢琴上弹奏起来。

旋律悠扬，熟悉的歌曲以钢琴的声音呈现出来，莫笙听着非常有感觉。

弹完一曲，莫笙毫不吝啬自己的夸赞："真厉害啊你！"

郁黎川笑得见牙不见眼，又觉得高兴得太露骨了，赶紧收敛了笑容，再次忘记了莫笙看不到他的表情。

然而他并不知道，他头顶的弹幕出卖了他。

之前，莫笙看到郁黎川的头顶出现的都是心电图，红色的，跳动正常。

此刻突然变成了【愉快】的表情，并排划过去三个。

郁黎川坐着，莫笙站着，这表情包在莫笙的眼里就是在她眼前划过去的。

莫笙突然觉得有趣，继续夸奖："我觉得你的钢琴水平也不低，这还不是你主修的呢。那你要是主修了，不得和小朗似的？"

郁黎川赶紧否认："他是老师，我肯定赶不上。"

然而头顶却划过去六个【愉快】的表情。

莫笙继续夸："肯定行的，超级好听，我简直沉浸其中。"

莫笙看着七彩的【嘿嘿……】后面跟着三个【龇牙】表情从自己的面前划过，当即笑出声来。

莫笙走过去看郁黎川的小提琴，问道："我听说你们系特别烧钱，乐器都抵得上我全部身家了。"说着，小心翼翼地碰了碰郁黎川的小提琴。

郁黎川也不在意，说："我们专业学这个，自然是要准备专业一些的乐器。"

"你这个多少钱？"

"五十万。"

莫笙赶紧把手收了回来，惊讶地问："我的指纹不会腐蚀它吧？"

郁黎川立即笑了："没有那么金贵，它的音色是十分不错的。"

莫笙却不敢多看一眼了，生怕看都能看坏了，她全部身家都不够赔的。

莫笙的手机响起提示音，莫笙和队友发语音聊友谊赛的事情，也不忌讳郁黎川在。

郁黎川问："你有比赛，我可以去看吗？"

莫笙大大咧咧地回答："友谊赛没意思，其实就是虐菜呢。"

按照她们队伍全国第一的水平，和其他学校组织友谊赛，她们还是主场，其实就是虐菜。

这也是这所学校想找高水平的她们做陪练，让自己队伍里的队员知道问题在哪里。

郁黎川却十分执着："我还是挺想看你比赛的。"

"那就来呗，别被我的大嗓门吓到就行。"莫笙倒是不在意这个，把手机放在口袋里，对郁黎川一勾下巴，"走，姐带你吃饭去，把你的五十万也背着，别弄丢了。"

郁黎川第一次看校内的排球比赛，听说没有门票，只要去了就可以看。他总怕没有座位，一大早就去了。

他和云折竹到的时候，排球队还在进行晨练。

两个人进场之后，看到观众席零零散散地坐着一些人，觉得他们进去应该不算唐突，便走进去坐在了台边。

莫笙还在队伍里做弓箭步走。

她穿着队服，一条腿弯曲，勾住脚尖，将大腿抬高后向前伸腿，步子迈出一米左右的距离后落下，身体垂直，落地的脚弯曲成九十度直角。

这个动作间，莫笙的大长腿展现得淋漓尽致，身材比例惊人。

郁黎川听到身边的云折竹倒吸了一口气，随后小声嘟囔："明明差不多高，我却觉得她的腿能到我的腰。"

郁黎川明显注意到，从他到了之后，女排队的队员就频频朝他这边看，还在小声说着什么。

时不时还有"哟""吼吼"之类的声音发出。

倒是只有莫笙非常淡定，独自认认真真地走，就好像没注意到他来了似的。

走着走着，莫笙身后的人一抬腿踹了莫笙一脚，显然是在起哄。

排球队是男子和女子混合进行晨间训练，不过今天比赛的只有女子排球队，男生只是过来捧场。

等到解散之后，莫笙拎着两瓶水走到郁黎川身边。

在莫笙过来的时候，从观众席上还跟来了一个女孩子。其实，郁黎川和这个女孩子有过两面之缘。不过，她今天盘了头发，换了衣服，郁黎川也没注意看，没有认出来。

她开口说话后，郁黎川才辨别出来是岑沐可。

莫笙递水给郁黎川和云折竹，问："怎么来这么早？"

郁黎川回答："第一次看比赛，所以提前过来了。"

莫笙叉着腰笑道："嗨！友谊赛都没有多少人看，不用这么紧张。"

云折竹也想和莫笙打招呼，于是强行扯话题："你的队服怎么和其他人不是一个颜色？你是队长吗？"

莫笙看着云折竹突然就心理平衡了。

看吧，门外汉不止她一个，也有对他们排球一窍不通的，她还不是最丢人的那个。

莫笙倒是没取笑云折竹，回答："我是自由人，最不可能成为队长的那个。"

这个时候队长站在台下喊莫笙，让她一块去研究战术。

莫笙打了招呼就离开了。

岑沐可冷哼了一声，坐在了他们的身后，阴阳怪气地问："你们知道什么是自由人吗？"

郁黎川点了点头，回答得也十分坦然："知道一些，不过看过的比赛并不多。"

岑沐可扫了郁黎川一眼，眼神不算友好，接着继续说："自由人，在排球队伍里应该算是最不起眼的角色，他们主要是负责防守，替换规则也不一样，为了方便裁判辨别，所以队服跟别人不一样。但是，自由人是队伍最坚实的后盾，她站在场上，就仿佛对所有人说：别怕，你们的身边有我。"

云折竹有点儿尴尬，他是那种两耳不闻窗外事，一心只拉大提琴的主儿。

他不是郁黎川这种大学霸。

当年他要认真学习，还要兼顾练习大提琴，是以勤补拙的类型，都没看过奥运会全场的电视转播，自然不了解这些。

郁黎川感谢道："谢谢你的介绍。"

岑沐可见郁黎川的态度挺好的，也愿意多说一点。

"莫笙在东高大的女排队位置举足轻重，甚至可以说，莫笙曾一度拯救了东高大的女排队。"

云折竹惊叹："这么厉害？"

"那是！"岑沐可一提莫笙就兴奋，"我第一次见到莫笙的时候，还在读高三。当时东高大组织学生参观，我有考这里的想法，就跟着来了，正好看了一场排球比赛。当时我也不懂，但就是被吸引了。"

岑沐可比莫笙低一学年，她见到莫笙的那年，莫笙大一，刚刚成为东高大女子排球队的自由人。

当年东高大的排球颇有盛名，不然省队的训练基地也不会在这里。

然而，给省队乃至国家队输送了几名队员后，东高大的女子排球队在两年时间一落千丈，曾经连全国大学生排球比赛的预选赛都没进去。

教练知道队伍的问题出在哪里，自由人薄弱，于是签了莫笙。

教练几乎是用抢的架势，将莫笙的保送给签下来了。为了莫笙来东高大，教练天天去莫笙的家里游说。莫笙在东高大里也是一路绿灯，各种被照顾。

而莫笙的到来，也确实拯救了整个队伍。

莫笙是自由人，局限性很强，然而她在赛场上却让人无法忽视。

她不是在打球，她是在拼命。

今年是莫笙加入东高大女子排球队第三年，队伍里有了一个统一的认知，身后只要有莫笙在，就没问题。

岑沐可看的那场比赛，东高大女子排球队还是一盘散沙。

当时比赛已经过半，她们的队伍被虐得很惨，莫笙在后面看着着急也没有办法。

队友们已经陷入了混乱之中，毫无章法可言。

莫笙在一次救球后摔向地板，乱了阵脚的队友正在往后退，动作间后脚跟撞到了莫笙的额头。

那一脚让莫笙眼前一黑，捂着疼痛的部位起身，再将手拿下来就看到手掌上有血。

众人慌乱地朝着莫笙围过来，查看她的情况，教练也准备将她替换下去。

莫笙拿着镜子看了看，看到只是有点儿破皮，并没有下场，而是重新返回场地。

队友们纷纷劝莫笙，莫笙是个暴脾气，终于忍不住了，对着自己的队友喊了一句："干什么呢？有我在呢！"

这一嗓子让其他人瞬间鸦雀无声。

在这场比赛的后半段，只要是莫笙能救的球，莫笙都会对着前面喊一句："有！"

这个"有"持续到比赛结束。

对于排球来说，最重要的是什么呢？

约翰·伍登说，是战友之情。

原本一盘散沙的队伍竟然也扭转了局面，阵型井然有序，虽然最后输了，却输得并不难看。

当时岑沐可也不懂排球，却被莫笙吸引了，跟着莫笙热血沸腾。

她就感觉心口在一下一下地狂跳，跟着燃起来了。

莫笙坚定的眼神，可靠的实力，额头上还有血迹她也不在乎，模样又野又狠，这些都让岑沐可移不开眼睛。

岑沐可从未想过有朝一日，自己会那么崇拜一个女孩子；也没有料到过，一个人可以给她的生活带来阳光。

莫笙，以所向披靡的架势出现了。

后来，岑沐可来了东高大，进入了啦啦队。

她发现学校里对女子排球的热度不高，便亲自组建了女排队的后援会，甚至可以说是莫笙的私人后援会，她就是后援会会长。

她总觉得，莫笙就像一种信念，激励着她。

后来，莫笙在后排喊"有"的这个习惯就留下来了，不过出现的次数没那么多了而已。

每次注意到队友的步伐乱了，或者紧张了，莫笙就会喊一句："有！"

然后，队伍就神奇地稳下来了。

有她在呢。

有队友在呢。

队友之间的是羁绊，是信赖，是同样的信念。

岑沐可讲完，云折竹"哇"了一声。

郁黎川则是一直盯着莫笙。

莫笙站在队伍里喜欢叉着腰，时不时还会活动一下身体，一刻也安静不下来似的。

这一次的友谊赛显然十分轻松，他们讨论的时候还在笑，莫笙的笑容一如既往的爽朗。

岑沐可撑着脸看着莫笙那边，再次说道："今年对莫笙来说非常重要。"

郁黎川扭头问："怎么？"

"进省队啊。"岑沐可一副你连这个都不知道的语气，"排球队员最黄金的年龄段是二十二岁到二十六岁，莫笙今年二十一岁了。省队那边基本敲定了，她很快就要去省队那边训练。如果表现得好，入选国家队也有可能。"

"去省队了，她还会在学校里上课吗？"郁黎川比较关心这个问题。

"宿舍和我们分开，训练以省队为主，不过有时间还会来上课，保证能正常毕业就可以了。省队的训练基地就在那边，非常高的那个围栏，里面有一个非常低调像仓库的地方，旁边四层高的小楼就是他们的宿舍，朴实无华。"

郁黎川若有所思地"哦"了一声。

"国家队呢，就有国际赛了，将各个省队的队员召集到一起集训，接着去比赛，也不是长期的。"

"好的，谢谢你的科普。"

比赛开始后，的确像莫笙说的那样，场地并没有坐满，观众席仅仅坐了四分之三的观众。

不过郁黎川来得早，位置还挺不错的，视野也要好一些。

比赛开始后，明显能看出莫笙她们游刃有余，打得惬意，并没有如何紧逼，对面就已经溃不成军了。

经过两年的时间，凋零的强队又成了强者。

就算是这样，教练还是在场地边说道："齐柠你的手太黏了，不舍得给似的，你在手里捏一下，最好的时机就过去了。"

齐柠点了点头，结果就听到了莫笙的笑声。

齐柠回头看莫笙："你笑什么？学弟来了你高兴是不是？"

"不，蜘蛛侠二传手，你不把球送出去，是不是还想在球偏了之后用蜘蛛丝拽回来？"

齐柠气得要打人。

她们这边正开玩笑呢，结果对面队伍开始耍赖了，非得让她们这边让一让。

女孩子的特权，就是可以撒娇。

对面队伍和她们的关系不错，老打友谊赛找感觉，不过多少有点儿专业和业余对打的差距，总输确实挺打击人的。

齐柠立即抬头："让也行，我让我们自由人做二传。"说完对莫笙一摆手，"来，你行你上。"

莫笙也不怕，叹着气换了位置："我来就我来！"

队友们看着她们俩这样胡闹也不着急，还真就同意了。

对面看着莫笙穿着自由人的队服开始做二传，这打得和胡闹似的，也真的是让了，纷纷回到位置继续比赛。

莫笙这边的队伍替补自由人也上场了。

替补自由人名叫孟果，大一新生。

莫笙去省队后，队伍里就一直在培养接班人了。孟果身高172厘米，身材偏瘦，不过灵活度很好，人也充满了干劲儿。

难得有了上场的机会，孟果激动得冲过去抱了莫笙一下，毕竟莫笙也算是孟果的小师父。

莫笙走到二传的位置站好，余光一扫，就看到郁黎川头顶的心电图从红色变成了绿色。

刚才他那边经历了什么？！

比赛再次开始，对面就发现莫笙当二传居然也挺厉害的。

莫笙作为二传，球给得还挺准的，开网怎么给，近网怎么给都懂。

二传手，在一场比赛中不会被观众和媒体太过关注，但是，二传手有时候是一个球队中水平最高的球员。

这个位置和橄榄球队中的四分卫差不多，他们要判断将球传给哪一名攻手，更有得分的机会。

给得要准，时机要对，这都考验着二传手的水平。

她们需要注意四个方面：速度、距离、深度、高度。

她们的脑海中，要将场地构建出一个立体空间，迅速刻画出路线，将整个空间利用到极致，需要足够机敏。

所以二传不是随便派一个人上去，就能做得很好的。

对面当然也是这么以为。

结果一个自由人做了二传，她们还是打不过！

她们甚至怀疑莫笙在队伍里练过二传，不然怎么这么了解攻手的习惯？攻手对她还那么信任！

即将发球的间隙，那边小声议论："什么情况啊？"

"我知道莫笙几年了，她都是自由人，没见过她练二传。"

这一场比赛莫笙她们队伍赢了，赢得不费吹灰之力。

下场之后莫笙听到有人叫她，抬头就看到唐祎，他手臂扶着栏杆，手里拿着一瓶水。

见莫笙过来了，唐祎把水丢给她，她出于条件反射利落地接住。

唐祎笑着问她："怎么又打二传了？"

显然，他在后半程才来。

莫笙笑嘻嘻地回答："让一让她们。"

"你打二传算让？"

莫笙没回答，拿着那瓶水走了。

两个人对话的声音不大不小，在附近的郁黎川他们刚好可以听到。

郁黎川朝着唐祎看了一眼，觉得他和莫笙是真的不熟悉，莫笙很多事情自己都不知道。

而唐祎这个发小，知道莫笙所有的过去。两个人就算有半年的时间不联系，再次见面也能回到之前的状态。

让人羡慕。

莫笙下场之后，听教练做总结，这时观众也都散得差不多了。

岑沐可之后还有课，背着包离开了。她离开的时候，一边走一边跟莫笙飞吻，莫笙笑着对岑沐可挥手。

莫笙听完安排后，朝着他们这边跑过来，对着郁黎川招手。郁黎川起身到了围栏边，站在距离唐祎不到五米的位置。

莫笙道歉："对不住，我们今天安排了针对训练，对方队伍下午会留下来，我们要一起吃饭，照顾不到你了。"

"哦，没事，我下午也有课。"

"好的，拜拜。"莫笙说完就走了。

莫笙对待郁黎川和对待唐祎就是两个态度，她路过唐祎的时候就说了两个字："滚吧。"

唐祎态度特别好地比了一个"OK"的手势："得令！"

这也是熟悉和不熟的区别吧。

莫笙喝水的时候，看到郁黎川和云折竹并肩离开，头顶一直顶着绿色的心电图。

真搞不明白了，郁黎川是不是有什么难言之隐？身体状况不太稳定啊。

莫笙在体育馆里一直训练到晚上。

说是给了她们队几天假期，其实也没怎么放过她们，懒觉也只能睡几天而已。

训练结束后，其他队员收拾体育馆，莫笙被教练叫过去单独谈话："转自由人后悔了吗？"

莫笙摇了摇头："不后悔，每个位置都有每个位置的价值，更何况我是最佳自由人。"

"其实你做二传很有灵性，但是你做自由人更稳，能够让整个队伍无条件信任。"

莫笙笑了笑，点头。

她心态调整得挺好的，倒是不在意。

教练今天也是看着莫笙做二传的状态，心中觉得可惜才突然提起的。不过他还是尊重莫笙自己的选择，并且认可她的选择。

她今天叫来莫笙主要交代进省队的事情，一边走一边问："听说你们前几天还去喝酒了？"

"啊……那个啊……"

"戒了。"

"好的。"

教练交代得差不多了，发现自己的夹子似乎忘在体育馆里了，于是对莫笙说："你去找找，那里夹着最新的禁忌食物和药品单子。"

莫笙答应了，朝着体育馆走的途中，看到体育馆的灯灭了。

他们学校的电闸总出问题，尤其是体育馆这边总时不时断电，莫笙都习惯了。

莫笙打开手机的手电筒，走进体育馆里发现灯光并不称心。

她正犹豫着要不要明天再来找，手机振动了一下。她看到郁黎川发来了消息：学姐，你训练完了吗？

莫笙立即来了灵感，给郁黎川发消息：训练完了，你能不能来体育馆里帮我一个忙？

C：嗯，当然可以。

莫笙站在体育馆的门口等了一会儿，就看到巨大的光源朝着她这里移动。

莫笙看着那个行走的"大灯泡"就觉得好笑，看着"灯泡"走到她的面前站住，问："学姐，你吃饭了吗？"

"还没呢，我得进去找个东西，你陪我进去一下。"

"好的。"郁黎川朝着体育馆走去，忍不住问，"没有灯吗？"

郁黎川来了，仿佛举着巨大的灯笼，比手机的手电筒功能都好使。

她伸手抓住了郁黎川的手腕，说道："停电了，不然也不会让你陪我进去。走，我找找教练把夹子放哪里了。"

被莫笙抓住手腕的一瞬间，郁黎川的心跳都加速了几分。

夜里的清风四起，月下的柔云涟漪。

他深吸一口气，鼻翼里的清甜是她的，手腕间的温暖是她的，心中那种欣喜也来自于她。

都是她的。

他恨不得自己也是她的。

莫笙带着郁黎川进入了体育馆里，凭借郁黎川带来的光亮，她在馆里寻找教练的夹子。

然而郁黎川走在黑暗里，到底还是有些不安，只能被莫笙拽着移动。

寂静的场馆里只有他们两个人，脚步声都格外清晰，动作间两个人衣袖摩擦的簌簌声响都显得刺耳。

他诧异于莫笙能在黑暗中自由地行动，也兴奋于这种空间里只有他们两个人的感觉，所以一直跟着她。

莫笙最终在训练室的器械上找到了夹子，拿起来看了看。

她觉得不够亮，又拽着郁黎川靠近自己一些，用郁黎川来照明，在夹子里翻找教练说的那张单子。

找到之后抽出来，又将夹子合上，思量着要不要将夹子放到教练的办公室里去。

"谢谢你……"莫笙抬起头来，鼻尖擦着郁黎川的下巴，随后在黑暗之中和郁黎川对视，一瞬间愣住。

郁黎川此时能在黑暗中大致看到莫笙的轮廓，还能看到她的眼睛，刚才的触感让他知道，他们的距离很近，他一瞬间有些不好意思。

莫笙正在尴尬的时候，就看到郁黎川的头顶划过【脸红】的表情，又被逗笑了。

她朝后退了一步，说道："谢谢你啊，你陪我去一趟我教练的办公室，等会儿我请你吃饭。"

郁黎川立即拒绝："不用，你已经请我吃过两次饭了，这次我请你。"

他抬手用手指擦了擦鼻尖，稍微有点儿不好意思，然而从头到尾都没有提起用手机照明的事情，而是再次开口："学姐，我看不清路，你能不能带我走？"

"可以啊。"

说着她伸手要去拉郁黎川的手腕，却感觉到郁黎川将手送到了她的手心里，生怕她反悔似的，快速握住了。

手被握住的一瞬间莫笙的动作停顿了一下，还没来得及开口，郁黎川首先转移话题："学姐是怕黑吗？"

"啊？不啊。"

注意力成功被转移。

莫笙凭借郁黎川带来的光亮，可以在体育馆里畅通无阻地前行，引导郁黎川也是轻而易举。郁黎川不明真相，还当莫笙是凭借对体育馆的熟悉才做到的。

走出体育馆的大门后，莫笙就松开了手，拿出手机来查询要去吃什么。

郁黎川看着自己的手心，有些怅然若失。他手心里还有刚才的触感，以及温热的温度，并不想就这样松开。

就在莫笙挑选的时候，郁黎川拿走了莫笙手里的单子，看上面的违禁列表，发现真的没什么能吃的东西了。

他看了一会儿，问："食堂有体育生窗口？"

"嗯，对，里面的食品都是可放心吃的，不过种类比其他食堂少很多，也没那么好吃，主要是不舍得放盐似的，油也少。"

郁黎川拿着手机，对着这张单子拍了一张照，怕闪光灯会晃了莫笙的眼睛，还特意转过身去。

莫笙倒是无所谓，正在考虑吃什么的时候，郁黎川开口："我们去食堂吧，就去体育生窗口。"

莫笙从口袋里掏出钥匙链，对郁黎川晃了晃："那还得我请你，那个窗口只能刷我们的卡。别的系，甚至是教育体育专业的刷都不好使。"

他们的卡是蓝色的圆形小扣，可以挂在钥匙串上。

郁黎川诧异："呃，是这样？"

"对，我们的食物是稀缺资源，因为培育比较难，进价就贵一些。"

两个人最终还是去了食堂。

他们学校食堂有五个，一号到四号食堂和留学生食堂，学校里还有一个美食城。竞技体育专业的专门食堂鲜人知晓。

郁黎川是新生，还是第一次知道这个地方，到了之后左右看了看。

莫笙带着郁黎川进了小食堂，进去只有两个打饭窗口。大堂里的桌椅也不多，面积不大，看起来就像一个小型饭店。

这里还没有正规的牌子，门上用红色的胶带贴着竞技体育食堂。然而门往内敞开着，进来后才能看到。

到了打饭的窗口，玻璃上贴着提示：仅提供竞技体育专业三餐。

还写了固定的开放时间。

莫笙拿着钥匙扣对郁黎川示意，问："你想吃什么？"

郁黎川看向橱窗，菜品真没几样，其中好几样里都有西蓝花。

这个食堂属于赛前食堂，赛前禁红肉、高纤维豆类、果汁等。

这里提供的硬菜，是烤鸡肉、熏鸡肉、三文鱼和金枪鱼。人性化地提供大量的鸡蛋、牛奶、全麦面包。

郁黎川看着里面的食物沉默了一会儿，莫笙就看到郁黎川头顶的弹幕密密麻麻地划过：

【怎么办？】

【会不会觉得我挑食？】

【吃什么？】

莫笙探头跟阿姨要了一份水煮菜拌鸡胸肉，加上食堂里自己调的料，随后端出来给郁黎川看："可以当沙拉吃，那边还有生的黄瓜，你爱吃吗？"

"呃……"

见郁黎川迟疑，莫笙又问："要不我给你要一份全麦面吧，味道也可以。"

"好的。"

郁黎川帮莫笙将食物端到了一张桌子上，看到莫笙没一会儿端着一碗面过来了，放在了他的面前，旁边的盘子上还放着两根黄瓜跟两个鸡蛋。

郁黎川从口袋里取出纸巾，擦了擦筷子后递给了莫笙。莫笙诧异了一瞬间，还是接了过来。

这时有其他人走进来，聊天的声音很大，看到莫笙就瞬间消音了。

"笙哥，最近不是没比赛吗？"一个男生跟莫笙打招呼。

"我要去省队了，注意点。"莫笙毫不在意地回答。

那几个男生一边去窗口，一边回头看郁黎川，看几眼，就互相交换一下眼神，随后在窗口刷了几个鸡蛋就走了。

莫笙没搭理他们，继续吃饭。

等男生们走了，郁黎川才问："你的朋友？"

"篮球队的，我发小是他们的队长。"

"哦。"

"其实挺烦的，刚开学的时候一群人叫我大嫂，后来唐祎渣了几个妹子，知道我确实和唐祎没什么，他们才不起哄了。"

郁黎川又吃了一口面，随后感叹："其实有的时候，我很羡慕你的发小。"

"这有什么可羡慕的？"

"他能和你一起长大，一定很开心吧？我和你在一起的时候就会觉得特别开心，他和你认识那么多年，真的太幸运了。"

"没，他不开心，小时候我天天揍他。"莫笙提起来就想笑，"刚认识的时候，我是短头发，个子还高，他把我当成男生了，天天和我干架。后来突然发现我去女厕所，他整个人都崩溃了，躲了我一阵子后跟我道歉。在那之后我揍他，他就没还过手。"

郁黎川没有这样的友谊。

他甚至没打过架，所以有点儿诧异。

这时莫笙的手机振动，莫笙对郁黎川示意了一下，随后接通了视频通话，问："怎么了，我亲爱的母后？"

莫笙的妈妈也是个大嗓门，接通后就问："大闺女，干什么呢？"

"吃饭呗，您看看。"

"又吃草，天天吃草，我看你整个人都要绿了，怪不得不长肉。"

在莫妈妈的眼里，大脸盘子、大屁股才是好身材，也不知道她为什么有这样的审美，非说有福气。

莫笙呢，虽然身体骨架略大，但是脸小，看着就瘦，莫妈妈总觉得莫笙长得像乞丐。

莫笙从盘子里夹出了一块鸡胸肉给妈妈看："看到没，荤的！"

"哎哟，你可别给我看了，我看了闹心。"莫妈妈说着话锋一转，问道，"你是不是要去省队了，这事定了没？"

"板上钉钉了，我快过去报到了。"

"好啊，挺好，想要什么奖励？"

莫笙看着视频，可怜巴巴地说："我想要一辆车。"

莫妈妈都没犹豫："行啊，二手的行吗？"

"二手的也行。"

"自动挡的。"

"行！"莫笙非常满意。

"你姥爷的那辆轮椅最近不用了，还是自动挡的，一按按钮自己就跑，你自己控制方向就行，到时候妈妈给你邮过去！"

莫笙登时就不爱听了，继续吃东西。

莫妈妈在视频那边继续嘟囔："还要车，你看我像不像车？驾照考了三年才下来，自己心里没点数吗？"

"我是没时间去。"莫笙反驳。

"科目二挂了三次的是我吗？"

莫笙不说话了。

"不愿意瞅你，一天天的就知道训练，难得有个假期还和你的队友爬山去了。你和你的队友在一块那是爬山吗？那是占山为王去了！谁看到你们不得让路？"

莫笙看到妈妈又开始了，多少有点儿不好意思，有点儿想挂视频："行了，不和您聊了。"

"又不聊了，一说你你就不乐意，什么时候找个对象？我跟你讲，只要人家能看得上你，到时候彩礼我们出，嫁妆也我们出。"

"我姥爷那轮椅就当陪嫁了是不是？"莫笙问。

莫妈妈被逗笑了，笑得有点儿豪放。

这个时候，郁黎川突然问："学姐，你喝水吗？我出去买两瓶。"

莫笙被问得一怔，随后回答："矿泉水，谢谢。"

"嗯，好。"郁黎川起身离开了小食堂。

莫妈妈立即来了精神："谁啊？男的？单独吃饭呢？培养中还是在一起了？给妈妈瞅瞅。身高你别卡得太死，超过一米六了就都是好男孩。"

郁黎川朝外走的时候，刚好听到了这么一段。不过后来莫笙把手机的声音调小了，狼狈得仿佛开果冻的时候果冻被挤了出来，手忙脚乱伸手一捞的样子。

郁黎川勾起嘴角笑了一下，走了出去。

莫笙解释："是学弟，最近帮了我的忙，刚做朋友。您别瞎说，人家是南方的孩子，您别把人家吓到。"

"学弟啊，学弟也行，只要你们能在一起，上下五百年妈妈都能接受。"

"上下五千年，妈妈。"

"我就是不想说得范围太广，你去挖兵马俑糊弄我！"莫妈妈突然开心起来了，"给妈妈瞅瞅学弟，妈妈承受能力强，不怕丑。"

"我们没在一起呢。"

"妈妈就看看。"

莫笙没招，就在郁黎川回来的时候，用视频偷偷拍了一下，然后瞬间转换摄像头，接着说："妈妈，我继续吃饭了，挂了啊。"

挂断的时候，她发现妈妈的表情有点儿沉重，不过没来得及问。

故作镇定地放下手机，莫笙接过郁黎川递过来的水，看到手机提示连续闪，拿起手机看了看。

母后：笙笙啊，这个学弟是不是想骗你钱啊？

母后：他得瞎成什么样能看上你？

母后：你可别被骗了，看他长得好就跟他好，到时候骗你去卖器官什么的。或者，他是不是有什么事想求你？你别自作多情到时候伤心了。

莫笙快速打字回复：你女儿是系花好吗？

常年看莫笙蓬头垢面，穿着花棉袄帮忙掰玉米的莫妈妈可不觉得女儿是什么系花，直接回复：谁知道你的系花是不是威胁来的？是怎么回事自己不清楚吗？

所剩余笙：我们就是朋友。

母后：也是，你朋友长得都挺不错的，就是没一个能看上你。开始我还以为能是你未来男朋友，结果看到人之后妈妈也算明白了，你们没戏。算了，我死心了，你在学校找找有没有好骗的，你后半辈子有个伴儿就行。

所剩余笙：嗯，我吃饭了。

莫笙放下手机后，笑着说道："你没吓到吧？我妈就是嗓门大。"

郁黎川说："挺可爱的。"

"你看什么都可爱。"莫笙拿起筷子继续吃饭，没再和郁黎川聊这个。

吃完饭后，郁黎川送莫笙回宿舍，这次莫笙没拒绝。

走到宿舍楼下，就看到窗户那里一群人正探头朝下看，都是她们排球队的。估计是谁知道了消息，通知了群里的人，一群人都要看看莫笙被学弟送回宿舍的画面。

莫笙有点儿尴尬，觉得这群队友太丢人了，小声对郁黎川说："好了，就送到这儿吧，今天谢谢你了。"

"没事。"郁黎川见莫笙要走，再次叫住她问道，"学姐，你知道学校附近哪里有建材市场吗？"

莫笙回头问："知道啊，你找这个干什么？"

"我在校外找了一个房子，想要买一些隔音的材料，隔出来一个练习室，这个需要找人做，我对这边不太熟。"

找了一个房子，莫笙脑子里默认是租了一个房子。

他们学校宿舍是比较传统的六人宿舍，四张上铺两张下铺，两个书桌。宿舍里面没有单独的洗漱间，洗漱得去公共洗漱间，洗澡去澡堂。

很多娇贵点儿的学生不愿意住，在附近租房子的也很多，像郁黎川这样租练习室的更多。

莫笙当即了解了："这样啊，小事，姐给你安排，保证稳稳当当的，你就放心吧。"

"那什么时候去呢？"

"周末吧，我陪你去建材市场。"

再次成功约到莫笙，郁黎川瞬间满意了，回答："好，那我们周末联系。"

和郁黎川分开后，莫笙走进宿舍楼，发现郁黎川还站在原处目送她进去。她赶紧对他挥手。

说真的，这男生太温柔了吧，她还有点儿受不住。

真不知道是不是自己太贱了。

再慢慢适应一下吧。

莫笙朝楼上走的时候接到了唐叔叔的电话，立即接通了："喂，唐叔叔。"

"喂，笙笙啊，我听你妈妈说你想买辆车？你跟叔叔说不就行了？叔叔也给你买辆大G，你们这些个子高的孩子不适合太小的车。"

莫笙听完就笑了："您这消息也知道得够快的。"

"刚刚你妈妈跟我说你找不到对象的时候，顺口提起的。"

莫笙都能想到妈妈提起这事的时候是怎么说的，也就是那句：对象都没找着，还想买车？！

然后唐叔叔就上心了。

"您还不是我爸爸呢，别这么破费了。再说了，上次您让唐祎带我去买衣服我还没谢您呢。"

"他带你买衣服了？也是，他做弟弟的，孝敬姐姐也是正常的，这次做得对。"

莫笙的表情变了变，随后又问："不是您交代的？"

"不是，不过你不用在意他，那小子零花钱够。"

"哦……"莫笙没再问，说起了别的话题，"你们俩什么时候办婚礼啊？我能当伴娘不？"

"这个不着急。"

"干吗不着急啊，都十来年了，赶紧的吧，再过两年我妈都不适合穿婚纱了。"

唐叔叔在电话那边笑，含糊地回应了两句，便挂断了。

莫笙站在楼梯间，看着手机迟疑了一会儿，在通话记录里翻找唐祎的手机号，添加完好友后，发消息问：上次买衣服多少钱？我转给你。

唐不甜了：TIMI（代指：玩游戏）呢。

所剩余笙：刚才叔叔给我打电话了，你说他们俩怎么不着急呢，还不结婚？

唐不甜了：搭伙过日子的，你老催人家干什么啊？这多影响阿姨甩了我爸找下家啊。

所剩余笙：你当谁都和你一样呢，不停地换。

唐不甜了：我要说多少次你才能重视我的决定？我说过了，我不浪了，不再找那些了。以后咱姐弟俩相依为命，一生一世。

所剩余笙：你这 TIMI 得挺闲啊，是不想要钱，还是真 TIMI 呢？

唐不甜了：上来带我。

所剩余笙：我刚回宿舍，洗漱去了，没空。

唐祎拿着手机，看着屏幕上的文字许久，都没有再做其他的事情。

他自然没有玩游戏，除了陪莫笙，他都不太登录。

宿舍里其他的兄弟问："笙哥真和那个小学弟在一起了？都带他去我们内部食堂了！"

在他们竞技体育专业里，有一个约定俗成的事情。

如果把一个异性朋友带去小食堂，这就是打入他们内部了，成了他们竞技体育专业的人了。

一般也只有男女朋友才有这种待遇。

莫笙将学弟带过去了，这不就说明已经成了。

唐祎不愿意听这些，把手机放在一边，躺在被子上闭目养神。然而微微蹙起的眉头还是能说明他此时心情不太好。

张垚坐在下铺嘟囔："瞎了眼了找莫笙？那么凶，凤凰传奇的嗓子。"

唐祎直接把搭在床头的护腕甩了过去，糊在了张垚的脸上，还能听到"啪"的一声，可见力气有多重。

唐祎骂道："你对她朋友好点儿，她不会凶你的。"

张垚立即闭嘴了。

张垚欠齐柠的钱还了，张垚自己有五千块，跟唐祎借了三千块才还上。

此时提起莫笙，他就有点儿气，就想嘴欠几句，然而唐祎根本不让。

张垚也搞不明白唐祎和莫笙到底是什么关系，莫名其妙地就决裂了，好久不联系。在大家都觉得两人闹掰了的时候，又好起来了。

篮球队里一度觉得莫笙就是唐祎的稳定备胎，莫笙疯狂迷恋唐祎，只要唐祎愿意回头，莫笙就会义无反顾地回到唐祎身边。

这也让篮球队的人表面和莫笙嘻嘻哈哈的，其实背地里有点儿心疼莫笙，甚至觉得她傻。

张垚则是有点儿看不起莫笙，就觉得一个常年备胎，怎么好意思在别人面前那么牛哄哄的？

结果现在看来好像不是这么一回事。

唐祎好像更在意莫笙，而莫笙呢，正跟大一的学弟打得火热，那个学弟还是校草。

唐祎勉强算是个系草，还是个并列的，谁让他们系还有退役的校草呢？

说话的工夫，时宴冰就走了进来。

宿舍瞬间安静下来，大家齐刷刷地看向他。

时宴冰光着上身，显然是刚刚洗漱完毕，手里还拿着盆。

常年学游泳的身材就是了不得，又白又充满了力量感，走进来都跟走向领奖台似的。

时宴冰的性格出了名的"龟毛"，之所以还没毕业就被从校草的位置上刷下来，绝对是因为性格太不讨喜。

就因为他的性格太讨人厌，票选才失败了。

这其中还有被时宴冰残忍拒绝后，女生们的报复心理。

唐祎心情烦躁，也不说话，就在床上做俯卧撑。

动作间床铺晃动，引得时宴冰不爽地朝着唐祎看过去。

宿舍里其他人一看这一幕就心里了然：又要吵起来。

就在这个时候唐祎停了，他拿起手机听了一段语音："你知道哪里有做隔音的吗？"

听声音是莫笙发来的。

"不知道，我可以帮你打听，怎么了？"

"学弟要做一个隔音室，跟我打听，我也有点儿蒙。"

唐祎看着手机半晌，最后也只骂出了一个脏字来。

时宴冰则是咧嘴笑了："呵。"

唐祎瞪了时宴冰一眼，就看到时宴冰走到床边往床上放东西，他一抬头看到的都是雪白的腹肌。

周末，莫笙带着郁黎川去了唐祎介绍的装修公司。

因为要到处跑，莫笙特意穿了运动鞋、运动服。不过，她今天还是化了淡妆，化妆师仍旧是白小婷。

日常妆能够提升气色和精致度，又很心机地不会被发现。

她原本有些紧张，结果发现郁黎川见到她之后态度如常，还给她戴上了口罩，就知道对化妆概念不强的郁黎川没看出来她化妆了。

想让郁黎川能看出她化妆，必须口红红到令人发指，他才能发现不一样，这一点倒是非常直男。

走进这座建材城，莫笙就觉得不靠谱。

这里是一家搞豪装的装修公司，介绍的东西真都是好东西，给他们测试隔音效果之后，那效果也是真的不错。

据说，很多夜店、KTV 都是这种装修材质。

但是太贵了。

莫笙一听价格，五官都聚集在一起，成了老爷爷看手机的表情。

在她的概念里，租的房子简单收拾收拾是可以的。就算家庭条件过得去，也得有预算，毕竟他们是没有什么收入的大学生。

给租的房子装修一个隔音室花好几万，真的没必要，太奢侈了，等退房后就全都是人家的了。

郁黎川还挺感兴趣地继续查看图册，莫笙却强装淡定地跟销售谈："我们刚才在别家也问了，没这么贵吧。"

"小两口精打细算是正常的，但是咱得往长远了看，得实用是不是？你们俩是装修婚房吧？我们的材料一安，就能让你们的孩子听不到任何声音，要求比较高就按照我推荐的，家庭影院都不在话下。"

莫笙一怔，赶紧解释："不不不，我们不是。"

郁黎川也放下了图册，抬头看向销售，嘴角含笑地看着他们继续聊天，似乎被"小两口"这个词取悦了。

"还没结婚？"销售又问。

"不是，我们就是朋友。"莫笙赶紧撇清关系。

销售又看了看两个人，俊男美女的组合，就算不是情侣，估计也是暧昧期。

这种阶段，男生一般在乎面子，不会太讨价还价，以至于销售更加不让价了。

莫笙一边带着郁黎川走出去，一边骂骂咧咧："唐祎介绍的也不靠谱啊。"

"怎么了？我觉得质量确实挺好，工艺也不错。"郁黎川有点儿不解。

"太贵了，价格都不太合适。不过我刚才偷偷记住他们的材料名称了，走，我们去找找原厂家，不用他们安装，我看看教程也能给你安上。安装工人一天手工费八千块，怎么不去抢？！"

"我听说技术工人一天的务工费确实挺贵的。"

"那也不请，我去省队一个月才六百块。你请我，我周末去给你装，一天收你一日三餐行不行？"

郁黎川原本已经打算定下来了。

他不缺钱，而且他参加一次国际比赛的奖金很多，并不觉得这个价格很贵。

不过莫笙不同意，他就听她的。

听到莫笙要亲自给他装，他有点儿想拒绝，这太麻烦莫笙了。

然而他想了想，其实也可以，这样就多了很多和莫笙相处的时间。

于是郁黎川点了点头："可以啊。"

莫笙大手一挥："走，跟姐走，姐肯定给你安排得明明白白的。"

之前的装修公司给画了临时的图纸，莫笙给带出来了，接着将报价的部分撕掉。

莫笙拿着图纸去了建筑材料区域，挨家走走，到处看看，货比三家后发现那家装修公司给的材料确实是这里最好的。

她私底下问了郁黎川的预算，然后带着郁黎川去了一家材料店。

没有中间商赚差价，省去了手工费，他们比装修公司的报价整整便宜了两万多。

莫笙依旧不满意，继续讲价，讲得郁黎川目瞪口呆。

可能是他初来北方，不熟悉北方人的说话方式，他总觉得莫笙眼看着就要和老板娘吵起来了，结果居然继续聊了下去。

"再便宜点儿不行吗？您这么大的买卖，就差我们这点儿？我们都是诚心买！你看我对象……"莫笙说着，私底下拽了拽郁黎川的衣服，让他配合，随后继续说，"我对象就长得不错，家庭条件真不行，彩礼都拿不出来，婚房还得我搭装修。这要是这么贵，我们婚都结不成了。"

莫笙说完，郁黎川下意识地挺直了腰板，让自己看起来成熟一些，最起码看起来像到了二十二岁。

之前一次讨价还价，莫笙因为被突如其来的"小两口"这个词搞得慌了，一下乱了阵脚，价钱再没讲下来。

这回，她可是吃了教训了。

就算只便宜一百两百的，她心里也舒服一些。

老板娘顺势看了郁黎川一眼。

郁黎川帅，她承认，看着就觉得心情好。

莫笙说的这个理由真的让人信服，看中人，家庭条件不好这是常事。

不过，她嘴上依旧是原来的态度："哎哟，你可别，搞得我们不给便宜就好像拆散一桩姻缘似的。我们这都是小本买卖，你们也走了一天了吧？一分钱一分货的东西，我开的都是实惠价。你要是诚心买，咱们就一口价，再给你抹个零。"

"这抠抠搜搜的，我们唠了这么半天，给我抹了68块钱？"

"小姑娘，要不我把进货单子拿来给你看看，你看看我赚你多少钱？"这是卖家的撒手锏。

莫笙真是说得口干舌燥，已经不知道该说什么了，于是扭头看向郁黎川，问："你觉得呢？"

谁知，郁黎川的配合程度超过莫笙的预期，可怜巴巴地看着莫笙，小声安慰："没事，我再想想办法，房子肯定要好好地装，不能让你委屈了，我……"然后陷入了纠结中。

莫笙被郁黎川惊得说不出话来。

一边的老板娘一看，一下子就心软了，当即说道："行行行，再便宜五百，直接凑个千数整，不能再便宜了，过来签单子！"

莫笙立即兴奋起来，拉着郁黎川朝着后面的小休息室走。

这里的建材城都是货物堆在外面，里面有个小房间，小房间里放着一个小太阳，还有椅子宽的小炕。

炕是临时建的，还挺高，他俩坐上去双脚都离地了。郁黎川伸手摸了摸，还是热的，仔细观察了半天，十分不解似的，有种城里人第一次进村的感觉。

老板娘则是跟厂家打电话问货，嗓门大得郁黎川以为他们又吵起来了。

莫笙坐在郁黎川身边，凑到他耳边小声说："挺机灵啊你。"

莫笙生怕老板娘听到他们说话，说得很小声，靠得也很近。郁黎川就感觉莫笙身上都很暖和，简直是带着一股子暖意靠近了他。

他笑了笑，低下头在她耳边回答："现学现卖。"

"之前在装修公司我就发现了，一提不是两口子，立即就不便宜了，不如就直接这么说。来这里的大多是装修婚房的，这么说他们最能理解，而且装修婚房的卖出的概率肯定大。"

讲价成功后莫笙非常开心，简直觉得他们就是赚到了，两只脚一直不安分地晃来晃去。

郁黎川坐在莫笙身边垂头看着她的脚，跟着她一起晃来晃去，幼稚非常。

莫笙坏心眼地去撞他的脚，他立即反击回去。

老板娘回来的时候，不由得感叹："你们俩感情倒是挺好。单子拿着，明天按照地址给你们送货，家里留人。"

"欸！谢谢姐姐！我一进门就看出来了，姐姐是一个办事利落的，人也特别好。"莫笙嘴甜地感谢。

老板娘立即就笑了，对郁黎川说："你媳妇不错，会过日子，还不嫌弃你条件不好，这种媳妇儿可别弄丢了。"

郁黎川拿着单据点头："嗯，我会和她在一起一辈子，永远不分开。"

老板娘看着两个年轻人离开，还忍不住去隔壁摊位聊天："你看这两个大个子，长得还好看，以后他们的孩子肯定底子好。"

"嗯，孩子随便随谁都能长得不错。"

"不过男方家庭条件不好。"

"不好能怎么的，这张脸就是本钱，铁公鸡老板都差点儿赔钱卖给他们呢！现在这社会长得好的有优势，他事业肯定一帆风顺。"

老板娘听完"嘿嘿"直乐："卖了这么多年货，这小子是我见过的最好看的，比电视上的明星都好看。"

郁黎川本来打算叫车回去，莫笙拒绝了："从这里坐地铁直达，一个人才两块钱。"

只要能和莫笙在一起，什么交通工具都可以，郁黎川立即同意了："好。"

莫笙和郁黎川并肩走进地铁站，从过安检，到进地铁站排队，莫笙都注意到了周围的目光。

她看帅哥、美女的时候都很收敛，看似正常，实则在用余光打量，随后悄悄分享给朋友，生怕对方发现了。

她还以为大家都会是这样，没想到真的会有人直白地打量，很多人都朝着她和郁黎川注目。有人的动作幅度大到恨不得让他们两个人注意到，自己正在围观。

莫笙也不是第一次出门，知道自己出门什么效果，顶多觉得她个子高，多看两眼。

但是这种聚集性的目光，莫笙还是第一次感受到，简直就是巨星出场的效果。

郁黎川不愧是校草，真的非常受瞩目。

这让她更加好奇郁黎川的长相了。

就在她不自在的时候，她听到有人小声议论：

"你看那对情侣，个子都好高啊。"

"男生好帅。"

"女生也挺好看的。"

"还是男生更帅。"

莫笙听到这句不但没生气，反而开心起来。

就好像网上很火的那个段子，敢问，谁的人生理想不是路人纷纷注目，觉得自己的另一半是瞎了眼才看上自己的。

就在莫笙暗喜的时候，郁黎川突然凑到她身边，小声说："你最好看。"

显然他也听到了。

莫笙忍着笑摆手："我不在意这个。"

"我在意。"

莫笙又是一阵开心，这种开心十分莫名，说不清原因，就是觉得美滋滋的。

走出地铁站，门口有人驻足，莫笙从透明的玻璃窗看到外面下起了瓢泼大雨。

雨滴豆大，砸在玻璃上噼啪作响，犹如打击乐，只是毫无章法，凌乱万分。

云层滚滚，厚重且压抑，从云层的缝隙都很难见到一丝光亮。天色也变得昏暗，世界犹如被浑浊的水浸泡着。

莫笙站在玻璃窗前说道："一般这种急雨都很快就小了。"

郁黎川点了点头，站在莫笙身边跟着等待。

结果等了十几分钟，地铁口的人进进出出好几拨，雨也不见小。两个人都觉得有点儿冷，毕竟一场秋雨一场寒，下雨就证明要大降温了。

莫笙和郁黎川对视了一眼，都看出了对方的寒冷难耐。

郁黎川指着不远处的楼，说道："我的房子就在那里，不如我们跑过去吧。"

莫笙看了一眼后震惊了："还是地铁房，这么奢侈？其实，老居民楼就可以啊。"

"我觉得这里物业挺不错，就选了。"

"那好吧，冲！"

莫笙正要出去，就看到郁黎川脱下了自己的外套，让莫笙也抬起一只手扯着，两个人躲在衣服下面挤在一起。

随后，他对莫笙说："学姐，我牵着你的手，带你往家里跑，我们快点。"

莫笙从来都不怕跑步，此刻对于牵手也没有多想，点了点头："好的。"

两个人对视了一眼后，一起朝着那个小区跑过去，手握得紧紧的。

路程不算长，毕竟地铁房恨不得出了小区就是地铁站，这样房价更高。

他们刷卡进入小区，穿过园林，到了树荫下的小路，因为有树木遮挡，雨点没有刚才那么砸人了。

等到了单元楼门口，郁黎川拿着卡刷了一下，莫笙还没觉得有什么，走进去才发现是电梯入户。

莫笙："……"

太奢侈了吧？

郁黎川到了门口帮莫笙找到了鞋子，将湿衣服搭在了一边，换好鞋子走进去打算帮莫笙找浴巾和毯子。

莫笙问："大平层吗？你打算做二房东？"

郁黎川解释道："电梯门是双向的，刷我的卡是这边的门开，如果是对面那户刷卡，就是朝对面的方向开门，属于两户人家。"

"这种房子我总觉得没有安全感，应该在这里再加一道门，安个密码锁。"

"好，我记住了。"

莫笙走进去只站在门口，身上湿淋淋的，不太好意思进入人家家里。

郁黎川没一会儿就拿了浴巾出来，展开后盖在了莫笙的头顶，帮她擦头发。

莫笙能够看到郁黎川的衣服，并未看到郁黎川头顶有毛巾，于是伸手碰了一下，发现郁黎川自己的头发还湿漉漉的，就先给她擦头发，立即往后退了一步："我自己擦就行，你收拾一下你自己。"

郁黎川则说道："你去洗个澡换一件衣服吧，我去拿一套我的衣服给你，希望你不要嫌弃。"

"洗澡？！"莫笙诧异地问。

到一个男生的家里洗澡，这是什么诡异的发展方向，之后他们是不是要……发生什么了？

在电视剧里，她和郁黎川的发展到现在，能算作几集剧情？

她估摸着……第三集？

他们还不熟悉呢！

"对啊，不然你一直湿漉漉的？"郁黎川回答完，就走进了卧室里。

莫笙依旧站在门口，有点儿想打退堂鼓了，她甚至想趁湿着，直接回学校得了。

这时，郁黎川拿出衣服给莫笙："给你，你穿着可能会大一点儿。客卫在这里，我去主卧卫生间。"

郁黎川说完又离开了。

莫笙拿着衣服，身上披着浴巾陷入了沉思。

如果想和郁黎川继续发展，就留下。

如果根本不想培养这段关系，只是想把他当作弟弟，就离开。

她深思熟虑足足三十秒钟，然后笑眯眯地去了浴室。

其实吧，能不能恋爱无所谓，是不是发展太快了也没关系，她就是好奇发光的裸体是什么样子的。

嗯……看看也不吃亏是不是？

想到这里，她重重地吞咽了一口唾沫。

走进客卫，她打开灯，觉得这装修绝对是豪华了。

卫生间里有淋浴室，旁边还有浴缸，两者是分开的。

仅仅一个卫生间，就有她的房间大了。

她拿出手机，打开 APP，查看房间里是不是有其他的设备。她们这种长期参加比赛，到处住的女孩子，手机里都有这种 APP，防偷拍的。

确认安全，她松了一口气，走去淋浴房冲了一个澡。她擦干净后穿了郁黎川的衣服，接着尴尬地发现……衣服正合适。

莫笙："……"

莫笙走出去，想找一条毯子披上，毕竟她没穿内衣。

出去时郁黎川已经洗完了，正在收拾房间，其实房子里的东西不多，他只是有种领导来检查卫生的不安感而已。

他见莫笙出来，便说道："我在椅子上放了一件外套，洗衣机和烘干机在洗手间隔壁。"

"好。"莫笙捧着衣服过去了，发现居然有一间单独的洗衣间。

等她穿好外套出来，郁黎川看着她认真地问："学姐，你眼睛怎么肿了？"

"没有吧。"

"看起来好憔悴，是淋雨生病了吗？有没有哪里不舒服？"郁黎川显得格外紧张，还伸手摸了摸她的额头，看看她热不热。

莫笙瞬间反应过来，应该是卸妆之后才显得憔悴，眼睛没肿，就是眼妆没了显得眼睛小了。

可是这种事情应该怎么跟郁黎川解释？

莫笙不知道自己算不算是给郁黎川上了一课。

让他见识了一把女孩子卸妆。

她摆了摆手，说道："没事，没有不舒服，我们练体育的女孩子没那么单薄，放心吧。"

郁黎川依旧担忧地看着她，说道："毕竟被这么大的雨淋了，用不用叫救护车？"

莫笙赶紧拒绝了："不用！"

郁黎川见她态度十分坚决才放弃了，指了指客房说道："要不然你先去客房里休息一下？"

莫笙总觉得，她一个女孩子初到男孩子家里就去床上了，是不是不太好？

她指了指沙发说道："我在沙发上坐一会儿就行。"

郁黎川点头同意了，走进厨房，拿出热水壶清洗，随后查看说明书，煮了一壶红枣水。

此时他突然庆幸买壶送红枣了，不然他的这个房子里什么都没有，完全没办法招待莫笙。

水煮好了之后，他端着出去，听到莫笙问他："你家里 WiFi 密码多少？"

郁黎川有点儿惭愧地回答："我还没有办。"

"哦……那电视是不是也不能看？"

"嗯，我还没打开过。"

郁黎川买的这栋房子，是从炒房的中介手里买的。

房子精装修，并且家电、家具都买好了，全都是全新的，为的就是高价转手。

因为地段好，加上园区、物业也不错，房价标得略高，时不时有人来看，却一直没有人买，就这样搁置了半年多，中介也倔强地没有降价。

郁黎川倒是一眼看中了，直接全款买了下来。

房主本来就是专门卖房子的，手续办得很快。房子到手后，郁黎川置办了一批东西,不过依旧不全,毕竟没想到会这么快邀请莫笙过来。

莫笙坐在沙发上,颇为无聊地说:"烘干居然需要两个小时?"

"应该是吧,我还没用过。"

"我刚才设置了一会儿,两个小时,其他的小图标我不知道是什么意思。"

"电器的说明书就在置物柜的抽屉里。"

"已经开始了,就这样吧。"

"哦……"

谈话就此陷入了僵局。

孤男寡女,寂静的环境,屋外是淅淅沥沥的雨声,再无其他声响,尴尬陡增。

暧昧是一种说不清道不明的关系。

就好像现在,窗外有雨却忘记了雨,你在对面却觉得即将要失去你。平时能够自如地应对所有情况,唯独见到你会手足无措,似乎随时都会被你嫌弃。

小心翼翼的,又错误连连。在意着,却又手忙脚乱。

似一场大梦,甚是欢喜,又怕欢喜落空了。

安静中,郁黎川又给莫笙拿来一条毯子,走过来帮她轻轻地披上。随后,他想了想,拿出手机问:"想吃什么吗?我给你订一些。"

"我一般也吃不了什么外卖,不用破费了,等衣服干了我去学校食堂吃。"

"哦,好的。"郁黎川沉默了半晌,自觉有点儿傻气,于是指了指书房,对莫笙说,"我进去用电脑查点儿东西,有事你随时叫我。"

书房的门敞开着,从莫笙的角度可以看到书房里面。

郁黎川打开电脑,开始查询隔音房制作流程,她时不时能听到视频的声音。

似乎是觉得太无聊了,郁黎川还播放了音乐,一边画图纸的时候,一边听着交响乐。

然而他不知道,这种音乐莫笙听着就好像摇篮曲。

莫笙坐在沙发上,遭遇到了人生之中最尴尬的一次冷落。

她原本以为流程走完她就能与学弟发生点儿什么了,实现一日之间长大成人,体验人生第一次二人协作努力的快乐。

结果,她就因为卸了妆,差点儿被学弟叫来救护车送走。

她靠着沙发椅背,看着手机,听着音乐,居然睡着了。

在学弟家里睡着不可怕,可怕的是她醒来的时候,恍惚间意识到自己是被自己的呼噜声震醒的。

莫笙一般不打呼噜,只有特别累、感冒、姿势非常不舒服的时候才会打。

这一次就是因为姿势不舒服，然而她偷偷朝书房那边看，也不知道该不该去解释一下，或者不确定郁黎川有没有听到。

　　她抬手擦了擦嘴角，拿起手机看，只过去了半个小时，她只是小憩了一下。

　　她打开微信，就看到十分钟前唐祎发来了消息：下雨了，你回来没？

　　所剩余笙：一场雨，把我困在这里。

　　唐不甜了：你冷漠的表情，会让我伤心。

　　两个人用文字唱起了《六月的雨》。

　　所剩余笙：我在学弟房子这里避雨呢，我们都没带伞。

　　唐不甜了：在他那儿？就你们两个人？

　　所剩余笙：嗯。

　　唐不甜了：他没对你动手动脚的吧？

　　所剩余笙：我还巴不得呢，结果他只对电脑键盘动手，都没看我一眼。

　　唐不甜了：你可拉倒吧。等着，我去接你，位置发给我。

　　所剩余笙：不用了，等雨停了我就回去了。

　　唐不甜了：赶紧的，不然我告诉阿姨。

　　所剩余笙：你告诉她，她能放鞭炮庆祝。

　　唐不甜了：喊，怎么样，隔音室装了吗？

　　所剩余笙：没有，你推荐的那家也太贵了吧？

　　唐不甜了：没钱装什么隔音室？我推荐那家工艺和材料都特别好，这都不用，他只能找个垃圾的糊弄了，进去就是吸甲醛。我跟你讲，男朋友不能找太抠的，家庭条件不好的也不要找，要找就得找我这种人傻钱多对你好的。

　　所剩余笙：行了，你别掺和了，您富贵人家，比不上。

　　莫笙收起手机，又朝书房里探头看，突然看到了郁黎川头顶的弹幕：

　　【要不要出去？会不会很唐突？】

　　【她应该没穿内衣……我在她身边会不会很尴尬？】

　　【盖着毯子应该没事吧？等雨小了，衣服干了她就要走了吧？估计也待不了多久了，我这样算不算冷落她了？】

　　莫笙看着这些弹幕，字数明显要比平日里多，可见郁黎川此刻的纠结程度。

　　她一瞬间就释怀了，原来他不是不理她，而是很有绅士风度地怕她尴尬。

　　她披着毯子进了书房，坐在郁黎川身边的椅子上，抱着腿，蜷缩着身子问他："教程找得怎么样了？"

　　"我收藏了几个视频教程，还细化了一下图纸，每面墙需要的材料都计算出来了，这样利用的话最省。"

莫笙拿来图纸看了一眼，不由得感叹："哟，这两笔画得有点儿功底啊。"

"嗯，小时候我学过书法绘画。"

"你是不是琴棋书画样样精通啊？"

"家中长辈喜爱书法与国画，也喜欢下棋，闲来无事时就教给了我一些。"

莫笙开始了烫嘴式夸奖："厉害厉害，无敌无敌。"

随后，莫笙让郁黎川将电脑屏幕转过来，她看着视频教学，记一下这个应该怎么安装。

在她聚精会神地看着屏幕的时候，郁黎川头顶的弹幕还在划过，然而她却没有看到。

【她穿着我的衣服呢……好开心。】

【她侧脸好好看。】

【心跳又加速了。】

莫笙看了一会儿说道："不难，这技术含量都不如瓦匠，除了窗户我恐高换不了，其他都是小意思。"

"嗯，我觉得就是比较累，如果用心做的话，应该可以做好。"

"姐保证给你做到严丝合缝。"莫笙伸手去拿鼠标，看下一个视频。

郁黎川立即伸手说道："这个视频比较长，是记录他自己改造房子的，中间段有隔音室。"说着，手指放在莫笙的手上，压着她的食指去拖拽进度条。

莫笙看着他们两个人的手，真不知道郁黎川是撩妹高手还是纯天然。

两个人看了一阵子视频，烘干机响起了提示音乐。莫笙立即去取衣服，随后去洗手间换上了，接着捧着郁黎川借给她的那一身衣服，丢进了洗衣机里。

莫笙觉得饿了，朝外走的时候还在说："那我就先回学校了，你这儿有伞吗，借我一把。"

"没有……"

莫笙停顿了一下，走到窗户边朝外看，似乎雨小了一些，冒雨回去？

她拿出手机，再看微信，唐祎已经骂得都要刷屏了，她都没注意到。

她没办法，给唐祎发了位置：来接我吧。

她回头说："我发小过来接我。"

郁黎川朝着莫笙看了一会儿，随后点了点头。

唐祎来得挺快的，到了之后在小区门口按门铃，被放行后到了单元门楼下。

郁黎川送莫笙下楼，把自己的外套借给了她："挺冷的，你穿回去吧。"

"行，谢谢你。"莫笙穿着外套，尴尬地发现，这件外套她穿着也完全合身。

"没事。"

唐祎看着他们两个人说话，有点儿不耐烦，喊道："赶紧过来，不然打断你狗腿。"

莫笙眼睛一瞪："怎么跟你姐说话呢？"

唐祎立即反了："你平时就是这么欺负我的，嘤。"

唐祎来是来了，但就拿了一把伞，还是颇为霸气的大伞。

莫笙忍不住数落："你这有来的必要吗？"

唐祎反驳得理直气壮的："这么大的面积，遮不住你吗？"

莫笙走到了伞下，跟郁黎川道别，随后看到了郁黎川头顶绿色的心电图。

莫笙走几步，就回头朝郁黎川看一眼，再看一眼心电图。

雨依旧在下，但此刻小了许多，雨滴飘落，地上有大大小小的积水。

莫笙走了几步就湿了鞋边，她还在一个劲儿地回头，朝着郁黎川的头顶看。

唐祎说不清是不是雨滴落在伞面的声音让他烦躁，还是不愿意看到莫笙恋恋不舍的样子，伸手扳过莫笙的头："躲着点儿积水。"

莫笙终于回过神来，不再回头去看那个发光体，毕竟她也看不到郁黎川的表情。

她只是微妙地开始心跳加速，内心之中出现了一个神奇的猜想——

心电图变成绿色……是吃醋了吗？

唐祎走了一段，呼出一口气。

他走在莫笙的身边就能看到莫笙外套的小标，那个牌子他认识，自然知道价格，依稀记得是三万多一件。

他进门的时候还和保安闲聊，问在这里租房子多少钱一个月。

保安笑了笑，说这个小区禁止出租，住在这里的都是业主，这也是为了防止鱼龙混杂，扰乱社区。

他本来想介绍一个贵一些的店，让郁黎川在莫笙面前丢脸，结果……

呵。

第五章
未雨绸缪

　　走出小区，莫笙看到唐祢的车停在停车场，特别拉风，停着都比别的车高出一截来。

　　唐祢一抬下巴，示意："你开。"

　　"我来？"莫笙指着自己问。

　　"你不是要买车吗？我这车你要是开不了，我也不能让我爸给你买。"

　　莫笙赶紧摇头："不用，我就是跟我妈妈说说呢！"

　　唐祢不管她这虚假的客套，推着她肩膀就把她送到了驾驶席的门口说道："你客气什么啊？你打他儿子的时候客气过吗？赶紧的。"

　　莫笙立即上了车，坐在驾驶席上开心得不得了。

　　唐祢上了副驾驶，上车后用纸巾擦鞋帮，随口说道："我告诉你啊，你好好开，咱俩要没了，那老两口后半辈子都活不下去了。"

　　莫笙依旧嘴硬："你害怕你别让我开啊！"

　　"这也就是你，要是别人我都不让他们碰我的车。我惯着你，还愿意舍命陪你。"唐祢说着去拽安全带，随后动作停顿了一下问，"是不是坐后排生还率比较高？"

　　莫笙指着唐祢骂："你给我滚下去，别让我心烦。"

　　唐祢也没动，坐在副驾驶上开始告诉莫笙怎么启动车子。

　　莫笙从小就对车感兴趣，这些东西她都懂，认真听完后说道："我之前开着我妈那辆太阳能满城市跑着去送货，你怕什么？"

　　莫笙说完，开着车子进进出出七八次才把车开出车位。

　　唐祢扶着车门无奈道："我第一次感受到，车还没开出去呢，我就开始晕车了。"

　　"你这个车太大了，不方便。"

"我爸就准备给你买这个呢。"

"不用，我打算买辆二手奥拓。"

"然后让我进不去是吗？"

"对，就杜绝你上车。"

"你可放心吧，你有车了，我横着也躺后面。"

车子上路后，莫笙就开得不错了，她的主要问题就是停车。

新手雨天开车，也就莫笙虎，唐祎也跟着傻才能干得出来。莫笙还不过瘾，车子绕着学校开了两圈才停在了车库附近。

唐祎拿着雨伞下车去接莫笙，随后莫笙撑着伞站在一边看着唐祎将车停进车库里。

两个人一起朝学校走的时候，莫笙小声嘟囔："我饿了。"

唐祎提起郁黎川时声音都会低两度，一句话愣是说出了气泡音来："学弟都没请你吃一顿饭？"

"我要去省队了，得吃食堂。"

"哦，对。走吧，弟弟陪你吃。"

两个人到了食堂里倒是轻车熟路，唐祎站在窗口得哈腰往里看，还跟食堂阿姨打招呼，问："姐，烫头了啊？小卷好看，比之前那个好看。"

"哪儿啊！是太长时间没烫头，卷都开了。"

"那您这个卷开得挺好看啊！我还当特意弄的呢！"

阿姨被唐祎逗得直乐。

唐祎和莫笙从小一起长大的，行为举止、习惯等都有着诡异的一致。

莫笙从小丧父，唐祎自幼父母离异，跟着父亲一起生活。

唐祎知道莫笙的时候，就知道自己的父亲跟莫笙的妈妈在谈恋爱。周围人的议论，让他知道他即将要有一个后妈，后妈还会带着一个拖油瓶。

旁人提起时总会呲嘴，用同情的眼神看着他。还有人吓唬他，甚至小声告诉他，如果后妈打他了，跟他们说。

得知莫笙和他同校，他就故意找碴儿跟莫笙打架，只希望莫笙不敢进他们家。莫笙也不是善茬儿，也不知道唐祎为什么要揍她，反正被欺负了就打回来。

两个人打了几次后，唐祎才知道莫笙是一个女孩子。

唐祎陷入了崩溃中，年仅七岁的唐祎第一次怀疑人生。

令人崩溃的第一点是他居然和女孩子打架，这是男孩子能做的事情吗？

第二点是……他居然只能和莫笙打个平手，这女孩也太能打了吧？

后来他去道歉，虽然不再招惹她了，但是依旧看莫笙不顺眼。

两人的关系什么时候好起来的，唐祎也记不清了，总觉得两人的关系发展得很奇特。

　　真要深究的话……大概是初中的那次吧，有男孩子总找莫笙，拽她头发，抢她作业，他就去把那小子揍了。

　　后来他才知道，是那小子喜欢莫笙却不知道怎么表达，就用这种方式吸引她的注意。

　　知道真相后，他居然更气了，又揍了那小子一顿。

　　莫笙在这方面粗神经，没意识到，还当是唐祎够意思，渐渐地就和唐祎成了朋友。

　　唐祎在那时也懂事了，发现莫妈妈人不错，莫笙也不讨人厌，自然不会再找碴儿了。

　　只是……别的感情却暗暗发芽了。

　　唐祎的内心之中有一棵畸形的树。

　　大树枝丫没几根，也不那么茂盛，却有着庞大的根。

　　根茎蔓延，几乎要胀满整个空间，让唐祎快要承受不住了。

　　于是唐祎开始找寻其他的方法去消灭这棵树。或许，种下其他的小树，这棵树就枯萎了，这样他就能理所当然地看着父亲重组家庭，他们也不会被非议。

　　然而，这棵树太强大了，会摧毁其他的小树。小树倒了，他受不住了，就又会回来找大树，求片刻安稳。

　　唐祎看莫笙选完了，刷了一下卡，随后对阿姨说："先别结算，我还没选呢。"

　　阿姨立即懂了，问道："你们俩这是和好了？"

　　"我们也没掰过啊。"唐祎笑呵呵地说着，接着问，"我要熏鸡肉，能不能给我弄点蘸料？"

　　阿姨态度特别好："行，我给你调去。"

　　莫笙坐在椅子上，看着唐祎端着餐盘来了，忍不住问："为什么学校里的人都觉得我们俩跟绑定了似的？"

　　"认识我的几乎都认识你，认识你的我就不信有几个不认识我的。"

　　"真烦。"

　　"吃人嘴软知道吗？你现在要夸我！"

　　"夸你什么？我夸得出来？我是那种虚伪的人吗？"

　　"夸我可爱？"唐祎挑眉。

　　"不要脸。"

　　两个人吃饭的工夫，一群人吵吵闹闹地进了食堂，好巧不巧就是上次碰到买鸡蛋的那几个。

　　这几个人进来后就开始起哄了："顺眼了，这回就顺眼了。"

　　另外一个人说："这回画风就对了。"

莫笙表情不爽地看着他们几个人再次买了几个鸡蛋走了，忍不住问："这几个人天天吃鸡蛋憋屁呢？"

唐袆笑着回答："年轻气盛，训练一会儿就饿了，拿鸡蛋当零食吃，我比赛前也这样。"

莫笙继续吃饭，吃完起身就走，走时还把唐袆的伞拿走了："让你的鸡蛋三兄弟来接你吧，我走了。"

唐袆知道莫笙是不想他送她到女寝，被人看到了误会，也不在意，点了点头说道："行，你先回去吧。"

莫笙第二天参加完晨练才去了郁黎川那里，依旧是运动服，还拎着郁黎川的外套。

与昨天的待遇不同，郁黎川亲自来大门口接的莫笙，手里还拎着一些东西。

莫笙看着郁黎川手里的东西，问："买的菜？"

"嗯，我特意去你们竞技体育的食堂买的，他们起初不卖，后来认出我曾经去过那里吃饭，就卖给了我一些，等中午我给你做饭吃。"

莫笙知道，他们竞技体育食堂的阿姨每天都可开心了。

工作量不大，毕竟他们专业人少，且都不太爱去吃，除非是有比赛了逼不得已。

还有就是他们专业的小帅哥是真的多，个个都是小狼狗类型的，就比如唐袆和他室友时宴冰。

郁黎川能被食堂阿姨记住也不奇怪，这小子也是一位让人印象深刻的帅哥。

莫笙和郁黎川一起到了家里，莫笙要比上一次放得开了，进去后问："我可以参观吗？"

"嗯，可以。"

莫笙走进去挨个房间看了看，觉得真挺不错的，主卧面积不小，还有超大的衣帽间和单独浴室，走出去还有一个大大的露台。不过房子里的东西不多，多少有点儿清冷。

再去看其他的房间，她还帮郁黎川计算："你这做二房东也不错，估计有钱的学生也愿意来租房。"

郁黎川没回答这个问题，毕竟他图谋不轨。

他打开音乐室的门，对莫笙说道："物品我都清出去了，只是有些装饰物还没卸下来。"

"有工具吗？"

"嗯，我昨天晚上去买了。"

莫笙看了看工具，随后脱掉了外套，戴上了手套，就开始干了。

郁黎川走过来要帮忙，莫笙大手一挥："你给我递工具就行了。"

莫笙为了方便干活，外套里面穿的就是半截袖，此刻拿着扳手这类工具，踩着墙面用力往下撬装饰物，手臂的肱二头肌暴起，肌肉上的血管都在绽放。

郁黎川看着莫笙的手臂目瞪口呆，下意识地吞咽了一口唾沫。

莫笙刚卸下一个装饰物，就看到郁黎川站在她的身后，双手抬着，似乎随时打算接着她似的。

她疑惑地问："你干什么？"

"我怕你太用力了，因为惯性跌倒。"

"这样啊……"莫笙突然后悔问了，她直接往后倒躺他怀里不就完事了？时机拿捏得好，三年后带着孩子旅游巴厘岛。

不过她也就是想想，最后还是放弃了，先干活。

结果，她扭头朝前走的时候，没注意到脚下有一把螺丝刀，踩上后仿佛一个轮子，她身体后仰，结结实实地躺在了郁黎川怀里。

莫笙干巴巴地问："我说我不是故意的，你信吗？"

郁黎川的轻笑声距离她很近，似乎就在她的头顶，气息吹拂着她的头发："你看，幸好我在。"

莫笙有点儿不好意思地起身，回身问："我没撞到你吧？"

她知道自己的体重，人家精致女孩有她这个身高的，好多一百斤左右。她身体骨架大，肌肉结实，自然有些重。

这也幸好是距离近，莫笙有信心，只要距离够，肋骨全干碎。

"没事。"郁黎川站在她身边问，"我有什么能帮你的？"

他显然并未在意。

"不用，你放心吧，没有姐搞不定的事儿。"莫笙说的时候还打了一个响指。

"我想和你一起。"郁黎川依旧坚持。

"那你过来帮我卸东西。"莫笙指了指另外一块装饰物。

这个房间里之前装饰过其他的东西，就比如他们此时要卸掉的木框。木框里贴的是装饰壁纸，看起来也挺值钱的，不过也只能卸掉。

之后，他们还要进行打磨，让墙面平整。

将装饰的东西卸掉打磨的时候，两个人都搞得灰头土脸的。

郁黎川扭头看向莫笙，想要帮她拍拍头顶的灰，但有点儿无从下手。

莫笙走出去照镜子，看着自己觉得好笑，问道："我都成白发魔女了，你也跟我一个情况吧？"

郁黎川十分诧异："你连我的头发都看不到吗？"

"看不到。"

"这么严重？"郁黎川说着拿来了毛巾，帮莫笙大体上擦了擦头发，突然想起了什么似的说道，"其实我们可以戴帽子！"

两个人对视了一会儿……

莫笙从郁黎川身体的角度分析，两人应该是在对视。

随后两个人一起叹气，仿佛刚才是两个傻子在艰苦奋斗。

郁黎川洗干净手，走进房间里拿了两顶鸭舌帽出来。

莫笙也不是什么牌子都不认识，思沃福的帽子她还是认识的，立即推回去了："这个有点儿奢侈。"

"呃，我再找找。"

莫笙跟着郁黎川走进衣帽间，看着郁黎川翻找帽子，盯着看了一会儿，问："有低于四位数的吗？"

"就是刚才的那两顶。"

莫笙扭头就走，走到门口找来了塑料袋，走到镜子前把塑料袋套在了头顶，手提的部分系在耳朵上，接着又去奋斗了。

郁黎川纠结了一会儿，也套了一个塑料袋，接着拿着两副墨镜过去。

莫笙戴着墨镜，顶着塑料袋，戴上防护手套，问："我这造型是不是还挺洋气的？"

"嗯，走秀款。"

莫笙"嘿嘿"直乐。

郁黎川很喜欢看莫笙笑，纯粹的，毫无杂质的，特别爽朗，仿佛看到她的笑容就能立刻忘记烦恼似的。

郁黎川却不知道，莫笙看到他的样子就想笑。毕竟在她眼里就是一个"灯泡"顶着一个塑料袋，怎么看怎么滑稽。

她估摸着，以后真跟郁黎川生气了都严肃不起来。任谁也没办法对着一个"灯泡"保持严肃，至少她不能保证自己会不会吵着吵着突然笑场。

之后莫笙负责整理送来的材料，清点完毕，送走了送货的两位大哥。

郁黎川则是去厨房给莫笙做午餐。

在莫笙根据教程固定材料的时候，郁黎川走过来说道："来，尝尝。"

"玉米？玉米有什么好尝的？"莫笙随便看了一眼，不解地问。

"不是，是我做的糕点，或者说是豆沙包。"

莫笙这才放下手里的东西，认认真真地看郁黎川端来的东西，发现郁黎川做的豆沙包特别精致，外面看起来就是玉米粒，做得特别逼真。

她手是脏的，郁黎川拿起一个喂到她嘴边，说道："吃吧，我刚才吃了一个，已经不烫了。"

莫笙咬了一口，发现外面一层是黄色的面皮，做出了玉米粒的样子，里面包着白色的面，咬到里面是豆沙。

别说，真还挺好吃的。

莫笙吃着香，嘴里还在取笑道："不错啊！不过你这手艺是哄小孩儿呢？你是不是还给我做了一个小熊猫形状的紫菜米饭？"

"你能吃的东西少，就只能在别的方面下功夫了。如果能让你觉得吃饭变成了一件十分愉快的事情，我就算成功的。"

"有心了你。"莫笙说着张嘴，郁黎川立即再次喂了她一口，还顺便擦掉了她嘴角沾的豆沙。

莫笙一边吃一边整理，随后忍不住问："你做得多吗？我给我室友带回去点儿行吗？"

"可以啊。"

"你那个黄色的是怎么调出来的？"

"你用你充满智慧的小脑袋想一想，什么蔬菜汁能调出黄色的面？"

莫笙还真就想了半天。

郁黎川也不为难她，说道："南瓜啊！"

"噢！对对对。"

郁黎川又起身去忙了，没一会儿莫笙就闻到了厨房传来的诱人香味。

她脱掉手套走到厨房，朝着锅里炖的东西看，奇怪地问："红肉？"

郁黎川摇了摇头，故弄玄虚："不是，等收汁了你尝尝，先去洗手。"

"哦……"

等菜盛出来，郁黎川拿一个小风扇对着吹，让菜快速凉下来。

莫笙等了一会儿，然后夹了一块吃了一口，没吃出来是什么，味道像红肉，但口感不是。

郁黎川还在盛其他的菜，同时介绍："我妈妈是素食主义者，所以我懂一些素食的做法，能够将豆制品做出各种花样来，你吃的就是其中之一。"

"是豆腐吗？"

"对。"

"厉害啊你！你这手艺就该去我们竞技食堂开小灶，一准儿能靠这个发家致富。"

"不，我只做给你吃。"在他看来，给别人做饭是浪费时间，还不如利用那个时间多看几本书。

不管郁黎川是不是在乱撩，莫笙听完这句话确实挺开心的。

这顿饭吃得非常开心。

莫笙就算放假了，她能吃的东西也非常少，偶尔看到别人吃炸鸡、喝可乐她都馋得直流口水。

现在郁黎川这顿饭，真的是给她解馋了，还安全。

莫笙吃饭的时候问："阿姨是有什么信仰吗？"

"没有，她是一名舞蹈艺术家，吃的方面也很讲究。"

"现在还跳舞呢？"

"嗯。"

"我妈也跳舞。"莫笙又吃了一口豆沙包，"广场舞。"

"那她们两个也算是志同道合了。"

莫笙知道广场舞和艺术还是有区别的，听着就想笑，也不再深究了。

她都记不清这一顿饭夸了几次，吃完站起身，又着腰盯着最后几个豆沙包思考要不要清盘的时候，突然回神："啊！忘记发朋友圈了！"

她想到这里遗憾得不行。

郁黎川并不在意，她觉得好吃他就满足了，于是说道："还有晚饭呢。"

"还做这些吗？"

"给你换几样。"

"我突然充满了干劲儿。"

郁黎川笑得温和，将桌面上的餐具放进了洗碗机里，随后脱掉了围裙，跟莫笙一起在音乐室里忙碌。

两个人搭配得还挺合拍的。

主要是郁黎川够聪明，莫笙指挥的时候说话不利索，比如："你把那个递给我，把这个板子往那边挪，对，继续往那边挪。"

就这种指挥，郁黎川都能听懂，还配合得特别好。

这让莫笙心情舒畅，觉得和聪明的人真的很好相处。

莫笙是个烂脾气，平时看起来大刺刺的，其实有的时候一点就炸，好友都怕莫笙惹事。

然而和郁黎川在一起，莫笙心平气和，至今还没有过不愉快。

他们忙碌到了下午六点钟，郁黎川看了看时间后说道："我去做晚饭，你也忙了一天了，去洗个澡休息一下吧。"

莫笙愣了一下，又要在这里洗澡吗？

她还没拒绝，郁黎川就再次说道："我家里有精油球，你泡澡的时候可以用。客卫的浴缸还没使用过，我之前请家政清洗过，你如果嫌弃可以再冲一冲。"

莫笙拿下手套起身，郁黎川已经拿出了精油球来。

她拿着精油球思考了一会儿，还是去洗澡了，算是一回生二回熟。

郁黎川家里的浴缸足够大，莫笙坐进去也能怡然自得，尤其是泡在亮晶晶的水里，水是女孩最爱的粉色，里面还有镏金一样闪亮的精油浮着，让她觉得自己简直就是精致的小仙女。

她都不舍得在这个水里搓澡！

泡了一个澡，莫笙用风筒将头发吹干，走出来就看到郁黎川在门口给她放了一身宽松的衣服。

她此时已经穿好衣服了，T恤确实有点儿脏了，不过她想了想后没穿，直接走到了厨房。

郁黎川正在俯身认认真真地做着什么工艺品似的，她走过，就看到郁黎川真的在给她做紫菜装饰的熊猫饭。

"真把我当小孩儿了？"

"不，只是觉得你适合这些可爱的东西。"

莫笙笑嘻嘻地看着，点了点头，拿出相机准备："你做好了，我就拍照发朋友圈。"

"好。"

等菜陆陆续续地上桌了之后，莫笙对着餐桌拍了一张照片，随后发了朋友圈：用劳动换米的晚餐，学弟的厨艺出人意料。

莫笙在吃饭的时候依旧是赞不绝口，随便扭头看了一眼，还有一个锅在工作中。

"锅里在煮什么？"

"蒸豆沙包，给你室友带的。"

"对哦，我都给忘记了。"

莫笙吃完饭，郁黎川将豆沙包拿了出来，装进了一个餐盒里，说："我送你回宿舍。"

"你去了还得回来，会不会很折腾？"

"不会，我也回宿舍。这里还没收拾好，我还没正式入住。"

"太奢侈了吧，放着这么大的房子不住，住宿舍？"

"嗯，我还是想等收拾好了再来住，不然我怕我强迫症犯了，夜里睡不着。"

莫笙不懂这种强迫症，也没再说什么，毕竟是人家自己的选择。

临走时，郁黎川说道："你的钥匙串可以给我看看吗？"

莫笙拿了出来递给他："怎么了？"

莫笙的钥匙串没什么特别的，宿舍钥匙、竞技体育专业食堂的饭卡、常年必备的指甲刀、一个摔掉手臂的蜡笔小新挂件。

郁黎川接过去，把一张卡挂在了莫笙的钥匙串上，同时还挂上了一串小珠子的链子。

莫笙拿回去看了看，问："这是什么？"

"这里的电梯卡，有了这个可以直接进到家里来。"

"欸？！"莫笙吓了一跳。

"方便装修吗！"

"哦……"

莫笙和郁黎川一同朝宿舍走，直到女寝门口，他们才分开。

等莫笙走到三楼，楼梯还没上完就看到了五六双大长腿站在三楼楼梯口，那在女寝显得格格不入的大脚让她格外熟悉。

整个学校里都难找几个女孩子穿40～43号鞋的,她们队里全是。

她立即改为双手捧着餐盒,特别虔诚地继续上楼。

她刚上去,餐盒就被拿走了。

齐柠脱了拖鞋,用脚丫子踹了莫笙一脚:"你大鱼大肉的,我们就吃玉米?"

"不是玉米,是学弟亲手做的豆沙包。而且,我吃的不是大鱼大肉,是花式素食。"

齐柠打开餐盒,拿出豆沙包看了看,忍不住感叹了一句。

其他队友也跟着聚过来,一人拿一个,最后一个还是莫笙护下来的:"给白小婷留一个。"

队长吃了一口后,说道:"可以啊!这门亲事我们准了,学弟时不时得上供,我们就是他忠实的拥护者。"

"你们这共处一室一整天,就没发生点儿什么?"另外一个人问。

莫笙摇头:"纯洁得就剩劳动和吃饭了。"

"这是细水长流路线?"齐柠吃着豆沙包思考,"难不成他是想和你好好处?"

队长反驳:"肯定是要好好处的,玩弄感情敢找我们笙哥?笙哥不得把他腿打折?"

莫笙还是原来的态度,特别不要脸地叹气:"其实我还是没想好,要不要同意。"

"滚!"众人异口同声。

莫笙笑着回宿舍了,给白小婷供上最后一个豆沙包。

简单地洗漱完毕,她拿出手机来,就看到朋友圈简直爆炸了。

什么最能轰炸朋友圈?

万年单身发了暧昧文字,暗示意味十足。

评论里——

齐柠:啊啊啊!这是学弟做的吗?

队长:狗子,你再也不是我们熟悉的狗子了,不是说好一起保持四年单身的吗?

母后大人:学弟?上次我看到的那个?

唐叔叔:这几个菜不够下酒的,让他再加几个菜。

……

莫笙兴致勃勃地看着评论和点赞,心里暗爽。

当代大学生里没有几个傻子,她和郁黎川现在的情况就是暧昧不清的状态,只要谁稍微主动就能捅破窗户纸。

大家都心知肚明。

然而双方就一直这样耗着,她在观察他,他恐怕也在观察她。

关系未定，患得患失。

这个时期，随意的一个眼神都是暗示，一言一行仿佛都别有深意，会让人猜想，让人沉迷，会让人在甜蜜中沉沦下去，被拖进属于对方的海里。

她是他生活里最特别的那个存在。

这是多么让人欣喜的事情。

他喜欢我吧？

他绝对喜欢我的……

可是，为什么又觉得是自己自作多情呢？

他今天的某句话，绝对是在暗示他喜欢我。

这样一想一夜，梦里都是他。

莫笙起床打算去晨练的工夫，就接到了妈妈的电话轰炸。

莫笙只能立着手机，在镜头前刷牙洗脸，听妈妈一个人滔滔不绝：

"你还去那小子家里吃饭了？他父母在吗？"

"我怎么总觉得那小子图谋不轨呢？他要不是有点儿难言之隐，或者想要求你什么，怎么能看上你呢？"

"你说……他是不是就想骗你去帮他干活，干完了就甩了，结果你就得到两顿饭，你还傻乐呢。"

莫笙听得直翻白眼。

她真没办法说自己许愿的事情，这事儿别人听了根本不会信，莫妈妈听了可能要骂她脑子有毛病。

于是，她吐了漱口水，洗了脸后对妈妈解释："您就放心吧，您女儿不傻。"

"你还不傻呢？小学二年级在口袋里掏废纸，把钱给扔了，扔了六十五块钱，你号了半宿你忘了？"

莫笙发现了，妈妈记她黑历史记得牢牢的。

"真的啊，他帮过我，我也帮他，正常往来。您也别太关心这件事儿了。您看，政策都放开了，您早点儿跟我叔要个孩子，顺势奉子成婚多好？这样您也有其他的事情忙了是不是？"

莫妈妈被气得差点儿晕过去："我多大岁数了还要孩子？你能不能想点儿好的？有你有唐祎，我也算儿女双全了，我要什么孩子！"

"唉，唐祎最近又失恋了，您安慰安慰去？"

"他失恋跟吃饭似的，用不着安慰。你们俩真的是，旱的旱死，涝的涝死，没一个省心的。"

"大号废了，就练小号……"

"你给我滚蛋！"莫妈妈气得直接挂断了电话。

莫笙继续擦脸，随后活动了一下肩膀。

他们体育系的竞技体育专业，一般清晨五点多就有起床的了，六点十分开始早操晨练。

早上七点半去竞技食堂吃饭，之后有课的去上课，没课的去训练。

莫笙最近情况特殊，在校队和省队交接的时间段，所以没有太严格的要求。

她昨天劳动了一天累到了，早上睡了个懒觉，室友也没叫醒她。现在她来水房洗漱，一个人独占整个水房。

她将东西整理好了，懒洋洋地拿着书下楼去上课，这节课的名字非常有意思：纳米世界漫游。

刚进教室坐了没一会儿，队长就私聊她：下午打友谊赛。

所剩余笙：还来？她们是真皮实啊。

队长：勇气可嘉。

郁黎川确实经常健身，但是这样程度的劳动，还是让郁黎川筋疲力尽。

他很早就醒了，只是躺在床上迟迟不肯起来，竟然睡了开学以来唯一一次懒觉。

他的舍友都是非常"佛系"的学生，大家的作息时间虽然不一样，但是互相不打扰。郁黎川每天晚上十点钟就睡觉，他们也会拉上帘子，在床上戴上耳机做自己的事情。

云折竹端着早饭放到书桌上，抬头关切地问："你没事吧？"

"没事，就是肌肉有点儿酸。"

"没必要为了节省那点儿钱，把自己累成这样，到现在才搞定一半。"

"主要是能和她单独相处。"

云折竹帮郁黎川打开餐盒送过去，忍不住问："你觉得她对你的印象怎么样？别白努力了。"

郁黎川见云折竹这架势是要喂自己吃饭了，赶紧撑着身体起床，爬下来坐在椅子前，拿来餐盒自己吃，随口回答："应该是有希望的。"

"你没事在微信上跟她聊聊天呢？说不定你们聊着聊着就开始有好感了呢？"

"哦。"

云折竹见郁黎川真的是不听话，而且主意比他正，他也就不说什么了。

待郁黎川吃完饭，正在换衣服的时候，手机响了。

郁黎川看了一眼，接通后问："怎么了，妈妈？"

郁妈妈在视频那边看着郁黎川，开始指挥："黎川啊，你这身衣服搭配得不好，身上的颜色不要太多了。而且，我告诉过你颜色搭配法则的……"

说着，就没完了。

郁黎川动作停顿了一下，按照妈妈说的意思调整，随后问："可以了吗？"

"嗯嗯，好多了，我儿子可真帅。"

郁黎川以微笑回应。

郁妈妈这才说了正事："黎川啊，我听说你最近喜欢上了一个学校里的女孩子？用不用妈妈给你出出主意？零花钱够不够啊？男孩子要大方一点……"

郁黎川听到这里，凑近了屏幕仔细看，随后说道："妈妈，您今天好可爱。"

"欸？可爱？怎么可爱了？"

"面部线条圆润了许多。"

"圆……圆润？"

"嗯。"

"吾胖了伐？啊？么呀……哎哟喂，是不是切特度了啊？吾要度锻炼，好了，伐得侬港了，姆妈起跳舞了……"郁妈妈吓得说起了上海话。

"好的，您去吧。"

等郁黎川挂断电话后，云折竹奇怪地问："阿姨没胖吧？"

"让她有点儿事做。"郁黎川十分冷淡地回答。

云折竹不说话了。

郁黎川看向云折竹，指着他警告："少跟她说我的事情。"

"你都要恋爱了，还不能跟家里说？"

"他们只会添乱。"

在郁黎川这里，妈妈可以指挥他穿衣服，这点他愿意听。

但是，恋爱的事情他不想家里参与。

只要他看上了就认定了，家里管不着，他自己说了算。感情本来就是两个人的事情，用不着别人关心，他也不会和任何人分享，也不想听从别人的意见。

他喜欢的人，只是他一个人的。

他的感情，自己处理。

郁黎川准备要出门的时候，云折竹突然探头说道："我看到大巴了，好像和莫笙她们打友谊赛的校队又来了，我打听了一下是下午比赛，你要去看吗？"

"嗯。"

云折竹拿出手机来看课表，随后单薄的身体背起大提琴走出了宿舍，对郁黎川喊："我今天没办法陪你了，我有课。"

莫笙来到体育馆的时候，发现观众席的观众很少。

这也不奇怪，毕竟只是临时的友谊赛，莫笙都是上午刚得到消息，能有观众过来就不错了。

不过郁黎川却出现在了观众席，手里还拿着笔记本电脑，放在腿上正在编辑着什么。

莫笙和队友打了招呼后，走到了郁黎川的身边，问："你怎么来了？"

"我想制造偶遇，且需要是大概率事件，在这里与你偶遇的概率是80%。"

"你这还是偶遇吗？你这等同于直接来找我了。"

"只要我不承认，就是偶遇。"

"优秀。"莫笙坐在了郁黎川的身边，看着电脑屏幕问，"你在做什么？"

"我们大一的作业也不少。"

莫笙看了一会儿觉得没意思，对郁黎川说道："我要去换衣服做热身了，等比完了赛来找你。"

"嗯，体育馆里有点儿冷，你注意保暖。"

"行。"

莫笙很快跑远了，去换了运动服，外面套了一件运动外套。

她依旧是穿着短裤，做热身的时候长腿就露在外面。郁黎川之前还能聚精会神地搞作业，此时也会忍不住多看几眼。

他觉得莫笙活动时，马尾一摆一摆的很有意思。

今天的比赛莫笙依旧是自由人的位置，只不过其他的队员并非队内的首发成员，派上了大一和大二的学生练手。

莫笙原本也不想上，结果还是上场了，因为队长是这样说的："人家学弟都来了，你也不能让他干坐着啊。"

学妹则是这样说："笙哥，你不在身后，我们心里也不踏实。"

最后就成了莫笙是全场最年长的了，她活动身体的时候还在说："孩儿们别怕，爸爸在呢。"

接着被数落了半天。

新人们和对方首发队员的水平还是旗鼓相当的，莫笙坚持下来并不容易。

到了比赛最后阶段，她们队才换了队员，莫笙不由得松了一口气。

打了一会儿莫笙才发现，这些队友是她大一入队后的阵容。

比赛即将结束时，队长突然高声说了一句："队长，主攻手，有！"

莫笙愣了一下，这是什么意思？

接着她就听到其他人跟着喊："副攻，有！"

齐柠："二传，有！"

喊到最后只剩下莫笙，莫笙诧异地看着她们，就听到这群人一齐喊她："自由人莫笙。"

莫笙傻乎乎地回应："有。"

齐柠回头白了她一眼："没吃饭啊？"

莫笙这才喊了一句："有！"

这回队友们几乎是同时喊了起来："东高大女排，有！"

莫笙看着队友，又看了看站在一边的教练和学妹们，突然明白过来了。

这是莫笙在东高大女子排球队里打的最后一场比赛，之后她就是省队的成员了。

她的主要训练都将在省队里，不再是校队了。

这是一场比赛，也是一场欢送会。

莫笙对于东高大的女排队来说，是一个极为特别的存在。

她算是一位扭转乾坤的功臣，她的到来鼓舞了队伍，让走向衰败的队伍重新振作起来。

她们获得全国大学生排球赛第一名，莫笙功不可没。

所以她们决定用最特别的方式，给莫笙开欢送会。

对面发球，莫笙才反应过来，在微妙的情绪里完成了这场比赛，依旧是胜利。

莫笙看着队友们朝着她走过来，跟队友们拥抱的同时仰着头抱怨："干什么啊，突然煽情！你们知不知道这招特别讨人厌，因为这招对我真的特别好使。"

队长抱着莫笙的头一个劲儿地揉，178厘米高的莫笙，也就在她们面前才会显得格外娇小："这不是给你一个惊喜吗！"

莫笙眼眶都红了，却还在嘴硬："整这些没用的干什么啊？你们一人给我一百块钱，我肯定记住你们，逢年过节给你们发祝福短信。"

齐柠有点儿想踹莫笙，最后还是忍住了："你说你挺好一个小丫头片子，只可惜就长了一张嘴。"

这个时候有人推出了一个小车，车上都是吃的，中间是一个蛋糕。

莫笙看着这个蛋糕都无语了，巴掌大的小蛋糕，字都写不下，最后在板子上写的字：庆祝莫笙进入省队。

教练在一边说："一人舔一口得了，这玩意儿不能多吃。"

蛋糕真不够吃，两个排球队的队员凑过来，一人用手指挖一下，蛋糕就没了。

莫笙在最后就拿到了一个盘，齐柠还跟她说："拿去珍藏吧。"

教练也跟着雪上加霜："字是拿巧克力写的，你别想偷舔啊，不行。"

莫笙站在旁边看到众人瓜分了她的蛋糕，正觉得惨烈呢，就听到教练来了这么一句，感动的那股劲儿都要过去了。

结果，队友们开始送莫笙礼物。

队长送了她一个不倒翁，解释："这个是我亲手画的，上面的小女孩是你，希望你以后少扑地板，做一个不倒翁。"

莫笙伸手拿过来，喜欢得不行却还嘴欠："你没有画出我30%的美貌。"

齐柠拿着盒子递给了莫笙："任天堂。"

莫笙看到盒子就哭出来了，她和齐柠关系最好，平日里互相数落，从来没动过气。

她知道前阵子齐柠省吃俭用的，张垚还了钱，齐柠也得还欠其他人的钱，后来下了好大决心才给自己换了新手机，新手机讨价还价后都不到两千块钱。

结果给她买了个游戏机。

接下来，有人送了她一套运动服，有人叠了一瓶纸飞机给她，说每个纸飞机里都有祝福，是每个队员写的。

教练也送了莫笙一双运动鞋。

就连和她们打友谊赛的队员也过来给莫笙送了礼物，其中一位和莫笙一起进队，两个人做了三年的对手，她送了莫笙一个排球，咬牙切齿地说："珍惜好了，上面有国家队成员的签名！"

这一回全场轰动了。

莫笙这个人特别容易被感动，到后来干脆哭得失去语言能力了。

视线模糊的时候她看到一束光走向她，站在她身边，她对着郁黎川用含混不清的声音说："我、我……%&……"

郁黎川依旧是温柔的语气："没事，我不着急。"

"嗯，%%￥……"莫笙继续跟郁黎川交流。

"喝水？"

"嗯。"

郁黎川伸手拿来了一瓶水递给了莫笙，莫笙伸手拿过去喝了一口。

齐柠看得目瞪口呆，问："你究竟是怎么和她进行交流的？"

"她很好懂啊。"郁黎川回答得特别自然。

"厉害……"

郁黎川因为看不清别人的面部表情，曾经学过一阵子行为心理学。不过他并未认真学习，只能说是业余、略懂，只要对正常生活有所帮助就可以了。

现在看来，还挺好用的。

之后队友帮莫笙整理好礼物，一起离开体育馆，准备去吃饭。

此时，莫笙已能说话了，对郁黎川说道："学弟，我要去聚餐了，去的都是队友，所以今天不能陪你了，改天我请你吃饭。"

"嗯，没事，你去吧，到宿舍了和我说一声。"

莫笙起初只当是郁黎川想让她报平安。

结果，她回到宿舍，跟郁黎川说了以后，郁黎川发了一个简短的消息给她：下楼。

所剩余笙：怎么了？

C：有东西要给你。

莫笙立即披上外套下楼了，就看到郁黎川递给她一个袋子："冰袋，捏破中间的部分就能用了，敷敷眼睛，别肿了。"

"你专门为了我去买的？"

"嗯。"

莫笙伸手接过来，对他笑："那谢谢学弟了。"

"嗯。"

抱着冰袋进了宿舍楼，莫笙一边走一边想：这小子肯定喜欢我。

到了宿舍里敷眼睛的时候，莫笙跟齐柠、白小婷显摆："学弟专门给我买的，他肯定暗恋我。"

做瑜伽的白小婷此时已经习惯郁黎川和莫笙的暧昧关系了，叹气："别是个花心渣男就行。"

莫笙不在意："敢渣我，不是你死就是我亡。"

莫笙正式进入了省队。

省队的教练对莫笙也算熟悉，在莫笙大二的时候，省队教练就来要过人了。当时东高大教练希望莫笙参加完全国比赛，为校争光后再去省队。

省队教练姓柳，是国家队的退役队员。他个子很高，就算年纪大了依旧脊背挺拔，很有气质。不过，也有种不苟言笑的气势。

莫笙到了省队里后也没有什么欢迎仪式，自我介绍完毕后，就正式开始训练了。

省队和普通大学生的作息不太一样。

他们的训练是从周一到周六。

上午的训练是早晨 8:30 ~ 11:30。

午休时间比较长。

下午的训练是 14:30 ~ 17:30。

晚上的训练是 19:30 ~ 21:00。

而且，进入省队后会收手机，文化课安排也比较少。

莫笙还没有毕业，省队这边和学校沟通，一些选修课她不用去上，比如体操、武术、网球这些，不用全修了。

偶尔去上文化课，也都是诸如大学英语、马克思基本原理概论、运动心理学这些。而且课程要尽可能安排在周三，每周三省队训练都相对轻松。

至少，莫笙这学期的课程要全部上完，从下学期开始，莫笙就只能偶尔去学校上文化课了。

莫笙的宿舍也搬了，为的是方便练习。学校这边的宿舍也没退，毕竟今年的住宿费都交完了。

莫笙在省队的室友也都是新人，来了最久的一位也才一年多，年龄比她都小，还都蛮好相处的。

进入省队后，莫笙就要努力适应省队的训练节奏了。

对于一名成熟的运动员来说，能够快速跟队友熟悉，也是必须要经历的一关。

她们如果有机会进入国家队，为国争光，这点就非常重要。国家队的队员都是从各个省队里召集来的优秀球员，一段时间的集训后，她们就要成为默契的队友为国出征。

有时磨合期很短，适应能力强的球员更受青睐。

莫笙绝对算是一棵杂草，生存能力极强，只要有能吃的，她就能活下去。只要还有一口气，她就能坚持训练。

进入省队后，她以极快的速度融入了队伍，让柳教练非常满意。

柳教练给莫笙单独做了体检，还安排了针对性的训练，随后就开始安排比赛。

这一回她不再是和各个高校的大学生比，而是跟专业的球队比。

而那些球队里，还有几名曾经参加过国家队训练，拿过奖牌的球员。

莫笙并不紧张和害怕，而是暗暗地开始期待，激动得不行。

莫笙进入省队后，和郁黎川的联系渐渐少了。

莫笙的手机只有周末才会还给她，她周末会跟着郁黎川一起去他家里帮忙装修音乐室。

莫笙上课的时候，教练也会单独还给她手机，毕竟东高大上课需要用手机签到。

郁黎川要了莫笙的课程表，在莫笙能来学校时去省队的出口附近等她，随后陪她一起去上课。

今天郁黎川刚刚走到，就看到唐祎也在。唐祎蹲在墙边，指间夹着烟，抬起眼睛来看向他，随后就笑了。

唐祎的笑容里透着一股子痞气，语气古怪地问："来得挺勤啊？"

"嗯，我来等学姐。"

唐祎站起身来，他个子高，就好似瞬间拔起了一座山岳。

他将烟头丢到一边，踩灭，随后说道："你到底是怎么想的？看上莫笙了？"

郁黎川也不否认，轻声应了一句："嗯。"

唐祎扯着嘴角笑，忍不住好奇："你身边应该不缺女孩子吧？没必要盯上她才对，是没交往过莫笙这种类型，想试试？"

"你我之间有着本质的差别。"

"都是男人，没必要伪装，谁不知道谁啊？"

郁黎川看着唐祎，眼神依旧平静，完全没有被挑衅到。

他不知道唐祎是什么样的表情，也不知道唐祎的长相，他只是觉得唐祎的语气让他不悦，随后他问道："你喜欢莫笙，对吗？"

"怎么？"

"你觉得你和她熟悉，你们一起长大，你在她心里的位置举足轻重？"

唐祎抿着嘴唇没回答。

然后，唐祎就看到那个平日里和小白兔一样的男生，突然扯着嘴角笑了一下，眼神里都是轻蔑，还有一丝怜惜。

"这可能是你的底牌。"郁黎川的语速依旧不急不缓，语调很平，仿佛在讲解一道数学题，"但是，这也是你们之间最大的问题。莫笙有可能和我这种不算熟悉，刚刚认识不久的人试着谈恋爱，大不了哪天分手了，一拍两散。但是，她和你不能……"

唐祎忍不住反驳："难不成你觉得她会为了你，和我闹掰了？"

郁黎川摇头："不，你们不会决裂，你们会一直是朋友，也只是朋友。"

唐祎爆了句粗口。

郁黎川不在意唐祎的情绪，继续说："如果她会喜欢你，不用等这么多年。你可能觉得她只是不开窍，但是，她和我在一起的时候不是这样。"

"你别有那种莫名的优越感好吗？"

"是我有优越感，还是你们之间确实有鸿沟，这点你应该心知肚明。"

唐祎瞪着郁黎川，仅仅是几句简单的话，就将他建立起来的信心彻底瓦解了。

他的确是距离莫笙最近的人，却也是最不可能和莫笙在一起的人，不然他也不会如此纠结。

如果莫笙喜欢他，早就喜欢了，没必要等这么多年。

然而莫笙自始至终都只把他当成兄弟而已，他恋爱了毫无吃醋反应，还自动远离。

莫笙在这方面越懂事，他越明白。

认清就是他经历了人海，云过是非，她不动眉梢，好整以暇，无痛无恙。

虽然这是事实,然而被自己视为情敌的人说出来,让唐祎气急败坏,微微发颤的发梢都带着抑制不住的愤怒。

他只能倔强地反驳:"这不过是你的猜测!"

"那你为什么要动怒?"郁黎川微微歪着头,不解地看着唐祎问道。

郁黎川如地铁报站一样毫无波澜的语气,刺激着唐祎敏感的神经,他走到郁黎川身前,低声说:"她只是没有意识到,如果我正式追的话……"

"哦,那你加油。"

唐祎不爽地看着郁黎川,伸手揪着郁黎川的衣襟,低下头压低声音警告:"你最好少在我眼前晃,不然别怪我不客气。"

"你是打算用最原始的方式解决问题吗?人类努力进化到如今,为什么又要舍弃脑子?"

"你说话怎么这么气人?"

"正常交流。"

就在两个人对峙的工夫,不远处发出了奇怪的声音。

两人扭过头就看到莫笙,她模样奇怪地在不远处,比他们还慌张。

莫笙从省队里走出来,本来开开心心的,嘴里哼着调子,结果走到半路就看到郁黎川和唐祎都在,两个人还越靠越近。

她有点儿不解,放缓了步子,接着就看到唐祎走到郁黎川面前,两个人似乎很熟,勾肩搭背的。

震惊之下,她没注意到门口刷卡的透明板子,直接撞了上面,身体弹回去好几步才站稳。

两个男生同时看向她,她却下意识抬手挡着自己的脸,装作什么都没看到。

然而这个举动多少有点儿掩耳盗铃,她又快速放下了手,故作镇定地刷卡出来,接着对他们一摆手:"你们忙,我先走了。"

简直就是落荒而逃。

她真的一点儿心理准备都没有。

两个男生看着她的样子有点儿纳闷,都快步追上她。

郁黎川关心地问:"怎么了?"

唐祎则是说道:"我和他没什么好说的了。"

莫笙则是有些沉默,有些想不明白,这两个人是什么时候认识的?她怎么毫不知情?

"你怎么了?"郁黎川看着莫笙忧心忡忡的样子,有点儿怀疑是莫笙在省队里待得不顺心。

"没事,不用在意我。"

"哦……"郁黎川依旧有些不解,却不想穷追不舍引莫笙烦。

"没事,我是站在你这边的,我知道他是什么样的人,以后他欺负你了，我收拾他。"

郁黎川立即懂了，莫笙应该是因为他刚才和唐祎争吵心中烦恼。两边都是她的好朋友，她也会十分为难，所以才会这样。

于是，郁黎川安慰道："没事，我不会跟他计较的。"

莫笙一听，得，这两位感情还挺好的。

莫笙进入教室里，一节课都没怎么听进去，全程都在患得患失，神游物外。

郁黎川怕莫笙耽误了学习，拿来了莫笙的笔记本，帮莫笙记笔记。

此时莫笙突然想到，她可以看看郁黎川的态度。

结果去看郁黎川的头顶，弹幕都是跟课程有关的，她又收回了目光。

下课后，郁黎川将笔记本还给了莫笙，说道："期末的时候我帮你画重点。"

"你给我画重点？"

"嗯，相信我吧。"

"你就算是学霸也不能这么夸张吧？"

"我怕你挂科，所以有时间的时候，我就会去听你选的这些课，学了一些，可以辅导你。"

莫笙看着郁黎川许久，才抬起手来，对郁黎川竖起了大拇指。

莫笙背着包，问郁黎川："我带你去吃饭？"

"我一会儿有课。"

"哦，那我先回宿舍了。"

"不回省队吗？"

"我们队最近有比赛，房间和票都是提前很久就订了，没有我的，我也不上场，所以我这几天自行训练。"

"这样啊，我晚上联系你。"

莫笙回到宿舍，走进去就听到在放歌，这风格一听就是白小婷喜欢的。

她把包放在桌面上，对白小婷说道："我回来了！"

白小婷原本在涂指甲油，看到莫笙进来吓了一跳，接着就蹦起来了："啊啊啊！笙哥你终于回来了！"说着就朝莫笙扑过去，又怕指甲油蹭在莫笙身上，快速收回了手。

莫笙看了看宿舍里，问："齐柠呢？"

"她……训练呢吧？"白小婷支支吾吾地说道，随后拧好指甲油，把手放进照光机里。

莫笙没听出来什么，脱掉外套去水房洗漱了。

回来后白小婷已经收拾了东西，紧张地看着莫笙。

莫笙奇怪地看着白小婷，想了想，说道："我已经知道了。"

她可是刚出省队的门就知道了，到现在都还没缓过劲儿来呢。

白小婷立即松了一口气，坐在了椅子上："你知道了啊，我还担心呢，生怕你大发雷霆。"

"也不能，虽然有点儿难接受。"

"我也劝齐柠，你说张垚那么渣，为什么还要与他和好呢？"

莫笙听完动作一顿，随后猛地回头看向白小婷："什么？齐柠与张垚和好了？"

白小婷被莫笙这一嗓子吓了一跳，身体瑟缩了："你不是知道了吗？"

"我知道什么啊我！我不知道！"莫笙想到齐柠与张垚那个王八蛋和好了，她就气不打一处来。

为什么啊？

张垚长得一般，顶多就是个子挺高的，对齐柠一毛不拔，玩游戏不回消息，为了面子当着朋友的面跟齐柠吼。

最可气的是张垚花心，微信里时不时就多一个妹子，不是打游戏认识的，就是被人要微信号了。齐柠去问他也不愿意解释，还怪齐柠大惊小怪。

这些齐柠也能忍？

白小婷心虚得恨不得抽自己，小声说："你去省队之后，张垚就又回来找齐柠了，又送花，又送礼物的，可殷勤了，然后……"

"张垚就是不敢在我在的时候过来，怕我抽他！我去省队一个多星期的时间，怎么就发生了这么多事呢？"

"你别气吗！齐柠也是心软了。"

"她不是心软，她是傻！她之前不知道张垚是什么样的人，和他处我也就不管了。现在她明明已经知道了，为什么还要回头？"

莫笙想要给齐柠打电话，最后把手机往床上一扔，脱了鞋子爬到上铺去，趴在床上生闷气。

她看到白小婷偷偷拿出手机，立即警告："不许通风报信！"

白小婷又收起了手机。

莫笙在床上辗转反侧一下午，等到晚上八点多了齐柠还没回来，她饿得不行起身穿上外套打算去买饭。

她拿出手机看时间的时候，白小婷走进了宿舍，对莫笙说："笙笙，我在楼下遇到学弟了，我和他说你在生气，他就去给你买了一份饭，我放桌子上了啊。"

莫笙下了床，外卖明显是来自竞技食堂的，她有点儿纳闷郁黎川是怎么买到的。

她坐在椅子上，用手机给郁黎川发消息，询问他怎么打的饭。

C：站在竞技食堂门口，看到有人进去就询问可不可以帮我打饭，我转账给他。

所剩余笙：这么艰难？何必呢，我也能下去。而且，你可以找唐祎啊。

C：我没有他的联系方式。

莫笙看着手机十分纳闷，联系方式都没有吗？

那这两个人平时是怎么联系的？

莫笙吃了一会儿东西，拿出手机来翻齐柠的朋友圈，突然变成三天可见了，什么东西都没有。

莫笙想给齐柠发消息，告诉她自己回来了，想了想后还是将手机丢在了桌子上，继续吃饭。

吃完饭，她在宿舍里闲逛，之后又做了拉伸，直到夜里十点才重新上床。

躺下之后，她扭头去看齐柠的床铺，看了半晌后闭上眼睛。

到了关寝的时间，齐柠都没有回来。

莫笙气得一夜难眠，躺在床上想事情。

白小婷也知道莫笙在生气，吓得大气都不敢喘。

莫笙又一次拿出手机来，看到郁黎川居然发来了消息：如果心情不好，可以和我聊聊天。

所剩余笙：此刻不该是你睡养生觉的时间吗？

C：担心你，睡不着。

所剩余笙：我明天有空，去你的房子继续搞音乐室吧，就差最后一点了。

C：好，窗户我已经找人换过了。

所剩余笙：你不用担心我，这事说不清，我就是心疼我姐妹。挺好的一个人，为什么要和渣男耗着呢？

C：在感情里总会有人执迷不悟，她正陷在里面，或许哪一天会清醒，然而不是今天。

莫笙抹了一把脸，看着手机屏幕，忍不住嘟囔："年纪轻轻的，说话老气横秋的。"

莫笙睡得晚，起得倒是挺早的。

再无睡意，她拿着洗漱用品去了水房。

熟悉莫笙的人都跟莫笙打招呼："欸，莫笙你回来了？"

"嗯，休息了，回来看看。"

"省队累不累？"

"还行吧，以前上午还上文化课，现在是全天训练，麻木了。"

莫笙洗漱完毕，捧着东西回宿舍的时候，齐柠拎着东西回来了。

齐柠回来时还蛮开心的，笑着朝宿舍跑，途中看到莫笙，笑容以肉眼可见的速度瓦解。

莫笙这边正生气，白小婷也不敢通风报信，不然一准儿惹到莫笙，白小婷就当什么都不知道了。

莫笙看了看齐柠，又看了看齐柠手里捧着的花，白了齐柠一眼，继续朝宿舍走。

她刚洗漱完毕，头发都没整理，毛毛糙糙的，走路的时候也微微晃着身体，显得十分邋遢。

齐柠赶紧追上莫笙，问："你怎么突然回来了？"

莫笙依旧没理她。

齐柠知道莫笙应该是知道自己和张垚复合的事了。

她不敢跟莫笙说，当初莫笙为了她，跑去跟张垚撕破脸对骂，现在她扭头与张垚和好了，莫笙肯定会不痛快。

齐柠只能继续哄莫笙："莫笙，你别生气，我就是太喜欢他了……"

莫笙走进宿舍里把门一关，把盆往地上一扔，问："你喜欢他什么啊？喜欢他跟你吼？喜欢他不理你？喜欢他花你钱花得理所应当？"

"他跟我道歉了，他说他会改，最近也确实改了，我看到了他的改变。"

"狗改不了吃屎，男人在追你和要跟你和好的时候，都跟孙子似的，过不了多久就会现原形！你是不是傻啊？你为什么要跟他一起？你就是贱！你就是想受虐！"

齐柠把羽绒服外套脱了下来，搭在了椅子上，低声回答："其实，他也不是那样。他对我挺好的，上次情人节的时候，他跑遍了学校周围，就是因为我想吃烤冷面。"

莫笙不管这个，继续数落她："你看看，他难得对你好一次，你都当恩赐了，记了这么长时间。你现在就给他打电话，分手，不许再和他联系！"

"莫笙！我喜欢他！"

莫笙被齐柠吼得一怔，眼眶一酸差点儿哭出来，最后还是忍住了。

她再次问齐柠："你是不打算与他分手了？"

齐柠咬着嘴唇不说话。

莫笙下最后通牒："有他没我，有我没他，你想好了。"

"你能不能别逼我啊？"

莫笙也不再说了，快速整理头发，换了衣服，穿上外套就出了门。

齐柠想拦着莫笙，莫笙也没理，她知道齐柠纠缠就是不想分。

莫笙大步走出宿舍，被冷风吹得一个激灵。

入冬了……

她低头看了一眼，发现自己没有穿袜子，脚踝有点儿冷。

她又不想回去穿，于是将脸埋在外套里，低头朝着郁黎川的房子走。

走到小区门口，她刷卡进去，到了单元楼的门口才想起来给郁黎川发消息，问他在不在家。

C：我在学校，我去接你？

所剩余笙：我在你家楼下了。

C：那你先上去吧。已经供暖了，楼上比较暖和，我马上就到。

莫笙刷卡进入了郁黎川的家里，发现摆设都没动过。显然，郁黎川一直没来住。

她走进去换了鞋子，坐在沙发上发呆，突然开始反省自己是不是太强势了，是不是管得有点儿多了？

反正和张垚在一起的是齐柠，被渣的是齐柠不是她，她这么生气干什么？

然而脾气上来了她真的控制不住，这些年都改不了。

郁黎川很快就到了家里，走进来后看着莫笙。

莫笙起身拢了拢头发说道："我们开始吧。"

郁黎川看了看她有些凌乱的头发，走到了她的身边，伸手帮她把橡皮圈拿了下来，动作很轻很温柔，帮她重新扎了一个辫子，低声问道："怎么，没睡好？"

莫笙是一个情绪分明的女孩子。

她的心情能够一眼看出来，开心就是开心，难过就是难过，愤怒也真的会暴跳如雷。

此刻则是失落，她整个人都蔫了。

她嘴角向下抿，垂着眼睑，回答的时候声音都有点儿哑："我和朋友吵架了。"

郁黎川看着莫笙，总觉得她此刻的模样，像极了自己上幼儿园的小侄子，和朋友吵架之后也是这个样子。

莫笙还像一个大孩子一样，很简单。

他放柔声音问："嗯，然后呢？"

"其实在他们看来是我多管闲事，我甚至没必要发火，可是我就是不想齐柠和那个渣男在一起。我都要气炸了，也就说了一些狠话。"

"现在你觉得自己有点儿过分了？"

莫笙点了点头，一屁股坐在了沙发上，颓然地看着空荡荡的地面，说道："其实我想明白了，就算再来一次，我还是会发脾气。我现在都无法理解齐柠究竟是怎么想的，一个正常的人怎么会翻来覆去地往粪坑里跳？"

"你会生气，是因为在意她，不想她被欺负，你觉得她是最好的，

.122.

就应该和一个很好的男孩子在一起，这样你才能放心。然而，你的闺蜜在你眼里近乎完美，恐怕真的没有哪个凡夫俗子能配得上她。"

莫笙听完连连摆手："不是，我要求真没那么严苛，张垚是真的恶心！"

接着，她吧啦吧啦地说一通张垚的事情，还说了齐柠瞒着自己，她有多难受。

郁黎川听完理解了："这么看来，张垚确实不是一个良配。"

"对吧！"得到认可后莫笙一拍手，瞬间觉得心情舒畅了。

郁黎川见莫笙情绪转变过来了，接着说："我能看出来你是好意，只是方式用得有点儿极端。跟亲密的人，更应该态度好一些。"

"根本控制不住，我简直要拿起棍子冲出去找张垚打架了。"

"这更不妥。先不说打架是否文明，你刚进入省队也不能闹事，对不对？而且，人的本性是同情弱者，你去找事了，你的朋友内心会有些心疼她的男朋友，你反而有理说不清了。"

莫笙又要跳起来了。

郁黎川赶紧坐在了莫笙的身边，让她冷静下来，继续安慰："在感情中很多人都是当局者迷，会盲目，还有就是依赖。她放不下，可能是因为不甘心，可能是对她男朋友的某一点依赖，还有可能只是缺人陪。"

莫笙听到这里，陷入了思考，小声问："那你说，是不是因为我进省队了，没人陪她了，她形单影只的。正好张垚这个时候回来找她，她就心软了？"

"嗯，你可以跟她好好聊聊。"

莫笙静下来想了一会儿，觉得抱怨也没用，她来是帮忙做隔音的。

一点儿破事，不值得她纠结一天！

她随手脱掉外套，起身走进音乐室里，挽起袖子，说道："我今儿就把这个房间的隔音给你弄好了，让你很快就能住进来。"

"好，我今天还预约了装密码锁的师傅过来。"

"对，你的房子确实需要一个密码锁，不然我总觉得不安全。你看看你的小体格，我都能几招搞定你。"

郁黎川低下头看自己。

他身高 188 厘米，虽然精瘦，但并不单薄，至少还是经常健身的。

他小声反驳："你就是身边都是运动系的男生，才觉得我弱。"

然而他反驳得特别没底气。

莫笙原本都戴上手套了，突然又脱下来了，她拽着郁黎川到了厨房里，两个人在小吧台两侧。

莫笙将手臂搭在吧台上，对郁黎川勾了勾手指。

看这架势是要跟郁黎川掰腕子。

郁黎川觉得莫笙就算是体育系的女生，也到底是一个女孩子，掰手腕他应该不会输。

两个人的手握在一起，莫笙的大手也不显得比郁黎川的手小多少，只是郁黎川的手指更长一些。

莫笙说了一句开始，便开始用力。

郁黎川睁大了眼睛，瞬间的大力让他身体一晃，拖鞋在地上一滑，发出了鸟叫一般的摩擦音来。回过神来后，他开始拼尽全力，竟然一时之间难分高下。

郁黎川觉得自己不能输，输了就丢人丢大了，简直用了吃奶的劲儿，结果莫笙居然在笑。

他诧异地看向莫笙，就听到莫笙说道："你看看你，就跟个小鸡崽子似的。"说着，突然加大力道，将郁黎川的手掰倒了，赢得毫无悬念。

郁黎川看着两个人的手，好半天没回过来神，接着重重地吞咽了一口唾沫。

莫笙松开手，走到了郁黎川身边，伸手碰了碰郁黎川的手臂，说道："你得举举铁，练练防身术啊，你这种相貌，出门真的应该注意安全，男孩子也要学会保护好自己。"

"别……别再说了。"郁黎川单手扶额。

"伤自尊了？"莫笙朝着郁黎川的头顶看过去，就看到郁黎川的头顶飘过的都是表情包和安慰自己的话。

【天啊！】

【要坚强……】

【没事的。】

【其实还僵持了二十多秒。】

【微笑】

莫笙看着就觉得好笑，忍不住问："你这小体格，肯定被唐祎拿捏得死死的。"

郁黎川不解地问："为什么这么说？"

【为什么总提唐祎？】

莫笙朝着音乐室走，回头看了郁黎川一眼解释道："你们俩不是朋友吗？"

"我们俩？！"郁黎川都震惊了。

【怎么可能？】

【为什么会有这种误会？！】

莫笙回头时就看到了这些弹幕，诧异地问："你上次在省队门口，不是和唐祎关系很好吗……"

"不是！"一向沉稳温柔的郁黎川，险些破音，将莫笙吓了一跳。

"不是？"

"他警告我离你远一点，可能你误会了？"

莫笙也怔了一下。

看到郁黎川头顶的弹幕疯狂吐槽。

【原来是误会了？】

【疯了！】

郁黎川做了一个深呼吸，镇定下来。

他认认真真地跟莫笙解释："我和唐祎不熟，加起来才见过没几次，每一次你都在。那天我是去接你偶然遇到的他，他似乎不太喜欢我和你走得太近，所以才警告我的。"

莫笙这个时候才反应过来，脾气又上来了："唐祎威胁你，还扯你衣襟？！"

想到这里莫笙直接爆粗口了，仔细回忆了一下，她当时看到唐祎威胁郁黎川了。结果，她误会了，还绕开了。

这是人干的事？

她就应该当场暴揍唐祎的狗头，念初中和高中时他当校霸当上瘾了，破毛病遗留到大学了？

莫笙气得不行，拿出手机嘟囔道："不行，我必须揍唐祎一顿，这小子真的是记吃不记打，因为这种事情我都收拾他很多次了。"

"不用。"郁黎川立即走过去按住了莫笙的手机，"我也呛了他几句，他也是生气才那么做的，而且我们之间没有直接冲突。"

郁黎川倒不是护着唐祎，他现在都不想莫笙和唐祎有什么联系。

他可不想莫笙去教训人的时候，唐祎顺势表白了。那样就算莫笙不同意，也够他糟心的。

莫笙今天的心情跌宕起伏。

她气恼了半天，随后伸手揉了揉郁黎川的头："你啊，就是傻乎乎的太单纯了，容易被欺负。你人这么好，是不是经常有人强加工作给你啊？"

郁黎川非常乖顺，甚至配合地低下头，回答："这倒是没有。"

"估计你都察觉不到别人在欺负你。"

如果莫笙这些话被云折竹听到，云折竹都能表演五分钟吐槽八万字的独门绝技。

郁黎川哪是会被欺负的主儿啊？

只有郁黎川算计别人，没有人能在郁黎川这里占到什么便宜。

郁黎川长这么大，也就对莫笙特别。特别到什么程度呢？就是"双标"。

郁黎川对待其他的女孩子也温柔，然而是那种拒人于千里之外的温柔。

很多时候，郁黎川都能不说脏话，甚至情绪也没有什么起伏，就让那些女孩子知难而退，还不能说他什么坏话，毕竟他做得也没什么不妥。

就是那种……你明明知道郁黎川在怼你，你还说不出他哪句话有问题。

但是，郁黎川对莫笙不是这样。

温柔里带着点儿暧昧，不是那种轻浮的喜欢，动手动脚胡乱撩。郁黎川是真的用心对待莫笙，将自己的全部温柔都展现给了她。

然而，莫笙还当郁黎川对谁都这样。

莫笙再次进入音乐室，戴上手套的时候，还在说："等音乐室的隔音装好了，我就教你点儿防身术。我大一的时候学过武术课，老师都说我非常有悟性。等哪天我教教你，反正不能被欺负了。"

"好。"郁黎川把材料送到她手里。

"你是不是会很多种乐器？"莫笙口中的话题跳跃性很大。

"嗯。"

"你会不会吹唢呐？"

这还真不会，于是他回答："不会，不过我学起来应该挺快的，怎么了？"

莫笙冷哼了一声："我还在想齐柠的事情呢，既然她想往坟墓走，那姐妹的唢呐给她吹一宿。"

莫笙说完还不解气，跟郁黎川说："你也不用教我多高深的曲子，等这个隔音室做好了，你教我吹丧葬的曲子就行，越凄凉越好，最好是那种听着都要活不下去了的。"

郁黎川："呃……"

莫笙问："很为难吗？"

"不为难，我可以试试看。"

"行，我的预算在两百块钱内，你觉得能买一个唢呐不？"

"如果要求不是非常高，两百元左右可以买到，甚至有不过百元的。"

莫笙打了一个响指："就这么定了！到时候我就用三分不屑，三分凉薄，四分漫不经心的神情吹响我的唢呐！撕裂渣男傻女的历史上，我也要千古留名。"

莫笙和郁黎川聊着天，用了两个多小时，终于将这个房间的隔音做得差不多了。

莫笙特意跑出去，让郁黎川在里面放音乐，她在外面听。

反复尝试了几次，确定隔音效果不错后，莫笙再次走进去，举起双手来。

郁黎川立即放下手里的手机，和莫笙击掌庆祝。

音乐室整理完毕，两个人一起下楼，特意去了学校旁边的乐器店。

靠他们文体院门的街上，不仅仅是宾馆多，卖乐器、体育用品的店铺也多，生意都还挺不错的。

莫笙走进去说明来意后，店主指着几把唢呐跟莫笙介绍，开口就要价一千块。

郁黎川拿起一把唢呐看了看，先是摸了摸花碗，随后说道："这个花碗铜一般。"

"我们这做工都没得挑，你们是音乐系的？"店主看着郁黎川问。

"嗯，几个哨？"

"三个。"

"一百五十块卖吗？"

莫笙一听，这价格砍得可够狠的。

店主直摇头："没这个价，要不你去别家问问？"

郁黎川真的放下了，同时对莫笙说："乌木和一般铜，做工一般，我们再看看。"

店主看着他们两个人走到门口了，立即喊了一句："二百块！你俩也别跟我讲了行不行？"

这个场景莫笙就熟悉了，回头问："一百八十块卖不卖？"

店主特别不爽地招手："回来回来，给你包上！"

莫笙一直以为唢呐就是唢呐，没承想还有调的，最后还是郁黎川帮她选的。

莫笙拿着唢呐高高兴兴地往回走，郁黎川则是带着莫笙去了竞技食堂。

郁黎川有点儿想去食堂买点儿食材，做菜的阿姨看到郁黎川都眼熟了，又看了看莫笙，随后说道："这就是你女朋友啊？"

莫笙没说话，估计是郁黎川为了买菜扯了什么谎。

郁黎川看着那些食材，问道："能再卖我点吗？"

阿姨都习惯了，一边帮郁黎川挑菜，一边和莫笙说："你男朋友可真是执着，为了在我们这里买食材，和我们软磨硬泡了好久。后来也不知道他是怎么做到的，还拿到领导的审批文件了，特许卖给他菜。"

莫笙笑了笑，多少有点儿不好意思。

郁黎川倒是平时的样子，选了一些之后付了钱。

两个人拎着菜离开，莫笙才小声说："我们在食堂里吃就可以了。"

"你不是觉得食堂做得不好吃吗？"

"你是怎么拿到文件的？"

"我的老师你还记不记得，他帮我要到的。"

"天啊！你让大师给你做审批手续，就是为了去食堂买菜？这……这太……"

"所以我说谎了，说你是我女朋友。我的老师很高兴，就帮忙了。"

莫笙登时不说话了，她又开始觉得郁黎川喜欢她了。

绝对的！

妥妥的！

到了家里，郁黎川在厨房里做菜，空隙期间，就坐在吧台前拿着手机看，似乎是在自学唢呐。

莫笙坐在客厅沙发上跷着二郎腿拿着手机看抖音，两个人互不干扰。

上一次一起坐车的时候，两个人没有沟通，莫笙还会赌气、尴尬。现在两人就算在一个空间内，各干各的，都不会觉得有什么不妥了。

没一会儿，郁黎川拿着唢呐进了厨房，研究了一会儿后，吹起了《小星星》。

莫笙立即跟进去看，忍不住感叹："你自学速度好快啊。"

郁黎川笑了笑，没有跟莫笙炫耀自己的智商，只是谦虚地说："嗯，我学过笛子，还熟悉音律，学习乐器是会比其他人快一些。"

莫笙立即来了兴趣，说道："教我教我。"

"好。"郁黎川拿着唢呐跟莫笙讲解，教莫笙手指该怎么操作。

莫笙还在跟郁黎川吹嘘自己的厉害："我跟你讲，我玩《节奏大师》贼溜！我背下顺序就行了。"

郁黎川说了谱子后，告诉她对应的位置，然后就看到莫笙拿起唢呐就吹。

他下意识阻拦，然而莫笙已经吹了起来，搞得他心口突然悸动。

这……算不算间接接吻？

幸好莫笙看不清他，不然会看到他害羞的样子吧？

然而他不知道，莫笙能看到他头顶的弹幕：

【间接接吻了？】

【唔……】

【我也想……】

莫笙瞬间吹破音了，刺激得郁黎川直耳鸣。

莫笙赶紧拿下唢呐来，擦了擦嘴唇，接着左右看，有点儿找不到北了。

学弟想……接吻吗？

他想了……自己要不要从了？

其实也不是不行……

她干咳了一声，镇定下来后看向郁黎川。

　　郁黎川已经起身去看锅里的菜了，同时说道："你是初学者，会吹破音很正常，多练练就可以了。我帮你查查什么曲子合适。丧葬曲有点儿过了，吹了你准得后悔自己太冲动，你就是刀子嘴豆腐心。我帮你找一个悲伤点的曲子吧，很多戏剧里都有唢呐，都是点睛之笔，我找一个寓意深刻的给你。"

　　"寓意深刻，齐柠听懂也够呛。"莫笙拿着唢呐多少有点儿失落。

　　"下午你可以在我这里补补觉，主卧还没睡过人，你可以去休息一下，只有那个房间有被褥和床垫。"郁黎川打开锅盖看了看收汁情况，说道。

　　"我白天睡不着，太亮了。"

　　"你拉上窗帘就可以了，窗帘特别遮光，自动窗帘的开关在床头。床头柜里有蒸汽眼罩和普通眼罩，下午我先自己在音乐室学学。你把门反锁就可以了，放心吧，你几招就能把我搞定了，我对你构不成威胁。"

　　莫笙随便应了一句，走到卧室，按了一下开关，看着窗帘拉上，房间里瞬间进入了黑暗。

　　伸手不见五指，黑夜都没这个程度，这遮光效果，绝了！

　　她打开床头灯，打开床头柜第一层，看到里面整整齐齐放着一抽屉的耳塞……

　　莫笙觉得自己可能是误会了，应该是郁黎川很喜欢囤货。

　　她再去看第二层，就一盒蒸汽眼罩，一个平常的眼罩，再看看那一层耳塞……

　　郁黎川不会是听到她打呼了吧？

　　他未雨绸缪到这种程度了？！

第六章

驰名"双标"

　　莫笙很少过这么奢靡的日子了。

　　因为郁黎川做的饭菜特别好吃，使得她味蕾大开，吃得饱饱的，饭后还不到半个小时她就去卧室睡觉了。

　　昨天夜里没睡好，此时她入睡特别快，眼皮沉重，呼唤着她尽快入眠。

　　醒来后，她看了一眼手机，只睡了不到两个小时而已。

　　她打开门探头看了看，郁黎川还在音乐室里，也听不到声音，不由得有点儿失望。

　　这个隔音房做得不太好，就应该让郁黎川出来听听，她打赌她今天没打呼。

　　莫笙走出去喝了一杯水，又简单地活动了一下身体，就注意到房子里的密码锁已经装完了。

　　她走进音乐室，探头往里看，郁黎川立即停下来了。

　　她要麻烦郁黎川教自己，于是说话特别客气："郁老师能教我了吗？"

　　"嗯，可以了，曲子我也选好了。过来坐我身边，我教你。"说着他拍了拍自己身边的椅子。

　　和郁黎川学了一下午的唢呐，到最后她也只记下来一段。

　　她觉得会这么一段反复吹也挺唬人的，于是拿着唢呐高高兴兴地准备回宿舍。今天她说什么都要数落数落齐柠，让齐柠迷途知返。

　　走到门口的时候郁黎川拽住她，在密码锁上按了几下后示意："录入指纹。"

　　莫笙奇怪地说："不合适吧，音乐室都装好了。"

"独居的困扰，如果哪天我在家里出了什么事，其他人都进不来，我岂不是要臭在家里？"

"你那个朋友呢？"

"再说吧。"

莫笙迟疑的工夫超过了时限，密码锁熄灭了，郁黎川再次点开，说道："你不是还要教我武术吗？"

"哦……"莫笙迷迷糊糊地伸手录入了指纹。

确认莫笙能够打开房门，郁黎川才换了鞋子送莫笙回学校。

拎着唢呐回到宿舍，莫笙特意将它放在枕头下面，准备等齐柠回来，抽出来吓齐柠一跳。

莫笙等了许久，齐柠终于回来了。进门后看到莫笙，她的动作稍微停顿了一下，随后回避了莫笙的目光，在宿舍里取了东西扭头就出去了。

莫笙的手放在床边，都没有伸过去拿出唢呐。

等齐柠离开宿舍，宿舍门关上之后，莫笙才重新坐在了椅子上。

齐柠又没有回来。

莫笙空等了几个小时。

莫笙难受地躺在床上刷朋友圈，看到她认识的几个朋友发了朋友圈，他们一群人约着去吃了火锅。

其实朋友圈里的照片没有拍人，只拍了桌上的菜和肉，她还是发现了不对劲儿的地方。

其中一个人的照片里，露出了一部手机的一角，手机壳是莫笙送给齐柠的。

莫笙眼泪夺眶而出，一发不可收拾。

有的时候，让人失望的不是高声争吵，而是躲避的目光，以及发现自己逐渐脱离对方的生活。

她最好的朋友不要她了，和那几个曾经劝齐柠不要分手的女孩子在一起了。

这是一种背叛，莫笙有一种被孤立了的寂寞感。

齐柠为了一个渣男，远离她了。

她突然觉得只有自己纠结了一整天，齐柠仍然过得很快乐。

她快速地擦眼泪，却发现眼泪根本擦不尽，一直往外流。

枕头下的唢呐硌得她难受，她竟然一直在等，等齐柠回来后拿出来。然后齐柠会扑过来说她太坏了，说着要跟她拼了，其实一点儿力气都没用。

她看白小婷已经睡着了，一个人爬下床，之前没有换睡衣，此时方便了许多，穿上外套就可以出门。

这次她长记性了，记得穿袜子了。

她在临关宿舍门的时候离开了宿舍，走到省队门口发现自己没带身份卡，于是拿出手机给郁黎川打电话。

郁黎川的声音有点儿迷糊："喂，怎么了？"

显然，她吵醒了郁黎川，还是在他刚刚入睡的时间。

她哽咽着问郁黎川："我能去你房子那里住一天吗，明天我就回省队。就一晚上，我会给你收拾干净的。"

郁黎川吓了一跳，立即精神了，问道："可以，不过你怎么了？"

"我不想在宿舍待了，我一分钟都不想多待了，我心里难受！"

"你在哪儿呢？"

"我在省队门口，我进不去。我忘记带卡了，卡在我包里，包还在宿舍，宿舍关门了……"她的叙述都是混乱的，只是胡乱地解释自己为什么要去郁黎川那里。

"你在有灯、有人、有监控，最好有保安的地方等我，我马上就过去。"

"你过不来，关寝了。我穿着白天的外套，口袋里有你家的卡，可以过去。"

"我能去，你等我。"郁黎川态度十分坚决。

"好。"

莫笙是一个胆子很大的女孩子，不过还是下意识地听话。

她朝着校门的方向走，走到了中央广场的位置，这里算是夜里比较亮的地方了，并且四周都是监控。

她给郁黎川发了共享位置，一个人站在喷泉旁边。

这个季节喷泉已经关闭了，池子里还有些许落叶，冷风吹来，卷起落叶在莫笙的眼前打了一个旋，最后又飘然落下。

她看到那个发着光的人在黑暗中跑了过来。

深夜的校园，沉寂着，带着清冷与孤傲。

他从暗处跑来，带着光亮，又滑稽又有点儿帅，看得莫笙又哭又笑的，狼狈地擦了擦眼泪。

郁黎川跑到了她的身前停下来，喘着粗气。她本以为他会问她发生了什么事，结果，郁黎川只是低声问："冷不冷？等急了吧？"

莫笙摇头，也不知道是在回答哪个问题。

郁黎川一边将手里的外套披在莫笙的身上，一边说道："我怕你出来得匆忙，穿得少，特意多拿了一件外套。夜里冷，你别冻坏了。"

郁黎川说着，帮她披上了外套，还蹲在她身前帮她拉上了拉链。

被衣服包裹的瞬间，她抿着嘴唇看向他，只看到发光的轮廓，头顶的弹幕吞没在黑暗里，根本看不清楚。

她小声说："谢谢。"

"走吧，我陪你过去。"

一路上，郁黎川没有多问，生怕又刺激到莫笙，让她哭起来。

北方的冬天夜里风大，这种天气哭可不舒服。

莫笙也挺沉默的，只是一直抽噎。

两个人到了郁黎川家，开门进去后，莫笙一个人坐在沙发上，拿来纸巾擤鼻子。

郁黎川打开新风系统这些设备，随后走进厨房给莫笙煮热水。

是时候加一台饮水机了，每次煮水都有点儿慢，温度也不合适，他暗暗计划着。

走出厨房，他干脆坐在了茶几上，看着莫笙问："怎么了？"

莫笙原本眼泪都止住了，结果眼睛眨一眨，眼圈又红了。

她把今天晚上的事情跟郁黎川说了，末了问："在你们男生看来，是不是只是一件小事，她不过是去和别人一起吃饭，没告诉我而已。"

郁黎川摇了摇头："我明白。你们的关系就像是气球，关系越好，充进去的气越多，随便一个小细节都可能造成一个薄弱点，气朝着一个点涌，气球一下子就爆了。气球越大，炸开的时候伤得越厉害。"

莫笙听完，歪着头看着郁黎川半晌，最后气得捂脸："呜呜，太难了，和你聊天还得做阅读理解题，我现在脑子好乱啊，我听不懂！"

"呃……就是……我理解你为什么这么难受。"郁黎川手忙脚乱地安慰。

"我和齐柠算是关系最好的朋友，当初开学，我们俩就分进一个宿舍里，结果发现还是一个班的，军训的时候我们还是一排。我们都没提起过项目，开学后去报到，发现都是排球队的，我们觉得超级有缘，这几年里都形影不离的。"

郁黎川充当了一位倾听者，点了点头："嗯。"

"进了大学，我们都很躁吗，个子还高不太好找对象，还是我联系唐祎搞的联谊，让齐柠和张垚认识的。开始我还帮她参谋，分析张垚是不是对她有好感，一起研究张垚发的微信消息是不是别有深意，当时我说的都是张垚的好。也是发现张垚真的浑蛋之后，才排斥张垚的。"

"嗯嗯。"

"女生之间好到一定程度后，她这样就跟出轨没什么区别了！我之前怕齐柠不高兴，什么事都带着她，我每次回消息都是先回她的。结果她就为了一个男生，和其他人好了？"

"你和她谈过了吗？"郁黎川问。

莫笙摇头，眼泪被甩掉，一边崩溃大哭，一边说："没有！她回宿舍以后看到我，都没理我！她怎么这样啊，我是为她好啊！"

莫笙一边哭一边跺脚。

郁黎川轻声细语地问："你有没有想过是不是你太强势了？就好像父母也是为了你好，但是用的方式非常强势，就会激起你的逆反心理。她应该还是在意你的，你们之间的感情不会突然之间全部消失，她可能真的没想那么多。"

"可是她有没有想过，她这么做我会很难过，我真的很失望啊……她是我宝贝到不行的人，我生怕她被人欺负，恨不得一直护着她。我那么珍惜的人，怎么可以被渣男欺负，我阻止这样的事情发生也不行吗？"

"好了好了，你先别哭。"郁黎川用纸巾帮莫笙擦了擦眼泪，然而似乎并不管用。

莫笙气得不行，手还在拍沙发座椅，发泄似的说着："我是怎么对她的，她心里没数吗？我跟她再也好不成以前那样了！以后我都不会再搭理她了！"

"嗯嗯，你是最高冷的。"

"你哄小孩儿呢？！"

"没有，哄大朋友呢。"

莫笙又气又恼，觉得自己确实像小学生在发泄，哭得更崩溃了："你不懂我！"

"好，我的错，我会努力做功课，做到更懂大朋友。"

"你闭嘴！"

郁黎川也不管莫笙凶他，继续给莫笙擦擦眼泪。莫笙伸手推他，他也不管，将纸巾丢在了一边，坐得更往前一些，轻轻揽着莫笙安慰："好了好了，先别哭了。"

莫笙被抱住的一瞬间身体就僵住了，拥抱似乎总是有治愈作用，让莫笙的情绪被安抚了许多。

许久后，莫笙才在郁黎川的怀里问："我真的太强势了吗？"

显然，她的情绪已经稳定下来很多了。

"你可能是出于好意，但是不要因为坏语气让好意都变了味道。不然你的好意就是强加过去的，对方不一定会喜欢。"

"都是我的错吗？"

"你们都有错，错了就是错了，应该承认。你可以赌气，也可以要面子不去和解，自然，你也可以衡量一下，是你的坚持重要，还是你们之间的感情更重要。"

"我就当发发慈悲，拯救掉进粪坑的智障少女，原谅她了？"

"要高冷地原谅。"

"怎么高冷？"

"三分不屑，三分凉薄，四分漫不经心。"

莫笙瞬间被逗笑了，这句话他居然记得这么清楚，她差点儿把鼻涕都笑出来，赶紧忍住。

莫笙觉得自己的情绪稳定得差不多了，开始有点儿不好意思，跟郁黎川道歉："因为我屁大点的事，把你折腾出来了，真不好意思……"

"你的事都是大事。"郁黎川也不贪恋，松开了莫笙走进厨房里，去看看水凉了没有。

莫笙擦了擦脸，走到厨房门口，看到郁黎川正在纠结。

【要不要放红枣？枸杞呢？】

莫笙立即说道："不用放那些了，喝了火大，我去洗把脸。"说完就进入了客卫。

郁黎川诧异地抬头，莫笙怎么猜到的？

这就是传说中的心有灵犀？

莫笙洗完脸，捧着水杯喝水的时候陷入了纠结。

似乎只有主卧能住人，但是现在她和郁黎川都在家里，晚上怎么住？

她抬眼偷偷看了看郁黎川，他困得有点儿神游物外了，眼神都透着迷离，说不定过一会儿坐着就能睡着。

莫笙立即说："我披着毯子在沙发上睡就可以，你去卧室睡吧。"

郁黎川立即摇头："不用，你去主卧吧。我去收拾收拾客卧，铺上被子就可以了。"

"我去住客卧。"

"我去吧，不然不符合我的待客之道。我自己收拾，你去休息吧。"

"你们男生干不好这些事情。"

郁黎川再次拉住了莫笙，义正词严地说道："我特别喜欢做家务。"

莫笙看着郁黎川半晌，被郁黎川严肃的表情唬住了。她干脆站在了客卧门口，抬手示意："请开始你的表演。"

郁黎川见莫笙真不打算走了，只能在房间里拿出之前就准备好的东西，被子都是刚刚开箱，四件套也刚刚拆包。

莫笙见识到了郁黎川的强迫症，居然插上了熨烫机，熨四件套，尤其是折叠时造成的褶皱要熨平整。

这要不是困得不行，只能凑合，估计郁黎川还会把四件套洗了。

真别说，手法还挺专业的，他应该不是第一次做家务。

莫笙忍不住好奇，问道："你在家里经常做家务吗？"

"我妈妈总是很闲，就喜欢教我很多东西。"

"还教过什么吗？"

"比较奇特的……我会插花，还会编花冠、织毛衣，我还会钩袜子。"

莫笙听完沉默了。

果然，郁黎川比她会得还多呢，让她织毛衣，不把自己杵了就不错了。

她比了一个大拇指，随后扭头去了主卧。

她白天就在这里睡过，一回生二回熟，躺下之后正觉得哪里有些不对，就听郁黎川敲了敲门。

莫笙让郁黎川进来，看着郁黎川进入衣帽间，取出了睡衣给莫笙："我的睡衣，你穿着……应该会正好吧，买回来洗过一次还没穿过，你放心穿吧。"

郁黎川也发现，他们两个人的衣服可以互穿了。

随后他又为自己拿了一身睡衣出来，出了房间。

莫笙算是明白了，是穿着这身衣服睡觉不太舒服。

她反锁上房门，穿上睡衣到衣帽间照镜子，果然正好。

莫笙想不明白，郁黎川明明比她高啊，为什么衣服就正好呢？

她骨架这么大吗？

躺在床上准备睡觉的时候，她忍不住做了一个鱼跃的动作，反复感受，又掀起被单去看看床垫是什么样的，怎么就这么舒服呢？

之后她又去揉枕头，这个枕头也好舒服啊。

摆弄了好一会儿，她才重新躺好了，关上灯准备入睡。

想了想后，莫笙拿起手机给郁黎川发消息：晚安。

直到她睡着了，郁黎川那边都再也没有动静。

郁黎川换好睡衣，觉得自己快要昏迷了，掀开被子直接倒在了床上，三秒钟后进入了睡眠。

半夜他迷迷糊糊地醒过来，发现自己睡觉的姿势非常别扭，身体趴在床上，腿还搭在床外。

他迷迷糊糊地调整了一下姿势，看到手机提示灯在闪烁，打开后看到莫笙的消息，有点儿犹豫要不要回。

他看一眼时间，已经凌晨三点钟了。

怕吵醒莫笙，最后他并没有回复，因为眨眼的工夫他就再次睡着了，手机从手里滑落，掉进了被子里。

莫笙早晨醒过来，已经八点多了。

她揉了揉脸，也不知道郁黎川有没有去学校。为了不在学弟面前太狼狈，她还特意去房间里的卫生间洗了一把脸，把睡衣换掉了。

然而带来的东西并不多，她只能穿上昨天的袜子。

确定自己又是漂亮的学姐了，莫笙走出房间，发现客卧的房门敞开着，里面没有人。

她四处看了看，客卧里已经被收拾过了，四件套晾晒在露台，厨房里有给她留的早饭。

　　粥一直在保温瓶里，还有温热的豆沙包，郁黎川居然还给她包了几个烧卖，估计是用之前买来的食材做的。

　　莫笙坐在餐厅里吃早饭，一边吃一边想，郁黎川这是真不把她当外人啊，这家里的衣服搬出去卖二手，论斤卖也能卖好几十。这些家具再卖一卖，她都能赚大几千。

　　吃完东西，她规规矩矩地收拾了厨房。毕竟是突然跑到人家家里来借宿，也不能留下一片狼藉就走了，其实她在家都不刷碗。

　　她整理好了厨房和主卧，又低头遍地寻找，看自己有没有掉头发。

　　这点是她妈妈给她造成的后遗症，说她的头发掉得仿佛一年后就会秃顶，让她都开始用生发产品了。

　　她的头发也确实很奇葩，后面厚，头顶薄，非常尴尬。扎辫子的时候辫子很粗，头顶的头发却贴头皮，用刘海装饰还影响打排球。

　　确定房间整理好了，莫笙才离开，朝着宿舍走。

　　走在路上，她不小心听到了别人的聊天。

　　这个时间，竞技体育专业的学生大多都去训练了，只有没有课的教育体育专业的学生会留在宿舍楼里。

　　莫笙路过水房的时候，就听到两个女生说着齐柠的事情。

　　"齐柠这次和莫笙肯定是彻底掰了，莫笙那个脾气能受得了这个？当初莫笙跑去帮她要钱，现在两人和好了像摆了莫笙一道似的。"

　　"掰了就掰了，莫笙都去省队了，两个人估计以后也没什么联系了。她们俩的关系也就那样，塑料姐妹花。"

　　"你说莫笙不会说我们俩吧？当初我们俩劝齐柠和好。"

　　"怎么能怨我们呢？齐柠真的很难再找到比张垚好的了，那大傻个子，还女生男相。你看看她的颧骨，这种大方脸从面相上叫反骨，都克夫，还不好看。"

　　接着两个女生一起笑了起来。

　　莫笙停住脚步，正要走进去，就听到这两个人继续聊了起来。

　　"你看齐柠也真够上赶着的，张垚送她一束花，她就又请吃饭，又给买礼物的。"

　　"巴结着呢，她自己也知道自己什么样，之前能和张垚在一起，也是因为她愿意给张垚花钱。"

　　莫笙听得直接翻了一个白眼，踢开水房的门走进去。

　　水房里的两个女生被吓了一跳，惊呼了一声，一脸惊恐地朝着莫笙看过去。

　　水房里还有其他人，正在洗衣服，也被吓了一跳，不过看到莫笙后立即闭了嘴。

在这一层住的女生都相处几年了,抬头不见低头见的,互相都熟悉,此时自然不想招惹莫笙。

莫笙双手插在口袋里,就那样站在水房门前,一脸不爽地看着那两个女生,低声问:"有意思吗?"

"什么意思?"其中一个女生弱弱地问,没明白。

"在背后嚼舌根,有意思吗?"莫笙回答。

两个女生都不敢说话。

莫笙声音提高了些许,再次问:"谁告诉你女生个子高,就要低人一等了?她坐着都比你们跪着高一截,别的人思想都挺正常的,怎么就你们俩觉得个子高不好呢?你们就是吃不到葡萄偏说葡萄酸。她颧骨怎么了?碍着你了?她顶多多块骨头,你们是缺块脑子。她那种体格配一张小脸自然吗?"

这两个女生原本不想和莫笙吵,然而被嘲讽了,面子挂不住了,回答道:"她确实再难找到比张垚好的了。"

莫笙都被这句话气笑了:"凭什么啊?就算单着也没必要和垃圾耗着吧?女人的价值感不是体现在和谁恋爱上,而是自身的实力。"

她们再次不说话了。

莫笙又朝她们走了两步,吓得她们连自己的洗漱用品都不要了,赶紧往后撤。

莫笙低声对她们说:"再说明一下,齐柠就是那种不愿意亏欠别人的傻子,你对她好一点,她还十倍,才不是上赶着巴结。"

说完这些,她白了两个女生一眼后往外走,刚走出去几步,就看到齐柠居然在水房门口。

莫笙出来之后,齐柠朝她看了一眼,接着什么也没说,朝着宿舍走。

莫笙迟疑了一下,也跟着往宿舍走。

她们之间都不用示意,就懂了。

莫笙走进宿舍,把宿舍里仅有的两张凳子搬来放在了一块,指着其中一张对齐柠说:"坐。"

齐柠乖乖坐下了。

莫笙在自己的箱子里掏了半天,接着拿出自行车的链锁来,坐在齐柠身边之后,她把两个人的腿和床铺的杆子一起捆上。为了不让齐柠逃走,还绑得颇有技巧,腿轻易抽不出去。

锁上之后,莫笙把钥匙一扔,动作较为潇洒利落,之后特别嚣张地说:"今天咱俩就把想法唠明白了,唠不明白谁也别想走。"

齐柠看了一眼被扔远的钥匙,忍不住问:"上一次跑的不是你吗?"

"别在意那些细节。"

齐柠都无奈了,点头:"行。"

莫笙看着齐柠，认认真真地问："你跟我说，是姐不够宠你，还是我去了省队不能陪着你了，你寂寞了？你为什么要和张垚和好？"

"我确实是有点儿被人劝住了，认可她们说的，觉得自己和张垚分开后，真的不一定能找到比他好的。而且，你刚去省队，有他去陪我上课，我也有个伴儿。"

莫笙又开始生气了，强忍着自己的脾气对齐柠说："我都不舍得和你大声说话，但是张垚对着你吼！我能看得上他？！我觉得你特别好，进省队也是早晚的事，结果在张垚眼里你就是一个傻大姐，一点都不珍惜你，我能同意你和他在一起吗？"

齐柠看着莫笙，垂着眼帘没回答，多少有点儿想哭。

莫笙不管，继续说："没必要去找这种男生，大不了一直单身，你就是你世界的王！其他的都去他的！"

"嗯。"

"你现在知道嗯了，我之前说你怎么就不听呢？"莫笙依旧气势汹汹的。

"你怎么不问问我这个时间怎么在宿舍？"

"我怎么知道？你现在多自由，什么事都不跟我说，还和别人去吃火锅了，扭头人家就在你背后说你坏话。"

齐柠见莫笙又要炸了，赶紧安抚住她说道："我看到你回学校了，特意追在你后面回来的，就是想要和你说清楚。"

"怎么说？"

"我和张垚分了，这次是彻底的，再与他和好我是你孙子。"

莫笙看着齐柠，微微眯起眼睛，再次确认："真的？"

"真的，我要你，不要他。"

莫笙看着齐柠半晌，多少有点儿不争气，又要哭了，最后又忍住了。随后她指着链锁问："咱俩就这么唠完了？"

"嗯，唠完了，是不是得白小婷下了课我们才能解开？"

莫笙赶紧拿出手机来，嘟囔道："我得赶紧给白小婷发个消息，别中午又跑出去约饭了。"

之后，两个人陷入了尴尬，白小婷上午的课是满的，午休时间才能回来。

他们学校很大，课与课之间需要跑着或者骑自行车去另外一个教室，中间真回不来。

她们俩都不想被别人看到这副样子，只能坚持下去。

说真的，两个人做了这么久的朋友，第一次尝试这样在一起相处。两人抬眼看着对方，没多久就开始嫌弃了。

齐柠首先数落："我有点儿不想看你那张脸了。"

莫笙不服气地反驳："当我愿意看你？我现在看还来气呢！"

"我都不太理解学弟的审美，他究竟看上你什么了呢？"

"看上我的美貌了，不行啊？"

莫笙试着往外强行抽腿，结果疼得齐柠直叫唤。莫笙都有点儿后悔锁的时候那么有技术含量了。

莫笙开始出馊主意："咱俩拽着床去那边吧，我一个下腰就拿到了。"

于是两个人开始挪床，努力了两下就放弃了。她们的床铺是一体的，床下是一个书桌，书桌上放着电脑连着墙壁上的电源呢，强行拖拽一准出事。

最终，她们还是等到了午休的时间，白小婷还发消息问她们用不用带饭。

莫笙号着给白小婷回语音："回来吧姐姐！我的腿都要木了。"

白小婷终于回来了，打开宿舍门后看着两个人，也不着急拿钥匙，先拿出手机录小视频。

莫笙都要站起来打人了，妥妥就一困兽。

白小婷躲远了之后，对她们扭了扭身体，嘚瑟地说道："想要我开锁啊？求我啊！"

莫笙卑微地哀求："求你了白姐姐。"

白小婷继续扭："叫声爸爸我听听。"

齐柠气得直跺脚："白小婷你皮紧了是不是？！"

白小婷不管，依旧嚣张："我跟你们讲，这绝对是我的巅峰时刻，我终于有反杀的机会了！"

齐柠绝望得直捂脸："爸爸！"

白小婷看向莫笙："你呢？"

莫笙一摆手："瞧我爸爸今天这条裙子，真好看！绝了！"

白小婷高兴了，回身去找钥匙，找到后丢给莫笙。莫笙没接住，最后从地上捡起来开的锁。

白小婷丢完钥匙就转身往外跑，结果被莫笙伸手一捞，单手就抱住了，接着将她扔在了床上，坏笑着扑过去："今儿我就要看看爸爸的裙子里面穿的什么内衣。"

齐柠也跟着过来："爸爸，我也想给你按按背。"

三个人闹了半天，在白小婷的求饶声中停止了。

白小婷订了外卖，学校的要求是必须去校门口取，三个人一起去的，回来时顺便去竞技食堂。

白小婷比两个人都矮，还爱走在中间，呈现出一个"凹"字来。

和好后，大家心情颇好，路上都在说说笑笑。

回去后齐柠掰开筷子问莫笙："你和学弟怎么样了啊？"

莫笙嚼着菜叶含糊地回答："我们啊，说顺利也挺顺利的。但是吧，也没什么实质性的进展。"

齐柠忍不住问："学弟是不是真的只是想和你做朋友啊？"

莫笙无所谓地摇头："其实我也在考虑要不要同意和他在一起呢。"

齐柠"嘁"了一声，随后说："别考虑到绝经了，到时候学弟的孩子叫你阿姨，还客客气气地问你：'阿姨，你可不可以教我举铁啊，我爸爸说你健身可厉害了。'"

莫笙放下筷子，仔细想了想后说："其实吧，我有点儿心动了……"

白小婷一下子就兴奋了，举着筷子手舞足蹈："说说！赶紧分享一下。"

"就是昨晚吗，我被齐柠气到了就夜里跑了出去，结果没带省队的卡，想去学弟那里借宿。结果他大半夜逃寝出来送我过去，还安慰了我好久，我当时吧……心情还是有那么点小波动的。"莫笙说得特别含蓄，依旧是矜持的样子。

白小婷震惊："你昨天晚上离开宿舍了？我都习惯早上起床看不到你们了，所以都不知道。"

齐柠一听就乐了："我还间接助攻了，算不算戴罪立功？"

莫笙又好气又好笑，不过还是继续说了下去："如果学弟表白的话，我说不定会慎重考虑一下。"

齐柠思考了一会儿问："学弟还没表白呢？就一点暗示都没有？"

莫笙回想了一下："没有，就是说话感觉在撩我，但是吧，又没明说。"

"这是高手啊！"白小婷放下筷子分析，"先来撩你，搞得你抓心挠肝的，心里痒痒，最后逼得你倒追他，这个时候你身段也没了，地位也没了，任由他拿捏了。"

莫笙连连摇头："不是不是，学弟是一个特别单纯的孩子。"

齐柠也觉得奇怪："那就是觉得你太可怕了，不敢表白？不会到最后真的成了你憋不住了，去倒追他吧？"

"怎么可能！"莫笙立即否认了，连连摇头，"不会的，我还没确定要不要答应他呢。"

齐柠表示鼓励："坚持住，不能输。"

白小婷跟着点头："对，我真的特别想出去吹嘘，校草是我室友的男朋友，还经常做好吃的给我室友，我还能沾光吃到。"

莫笙受到了启发，起身拿出唢呐来，漱口后准备吹给两个人听："我特意跟学弟学的，就为了给齐柠表演一个闺蜜送葬的节目。"

齐柠看到唢呐都震惊了，也没生气，反而鼓掌："优秀，不愧是我铁子。"

莫笙真的开始吹了，反复就那么一段，然而齐柠和白小婷都没听出来，还表情严肃地继续听呢。

莫笙放下唢呐，两个人才觉得结束了。

齐柠吧唧吧唧嘴："你吹得吧，还行，速成能有你这水平不错了。就是吧，我没听出来是什么曲子。"

"我也没记住，郁黎川帮我选的，说是京剧里的一段，那段戏是众叛亲离的剧情。"

"听不懂。"齐柠摇头，"你曲子选错了，你就应该吹《以父之名》，然后献给我。"

白小婷摇头："汪峰有首歌就叫《爸爸》，不用这么绕。"

莫笙把唢呐一扔，不吹了。

郁黎川认认真真地填写需求单子的时候，云折竹就一直挂着脸盯着郁黎川看，忍不住问："你为什么不送点华丽点的礼物，比如男人一生只能定制一个的那种。顺便表白，你们直接就在一起了。"

郁黎川头都没有抬，低声回答："送礼物，也要看对方是什么样性格的人。如果莫笙收到特别贵重的礼物，一个结果是她不会收；一个结果是她收了，但肯定会还礼。然而还等价的礼物，就会给她造成负担，这就不是美妙的礼物了。"

云折竹不解："是吗？我怎么听说有女孩子喜欢收豪车的？"

郁黎川的语气依旧不急不缓："人与人之间并不一样，从我帮她做作业，她就帮我装修音乐室能看出来，她不是那种类型。"

郁黎川是在提前准备元旦礼物，圣诞节莫笙不放假。

他来店里专门定制了一款按摩仪。

郁黎川填写的需求，都是针对运动员的，比如修复肌肉损伤、冰敷、热敷等。

他了解到，运动员放松会冲凉水澡，内心觉得对于女孩子来说还是不太好，于是专门选了这款按摩仪。

云折竹继续问："你什么时候表白？"

"再等等。"郁黎川放下笔，反复检查单子，"不能让她觉得我是那种见一个爱一个的男生，慢慢相处，这样她就会觉得我是深思熟虑后决定追她的，而不是一个肤浅的人。"

"一见钟情是肤浅？"

"其实……遇到她之前我一直觉得一见钟情很离谱，不过就是看到好看的人见色起意。"

"那你呢？"

"我是深思熟虑后的见色起意。"

云折竹看着郁黎川义正词严地说出这样的话来，不由得在内心肃然起敬。

果然是郁家出来的，道貌岸然，深得家中传承。

进入省队后，就和在校时明显不同了，至少没那么自由。

莫笙和齐柠和好之后，两个人也没能在一起多久，星期一莫笙就要回省队了。

莫笙在回省队前给郁黎川发消息：谢谢你啊，我和齐柠和好了。之前麻烦你那么久怪不好意思的，作为补偿，周日我请你看电影吧，我朋友也一起去，你也可以叫上你的那个朋友。

莫笙发完消息，对面很快回复：可以啊。

果然，养生的人就是得起早。

莫笙收起手机，快速收拾好自己的东西，穿上大衣戴上帽子就往省队跑。

星期一省队的训练从早晨八点半开始，为了不给身体造成负担，需要提前吃早饭。

莫笙此刻着急回省队吃早饭，毕竟省队的饭菜比竞技食堂好吃一些。

早晨校道上的落叶尚未清扫，脚踩在落叶上脚底一片松软，偶尔踩到干枯的还会出现碎裂的声音。

在北方，一叶落为夏，叶叶落为秋，无叶落即入冬。

然而近几年，到了这种秋末初冬的时间就已经十分寒冷了，尤其清冷的早晨，莫笙出了宿舍没多久就冻红了鼻尖。

跑到半路，她抬头看到省队门口附近有一个发光体，瞬间就想跑回宿舍去。

她早晨起来后没洗头没洗脸，打算在省队吃完饭后再去洗漱，之后再悠闲地去训练。这种事情在他们体育生里十分常见，都是常规操作。

没想到，郁黎川居然在省队门口等她呢。

她只能狼狈地转身，擦擦眼角看看有没有眼屎，再抹一下嘴角，希望自己睡觉没流口水。

真让人想不明白，为什么狼狈的时候总能遇到熟人？她真怕学弟看到她今天的样子，吓到叫救护车。

莫笙拿着手机打开摄像头照一下自己，才又回过身去朝着省队走。

郁黎川可能注意到她刚才狼狈的样子了，并未仔细去看她，甚至主动闪开目光，随后递出一个袋子："我昨天去了商场，帮你带了点东西，你拿着吧，我也要去上课了。"

"哦，好的，谢谢。"莫笙十分想跑，所以也没看是什么就接了过去。

"最近降温，你是运动员，体脂率低，比较怕冷，注意保暖。"

"放心吧，姐有经验。"毕竟她也活了二十多年了。

"那……拜拜。"

其实郁黎川这么早过来，就是想见莫笙一面，顺便和她聊聊天。

然而莫笙此刻的样子明显不想多留，他也没有纠缠。在莫笙刷卡进入省队训练基地后，他恋恋不舍地看着莫笙的背影许久，直到看不到了才转身离开。

郁黎川背着包去上课，进入教室里拿出笔记本来，他刚刚取出笔来，就听到有人打招呼："学弟，我来蹭课了，罩着我点。"

郁黎川听到这个人的声音，就恨不得将东西都收起来离开。

他嘴唇微微抿着，表情里带着不悦，瞬间收回手臂的动作都带着疏离感。

赵桥没注意到似的坐在了郁黎川的身边，拿出曾经的教科书和笔记来，同时解释："考研要准备的东西很多，真后悔大一的时候没好好听课，学弟你可别像我一样啊。"

"不会。"郁黎川最后还是继续坐着了，不爽地转笔。

"不会什么？"

"我不会像你一样玩物丧志。"

赵桥怔了一下，随后轻笑起来，用手肘撞他："你怎么小小年纪就这么古板呢？郁叔叔也没像你这样啊。"

赵桥是郁黎川的学姐，还是比较特殊的那种。

郁黎川的父亲和赵桥的父亲都曾经是胡匀的学生，关系也不错。赵桥是胡匀的弟子，排在郁黎川前面，郁黎川要叫她学姐，也可以叫师姐。

他们两个人，是胡匀仅有的两个在校的弟子了。

这也使得他们两个人在学校音乐系的地位举足轻重，是最受重视的两个学生了。

赵桥自小才华出众，长相也不错，在学校里也是数一数二的美女。

她在郁黎川入校后就注意到了，对他有好感这件事情她也几乎没有遮掩，明目张胆，就是喜欢他，就是想追他，还势在必得。

甚至有人觉得他们两个人 CP 感十足。

郁黎川因为胡匀和两人父亲的关系，才一直给赵桥留面子，其实暗地里拒绝过赵桥几次，她都不当回事，一直坚持。

郁黎川正不爽的时候，收到了莫笙的消息：学弟，你这汤绝了！

C：昨天晚上煲的了，你不嫌弃就好。

笙笙：真的，我泡饭吃了，米饭都变得美味起来。而且你送的那个保暖的护膝也非常实用，我刚才试了试，特舒服。暖手宝也挺好的，我正搂着呢。

C：那就好。

笙笙，是郁黎川给莫笙改的备注。

他还想改得更亲密一点，然而现在名不正言不顺的，只能再等等。

笙笙：【图片】

笙笙：最近上映的电影有这些，你看看你想看哪个？

C：你喜欢哪种？

笙笙：两个我都想看，之后肯定也会把另外一个补上。

C：那你这周请我看国产的吧，下周我请你看好莱坞的那个。

笙笙：行。

国产的票价便宜一些，好莱坞的那个是 3D，票价贵一些。

估计莫笙也没多想。

"学弟，你的笔记可以借给我看看吗？"赵桥在郁黎川身边说道。

"抱歉，我不喜欢不熟悉的人碰我的东西。"

郁黎川的确不喜欢别人碰他的东西，但是莫笙可以去他的家，甚至可以睡他的床，他还非常愿意。

驰名"双标"。

赵桥不死心地说："哦……这样啊。不过你期末复习的时候如果不懂，可以跟我借笔记哦，我都记得很全。"

"不用，看别人的笔记我不习惯。"

赵桥做了一个深呼吸，看到郁黎川在认认真真地打字聊天，于是问："你是在和折竹聊天吗？我好久没看到他了。"

"不是，是我喜欢的女孩子。"

"什……什么？"赵桥惊讶得连神情都有点儿不自然了。

"没什么。"

赵桥明显是听清了，过了半晌才继续问："是谁啊？音乐系的吗？"

"不是。"

"我认识吗？什么样的女孩子？"

"非常可爱的女孩子。"

郁黎川不想赵桥打扰莫笙，是一种保护。

莫笙是他喜欢的人，他恨不得将她藏起来。

赵桥调整好坐姿，朝着前方坐得笔直，仿佛一瞬间丢了魂，肩膀都塌了些许。

半晌，她才调整好情绪，轻笑着说道："学弟，你可以告诉我她是谁，我能帮你打听打听看看她是什么样的女孩子，很多消息都能告诉你。"

她现在想要知道的，无非是郁黎川喜欢的女孩子是谁，两人有没有在一起，她还有没有希望。

郁黎川头都没抬："我喜欢的女孩子不用别人来介绍，我可以自己了解。"

赵桥还想说什么，郁黎川抬手示意："老师进来了，还是听课吧。"

郁黎川说着，也放下了手机。

莫笙那边要开始训练了。

周日，莫笙原本还约了白小婷一起去，结果白小婷的妈妈来了。

电影票已经买好了，秉承着不能浪费的想法，莫笙打电话叫来了岑沐可。

最开始齐柠和白小婷都约好了，找了机会就和他们分开，顺便叫走郁黎川的朋友，让莫笙和郁黎川能单独约会，势必要做助攻小能手。

不过岑沐可就不是那种会给人制造机会的人了，尤其是不会给莫笙和其他男生制造机会。

岑沐可来时特别开心，女神约她一起看电影，她特意化了妆，穿得漂漂亮亮的。

挺冷的天，她还穿着小香风外套，里面搭着连衣裙，美丽得贼冻人。

齐柠看着岑沐可的打扮，忍不住问："你不冷吗？"

岑沐可摇了摇头，倔强地否认："不冷，我抗冻。"

虽然说，从她的宿舍楼到莫笙的宿舍楼没多远的距离，但她也冷得直哆嗦。

莫笙看到岑沐可之后，丢给岑沐可一件自己的羽绒服："穿上吧，今天降温了。"

见是莫笙的羽绒服，岑沐可美滋滋地穿上了，还在莫笙面前转圈："你看，我穿你的羽绒服都要到脚踝了。"

齐柠又插嘴："其实我们穿也到小腿。"

岑沐可立即不开心了，她只是想显得娇小可爱而已。

齐柠对于岑沐可爱吃醋的这个劲儿挺无奈的，不过岑沐可对莫笙是真的好，齐柠也不能说什么，继续收拾东西。

岑沐可等她们的时候还在问："那个郁黎川是个什么样的人啊，会不会挺渣的？"

齐柠正用胶带粘黑色裤子上的浮灰，随口回答："我问过他朋友了，他朋友说他没谈过恋爱。"

岑沐可双手撑着床铺，晃着脚，追问："他朋友说什么你就信了？有他那张脸，还没谈过恋爱呢？这定力得多好？我还真不信。"

齐柠也说不准，只是复述云折竹说的话："说郁黎川这个人虽然看起来性格很好，但其实很不好亲近。而且，高中的郁黎川眼高于顶，觉得凡人都配不上他。"

岑沐可有点儿想笑，接着问："郁黎川身边肯定有不少人追他吧，估计是同时培养好几个？"

"有人追郁黎川这点云折竹倒是承认，刚开学就有一群人跟郁黎川要微信号，郁黎川都没给。很多女生想追郁黎川，也被拒绝了。其中有一个追得比较狠，并且越挫越勇，让郁黎川很是头疼。"

莫笙自然也听齐柠说起过这个，之前不在意，最近却在意起来了，问岑沐可："你知道音乐系的赵桥吗？跟我一届的。"

莫笙还是好奇这个潜在的情敌是什么样的人。

"赵桥？"岑沐可显然是知道的。

长得好看的女孩子好像互相都知道对方，这就非常神奇了。

岑沐可看到齐柠和莫笙都看向自己，于是指着自己的脸说道："我一个眼神就能概括。"

随后岑沐可翻了一个巨大的白眼。

女孩子之间，这个白眼已经说明了很多，两人立即都懂了。

岑沐可跷起二郎腿，说了起来："赵桥吧，长得挺好的，就是那种江南美女的感觉，说话也柔声细语的。但是有点儿……优越感过剩。对，就是郁黎川的那种感觉，觉得凡人都配不上她。"

莫笙听完忍不住感叹："为什么觉得……她跟学弟还挺般配的？"

岑沐可继续说道："赵桥的经典事迹我也听说了一点，挺多都很耐人寻味。不然我为什么翻白眼？最离谱的是男人劈腿，她报复渣男就报复呗，连另外两个被渣的女生一起报复算怎么回事？人家也是错付真心吧。"

"有证据吗？"

"铁证没有，不过曾经和赵桥关系很好的闺蜜，在和赵桥决裂后亲口说的。"

齐柠看着呆若木鸡的莫笙，担心得不行："那怎么办啊？"

岑沐可直接回答："别搭理郁黎川呗。"

说到底她还是不希望莫笙和郁黎川在一起。

莫笙还是觉得人不至于那么坏，穿上外套后，说道："那个学长也确实渣了点，这个消息也不一定是真的。好了，别管这些八卦了，我们走吧。"

齐柠和岑沐可跟着离开了宿舍楼。

到了女寝楼下就看到郁黎川和云折竹已经在等了，莫笙立即跑过去问："有没有等很久？"

郁黎川摇了摇头："没。"

云折竹幅度很小地跟着摇头，那颤颤巍巍的样子倒像是冻的。

莫笙回头问他们："你们冷不冷，实在不行我跟唐祎把车借来，我开车带你们过去，人数刚好可以坐下。"

岑沐可刚想答应，就听到郁黎川拒绝了："叫车吧，我帮你们叫。"

莫笙提醒："得叫两辆。"

"嗯。"

他们朝着距离宿舍最近的校门走，门口常年有车停着等人。

不过郁黎川已经叫了车，不知道是不是故意较劲儿，他叫了一辆911，估计是选的豪车。

莫笙和齐柠沉默了一会儿，对岑沐可拱手："你上去吧。"

郁黎川似乎懂了，对云折竹说："你上这辆车吧。"

云折竹和岑沐可完全不认识，然而却因为体形坐了一辆车离开了。

莫笙看着车离开，对郁黎川说："我叫车吧，这个车空间太小。"

郁黎川只能点头。

等车来了，莫笙和齐柠坐在了后排。

郁黎川刚坐好就收到了云折竹的消息：莫笙的这个朋友有点儿难搞啊，全程拐弯抹角套我的话。而且，她之前上楼看到我们在等了，居然也这么半天才下来，估计是没提醒过莫笙我们在楼下。

C：留面子，绕她。

云折竹：呵，了解。

云折竹是比郁黎川还像小白兔的男生，不过并不好惹。

他身高177厘米，体重110斤左右，单薄且皮肤白皙，眼睛还挺大的。

不过，云折竹也就是常年在郁黎川身边，才显得成了陪衬。单独论的话，云折竹也是一个挺优秀的男生。

某些方面，郁黎川还真不如云折竹。

比如，如果在古代，郁黎川考取功名后顶多官居八品，再难升上去，满腔热血只能写写诗。

但是云折竹不一样，保证混得比郁黎川好。不过，云折竹更适合做宦官，求生欲这方面……非常优秀。

莫笙他们到地方的时候，岑沐可和云折竹已经在商场里面等他们了。

岑沐可明显没在云折竹那里讨到好，一脸的不高兴。

云折竹在车上，和她聊北方天气，聊学校改革，对口红色号、美妆品牌都能侃侃而谈，就是不聊郁黎川的任何事情。最后聊到了她的裙子起球，嘴角口红没涂匀。

莫笙来了之后，岑沐可立即走过去搂住了莫笙的手臂，靠着不松开。

电影还有一段时间才开始，莫笙站在商场里，想带他们先去电玩城。

在岑沐可靠过来的时候，莫笙正要和郁黎川说话，眼睁睁地看着郁黎川头顶红色的心电图变成了绿色的。

她再次确认了自己的猜想，脱口而出："不至于吧你。"

连女生的醋都吃？！

郁黎川十分疑惑："怎么了？"

"哦……没什么……我们去楼上电玩城吧，那里的设备都挺好玩的。"

"好。"

莫笙他们一行人上楼的时候，莫笙一直盯着郁黎川头顶的心电图看，看着看着，她就突然笑出声来，十分突兀。

他果然喜欢她！

哈哈哈！

莫笙注意到其他人都在看她，立即解释："想到要玩就开心。"

说完，电梯停下，她首先走进电玩城，数着人数给他们买了游戏券。

莫笙和排球队的队员们经常过来玩，几乎每次过来逛街都会来这里玩一会儿，对这里十分熟悉，前台小姐姐还会送莫笙饮料。

别觉得女孩子都是游戏黑洞，至少莫笙她们这群女孩子玩游戏都非常厉害，完全不会掉队，甚至还能带你飞。

走进去后，岑沐可一直缠着莫笙，让莫笙带她玩游戏，两个人几乎成了连体婴儿。

齐柠也是无奈，几次想把岑沐可拽走都没成功。显然，岑沐可是故意的。

云折竹站在一边看了看，再看看一脸不爽的郁黎川，最后还是走过去，趁岑沐可正在游戏的时候，站在莫笙身边小声问："这个女生叫什么啊？"

莫笙立即回答："岑沐可。"

"哪个 cén？"

"一个'山'一个'今'，上下结构。"

"哦……"

云折竹暗示完了之后，发现莫笙完全没有抓到他的点似的，于是又问："能告诉我她的微信号吗？"

莫笙这回懂了，这是云折竹对岑沐可有好感的意思啊！

她立即来了精神，凑过去跟云折竹小声说："我懂，等回去我发给学弟，让学弟给你看。"

"那……你能不能帮帮忙？"

"可以，可以。"莫笙说完，还对他 wink 了一下。

云折竹之前一直欣赏不了莫笙这种类型。

个子高，烟酒嗓，性格也极为彪悍。被 wink 的时候，配上她爽朗的笑容，云折竹突然明白郁黎川为什么这么喜欢她了。

不过他下意识地侧移了一步，毕竟了解好友的醋劲儿有多大。

郁黎川喜欢上莫笙后，每天都在表演"真香"，真不知道是谁说的，吃醋是不自信的幼稚表现。

岑沐可玩完一局后，莫笙突然问云折竹："那个游戏项目你会吗？新上的。"

"会，实在不行玩两局也会了。"云折竹回答。

"那你教教可可吧。"莫笙说着，推着岑沐可到了云折竹身边，硬是安排岑沐可和云折竹一起玩游戏。

岑沐可不情不愿地到了云折竹身边，莫笙热情起来，一般人真挣脱不了，尤其是岑沐可这种小体格。

云折竹也配合，招呼岑沐可开始游戏，岑沐可只能开始一局新游戏。

莫笙回头，看到齐柠指了指一边的篮球机："我要去教那群小弟弟做人。"

她们主攻排球，但是篮球也十分不错，齐柠每次去这种场合都会吸引一票粉丝。

莫笙也没跟着，回头看向郁黎川。

这回就剩他们两个人了。

莫笙走过去问郁黎川："你喜欢玩游戏吗？"

"玩得不多。"几乎没玩过，觉得浪费时间。

不过他愿意陪她玩。

"我教你，我可厉害了！"莫笙说着拉着郁黎川到了一个机器前坐下，往里推进游戏券后，开始介绍，"这个是双人配合的游戏，屏幕里蓝色的小球是你，红色的小球是我。一会儿游戏开始了会出来激光，你碰蓝色的光，我碰红色的，如果我们碰错了就死掉了。"

郁黎川点头："这也算是一种保护游戏吧，就是我能抵挡的危险出现了，就把你护在身后，反之亦然。"

"我发现游戏到了你嘴里都特别文艺。"

这个游戏的难点就是互相配合，如果两个人的位置调整不好，就容易出现纰漏。

而且，距离太近了容易撞到对方产生摩擦导致位移缓慢，离得远了又可能导致光来了，位置没办法立即调整过来。

莫笙玩游戏的时候全程在指挥："上上，对，你再往左边一点，我要去右边了，你往左躲，我要上下一次。"

就这样的指挥，郁黎川也完全懂了，理解能力惊人。

和郁黎川这样的队友一起玩游戏就是舒服且省心。

另外一边的岑沐可看着莫笙和郁黎川一起玩，气得直噘嘴，接着瞪了一眼身边的云折竹。

云折竹拿着手里的游戏券，问："你还想玩什么吗？"

"你是不是故意的？"

"你看看人家莫笙多有眼力见？"

"我没眼力见？我是故意的看不出来吗？"

"看出来了啊，所以，我们一起玩吧。"云折竹举起手里的游戏券。

"不要！"

岑沐可又走回到莫笙身边。

结果此时因为莫笙和郁黎川配合得太好，已经打破纪录了，两个人闯到了23关，引来了不少人围观，甚至连工作人员都过来了。

机器周围被团团围住，岑沐可都靠近不了。

莫笙和郁黎川许久都没有玩完一局。

莫笙这次是彻底玩爽了，一边玩一边大笑，指挥得也越发简洁了："上，上，左，对。"

郁黎川已经摸清莫笙的套路了，配合得非常好，有时不用莫笙指挥，他就已经能够做出应对了。

第一关时的激光尚且好控制，越到后面激光越多，速度越快，且数箭齐发，需要两个人配合着连续互换位置，稍微失误哪怕一瞬间，都会 game over（游戏结束）。

两个人一直玩到35关，发现居然通关了。

莫笙高兴得不得了，转过身抬起手来要跟郁黎川击掌。郁黎川刚要活动一下手腕，注意到莫笙的举动后抬起手来回应。

莫笙因为兴奋力气完全没有控制，击掌带着排山倒海的气势，险些让郁黎川仰过去。

莫笙没注意到，只是盯着机器吐游戏券，接着拿着一串游戏券对郁黎川说："吞进去三张券，吐出来三十五张，我们还能玩好久。"

郁黎川回答："换一个游戏吧。"

"好。"

旁边围观的人则是一个劲儿感叹："这对小情侣配合得不错，上次还看到一对情侣因为这个游戏吵起来呢。"

一个工作人员跟着说："这个游戏新引进的，还是我们这里第一个通关的，我们自己的员工也才打到20关。"

莫笙和郁黎川刚要走，就被一个经理拦下了，让他们两个人输入队伍名称，这个纪录以后都会留在机器上，并且电玩城会送他们一个小玩偶作为奖励。

莫笙问："那以后并列第一，会不会把我们挤下去啊？"

经理笑着回答："我们的游戏都会持续升级，以后说不定有50关，那种地狱模式不一定能有人过得去了，到时候你们再来创个纪录。"

"行！"

莫笙想了想，输入了"摸鱼小分队"。

她姓"莫"，郁黎川姓"郁"，两个人姓的谐音在一起就是"摸鱼"。

莫笙和郁黎川选娃娃的时候，莫笙大手一挥："我觉得我今天的手感不错，你不用太认真选，姐说不定可以全部给你拿下。看，这就是姐给你打下的江山。"

这语气，简直要飘了。

郁黎川被逗得笑起来，眼睛弯成了月牙形状，眼眸里亮晶晶的，仿若璀璨星河。

"好，那就从这面墙的第一个开始。"要嚣张就一起嚣张。

"妥了。"莫笙对郁黎川的态度非常满意。

岑沐可刚刚跑过来，想叫莫笙一起玩，就听到莫笙兴致勃勃地对她说："可可，你看着，我今天就要带着学弟继续破纪录，让摸鱼小分队称霸整个电玩城。"

说着拉着郁黎川就冲向下一台游戏机。

云折竹就跟在后面，看到岑沐可再次被"甩"，忍不住笑出声来。

岑沐可瞪了云折竹一眼，气得直跺脚，不过还是不死心地跟在莫笙身后跑。

莫笙和郁黎川玩游戏，真的是游戏券越玩越多，要知道电玩城里的游戏机都是玩家达到一定水平后才会返券。

他们两个人之后又破了两个纪录，一共可以选三个娃娃。

就在他们纠结选哪个的时候，齐柠过来了对他们说："都要吧，我也能选一个。"

莫笙兴奋得不行："厉害了铁子! 战绩挺好?"

"嗯，又认了三个兄弟，还约我一起打球，他们觉得我打球厉害极了，就是不觉得我是个女生。其中被搭讪两次，不过都是打听我父母多高能生出我这么高的女儿。"

对这种情况她们早就习以为常了，想当年，莫笙在认兄弟方面就没服过谁。

好几次遇到不错的男生，什么都还没培养起来呢，他们就把莫笙当成兄弟了，甚至约莫笙一起去看美女。

美女是真好看，莫笙也是真闹心。

莫笙的兄弟多到什么程度呢? 认识莫笙的女生只要想恋爱了，就找莫笙介绍，她们都知道莫笙的兄弟里帅哥贼多。

然后莫笙看着她的朋友们和她的兄弟们终成眷属，只能点赞。

四个娃娃，五个人。

莫笙送给岑沐可一个，另外两个准备给云折竹和郁黎川，两个男生都拒绝了。

郁黎川说："你留着吧，一个放宿舍，一个放省队。"

莫笙指着云折竹，郁黎川帮云折竹拒绝了："他对玩偶过敏。"

云折竹只能跟着点头，只要郁黎川需要，他可以对地球都过敏。

莫笙看了一眼时间，距离电影开始还有一个半小时，时间还算充裕，于是带着他们去吃饭。

路上莫笙还在跟郁黎川聊游戏，似乎觉得有一个游戏两个人没发挥到极致，之后看完电影还可以再来试试看，反正他们兜里还揣着一沓游戏券呢。

岑沐可还想去莫笙身边，云折竹突然跟她搭话："你看看你怀里的小兔子，闭着嘴懂事的样子真让人喜欢。"

又在暗讽她！

岑沐可非常不高兴，凶巴巴地问："你怎么这么讨人厌啊？你就跟个姑娘似的，小嘴叭叭可能耐了。衣服和口红你都懂，你是不是私底下还是女装大佬啊？"

云折竹依旧在笑，实则在反讽："唉，你们女生真难伺候，不懂口红吧，你们说我们直男；懂了吧，你们说我们像姑娘。"

"你就是讨人厌的那种。"岑沐可说着就要推开云折竹离他远点，结果险些撞到人，被云折竹一把拽了回去，顺势拽到了另外一边，很快就松开了手。

岑沐可回过神来后，看到云折竹很有礼貌地跟对方道歉："不好意思，刚才没注意到。"

然而对方正在和朋友说话，有人突然靠近自己被吓了一跳，其实根本没撞到他，却还是来脾气了，气势汹汹地问："你们这群小年轻怎么回事，把商场当你家啊？打打闹闹的，招不招人烦？"

云折竹表情尴尬了一瞬间，还是温和地道歉："抱歉，我以后会注意的。"

和那个男人同行的人，还当是自己的朋友被撞了，跟着火了，伸手推了云折竹的肩膀一下："道歉就完了？我朋友这身衣服多少钱你知道吗？刮坏了怎么办？"

莫笙听到动静回头，就看到云折竹和岑沐可被几个人缠住了。

正在跟云折竹说话的两个都是膀大腰圆的男人：一个圆脸没脖子，脑袋和身体衔接的地方只有三层褶；一个秃头戴大金链子、小手表，手腕露出些许文身来。

莫笙走回去问："撞到他了？"

岑沐可委屈巴巴地说："没，距离他还挺远呢。"

莫笙立即伸手推了"大金链子"一把："根本没碰到你，你跟谁推推搡搡的呢？怎么的，想讹钱是吧？戴个金链子就当自己混社会的？"

莫笙护起短来一点也不含糊，也不管对方是什么人，招惹她朋友就是不行！

她这句话问得也颇有气魄，烟酒嗓加上东北口音，个子高，力气也不小，气场真不是盖的，面对两个大哥都没打怵。

"大金链子"不爽地骂："你还挺横啊？小丫头片子年纪不大，不能学学怎么好好说话吗？"

"你要是跟我好好说话，我也能跟你好好说话。你看看你这是好好说话的态度吗？上来就动手，谁不会动手怎么的？"莫笙说着，又给了"大金链子"一杵子。

"我不想和你一个女的动手，你别太过分了。""大金链子"有点儿急了。

郁黎川赶紧走过来，劝解道："不要吵架。"

莫笙还挺生气的，暴躁地回答："这是要吵架吗？这是要干架！"

之前被岑沐可吓到的"三层褶"赶紧过来帮忙拦着，说道："误会了小老妹，我朋友就是脾气有点儿直，也不是想讹人。"

说完，他拉走了"大金链子"，并解释："小姑娘没撞到我，就是吓我一跳，我嘴欠想教育两个小孩儿两句，结果你怎么还急了？"

"大金链子"这才缓和了语气："我当你被撞到了呢。"

"我什么破嘴你还不了解吗？你急什么，还要跟个小姑娘动手，你丢不丢人？"

这位大哥说完了，"大金链子"不出声了。

"三层褶"又跟莫笙道歉："对不住啊小老妹，你们玩你们的，就是误会。"

莫笙依旧不卑不亢地回答："说开了不就好了吗，别老直接动手，谁朋友都金贵。"

"老妹你还说我们呢，你脾气也不咋的。"

莫笙被数落了一句反而笑了，刚才还剑拔弩张的，突然就又缓和了，看得云折竹和郁黎川目瞪口呆。

他们这些凡夫俗子真看不懂江湖纷争。

之后两位大哥离开了，就跟什么事都没发生过似的。

周围的人似乎都觉得这是不值得看的热闹，都没多理会他们。

云折竹小声地问郁黎川："东北人都是这么聊天相处的吗？"

"可能吧……"

"这出个门风险颇高啊。"云折竹说完又看了看莫笙，接着小声说，"我突然觉得这种女生真的给足了人安全感。"

郁黎川："？？？"

她给你什么安全感了？

这脾气应该让人不安才对吧。

郁黎川走到莫笙身边，小声说："你这样会不会太鲁莽了？如果对方是不讲理的呢？"

"那就打一架，我怕他？"

"你是女孩子。"

"我才不怕！"

谈判结束，郁黎川突然不知道该说什么了。

他们逛了一圈才选定了饭店，刚刚坐下就看到斜对面坐着和他们有过冲突的大哥。

同桌还有另外几位，都是那种有些胖，脑袋很圆肚子更圆的体形，举手投足间都是一副酒量贼好的姿态。

两位大哥也注意到了莫笙他们，还主动跟莫笙打招呼。

莫笙回应了一下。

在他们几个点菜的工夫，服务员就送来一道菜放在了他们的桌子上。

莫笙抬头说道："我们还没点完呢。"

这个时候斜对面的"三层褶"大哥喊道："小老妹，我们点的菜，送你了，刚才对不住了啊。"

这回莫笙反而不好意思："大哥，都是误会，你这样我就有点儿不好意思了啊！"

"我们这么大岁数的人和你们小年轻吵架，肯定是我们的问题，菜你们留着，一会儿还有一道排骨，你们别点重了。"

"行，一会儿我多给你们要两瓶酒。"

"讲究！"

云折竹看得目瞪口呆的，刚才不是在吵架吗？怎么现在关系突然很好的样子？

剧情转变成这样，怎么过渡得这么自然的？

他错过了哪个中间环节吗？

齐柠看着云折竹的样子笑道："这场景在东北正常，没有多大的事儿是一顿酒解决不了的。"

莫笙看着菜单跟着点头："但你要是敢在酒杯里养鱼，你就是看不起我，我们就好不了了。"

齐柠点头："对。"

云折竹连连惊叹："厉害厉害。"

莫笙点完菜，顺便给那一桌大哥点了两瓶白酒，服务员很快送过去了。

几个大哥一起跟莫笙道谢，都挺开心的，显然是一群酒鬼。

莫笙还在思考要不要加点什么菜，回头看了看他们那桌，还探头问："大哥，那个茄盒好吃不，你们觉得怎么样？"

"金链子"大哥也没含糊，直接拿了一双没用过的筷子来，拿着小碟夹了两个给莫笙送过来了："自己尝尝，要不我们那盘给你们拿过来，我们有花生米、毛豆下酒就够。"

莫笙接过了小碟，笑呵呵地回答："不用不用，我们自己点。"

茄盒里有肉馅，莫笙不敢吃外面的肉，就推给了岑沐可。

岑沐可尝了尝后点头，莫笙立即加了个菜。

郁黎川见是虚惊一场，没有再说什么，毕竟他们现在还没在一起。

他只能小声问莫笙："你能吃的是不是很少？"

"你看过的单子上的那些不能吃，红肉也不行，能吃的确实少，但是能吃饱。"

"实在不行我回去给你做。"

"不用啊……"莫笙下意识拒绝，然后突然反应过来，她是不是拒绝了去郁黎川家？

啊……她又"机智"地错过一次和郁黎川独处的机会呢！

吃到快结束的时候，云折竹和郁黎川又见识了一副北方人抢着结账的画面，姐妹花为了抢着买单险些撕破脸。

齐柠对莫笙说道："这顿饭我结账，你别跟我抢。"

莫笙反而不乐意了："不是说今天我安排吗？"

"本来就是因为我脑子进水突然和张垚和好，才引出这些事的，今天我不就是陪着你谢谢学弟安慰你吗？我请吃饭怎么了？电影票我跟你抢了？"

莫笙摆手："用不着，我是有固定工资的人。"

"你的省队工资一个月六百块，够干什么的？"

"你瞧不起谁啊？在座的各位谁的固定工资比我的高？"

全场瞬间鸦雀无声。

莫笙凭借六百元的固定工资，成了在座五个人中的王者。

齐柠憋了半天，才说："我有奖金。"

"我是最佳自由人，奖金比你多！在座各位……"

话还没说完，云折竹插嘴了："奖金就能比了，郁黎川一次比赛的奖金六位数。"

莫笙和齐柠同时闭嘴了，差点儿没哭出来，估计两人的奖金加一块都没有郁黎川的零头多。

原来他的奖金这么多？

多一位数？

郁黎川微笑着说道："我来请吧。"

莫笙哽了半天，没想到该怎么驳回。

齐柠也是连续喝了好几口水，接着说道："铁子，我绞尽脑汁都吹不出来了，要不你搬家底吧，就说你家有几套房……"

莫笙真的说了出来："我们家……"

云折竹再次开口："上海，限购。"

莫笙一拱手："你请！"

什么能打败北方人抢着买单的热情？

并不是完全靠推推搡搡，抢夺钱包、拦手机。

而是有让他们无法碾压的财富实力，还有就是让他们再吹不出来哪里比你更强。

不然就是"穷装"，请得也不漂亮。

莫笙难得在这方面吃瘪，闷了半天才说："下次我来，不许和我抢。"

"嗯，不抢。"郁黎川依旧是温和的语气，"学姐也很厉害的，毕竟是有工作的人。"

"嗯……你也争取进个文工团什么的。"

"好，我会努力的。"

他们看的电影是国产喜剧片，莫笙和齐柠这种猛虎女孩就喜欢看这种，要么搞笑，要么动作、特效、大场面，偶尔挑战惊悚片，文艺片一律看不进去。

在她们看来看电影是消遣娱乐，就是不想用脑子。

今天的电影，她们俩全程笑得不行。

郁黎川则很内敛，他看喜剧片总会觉得非常尴尬，主要是替电影里的角色觉得尴尬。

更要命的是不仔细看的话，他分不清这些角色都是谁，主要靠特征与声音区分，所以看电视剧或者电影，都会觉得累。

别人是消遣，他是烧脑，看喜剧片都烧脑。

不过为了能和莫笙一起，他还是答应了，并且看得特别认真，生怕后期莫笙跟他讨论剧情。

莫笙扭头看了一眼坐在身边的郁黎川，发现郁黎川眉头微微蹙起，表情严肃地看着银幕，接着小声问："你不喜欢吗？"

"我在分析剧情。"

"哈？有这么深奥吗？"

"拍这种电影，总该有它的含义，或者这部电影应该有其他的亮点，不应该只是为了搞笑而搞笑。"

"……"

这嗑该怎么唠？这确实就是一部非常肤浅的搞笑电影。

电影结束后，郁黎川也没想清楚这部电影的内涵，甚至不明白女主角到底喜欢男主角什么，这可能是这部戏的最大伏笔？

最后他索性放弃了，问莫笙："学姐，我们继续破纪录去吗？"

齐柠一听，这得躲，于是回答："我去找白小婷了，据说她妈妈又带来了一堆特产，我去帮忙搬。"说完抱着自己的玩偶就走了，速度飞快。

岑沐可想跟着莫笙，却被云折竹拽住了："学姐，我送你回学校吧。"

莫笙一看，自己得助攻啊，于是说道："嗯，你跟他回去吧。去吧去吧，不然光看我们玩游戏也挺无聊的。"

"我不……"岑沐可还想拒绝，莫笙已经拉着郁黎川飞快地离开了。

岑沐可看着莫笙离开，忍不住问云折竹："你朋友是真的喜欢莫笙？"

"还不够明显？"

"你不是说他觉得凡人配不上他吗？"

"可能英雄所见略同，你这么优秀的女孩子都喜欢莫笙，我们黎川当然也会喜欢了。"

就算这么说，岑沐可还是冷哼了一声，接着转身往外走。

云折竹就跟在她身边，毕竟已经提起了，还是要送岑沐可回学校的。

他跟岑沐可承认郁黎川喜欢莫笙也没什么关系，毕竟岑沐可这种不愿意助攻的人，肯定不会告诉莫笙这件事情的。

他对岑沐可这种女孩子也算了解，都是千年的妖精，谁不知道谁啊。

莫笙和郁黎川最后终于再次破了纪录。

莫笙开心得不行，两个人捧着三个玩偶下楼，郁黎川突然停住，拿着手机开启了导航。

"怎么了？"她忍不住问他。

"陪我去个地方。"

郁黎川按照导航，带着莫笙去了保时捷 4S 店。

莫笙走进来后就觉得事情的苗头有点儿不对。

在郁黎川看车的间隙，莫笙赶紧坐在了副驾驶席问他："你要买车？"

"嗯。"

"你的驾照是高考后考的？"

"不是，高考后我还没成年，我最近才刚刚成年，过阵子去考。"

莫笙听得目瞪口呆，睁大了眼睛看着郁黎川："你没驾照买什么车啊？"

"你不是会开吗？这样以后我们出来也能方便点。"

"不是，你冷静点！"莫笙几乎是喊出来的，恨不得扑过去按住郁黎川的肩膀，"不一定非得要买车啊，打车也可以的！"

"反正早晚都要买的。"

郁黎川回答完，对莫笙勾了勾手指："我们换位置。"

"啊？！"莫笙傻乎乎地看着郁黎川下了车，接着帮她打开副驾驶的车门，让她下车去驾驶席坐着。

郁黎川坐在副驾驶席，拄着脸问她："你觉得可以吗？"

莫笙刚刚坐好，问："你难不成就想买一辆车，偶尔给我开？"

"以后我也会考驾照的。"

这个时候销售小哥拿着本子坐在了后排，打开夹子询问："二位想要什么价位的，我给二位介绍一下配置。"

莫笙刚想说他们只是随便看看，郁黎川直接回答："大空间，顶配。"

"那您现在看的这辆卡宴空间就可以。"

郁黎川再次看向莫笙："学姐帮我参谋一下。"

莫笙的开场白刚说完就被打断了："车肯定是挺好的啊，就是……"

郁黎川回头问："那就这辆吧，全款，最快多久提车？"

销售小哥愣了一下，他这边拿着夹子一笔都没写呢，就这么草率地决定了？不听听他的介绍？

就……挺突然。

不过销售小哥很快笑着说道："哥，我们下车说吧。"打开车门才想起来问，"哥，你多大，我是不是没你大？"

"今年十八岁。"郁黎川回答。

"哦，老弟。走，我给你算一下。"

莫笙一看郁黎川这是决定要买了，赶紧下车跟着过去，生怕郁黎川吃亏。

郁黎川确实挺想今天就把车开走的，不过车还需要给他们调，只能过几天再来提。

莫笙看着单子小声说："你提车那天我不放假，没驾照可以买车，但是将车开走就得有驾照了。"

"那我请个代驾吧。"

请代驾提新车，也是画风清奇。

"那车停在哪里？"莫笙思考起这个问题。

郁黎川依旧是毫不在意的模样："我问问小区楼下的车位。"

"我问问唐祎他的车位是多少钱一个月租的，你参谋一下。"

"不用，我买。"

"……"

莫笙终于意识到自己可能误会郁黎川了，于是问："那个小区的房子你是租的，还是买的？"

"买的。"

"优秀。"莫笙没办法再说其他的了。

她突然发现，她的学弟真的是"壕"无人性，是一名拥有"钞"能力的战士。

回程时两个人一起坐在后排，莫笙却有点儿出神。

她在想，她和郁黎川是不是有点儿……不合适？

这要是之前，莫笙可以毫不在意，其他的都无所谓，人不错，相处得来，长得还行，身高也够就可以了。

但是现在她突然开始思考，她和郁黎川是不是门不当户不对的？

莫笙比较务实，不由得想得有点儿多，甚至脑补郁黎川家里不同意，甩给她一张支票让她滚蛋的情景了。

郁黎川侧头看向她，问："怎么了？累了？"

"没……没什么。"莫笙回答得有点儿勉强。

"要去我家里吗？我给你做晚饭吃。"

"不用了，我直接回宿舍就好。"

郁黎川将莫笙送到了宿舍楼下，莫笙将最后一个娃娃给了郁黎川："给你一个吧，不然我也没地方放。"

"哦，好的。"

"那拜拜，下周见。"

"好的。"

郁黎川看着莫笙上楼，接着从自己的口袋里拿出手机来，看着手机屏幕上的未接来电"啧"了一声。

今天赵桥给他打了六通电话，估计微信消息里又说了不少东西。

他懒得看，也不想接电话，直接把手机调成了静音。

他看到有驿站的快递提醒，转身朝着驿站走过去取快递，依旧不想理赵桥。

要不打电话给爸爸，让爸爸跟赵桥的父亲绝交吧，烦死了。

莫笙回到宿舍里，白小婷啃着哈尔滨红肠，指着角落的一堆东西跟莫笙说："特产。"

莫笙看着这些特产忍不住感叹："阿姨一如既往的硬核，哈啤啊？"

哈尔滨啤酒当特产送过来了。

白小婷盘腿坐在床上，说道："我妈妈说了，你和齐柠一看就是能喝的，带点给你们解渴。"

莫笙还真有点儿馋，不过最近不能喝，最后只能叹气："便宜齐柠。"说到这里问，"齐柠呢？"

"蹲坑去了。"

莫笙又离开了宿舍，走进厕所就问："乖女儿在哪儿呢？"

"嘿，你来闻味了？"齐柠一下子就听出来莫笙的声音了。

"我把窗户开开。"莫笙说完就打开了窗户。

没一会儿齐柠就开始吼："关上关上！冻屁股！"

莫笙笑呵呵地又把窗户关上了，问："一会儿出去吃点什么啊？"

"在厕所里讨论吃什么？是不是一进这里你就食欲大开？而且，你怎么没和学弟一起吃饭？他不是挺会做菜的吗？"

"他邀请我了，我没去，不然他还得去竞技食堂买菜，怪麻烦的。"

"我气得想出去踹你一脚，我特意跑开让你们独处，岑沐可都腾地方了，结果你回来了？"

莫笙突然惆怅地叹气："我遇到感情问题了。"

"你现在别问我，不然影响我的肠道顺畅。我马上完事了，你回宿舍等我。"

"纸够不？"

"够，您甭操心了，回去等着挨揍吧。"

"妥了，我回去了。"

齐柠回到宿舍，就看到莫笙坐在椅子上叹气。

齐柠用毛巾擦了擦手上的水珠，问："说说看吧，什么感情问题？"

"今天我突然感觉到了我和学弟之间的差距。第一，他刚刚成年；第二，他因为我早上说出门不方便，回来后买了一辆车。"

齐柠和白小婷听完同时沉默了。

刚刚成年这个无所谓，也不差那么一岁了，只要长得好，上下五千年都不是问题。

但是第二点是什么情况？

白小婷突然就觉得手里的哈尔滨红肠不香了。

她迟疑了一会儿说道："看来学弟是个富二代啊……"

齐柠跟着点头："我也算和学弟相处过几次了，那种谈吐修养绝对是一般人家培养不出来的。你看我们，多少都接地气，但是学弟整个人是冒着仙气的。"

白小婷突然老气横秋地说："我小时候不懂事就想过了，长大了是选择面包还是选择爱情，当时傻傻地以为有面包的人长得不一定好看。长大了我就认清了现实，人家有钱什么样的媳妇儿找不到，媳妇儿漂亮了，基因也就提上来了。所以……真的就是高富帅和穷矮矬的各种极端。"

莫笙跟着点头："我就是突然有了一种恐惧感，还有就是……明明经常和学弟联系，可我们两个人之间还是有种距离感。"

齐柠和白小婷对视了一眼后，齐柠坐在了莫笙对面："其实我理解你的心情，曾经有一段时间，我觉得我和你也有距离感。"

"为什么啊？"莫笙一愣。

"有一次你妈妈来学校看你，看到你手肘青了一块就心疼了，让你别那么拼了，实在不行家里投资给你开个健身房。我当时就觉得这是个富二代啊，我们估计玩不到一块去，你能玩的我估计都玩不起。"

莫笙之前还真不知道这件事，立即回答："我也挺穷的啊……就是我二传转自由人受伤的那次，让我妈妈害怕了，特别怕我有个伤病什么的。"

齐柠点头："我知道，但是我家里什么样你也知道。我当初学体育是因为体校不收学费，食宿国家还有补贴。但是后来我就想开了，我是和你处朋友，不图你什么，就是觉得你人好。现在看到你也会因为这个自卑，我突然就平衡了，心里得劲儿了。"

"可是……我家里还没到随便让我买个房子，买辆车的程度。而且郁黎川的妈妈还是舞蹈艺术家，我就怕她不喜欢我这种特别野的女孩子。"

齐柠摇了摇手指："你和郁黎川真在一起了，是你们两个人的事情。而且，从郁黎川身上就能看出来他的家教，他能有这样的修养，家里的氛围肯定不错，这方面你不用太担心。"

"可是……"莫笙还是有点儿犹豫。

"如果学弟选中你了，他觉得你可以，就证明他不在意你的家庭背景。再说你家里条件也不差啊，咱不图他们什么，不算高攀。你哪天成了世界冠军，你们结婚你都是下嫁。运动员与艺术家没有高低贵贱，只是展现自己魅力的场地不一样。"

莫笙垂着眼帘思考的时候，就听到了齐柠的笑声，很轻，不是嘲笑，而是那种柔和的笑。

她抬头看向齐柠，就看到齐柠坏笑着问她："都想到这些了，你是真动心了啊？喜欢上一个人的时候就会变得盲目，觉得那个人优秀到高不可攀，甚至会自卑，觉得自己配不上他。不过在我看来你配得上，学弟拜了九世神佛，才能求到这辈子能和你相遇。"

莫笙听完就笑了，对着齐柠挑眉："这就是老铁眼里出西施。"

齐柠伸手戳了莫笙一下，警告道："少矫情，你打算什么时候和学弟在一起？"

莫笙也算是被齐柠开导好了，靠着椅子开始绝望："啊——我现在都不思考了，我也想好了，只要学弟跟我表白，我立刻就能同意。但是学弟怎么还不表白啊……"

齐柠也跟着说："今天我偷偷留意了，学弟看你的眼神，还有和你在一起的样子，就是喜欢你啊。要不你暗示一下，让他知道他有机会。"

"还怎么暗示啊？！我现在只要出了省队，见面的人除了你们几个就是他了，这还不明显吗？"

白小婷放下红肠，对莫笙说："发个朋友圈，就发那种仅对他可见的。"

"发什么？"莫笙瞬间拿出了手机来，手指点开微信。

白小婷想了想后说："今天出去玩了，超开心，希望以后每天都这样开心，更期待每天都有你们陪。"

莫笙听完歪着头问："这样的内容用得着仅他可见？"

齐柠跟着点头："太含蓄了，这要不是我们正在聊暗示，我都不知道这里面居然有内涵。"

齐柠跟着想，随后说："今天和我喜欢的人出去玩了，开心！"

莫笙翻了一个白眼："不如我直接去跟学弟表白了，我追他好不好？"

三个人同时被难倒了。

莫笙翻着朋友圈寻找灵感的时候，看到郁黎川发了朋友圈。

一张是"摸鱼小分队"纪录榜首的照片，一张是娃娃，配的只有两个【愉快】的表情。

莫笙一瞬间就坐直了，拿着手机给齐柠和白小婷看。

白小婷连连点头："这是高手！"

齐柠："嗯，学弟的水平高多了，什么都没写，但是内涵有了。"

莫笙指着手机，气急败坏地对着手机骂："你说，你有空发朋友圈，就不能发条消息表白吗？"

莫笙骂完觉得不解气，继续吐槽："你是不是就是想让我着急！好，我着急了，但是我就是不倒追你！你忍着吧！咱俩谁怕谁啊？！"

说完，她拿着手机优雅地给郁黎川的朋友圈点赞，并且也发了两个【愉快】的表情。

第七章
唐祎

之后的一个月，莫笙和郁黎川依旧是这样维持着关系，朋友之上，恋人未满。

眼看着到了期末，有些科目都开始考试了。

这段时间，莫笙只要走出省队的大门，就能看到郁黎川在门口等她。这让她每次都有所期待，知道有一束光在等着她，看到那束光她心情都会跟着愉悦起来。

他成了她的万有引力，成了她的微量元素。

就算相隔两地，依旧有着引力作用。

缺了，身体就会有所察觉，以各种现象反映出来，仿佛营养流失。见到他之后，就瞬间补满了。

郁黎川会陪莫笙一起去上课，还会帮她画重点，甚至一本正经地辅导她。

大一的学生讲大三且非自己专业的课程，还真能讲明白。

每次莫笙听郁黎川给她解释知识点，就总觉得自己的智商被人碾压了。不过她很快又释然了，毕竟她是一个不会因为成绩而自卑的优秀学渣。

作为学渣，优秀的心理状态十分重要。

今天莫笙走出省队，就发现郁黎川并不在门口等她。她还特意到处了看，郁黎川并没有站在别的地方避风。

她赶紧拿出手机来，郁黎川也没有给自己发消息。

难道是郁黎川忘记她今天来上课了？

莫笙想给郁黎川发消息，后来想想也不对，这不是叫人家过来吗？人家又不是没有自己的生活，说不定今天期末考试没办法过来？

她自我安慰后，径直朝着上课的教室走，到了教室里看到白小婷也在。

白小婷看了看后确定郁黎川没来，才凑到了莫笙身边坐下问："怎么回事？"

"没什么事，期末了，都忙。"莫笙知道白小婷在问什么。

白小婷靠着莫笙嘟囔："我刚刚考完太极拳……啊……为什么当代大学生还要考太极拳啊？你能想象到老师进馆第一件事，就是用铁链子锁上体育馆大门的感觉吗？"

"哟，你们还闭卷考试呢？"

白小婷都笑不出来了，问："省队最近有比赛吗？"

"我看了教练给我的安排，明年4月我才第一次参加比赛，全国冠军赛。9月全国锦标赛，然后11月参加U15锦标赛。还有一个超级联赛，不过日期没定呢，没了。"

白小婷点了点头："听起来不算紧张。"

"嗯，但是我想进国家队，我明年都二十二岁了，黄金期。"

"那还是紧张。"

莫笙上完这节课，很快就要赶着上下一节。

之后那节连上的课也是今天考试，莫笙在省队宿舍里还真奋战了几个晚上，按照郁黎川给自己圈的重点复习。

郁黎川的重点比别人圈的范围还小，让莫笙有点儿不安。不过她想到自己的智商能认真复习这点就不错了，于是也就释然了。

等看到卷子了，莫笙真的震惊了足足一分钟，然后开始答题。

写着写着，她就觉得自己能及格。

答到最后，她觉得自己这种状态，在竞技体育专业都能排进前十名，拿到奖学金。

郁黎川的重点圈得也太准了吧？

莫笙是眼看着郁黎川盯着重点看，然后开始缩小重点范围，如果不是亲眼看完了过程，她真的要怀疑郁黎川是不是买题了。

莫笙答完题，交了卷子后心情特别好，要知道她这种学渣很少在考完试后还能这么开心的。

她拿着手机给郁黎川发语音消息："我考完试了！你的重点圈得真准，我觉得我这次考得特别好。作为感谢，我请你吃饭吧，你在哪儿呢？"

莫笙站在学校里等待郁黎川回答，结果一向秒回的郁黎川今天并没有立即回消息。

她站在学校里觉得有点儿冷，还是自己朝着竞技食堂走了。

路上，她刚巧遇到了云折竹，立即问："欸！小云！"

云折竹笑得特别尴尬："叫我学弟就行了。"

他不太喜欢"小云"这个名字。

莫笙还挺八卦的，问："你和可可怎么样了？"

云折竹还想了想可可是谁，随后反应过来，莫笙给郁黎川发过岑沐可的名片，但是他没加好友。

原来那个女生叫可可啊。

他随口回答："哦，发展不太顺利。"

莫笙有点儿失望："哦……你得加油啊。郁黎川呢？"

"他在我们系呢。胡教授跟他单独聊天，这会儿也应该聊完了，胡教授的办公室在……"

"我去过，我去找他。"

莫笙陪郁黎川送过郁黎川的师兄，去过一次音乐系，立即笑呵呵地朝着音乐系大楼走。因为期待和郁黎川见面，莫笙越走越快，后面干脆跑了起来。

莫笙过来时正好看到郁黎川从办公室里走出来，走了几步后坐在了长椅上拿出手机来看了看屏幕。

莫笙松了一口气，郁黎川是没看到她的消息。

她刚要打招呼，就看到郁黎川的头顶划过弹幕。

【她怎么这么烦啊？】

莫笙的脚步一顿。

【真搞不明白她是怎么想的。】

郁黎川拿着手机没有继续点，握在手里不爽了一会儿也没继续看，抬起头来看到不远处的莫笙一怔。

【她怎么来了？】

随后他站起身来朝着莫笙走过来。

莫笙第一次看到这样的郁黎川，虽然只是在内心想法的弹幕里。

然而……她为什么这么难受？

她下意识地往后退了一步，接着转身就跑。

"学姐？"郁黎川站起身来，朝着莫笙追过去。

他十分不解，不明白莫笙为什么要跑。

今天他特意起了大早，去竞技食堂买菜，挑选了许久，似乎还被阿姨鄙视了。

他说想要两根葱，阿姨拿来了三指粗细的大葱，他又指了指小拇指粗细的小葱，说想要的是那种。

阿姨看着那两根葱半晌，随后拎来丢给了郁黎川："送你了。"

"我可以付钱的，现金也可以。"

"这两根小葱都不知道怎么给你结账，送你了。"

郁黎川还买了其他菜，阿姨算了算后说道："实在不行你月结吧，你女朋友不是偶尔才出来吃一顿吗？"

"嗯，可是为什么要月结？"

"你这每次买菜也就七八块钱，我都不好意思收，下次月结，凑够五十块结一次。"

"就是买多了吃不完。"

"嗯，懂，记账吧，自己去那个本子上写上今天的菜钱。"

郁黎川委屈巴巴地被迫人生第一次赊账。

买完菜他把菜送到了房子里，还简单清扫了一下房子，让莫笙来时能干净一些。

这时才到莫笙离开省队来上课的时间，他要去省队门口等了。

结果他刚刚走下楼就接到了胡教授的电话，他还当是有什么急事，快速赶到了音乐系胡教授的办公室，结果胡教授只是拉着他聊天。

胡教授这一聊就是一上午，郁黎川急得不行，却走不开。

胡教授聊的还并非学业上的事情，而是郁黎川和赵桥的关系。

之前郁黎川就不太理赵桥，和莫笙出去玩之后发了朋友圈，微信消息却没回，赵桥一下子就崩溃了。

之后赵桥找胡教授期期艾艾地说郁黎川可能不太喜欢自己，自己很难过，她只是想做一个好师姐而已。

胡教授现在就这么两个弟子，自然比较上心，今天就叫来了郁黎川。

胡教授年纪大了，多少有点儿啰唆，说起这件事情就没完了，说着说着就开始回忆从前，说自己曾经有多严厉，郁黎川的父亲和赵桥的父亲他们都怕他。不过多年过去了，这群师兄弟的关系依旧特别好，比如他上次生病，弟子们都来看他。再比如郁黎川的父亲的乐器行出现危机的时候，赵桥的父亲还曾经帮过忙。

胡教授说起了其他几位优秀的弟子，感慨多了，还眼泛泪花。

郁黎川听胡教授说了多久，就在心里暗骂赵桥多久，她竟然想在胡教授这里找突破口，真的很烦。

好不容易能离开办公室了，郁黎川走出来时都有点儿有气无力。

他坐在椅子上拿出手机来，就看到手机屏幕上有未接来电的提醒，都是赵桥打来的，瞬间内心暴躁。

他正烦恼的工夫，一抬头就看到莫笙居然来了。而莫笙的表情有点儿不对劲儿，好像是经历了某种挫败。

他赶紧追过去问："学姐，你怎么了？"

莫笙没理他，扭头就跑。

郁黎川意识到了不对，自然不会放弃，快步追上了莫笙拉住了她的手腕，问："为什么突然跑开？"

"我……我回省队了，去省队吃午饭。"莫笙随便回答了一句。

"我买了菜，我做给你吃？"

"不必了！"莫笙突然打断他，"就不打扰你了吧，你先忙，拜拜。"

莫笙甩开郁黎川，继续朝省队走。

郁黎川焦急地跟在她身后解释："我不忙，我有时间，你如果不着急的话……"

"我着急。"

"你怎么了？"

"没什么。"

郁黎川再次挡在莫笙的身前，认认真真地盯着她看，问："今天你没考好吗？"

"考得挺好的。"

"有谁来找你了吗？"

"没有。"莫笙想要绕开郁黎川，结果郁黎川一直挡着她。

郁黎川态度诚恳地说："学姐，你不开心了可以跟我聊天。"

"我就是想回去。"

"我不想让你走，我怕现在让你走了，你以后都不理我了，我就算被揍也想把你留下来。"

莫笙抬头看向他，也只看到了光源而已，根本看不到他是怎样的表情。

而此刻，郁黎川头顶划过的弹幕也是表情：【快哭了】【快哭了】。

"我怎么搞不懂你呢？"莫笙看着郁黎川。

现在她不打算打扰他了，他还委屈上了？

他到底想怎样？

她犹豫了一下，还是回答："那不麻烦你做了，我们去竞技食堂吧，你愿意去吗？"

"可以啊，只要你不跑了就好。"他语气里全是委屈。

莫笙跟在郁黎川身边一起朝竞技食堂走。

这里还是音乐系的范围，郁黎川又是音乐系的名人，大家看到他们走在一起，都会多看一眼。

这种感觉莫笙都快习惯了。

吃饭的时候，莫笙发现郁黎川其实挺挑食的，普通食堂都不太爱吃的他，到了竞技食堂爱吃的东西就更少了。莫笙合理地认为，郁黎川这么瘦是因为挑食造成的。

郁黎川才得空拿出手机来看消息，看到莫笙的留言后说道："给我发消息的时候你还挺开心的，是来找我的时候遇到什么人了吗？"

郁黎川有点儿担心是赵桥打听到了莫笙，然后去骚扰莫笙了。

莫笙无精打采地戳着餐盘里的实物回答："我遇到云折竹了。"

"还有吗？"

"没了。"

"云折竹让你不高兴了？我要好好批评他一下。"

莫笙立即反驳："不是！我都说没事了，你赶紧吃饭吧。"

难不成告诉他，她看到他不耐烦了？

"好的……"

莫笙吃完午饭，最终还是回了省队，借口是队里训练严格。然而她忘记了，她之前和郁黎川说起过，她明年才会参加比赛，寒假还能回去过年。

郁黎川也没有戳破，而是送她到省队门口。

送走了莫笙，郁黎川转过身，就看到赵桥居然站在不远处，他的表情一瞬间改变。

前一秒明媚如春，后一秒寒冷入冬。

郁黎川算是一个涵养不错的人，拒绝女孩子不会拖泥带水，绝情也会留面子。

能让郁黎川这样厌恶的，赵桥还算是独一份。

连和她呼吸同一片空气都令人作呕。

郁黎川垂着眼眸思考了一会儿，随后朝着赵桥走过去，听到赵桥和他打招呼："学弟，好巧啊！"

"很巧吗？这个位置除了来省队的人，很少有人过来。"

"我就是听说学弟和女孩子一起吃饭，好奇学弟喜欢的女孩子什么样吗！"

"嗯，你看到了吧？很漂亮是不是？"

赵桥点了点头："嗯，看起来就是那种男生缘很好的样子，能被学弟喜欢，估计也很受欢迎吧？"

男生缘很好……

这个形容用的。见郁黎川没说话，赵桥继续说了下去："不过学弟不是脸盲吗？是不是对长相没什么概念，觉得这位学姐身材和身高挺好的？其实我觉得吧，这种粗犷的女孩子不一定适合你，你们在一起像兄弟。"

郁黎川冷笑了一声，说道："不会，我觉得很好。你今天给我打电话有事吗？"

"嗯，我怕胡教授去找你，所以想打电话给你提醒你一下。唉，是上次想求你做我搭档一起表演的事情，你总是不接电话让我有些失落。胡教授细心注意到了，就问我，我一时难受就跟胡教授说了，现在想想特别后悔……"

郁黎川点了点头，随后对赵桥道："能单独聊聊吗？"

"可以啊。"

郁黎川并没有带赵桥走很远，只是远离省队门口的范围，到了人少的地方。

这里靠近人工湖，处于陡坡的位置，朝着湖边看只能看到柳枝随风摆动。

赵桥站在不远处一直看着郁黎川，精致的面孔，纤细修长的身材，还有举手投足间的气质与修养。

他仿佛一个能够拖住阳光的少年，立于红尘一隅，硬生生拽来了一束光火，随即火源燎天，无声纵放。

他回过头来看向她，突然开口："你能不能别来烦我？"

赵桥错愕，似乎觉得这不该是这种场合说出的话。

郁黎川依旧只是冷漠地看着她，语气不急不缓："我这个人很差劲儿，我不在意什么同门情谊，我也不想和你搞好关系。我给你留颜面只是不想教授和父亲为难，没有一分一毫是在意你。"

赵桥的表情逐渐崩塌了，失魂落魄地问："什么？"

"你很烦，不要再来打扰我，毕竟你今天打扰了我和她见面。哦，你看起来并不喜欢她，不过没关系，我喜欢，她什么样我都喜欢。"

最开始，他的确给赵桥留有余地。

可是一次一次的纠缠，让郁黎川的耐心彻底耗尽了。尤其是听说赵桥在打听莫笙的事情，让他更加烦躁。

那就别怪他了。

赵桥第一次被人这样对待，难以置信地睁大了眼睛，险些羞恼得哭出来："你这个人怎么这样？"

"我就是这样。"郁黎川说着，又朝她走了一步，需要微微俯下身才能和她平视，随后说道，"你的论文是怎么得来的不用我明说了吧？你参加艺术创意比赛的作品是在网络上买的。哦，还有，你为了和刘学姐争名额使手段留下了证据，我拿到了。"

"你……你想干什么？"

"我不想干什么，我只是想警告你，不要去打扰我喜欢的人，不然别怪我让你毕不了业。"

赵桥瞬间恼羞成怒，音调不受控制地拔高，声音尖锐地吼了出来："你不要自我感觉良好，我没那么喜欢你，我也不会做什么。"

郁黎川轻笑："别以为只有你聪明。你知道吗，在我眼里你就像弱智。"

郁黎川依旧在笑，笑容温和，眼神里却有着让人畏惧的寒意。

他的眼眸中仿佛盘着一条蛇，嚣张地吐着蛇芯子，肆无忌惮地讥讽她。

她觉得难过，是发现自己喜欢的男生毫不在意自己。

她觉得心寒，是发现自己喜欢的男生为了保护他喜欢的女孩子，对自己展现了不为人知的一面，视自己为敌。

最可怕的东西是什么？

冷水里的冰刀，夜里的恶意注视，亲人刺过来的利刃，喜欢的人发起的攻击。

赵桥一瞬间醒了，心口疼了，眼泪止不住地往下流。

"我的确不算是一个好女孩，可我只是喜欢你，我还没有做过任何对不起你的事情，你用得着这样对我吗？"

"我只是想让你离我远点，你的纠缠对我造成了困扰。并且，我知道你是什么样的人，提前警告一下而已。这样也好，提前知道我不是什么好人，不挺好的吗？"郁黎川说着绕开她往回走，"继续保持表面关系吧，不然下次和教授聊天我不保证我不会说些有的没的。"

赵桥没有再纠缠，擦了擦眼泪，拿出手机来，把郁黎川的联系方式全都删了，随后暴躁地踹旁边的栏杆。

郁黎川回到宿舍里的时候，还在给莫笙发消息。莫笙没回，也不知是不是又被没收了手机。

云折竹走进宿舍就开始抱怨："冷冷冷，我的脸都起皮了吧，空气太干了。"说着去照镜子。

"你见到莫笙的时候说什么了吗？"郁黎川问他。

"就是告诉她你在哪里。"

"哦。"

"教授找你干什么啊？"

"因为赵桥，不过我已经跟赵桥说清楚了。"

云折竹很感兴趣，凑过去问："就是彻底的……"

"嗯。"

"也挺好。我看到赵桥就不舒服，老玩心机，都是老狐狸，装什么小白兔。"

莫笙在体育馆里做拉伸，实则是在发呆。

这个动作是静力蝴蝶，席地而坐，膝盖展开在身体两侧，双脚的脚底合在一起，身体保持直挺，双肩向后用力。

她用力去压自己的膝盖，心里还在想关于郁黎川的事情。

她突然发现能看到郁黎川的想法其实也不是好事。

如果哪天郁黎川劈腿了，或者对她说谎了，她都能够第一时间发现。

这样挺可怕的，说不定感情也长久不了，虚伪的维持都做不到。

她也想不明白郁黎川的态度，为什么明明觉得烦，却还是缠着她呢？

她是那种很识趣的女孩子。

如果对方表现出来不喜欢，她就会乖乖地躲得远远的，不再去招惹或者打扰对方。

紧接着，她开始检讨自己，是不是太缠着郁黎川了，让他烦了？

她要求也不高啊……而且她在省队的时间比较多，大部分时间两个人都没有联系。

唉，看到郁黎川被她烦得说脏话，她还是失落得不行，整个人都蔫了。

莫笙就这样患得患失了整整两天的时间，百思不得其解，自解自思无穷尽。

周五晚间训练的时候，教练突然进来叫："莫笙，有人找你。"

莫笙觉得很奇怪，走出去就看到了发光体，不由得意外，跑过去问："你怎么来了？"

"你周三那天的情绪不对，我担心得睡不着觉，就找到了齐柠，托她帮忙找到了教练，教练帮我申请过来的。其实我也没什么重要的事情，就是想看看你好点了没。"

莫笙注意到省队里的队友都在探头探脑地往她这边看，她赶紧推着郁黎川到了一边，躲在拐角处问他："你担心什么啊？"

"担心你，也担心是不是我惹学姐生气了。怎么办，我特没安全感，你能不能给我点？"郁黎川说得特别认真。

"你……你怎么回事啊你，我就是怕我打扰到你了，惹你烦了……"莫笙慌张地解释。

她真的打算之后少去找郁黎川，免得引得郁黎川讨厌。

然而……郁黎川根本没有给她机会。

"我不会烦的。"郁黎川耐心地跟莫笙解释，"那天上午，因为我明确地拒绝了和一个学姐做搭档，教授怕我们之间出现问题，单独劝解了我一上午，并不是不想去陪你。"

莫笙想抬头看郁黎川头顶的弹幕，又怕看到两种声音，颇为纠结。

郁黎川想了想后，似乎明白了什么，说道："难道是我从教授办公室出来时的样子，让你误会了？"

"算是吧。"莫笙回答得含糊。

"你不是看不到我的脸吗？"

"就是可以知道一些情绪。"

"哦，这样啊。"郁黎川似乎松了一口气，随后跟莫笙解释，"我拒绝了一位女同学，女同学也是胡教授的弟子，她哭着跟胡教授倾诉了之后，胡教授就找我单独谈话，谈了整整一上午。我当时真的非常厌恶，觉得她特别烦，拿出手机就看到她打来的未接来电，估计就是你看到的厌烦情绪吧。"

莫笙瞬间反应过来，郁黎川觉得烦的女孩子真的有可能不是她。

只是她去的时间太巧了，误会了那个"她"字。

真的是……非常巧合了。

至于这个女同学，莫笙似乎猜到是谁了。

"赵桥吗？"莫笙问。

"你知道她？"

"姐还是了解一些你的事情的。"

"云折竹说的？"

"嗯。"

"云折竹烦她。"

莫笙立即来了精神，问道："有瓜？"

如果莫笙不打排球，八成就是村口嗑瓜子听八卦的主力军，闻到八卦的味道眼睛都亮了。

郁黎川笑了笑回答："我和云折竹算是一起来东高大的，早期都和赵桥认识。但是她不太理云折竹，似乎有点儿瞧不起的样子，对我却很好，使得云折竹自尊心受挫，特别不喜欢她。"

"明白了。"

"如果赵桥找你麻烦你就来跟我说，我去解决，没必要跟她纠缠。你专心训练就好，不要分心。"郁黎川说得还是很含蓄的。

在郁黎川看来，赵桥不配让莫笙分心。

"哦……"莫笙唏嘘了一句，随后有点儿不好意思，"什么啊，原来是个乌龙啊。"

"对啊，就是乌龙。学姐你怎么这样？！"郁黎川突然发脾气似的质问道。

莫笙被郁黎川的态度吓了一跳："我……我怎么了？"

郁黎川突然伸手抬起莫笙的脸，让她看着自己，随后委屈巴巴地抱怨："你啊！说看不清我什么样子，倒是能看清我不耐烦了。我对你什么样你自己不清楚吗？怎么能误会我呢？你是不是没良心？多那么一点点信任我也不会忐忑两天！"

莫笙见郁黎川开始闹脾气，有点儿措手不及，不好意思地傻笑，回答："对不起啊……"

"对不起就完了？"

"啊？那怎么办？"莫笙蒙了。

郁黎川开始揉莫笙的脸，似乎觉得手感特别好，终于开心了一些。

第一次看清一个人的面容，还能看着她的面容被自己揉捏得扭曲变形，这感觉真的十分奇妙。

一种全新的体验。

莫笙也不挣扎，等到郁黎川松开她了才问："怎么办啊？我能想到的补偿方法只有请你吃饭了。"

"好，可以。"郁黎川倒是很好说话。

"真的？"莫笙一喜，睁大了眼睛看着他，不知为何眼眸璀璨仿佛映着光。

他点头："你做给我吃。"

"啊？我不会啊，估计做得不好吃。"

郁黎川也不执着，从口袋里拿出手机来，对着莫笙说道："那学姐让我拍一张照片吧。你不发自拍，我也没有你的照片，想你的时候能看看。"

"这……这不太好吧？"莫笙多少有点儿不好意思。

"我很想要，主要是……你是我第一个能看清样子的人，我总是想多看看，这样看久了，说不定我的脸盲症就好了呢？"

莫笙想了想后说道："那我们去亮的地方，别只拍我一个，我们合影吧。"

郁黎川点了点头，对莫笙说："等一下，我去取东西。"

郁黎川朝着一个方向走了几步，拎过来两个保温盒，个头很大，里面装的食物绝对够莫笙吃三天的。

莫笙看着食物说道："我吃过晚饭了……"

"我下课才能去做，还联系不上你，所以时间比较晚，就选择了一些可以做夜宵的食物，哪里可以吃东西？"

莫笙想了想，带着郁黎川进入了体育馆。

之前队员们就在探头探脑地看了，结果两个人走进来了那些人反而回到原位了，接着好像才看到他们似的走过来问："莫笙，你男朋友啊。"

"你男朋友好帅啊。"

莫笙连连摆手："不是……是学弟。"

然而她走在郁黎川的身前，郁黎川看不到她此刻的表情，让她能肆无忌惮地偷笑，原本是一双杏仁眼，此时笑成了狐狸眼的形状。

光听一听她就高兴死了。

就算否认了，队员们看到莫笙的样子也都懂了，拉长声地回应，显然是在起哄。

郁黎川彬彬有礼地打招呼："你们好。"似乎也不在意大家的起哄，依旧坦然自若。

莫笙询问其他的队友："你们吃夜宵吗？"

他们忍不住问："外卖？"

莫笙摇头回答："不是，学弟自己做的，食材都是在我们学校竞技食堂里买的，不过味道都特别好，属于我们的福利了。"

他们省队的厨子就要专业一些，会给运动员们合理配餐，食物做得也好吃。

不过，郁黎川和省队的厨子不是一个派系的，做的菜味道并不同，算是一种全新的体验。

队员们聚集过来，因为餐具不够，有的干脆用湿巾擦擦手直接用手抓，吃完之后无人不惊叹。

莫笙本来觉得不饿，然而吃到这些食物就会觉得心情愉悦，也多吃了一些。因为成为运动员后不能满足的那部分对食物的感觉，在郁黎川的手底下就能尝试到。

简直绝了！

队友们一边吃一边感叹："这手艺可以啊！"

"来我们省队做厨师吧，你属于外聘，涨工资。"

"我不敢相信我吃的居然是豆腐！但是它真的是豆腐！"

有一位队员干脆说："莫笙啊，这学弟你可别让他跑了，不然我们以后就吃不到了。"

人多力量大，原本十分可怕的食物分量也顷刻间见底了，还有人没吃够。

郁黎川有点儿不好意思，说道："早知道我就再多做一些了。"

"常来！"一个人说，"随时欢迎。"

"好啊！"郁黎川笑着答应了。

吃完东西，莫笙托和她关系不错的队友帮她和郁黎川合影。

刚才队友们对郁黎川印象好，此刻就体现出来了，一个个都过来指挥他们该怎么站，使得两个人越靠越近，郁黎川还搭着莫笙的肩膀。

被搭住肩膀的一瞬间，莫笙都不敢乱动了，甚至在小心翼翼地闻，不知道自己训练了一天身上汗味重不重。

两个人站好之后，队友拍了几张照片，莫笙立即跑过去看手机，结果被晃得看不清屏幕。

莫笙只能让郁黎川用她的手机，将照片发到他自己手机里去，同时问："拍得怎么样？"

"拍得挺好看的，学姐笑得很自然。"

"你呢？"

"我不知道自己什么样子的。"郁黎川回答这句话的时候，语气里透着些许失落。

"哦……对。"郁黎川至今都不知道自己长什么样，这让莫笙颇为苦恼，"我也不知道你长什么样子。"

郁黎川又拿起手机问："可以自己拍吗？"

"可以啊！"莫笙拿来了郁黎川的手机，调到拍摄模式，随后她拿着手机，努力让两个人都在镜头里，就算屏幕调暗了，依旧有些晃眼，好在她还能坚持一会儿。

合影还是可以的。

郁黎川之前都不喜欢拍照，他不喜欢看照片，看着一张张模糊的脸会让他心中愤懑，这也使得他对拍照十分排斥。这还是这些年里他第一次主动拍照，所以他拍照姿势很单一。

莫笙抬起他另外一只手，指挥："万能的剪刀手亮出来。"

"哦，好。"

随后莫笙抬起手来，戳着郁黎川的脸颊，对着手机拍了一张照片。

莫笙拍完后赶紧把手机移开，问："拍得怎么样？"

郁黎川捧着手机看照片，似乎很喜欢："学姐很好看。"

"行，我看好就行。"莫笙把手机还给了郁黎川，接着去收拾餐盒。

郁黎川将照片储存，随后走过去帮莫笙收拾，同时问："你们这个周日放假吗？"

"嗯。这次周六多放半天假。"

"我周六中午来接你？"其实他也没想好那天干什么。

"好的。"

郁黎川拎着餐盒回到宿舍，进去之后翻看手机里的照片，接着拿着手机问云折竹："我的表情自然吗？"

云折竹伸手拿来手机看了看，笑道："你小子可真上相。这照片要是拿到网络上去，你这个东高大校草肯定就火了，或者校园男神啊，初恋脸啊什么的……"

"就是我表情还不错？"

"嗯。"

"照片用修一修吗？"

云折竹放大了照片说道："光线什么的都可以，而且你和笙哥的表情都很好，也没什么瑕疵。是不是运动比较多的女孩子新陈代谢都比较好，莫笙还有那个齐柠皮肤都太好了吧，我的皮肤都干得起皮，她们还很水嫩的样子。"

"可能是吧。"郁黎川拿回手机，打开手机淘宝找了一家 DIY 店，随后下单，用他和莫笙的照片定制了一个手机壳。

须臾，他发现了不对，抬头看向云折竹："笙哥？"

从莫笙怒怼社会哥后，云折竹对莫笙就多了一些崇拜，觉得这种生猛的女孩子也挺帅气，于是回答："对，从今往后，她就是我大哥。"

郁黎川无奈地看了云折竹一眼，没说什么。

周六。

莫笙上午训练完毕，特意回宿舍收拾了一下自己，接着背着包跑出去，没想到刚下楼就看到郁黎川居然在宿舍楼下等她。

他不但进入了省队，还在女寝楼内一楼大堂里和她队友聊天。

她立即走过去问："你怎么进来的？"

"刷脸。"郁黎川笑着回答，随后示意，"这位姐姐看到我在外面等，特意刷卡让我进来的，还带路到这里，让我在这里等你。"

那位队友跟着说："对。外面多冷啊，冰天雪地的，在这儿等也暖和。我上去了啊！"

东高大里的超市距离省队近，东西全，省队里的人假期时不时会去东高大里转一转，估计就是在这种情况下，郁黎川被她们顺路带进来了。

"嗯。"莫笙点头看着队友上去，随后凑到了郁黎川身边用手肘撞他，"厉害啊你，凭借厨艺，成了省队里难得的外来人员，绝对是特例了。"

郁黎川微笑着解释："我也不经常过来。"

"走吧，这次我能刷卡带你出去，我们去哪里？"

"去我家里吧。"郁黎川回答完注意到莫笙露出不自在的表情，怕她误会，立即解释，"最近期末，还有四级考试，图书馆和自习室都满了。我只能带你回去帮你圈重点了，放心吧。"

"哦，好的。"

莫笙和郁黎川并肩朝他家走的时候，拿出手机给齐柠发消息：铁子，我要重色轻友了。

齐柠回复得还挺快的，明显就是在玩手机：铁子，作为期末三天英雄，我也没空搭理你。听说学弟画重点厉害，你回来把重点给我看看，咱俩就扯平了。

所剩余笙：行。

到了家，郁黎川边脱外套边介绍："这段时间我又添置了很多东西，学姐，你帮我看看，还缺什么吗？"

莫笙坐在沙发上环视周围："目前看不出来，看出来了我告诉你。"

"嗯，那我们去书房吧。"

"好。"

莫笙坐在椅子上，从包里拿出自己的书来，恭恭敬敬地递给郁黎川。

郁黎川看了看没接，随后从打印机旁边拿出了一沓纸来，说道："这是我为你整理的重点，你看一看。"

"好的。"

"我的字你能看懂吗？"

莫笙低头翻看那几张纸，重点都是按照科目分的，一个科目装订成一沓，做得工工整整。

她回答："字挺好看的，仔细看能看懂。你这字练过不少年吧？"

"嗯，我自己记笔记时会潦草一些，怕你看不懂所以用了不太熟悉的字体。"

莫笙伸手拿来了郁黎川的笔记本，随便看了看后忍不住扬眉，郁黎川原来的字体真的是超级漂亮，笔锋犀利。

不过有些字她真的不认识。

华而不实，莫笙这样评价，随后放了回去。

莫笙认认真真看重点的时候，看到郁黎川也在看书，于是问："你都考得不错吧？"

"嗯，还可以。"

"你们这种学神说还可以，一般就是非常气人的成绩。"

郁黎川笑了笑，不置可否。

莫笙又凑过去看，看到郁黎川在答卷子，于是问："这是准备英语考试呢？"

"准备四级考试。"

"你要考？"

"嗯，是的，我有名额。"

东高大的规定是大二才可以考英语四级，不过大一新生会有一部分名额，可以在大一就参加考试，人数不算多，能有名额的都是成绩非常好的。

郁黎川刚刚上大学，对这种考试模式还不了解，就打算做做往年的真题熟悉一下。

莫笙忍不住感叹："真厉害啊，我还没过呢。"

郁黎川吃了一惊，问道："你都大三了还没过？"

"我比赛忙……"莫笙回答完也有点儿心虚，随后叹气，"我英语不太好，其实教练也想让我考，可是我考过一次……"

"多少分？"

"二百多。"

郁黎川十分震惊，主要是觉得这个并不难，他没有信心考很高分，但是过六百分还是可以的。

然而莫笙的二百分，真的瞬间让他头疼。

莫笙还在嘟囔："有点儿难吗。就像你们学乐器似的，钢琴不也有级别证书吗？"

郁黎川叹了口气，回答："钢琴十级只是入门级别，而且是业余的，证明这个人会弹钢琴而已。我们音乐系一般不会考，会弹钢琴的吹嘘谁钢琴十级，就仿佛在说，我小学毕业了，我厉害吧。"

莫笙真不知道该说什么了，难不成说：我虽然四级没过，但是我是国家一级运动员？

她都进省队了，这玩意儿吹嘘也没什么用。

郁黎川叹了一口气，随后拿来手机看日历，问："你4月有比赛？"

"对。"

"6月参加考试会不会很赶？"

"有点儿。"

"那就从现在开始辅导吧。"

莫笙看着郁黎川，特别忐忑地问："怎么辅导？"

"今天你先看书，准备期末考试，你需要考的科目少，有时间了我就教你英语。"

莫笙加入省队后，很多课程诸如乒乓球、篮球这些就不用参加考试了，只考一些笔试就可以。

所以她要考的科目其实很少，学校给足了竞技体育专业优待。

莫笙迟疑了一瞬间，就听到郁黎川说道："你以后有可能会参加国际比赛，出国后会英语也方便一点。而且，你要保研的话，对四级也会有要求。"

"哦，好的，我认真跟你学。"

郁黎川似乎十分担心莫笙，说道："虽然汉语也成为世界语言了，但普及率还是略低。如果你在国外走丢了，就往人多的地方去，小公园也可以，那里会有国内旅游团……"

"你是不是把我当成傻子了？"

"我担心你！"

莫笙真的是绝望了，四级没过，在郁黎川眼里简直跟得了绝症似的。郁黎川要是看到她以往的成绩，不得直接吐血昏厥了？

有那么夸张吗？

莫笙这种乐天派都跟着紧张起来了，突然觉得时间紧迫，她得赶紧学习了。

郁黎川拿出一张纸来，开始给莫笙做时间表和规划，说道："你在省队的时候没有机会看手机，间隙的时间就看看书，提高词汇量。你过年休息的时候，我每天跟你视频，线上教你。"

"哦……好的。"

"我这次不考了，下次和你一起考吧，这样我们可以一起复习。"

"别！"莫笙赶紧拦住，"你走你的学神之路，不用陪我，不然我压力更大了。"

"好吧，我考六级的时候你考四级，也算一起。"

"嗯。"

这小子是准备大一就把四六级全考了？

郁黎川显然是一个很愿意制订计划的人，而且轻车熟路，没一会儿就把莫笙的业余时间安排得明明白白的。

莫笙拿着郁黎川给她做的时间表，随便看看就觉得，她如果按照这个时间表，除了训练、学习，就只能挤出一点时间陪齐柠她们了，更别指望有其他的业余生活了。

有这种时间规划的人，都不配拥有爱情。

"还能再通融通融吗？"莫笙拿着时间表，内心颤抖不已，不由得小声问。

"可以，不过可能要熬夜。"

"到多晚？"

"十一点吧。"

"十一点算熬夜？你对熬夜这项事业有点儿不尊重啊！"

郁黎川直接盖上笔盖，用笔敲莫笙的头："你总是熬夜对身体不好，十一点已经是我的极限时间了。"

"你不懂，我们老年人睡眠时间都短，不能像你们年轻人睡那么久。"

"老年人的睡眠短是早晨起得早，并不是晚上睡得晚。不要试图混淆概念，你就是在消耗自己的身体。"

"道理我都懂……就是吧……"

"你是运动员，更应该注意自己的身体才对，不然你的神经系统会受到影响，还会脱发、心悸，尤其是运动过后会觉得呼吸困难。"

"好好好。"莫笙点头同意了。

莫笙复习的中途，郁黎川做完了题，坐在莫笙身边问她："有不懂的吗？"

郁黎川突然靠近，让莫笙有一瞬间的紧张。

他的身上总有一种很清淡的香味，并非香水，很清爽。

他的动作总是很轻很温柔，说话的时候慢条斯理，语气柔柔的，让她心口一荡。

她点了点头："嗯，应该没什么不懂的。"

结果郁黎川突然拿走了重点本，翻了一页后随便考她一个知识点。

她瞬间卡壳。

他看着她，她看着空气，氛围十分尴尬。

前一秒还暧昧旖旎，后一秒瞬间清醒，变得严肃不容侵犯，还有种威压感。粉红色的泡泡顷刻间灰飞烟灭。

郁黎川又考了莫笙四个知识点，莫笙磕磕巴巴地回答出来了两个，其中一个还是胡编乱造。

郁黎川随即用低沉的声音说："学姐，按理来说考试成绩是你自己的，你的人生也是你自己的，我不该管太多，我只是有点儿失落……"

"失落什么啊？"

"可能是我总结得不够好，让你看不下去，或者是我对你的关心其实并不是你想要的。你可以告诉我，是我哪里做得不够好，我可以改。"

莫笙看到郁黎川居然先自我检讨，一瞬间就愧疚得不行，立即否认："不是，是我不太专心，你总结得挺好的，前面的科目我就考得特别好。"

"那我给你讲一讲吧。"郁黎川说着，扶着莫笙坐着的椅子扶手，带着莫笙到了自己身边。

转椅的轮子迅速转动，两个人的距离瞬间拉近，郁黎川歪着身子靠在扶手上，拿着重点单子给她进行讲解。

郁黎川的讲解简单易懂。

莫笙真的是梦回小学，拿出了学应用题的精神头来学这些知识点，生怕学弟觉得她是一个弱智。

伪装自己不是一个智障简直太难了。她智障多年，岂是一朝一夕就能遮掩得了的？

郁黎川教了一会儿后，将单子给了莫笙："你先看，我去给你做晚饭。"

"哦，好……"莫笙长长地松了一口气。

郁黎川出去后，她拿着重点拍照给齐柠，同时发消息哀号：啊啊啊，这哪里是可爱的学弟啊！他比我妈妈还可怕！被他辅导的时候，我紧张得后脚跟都在跟着使劲儿。呜呜呜，无情！

齐柠：你们居然真的在学习？

所剩余笙：？？？

齐柠：唉，我到底在对你期待些什么呢？

所剩余笙：期待你铁子拿奖学金。

齐柠：有生之年系列。

所剩余笙：你得期待，我暴富了养你。

齐柠：瞬间来劲儿了！好好学习！你可以的！单身不要紧，暴富最重要。

莫笙在郁黎川这里留到了晚上八点，随后郁黎川送莫笙回东高大的宿舍。

两人到了女生宿舍楼下后，莫笙回头问："你是回家里，还是回宿舍？"

"回宿舍，明天来接你，我们继续复习。"

"哦……"

"早点睡觉。"

"好的。"

莫笙走进宿舍楼的时候还十分淑女，等郁黎川看不到了，她迈着大步快速跑上楼梯。

郁黎川原本要走的,结果就看到楼道的感应灯以诡异的速度亮起,没一会儿,他就在三楼缓步台窗台位置,看到了莫笙的头顶。

他笑了起来,随后朝着男生宿舍走去。

他的笙笙果然很可爱。

莫笙回到宿舍,进去就开始干号:"我简直是经历了地狱模式。"

白小婷在下铺抄笔记呢,头都不抬地回应:"如果有学弟陪着我复习,书我都能啃两斤。"

齐柠盘着腿在床上拜天神,跟着说道:"我能啃四斤。"

莫笙叹气道:"你看看你们,和学弟一起学习也只肯吃书,也不肯看书,还说我呢!"

莫笙拿着重点发给了白小婷和齐柠,随后爬上了上铺,自己拿着一份看,一边看一边脑袋疼。

看了不到十分钟她就放下了,绝望地拿起手机嘟囔:"我觉得我今天用脑过度,应该休息一下。"

齐柠同步拿起手机:"求生还是联盟?"

"我都行。"

白小婷气得站起身来,踩着椅子拍桌子:"你们什么意思?啊?都玩游戏,让我一个人学习是不是?"

莫笙懒洋洋地回答:"邀请你。"

白小婷瞬间又坐下了:"我马上登录。"

莫笙玩游戏玩到了十一点,还打得挺顺手的,结果看到手机提示灯亮了。

她在间隙退出游戏看了一眼消息,是郁黎川发来的。

C:别玩太晚了。我睡觉了,晚安。

莫笙看着手机屏幕,下意识地又四处看了看,生怕郁黎川在她床铺安摄像头监视她。

随后她打字:晚安。

C:所以,你真的在玩游戏?

如果没玩,肯定会跟他说明的,并且吐槽自己学习有多累。莫笙这么平静地说晚安,一准儿被说中了。

她抹了一把脸,打字:你早点睡吧。

C:一起。

莫笙瞬间就想歪了,好啊好啊,一起睡!

她怀着激动的心,颤抖着手,露出猥琐的笑,随后正经地打字:我去洗漱,洗漱完就睡了,晚安。

C:那我等你,你洗漱完跟我说。

莫笙瞬间将手机扔了,对齐柠她们说:"我不玩了,洗漱去了,一会儿睡觉。"

另外两个人看着莫笙像大黑耗子一样冲出宿舍，都有点儿纳闷，不过还是规规矩矩地拿起题继续看。

等莫笙洗漱完毕，回到床铺上，给郁黎川发消息：好了，我洗漱完了，睡觉了，晚安。

C：嗯，乖，晚安。

莫笙看着手机，没忍住笑出声来。

齐柠都听不下去了，干咳了两声提醒。

莫笙没忍住，对齐柠说："啊——学弟真的是太暖了。"

齐柠数落道："对，地狱里脱颖而出的学弟。"

白小婷跟着阴阳怪气地说："哎哟，学弟让人家学习，好讨厌哦。哼哼，我要做他女朋友报复他，还有比这更残酷的惩罚吗？"

莫笙努力正经起来："好了，我睡觉了，晚安。"

莫笙闭上眼睛，在室友的"吁"声中入睡。

经过郁黎川的辅导，莫笙的考试非常顺利。

她之前的考试可以总结为有惊无险，这一次的考试则可以总结为轻而易举。

说真的，她还是第一次感受到期末突击学习，还能考得如此轻松的。

考得不错，莫笙就有点儿飘飘然了，就觉得天晴了雨停了，她又行了。

说不定她的四级也能过了。

为了感谢郁黎川帮自己画重点加补习，以及预约郁黎川之后的四级辅导，莫笙在元旦那天扛着一堆工具和材料就去了郁黎川的家。

郁黎川前一天在这里住的，打开门看到莫笙拿一堆东西过来还有点儿诧异，于是问："学姐，你这是……做什么？"

"你帮了我忙，之后还要帮我补习英语，我总觉得不能欠人情，我打算亲自改造你的露台，改成空中花园。"

莫笙说完，扛着东西就走了进去。

郁黎川想帮莫笙搬，结果发现自己过去反而碍事，还差点儿被材料刮到。

莫笙买了很多材料，木板还有竹竿，其中比较奇特的是像树杈一样的东西。

郁黎川站在一边看着莫笙量完尺，开始裁切木板，将一面墙布置成了木板。阳台扶手下则是用高低不齐的竹竿作为装饰。

莫笙显然不是第一次做这些事情，做得娴熟，完全不需要别人插手。

莫笙一边做，一边说："你别小看这面墙的木板，木板的空隙可以挂一些小花盆，一会儿我会在这里做两排木栏，里面可以放一排多肉。

这个树杈可以做成灯，也可以用来爬藤蔓。做完大致是这个效果……"

说着她拿出了自己的手机，给郁黎川看手机里的图，同时介绍："这是我家阳台，这就是我改造的，厉害吧？"

郁黎川拿来手机看了看，感叹道："好漂亮。"

这里就是莫笙生活的地方？看起来很温馨。

莫笙在忙碌的间隙说道："我爸喜欢做这些工作，我也就跟他学了一部分。"

"那叔叔也是一个很厉害的人。"

莫笙笑了笑没再说下去。其实她对亲生父亲的记忆很模糊，很多事情都记不清了，却记得父亲喜欢带着她一起做手工。小时候，她经常围着父亲转，两个人一起做的花架用到如今都没有换掉。

在莫笙忙碌的时候，郁黎川一会儿送来一杯水，一会儿送来水果，还在一边给她念知识点听。

莫笙倒也没觉得累。

等莫笙做得差不多了，两个人一起捧着水杯看着露台。莫笙帮着规划："可以买藤椅的沙发，前面放一个小茶几，累了就来这里晒太阳。这边放几盆大的绿植，我知道什么不金贵好养活，等开学了我带你去买。"

"好。"

"行。我要先回去了，等寒假过后我再继续帮你弄。"

在莫笙要出门的时候，郁黎川拎出来一个袋子给了莫笙："喏，新年礼物。"

莫笙大致看了看后，问："什么？按摩仪？"

"嗯，运动员定制款。"

"我……我没准备。"

"你不是帮我改造露台了吗？那几盆花你先欠着。"

莫笙听完就笑了，也没客气，收下了，说道："嘿嘿，行，那我先走了。"

"我送你。"

往学校走的路上，郁黎川问起了他比较关注的问题："你回家的票买了吗？"

"我家距离这里近，不用买票，我和唐祎一起回去，坐他的车也就两个多小时。"

郁黎川听到这句话后，原本温柔的样子收了一些，随后问："和他一起？"

"对啊。"

"坐高铁或者飞机不方便吗？"

"也不是，就是顺路，回去时还有其他人一起，我们四个同一个地方的。"

"这样啊……"

莫笙一抬头，看到郁黎川头顶绿色的心电图，默默地叹气，随后解释："我也不可能一个异性朋友都没有啊，而且，我的兄弟真的特别多，你以后说不定会认识很多。"

郁黎川确实爱吃醋，但是他吃醋的对象都是明显对莫笙有好感的人。

当然，他偶尔也会羡慕其他人可以和莫笙很亲近。

他和莫笙认识这么久了，两个人之间依旧客客气气的，可能他给人的感觉就是很难亲近吧。

听莫笙解释完，郁黎川点了点头："那你回家的时候我去送你。"

"你哪天回上海？"

"16号。"

莫笙笑了："你送不了我了，我25号才走，竞技体育专业的苦你不懂。"

"这样啊，那你路上小心，周末我去接你，我们继续复习。"

"好。"

郁黎川回上海的那天，莫笙在省队里训练，没有办法去送。

郁黎川和云折竹一起回去，然而还是有种难以言说的寂寞感。就是莫名地，在异地多了一份牵挂，莫笙在这里，心也被勾住了一部分。

他在起飞前给莫笙发了消息后调成飞行模式，落地后发现没有收到回复，依旧给莫笙发了消息报平安。

莫笙在临回家的那天才拿到了手机，回到东高大宿舍里后一边充电一边开机，看到郁黎川的消息已经是几天前的了，快速回复：我出关了！

C：要回家了吗？

莫笙：下午回去，我东西还没收拾呢。

C：嗯嗯，可以视频吗？

莫笙拢了拢头发后发了视频邀请，郁黎川很快就接通了，莫笙一瞬间就被屏幕晃得睁不开眼睛了。

郁黎川在屏幕那边看着莫笙，问道："怎么没什么精神？"

"我只是看着屏幕睁不开眼睛。"莫笙真的没办法说是因为他在发光。

"哦，太久没看手机的原因吗？"

"可能是吧……"

"你把手机放在一边就可以了，我看着你整理。"此时的郁黎川能看到莫笙，就觉得很满足了，看着她整理行李都是幸福的。

莫笙把手机放在了一边，同时拿出行李箱整理东西。

这个时候有人敲了敲门，看到宿舍里就莫笙一个人后直接走了进来，问道："你东西多不多？"

莫笙回头，就看到唐祎居然进了女寝。

他们学校的女生宿舍是允许男生进入的，不过一般情况下男生也不好意思进来。

现在大部分学生已经放假了，唐祎进来都不用做登记。

"不算多，我回去也没几天，初八就得回来了。"

唐祎知道哪个箱子是莫笙的，打开她的柜门，似乎要帮她整理东西。结果柜子里一堆东西滚落，唐祎狼狈地接住，随即感叹："你的柜子永远这么壮观。"

莫笙正在整理行李箱，抬头一看瞬间就炸了，扯着嗓子喊："不用你帮我！"

唐祎想要将东西塞回去，然而塞了半天没成功，风筒和熨板还在往地面上掉，没办法只能求助："祖宗，我错了，来帮我一把。"

莫笙走过去，熟练地将东西放进去，随后踹了唐祎一脚："滚一边去！"

"好嘞好嘞。"唐祎回答完坐在了椅子上，大大咧咧地靠着椅背看着莫笙收拾，接着问，"齐柠走了吗？"

"不知道啊，我刚回来，她床铺倒是挺干净的。"

莫笙在柜子里抽了几件衣服出来，丢在了行李箱里。

随后她走过去看着手机对郁黎川说道："我这边挺乱的，先把视频关了啊。"

唐祎这才注意到莫笙正视频通话呢，走过来跟着往手机里看，靠过来后随手搭着莫笙的肩膀，跟郁黎川打招呼："哟，这视频着呢？好久不见啊学弟。"

"滚！你欺负学弟的事情我回头再跟你算账！"莫笙立即将唐祎推开了。

郁黎川有些不悦，他合照的时候才敢接近莫笙，搭着她的肩膀，唐祎居然做得那么自然。

不过看得出来，莫笙并不喜欢唐祎的接近。

他在视频那边说道："学姐，我的车停在车库里，钥匙在楼上，你需要的话可以开我的车。"

莫笙立即拒绝了，觉得没必要："不用，还得加油另出高速费，我们四个一起走这些费用平分。"

唐祎走出了视频的可见范围，接着说道："凯凯和莘莘两天前走了，没等我们。"

"怎么走了？"莫笙一惊。

"家里着急让他们回去帮忙扛白菜,估计又买了两车。你甭操心了,油钱和高速费我出,让你出我爸能打死我。"

郁黎川面色阴沉地看着屏幕,听着这两个人说话,似乎下一秒就要爆发了。

然而莫笙看不到郁黎川的表情,此刻没有察觉到什么。

她和唐祢认识这么多年,完全不把他当外人,也没当回事,随口对郁黎川说道:"学弟,我先不跟你说了,挂了啊。"

"嗯。"郁黎川刚刚回答完,莫笙就挂断了视频。

"什么情况啊?"莫笙叉着腰不爽地问,"怎么那么不讲究呢,上学期我们俩为了等他们,等了整整五天,结果他们两天都等不了?"

"来,我视频打过去,你跟他们俩对骂。"

"别整事!"莫笙还是有点儿来气,收拾东西的时候都摔摔打打的,"这两个人一直不靠谱,要不是因为是一个学校考过来的,我都不想和他们继续接触了。"

"搭伙坐车的,你跟他们生什么气?"唐祢瘫在椅子上,痞笑着问,"你和学弟发展得怎么样了啊?"

莫笙继续收拾东西,随口问:"男生迟迟不表白是什么情况啊?"

"还能什么情况,不喜欢呗。"

"他肯定是对我有感觉的。"

"那就是不够喜欢呗。"

"我觉得不对。"

唐祢冷笑了一声:"怕被拒绝吧,如果被拒绝了朋友都做不了了。怎么想,都觉得肯定会被拒绝,然而生活里没有了那个人,估计整个人都垮了。"

"啧啧,这才是人话。"莫笙终于认同了。

唐祢的笑容越发凄苦起来,不过正在收拾的莫笙没有注意到。

他再次补充:"对,就得回答得让你满意了,才算是真理是不是?"

莫笙看着自己带回去的东西,换洗的衣服、一双运动鞋,还有充电器和一些护肤品,想了想也没其他需要带的了。

唐祢又看了看莫笙,问:"也就是说学弟还没表白,吊着你呗?"

莫笙蹲在行李箱前想了想后回答:"怎么说呢……总是就差那么临门一脚。"

"可能是他觉得鱼塘里的鱼还不够肥?"

"我确定他不是在养鱼。"

"你在省队里的时间就跟与世隔绝了似的,你能知道什么?"

莫笙一时间不知道该怎么反驳,于是开始骂人:"我就不愿意和你说话,狗嘴里吐不出象牙来。"

"就白小婷和齐柠天天捧着你,她俩眼里就觉得全天下的男人都爱你，把你捧得都不知道自己是怎么回事了。你要真那么有魅力，至于单身这么多年？"

"那是因为姐凡心未动。"

"是是是，咱家的风水把桃花都弄到我这边来了。"

"闭嘴吧你，死渣男。"

莫笙继续蹲在行李箱边沉思，唐祎直接走过来说道："别看了，缺什么东西回家了之后再买呗。"

莫笙终于想到自己忘记什么了，起身找来几本书放进行李箱里。

唐祎看着莫笙拿着英语书十分纳闷："你拿那玩意儿干什么呢？八成什么样带回去的，什么样带回来。"

"你不懂！"莫笙拉上行李箱的链子，拿起手机给齐柠发消息，得知齐柠已经回家了，便和唐祎一起走了出去。

上了车之后，唐祎还在暖车的工夫，让莫笙发消息："你跟阿姨和我爸说一声，就说我们出发了。"

莫笙挨个儿发了消息之后，看着手机问他："我妈问你想吃什么？"

"我想去饭店！"

"你就不能捧捧场，我妈对你那么好！"

"这个真夸不出来，年夜饭做不出来咱别硬做，他俩那厨艺真的不适合在家里吃。我第一次去你家里吃饭，吃第一口饭菜时，我就觉得阿姨在针对我。后来我才发现，她对她亲女儿更狠。"

莫笙立即提起来："学弟做饭可好吃了！"

唐祎的笑容一瞬间就消失了，随后干巴巴地问："你还吃了他做的饭菜了？"

"对，吃过好多次了，真的绝了！拯救一个家庭的年夜饭，就从找一个做菜好吃的女婿开始。到时候你再找一个做菜好吃的女朋友，改善我们家这方面的基因，多好。"

唐祎没回答，沉默地启动了车子。

莫笙也没看唐祎，坐在副驾驶席拿着手机给郁黎川发消息：我出发了。

C：嗯，只有你们两个人吗？

所剩余笙：对。另外两个人不讲究提前走了，给我气得够呛。

C：别生气，他们可能也是有事情。

所剩余笙：嗯嗯，你在家里都做什么啊？

C：练琴、学习、休息、被妈妈带去学奇奇怪怪的东西。

所剩余笙：你又学了什么？

C：毛毡玩偶，等开学了我送你一个。

所剩余笙：哈哈哈，好的，阿姨的生活也太丰富了吧。

C：嗯，你以后也可以试试看，还挺惬意的。

所剩余笙：得等我退役，退役后我就开个健身房，每天随便撸撸铁，也挺惬意的。

C：似乎很美好。

莫笙拿着手机和郁黎川聊了许久，全程没理唐祎。

莫笙刚从省队出来，两个人也是久不联系，自然话题特别多。

唐祎开车的时候看了莫笙几次，随后说道："我有点儿累，下个收费站换你开吧。"

"我开？"

"对，你来，不出钱出点力。"

"行行行。"莫笙答应了，到了收费站后下车买了一根玉米，啃完了之后擦了擦手就要开车。

唐祎赶紧把莫笙拦住了，从车里拿出湿巾给莫笙擦手："祖宗欸，你对我宝贝好点行吗？"

唐祎扯着莫笙的手，小心翼翼地给她擦指尖，听到莫笙在笑。

他抬头看向莫笙，莫笙坐在逆光的方向，他只能看到她的大概轮廓，熟悉的面容，爽朗的笑容，每次看到都有不同的感觉。

真想就这样牵着她的手不松开，然而手擦干净后，他还是要松开她。

"是最边上的应急车道不能开对吧？"莫笙启动车子前问道。

"你问得我心里直突突。"唐祎丢掉湿巾后回答。

"我就是确认一下，你这大 G 算大型车吗？"

唐祎干脆翻了个白眼。

莫笙开车前给郁黎川发了一条消息：我要开车了，到家了跟你说。

C：好的，开车小心点。

莫笙开车挺稳的，稳得让人特别放心。唐祎偶尔一看，就能看到一辆一辆的车超过他们。他也懒得看了，干脆调整好椅子睡觉，醒来后发现他们已经下高速到了市区了。

他看了一眼仪表盘，再看看和前面车的车距，突然就笑了："真不容易，第一次看到你在市区开车开到 30 迈的。"

"我开车的时候你少烦我。"

"好的。"

莫笙先把车开到了自己家楼下，抬头问唐祎："去我家里坐会儿不？"

"不去了，什么都没准备，总不能空手过去吧，过两天我再过来，你跟阿姨打个招呼。"

"行。"

送走了莫笙，唐祎开车回到自己家别墅院子里停下车，看着车库里的车忍不住骂人。他家车库里能停五辆车，居然都被停满了，也不给他留个地方。

　　他拖着行李箱进入家门，第一个感觉就是冷清，家里的保姆也不见了。

　　他纳闷地走上楼，找了一圈之后确定了，他爸搬家了！他爸的房间空空如也，属于他爸的东西全部被搬走了。

　　唐袆气得直拍脑门儿。

　　调整好心情后，他打电话给爸爸，对面很久之后才接通，问："你怎么没上楼来啊？"

　　"你果然在阿姨那边呢？"

　　"嗯，我搬这边来住了。"

　　唐袆整个人都蒙了，崩溃地问："你搬过去了怎么不跟我说一声？我的东西规规矩矩地放在那儿？我的水杯走的时候放在哪里，现在还放在哪里！"

　　"我在这边住，不然雪雪一个人住形单影只的多难受？你一个大小伙子就留在那边住呗，整个房子都是你的，实在不行你找个女朋友带回去。"

　　"你这是打算让我一个人在这里过年啊？"

　　"嗯，自己过吧。挂了啊，我和笙笙聊天呢。"

　　"不是……"唐袆的话还没说完呢，他就把电话挂断了。

　　唐袆看着自己的房间，再看看空荡荡的房子，自言自语似的说："漂亮。"

　　他感叹完，行李箱都没打开又拎了出去，重新上车往莫笙家里去。

　　到了楼下，唐袆晃了三圈才找到不会被贴条的停车位。他还在寒风里冻了半天，等着他爸来小区门口接他，莫笙家里的房子老，没卡进不去门。

　　等唐袆上了楼，就看到莫笙面前摆着一排水果，小日子十分滋润。

　　他站在门口等了一会儿，还是莫妈妈走过来帮他找了一双拖鞋，让他进屋。

　　他走进来哭丧着脸看着爸爸，跟莫妈妈抱怨："我爸搬家了都没跟我说……"

　　莫妈妈笑着回答："我还纳闷呢，你怎么没和笙笙一起上来？我让老唐给你打电话，结果他说你到了家自己就知道了。"

　　唐袆彻底绝望了，靠在沙发上望天，伸手抢走了莫笙手里的葡萄。

　　葡萄还没吃到嘴里去呢，他就被唐爸爸踹了一脚："自己拿，你抢笙笙手里的干什么？"

　　唐袆被伤害的脆弱心灵还没治愈好呢，立即靠着莫笙干号："你看他啊！"

莫笙直接把果盘给了唐祎："你捧着吃。"

唐祎委屈巴巴地继续吃葡萄，结果又被他爸骂了："你少吃点，这是特意给笙笙买的，都是保证没问题的水果。"

"爸，我也是竞技体育专业的。"

"你没进省队啊！"

"我也有机会。"

"但是没进去！"

唐爸爸在厨房里择菜的时候，莫笙走进去倒水，小声说道："您说，唐祎那么渣是不是随您？"

唐爸爸一听就不乐意了，反驳："我哪儿渣了？我多专一，这么多年了也没有过什么花花肠子。"

"他是渣男，您是渣爹，您对他确实不太好。"莫笙都有点儿看不过去了，偷偷过来跟唐爸爸说。

"哼，我不这么对他，他也不来，我劝了他那么多年也不愿意过来住，也不想我接你妈妈去我们家里。我要不是直接过来了，他肯定还是不愿意来。"

莫笙刚喝了半杯水，又把水杯接满了，问："唐祎怎么回事，还叛逆呢？我看他也接受我妈妈了，我和他关系也可以，他不至于吧。"

"还是有点儿不自在呗。小祎看着性格好，其实骨子里生疏着呢。"唐爸爸说完了，端着一杯水出去了，把水放在唐祎面前说道，"你睡北屋，一会儿去把床给你收拾出来，别一回来就在沙发上一瘫，过来帮忙择菜。"

唐祎看着莫笙重新坐在了沙发上，身体懒得动弹，就用下巴指莫笙："她呢？"

唐爸爸在线"双标"："她刚到家，挺累的。"

唐祎气得不行，拿起水杯喝了一口，也不用爸爸指挥，直接去北屋自己收拾去了。

莫妈妈立即跟着去帮忙搬被子。

莫笙继续吃水果看电视。

过了一会儿爷俩拿出了健身的垫子铺在了客厅和阳台中间，唐爸爸笑呵呵地说："这段时间你们俩就在这里锻炼身体。"

莫笙点了点头："行。"

唐祎刚要去坐会儿，就被爸爸拽住了："垫子挺长时间没用了，你擦一擦。"

唐祎终于忙完了，坐在沙发上后完全不想动，用手肘撞莫笙："喂我。"

莫笙也不在意，起身去拿东西："吃什么？"

"葡萄，最后几颗我包了。"

"行，姐喂你。"

莫笙摘下来后，随后一颗一颗地往唐祎嘴里送，塞得满满的，唐祎半天才咀嚼完。

莫笙起来活动了一下身体，接着到了垫子上去做拉伸。

原本想瘫坐的唐祎也跟着起来了，到了垫子上帮莫笙按后背："你这老胳膊老腿的，在省队受得了吗？"

"瞧不起谁呢？"莫笙调整了一个姿势，对唐祎示意。

唐祎立即理解了，跟着在垫子上做好准备。莫笙说了开始后，两个人一起做平板撑。

两个人似乎是杠上了，比谁坚持的时间长。

别看莫笙是女孩子，体力却十分惊人，唐祎这么多年经常和莫笙一起锻炼，两个人之间并没有什么差距。

他们正较量呢，莫妈妈从厨房走出来看着他们两个，跟着唐爸爸嘟囔："你看看这两个孩子的个子，够占地方的。"

唐爸爸笑呵呵地说："那搬我那儿去住，我那里地方够。"

"我不去，那边没人陪我打麻将，而且我铺子就在楼下，方便。"

"行，那就住这儿。"

莫笙的面前就放着手机，手机提示灯亮了之后，莫笙立即伸手点开了，看到郁黎川发来的消息后便不再比了，起身说道："不和你比了，我去房间里看书了。"

莫笙说着起身，拿着手机去拽自己的行李箱，拖拽着回了房间里关上了门。

唐祎在垫子上坐下，看着莫笙的房间门怔怔出神。

莫笙看着手机忍不住笑了起来。

郁黎川发来了一张图片，图片上是一只穿着小鹿衣服的小猫咪，看花色应该是英短。

真别说，郁黎川做得还挺好看的，最有意思的是郁黎川用短视频展示小猫的围巾，同时讲解："这个围巾是织的，别看不大，其实用了半个小时。"

所剩余笙：特别可爱！

C：开学了送给你，我要这个也没用。

所剩余笙：我要！太可爱了，我特别喜欢。

C：能视频吗？我辅导你英语。

所剩余笙：你等一下。

莫笙打开家里的电脑，整整一学期没再启动过，开机速度缓慢。

开机后她特意调暗了屏幕，接着登录电脑版本的微信，给郁黎川发送了视频请求。

接通视频的一瞬间屏幕亮起，调暗之后居然成了正常的明亮度。她有一个闪亮的男孩子，亮到屏幕都需要为他单独调节亮度。

郁黎川那边是什么样子莫笙完全看不清，只能故作镇定地看着屏幕。

好在郁黎川调整了摄像头，转成了后置摄像头，对莫笙说道："给你看我的房间。"

莫笙这才调整了屏幕的亮度，随后看到了郁黎川的房间，入目就是巨大的落地窗，可以看到窗外灯光璀璨。

郁黎川在视频那边介绍："看到那个紫色的塔了吗？是东方明珠。"

"哇，夜景超美！"

郁黎川又朝落地窗走了几步，继续介绍："这里是金茂大厦。"

莫笙还没看清哪儿是哪儿呢，就听到有人敲门，随后问："莫笙，阿姨问你吃不吃大葱？还是只吃黄瓜？"

莫笙听到唐祎的声音后就无奈了，回身回答："我只吃黄瓜。"

"知道了。"

莫笙转过来看向屏幕，瞬间被亮瞎了眼睛，正揉着眼睛缓神的工夫，听到郁黎川问："唐祎在你家里？"

莫笙撑着下巴思考："这个该怎么跟你解释呢……"

"你的家里热情好客？"

"也不算好客，他不是客人，他以后是我的家人。"

对于莫笙的回答，郁黎川觉得有些意外，不解地问："怎么成为家人了？"

"重组家庭你懂吗？"莫笙问。

郁黎川一瞬间就理解了，豁然开朗，甚至明白唐祎为什么会是那副样子了，随后回答："嗯，听说过。"

"我爸爸很早就去世了，妈妈单身一个人，唐祎的父母离婚了。我的妈妈和他的爸爸走在了一起。当初唐祎就是因为他们两个人在谈恋爱，才在学校找碴儿和我打架的。现在这么多年过去了，我们也都长大了，渐渐就接受了。"

郁黎川听完沉默了半晌，突然道歉："抱歉。"

"怎么了？"

"上次你在我家里提起父亲，我没有意识到你当时的心情，现在想想觉得有些不好意思。"

莫笙当即就笑了："我不会在意这些的，多大点事啊。"

"现在你们已经是一家人了吗？"

"还没，两边父母还在恋爱期，不过今年搬到一起住了，估计是快了吧。"

"你晚上记得锁好门。"

"好的。不过我家里有钥匙，能从外面开我房间的门。"

"我明天给你邮一把密码锁，你自己换上？"

"太夸张了吧？"

"我也不是挑拨关系，只是建议你谨慎一些比较好。"

"好，我偷偷把我房间的钥匙拿下来，你看行不行？"

"可以。"

莫笙在房间里打开书，问道："郁老师，我们怎么复习？"

"我对这个考试没什么准备，只是做了真题感受难度，也没总结过什么。我今天也在看书，你读一段例文我听听。"

郁黎川没准备，是他觉得非常简单，也不想追求太高的分数。他甚至懒得做任何总结，做做题感受一下应该就可以过了。

如今要教莫笙，郁黎川才开始临时做攻略。

莫笙照着书读了，没有郁黎川想象中那么差，至少很多单词都是认识的，只是这种东北话版的英语让郁黎川一边听一边笑。

莫笙看不到他，只要他没笑出声莫笙就不知道，以至于莫笙一直在读，态度还特别端正，仿佛站在讲台上演讲的小学生。

"好了，我考你一段听力。"郁黎川说着，开始给莫笙找听力题。试卷发来后，郁黎川在视频那边读听力题。

莫笙在这边看着题，听着郁黎川的声音就觉得脑袋疼，眉头紧蹙，下意识地嘟嘴。

"可以截图吗？"郁黎川突然问。

"哈？"莫笙听着听力题，被突然响起的中文吓了一跳。

"觉得好可爱。"

莫笙终于回过神来，调整好表情后问："截图了吗？给我看看。"

"没，你还没同意。"

"哦……"莫笙回答完就笑了起来，抬手去捂摄像头，"不行，我突然有点儿不好意思。"

"好了，我们继续补习。"

"好。"

两个人的补习时不时被打断。

没一会儿，唐祎就被爸爸安排着给莫笙送水果到房间门口，莫笙开门去拿。

过一会儿，莫妈妈又问莫笙能不能吃干果，她要下去买。

莫笙回到电脑前重新坐下，叹气："我家里是不是挺吵的？"

"还好，很温馨。"

莫笙开始对郁黎川的生活产生好奇，问道："你妈妈不会时不时来找你吗？"

"不会，只要我回到房间里了，他们轻易不会过来打扰我。"

"这么安静？"

"我的个人空间感很强，我的房间从来不让保姆进来，都是我自己收拾。"

莫笙不解："这样吗？我经常去你那里啊。"

"你不一样。"

莫笙看着电脑屏幕愣了愣，忍不住追问："我怎么就不一样了？"

"我回学校后跟你说。"

莫笙的心口猛地一跳，想着郁黎川这是要表白了？

他终于要表白了？

她是矜持一下，还是直接拿下？

不过她还是努力让自己镇定下来了，继续跟着他的思路补习。

晚饭的时间莫笙才切断了视频，出去吃饭。

饭桌上，莫妈妈问莫笙："你还和那个学弟联系呢？"

"嗯，说不定开学之后他就是我男朋友了。"莫笙随便吃了一口饭回答道。

莫妈妈对于郁黎川总是不放心，主要是郁黎川长得太好看了。

莫妈妈总觉得这么优秀的男生会看上莫笙十分不现实。

于是莫妈妈问唐祎："你对那个男生了解吗？"

唐祎摇头："不认识，大一新生，挺风云的一个人，主要是吧……好多女生都认识他。"

莫妈妈追问："好多女生都认识？"

莫笙赶紧解释："长得帅，比赛还拿过奖，所以知道他的人多。"

莫妈妈吃饭的时候都忧心忡忡的，对唐祎嘱咐："小祎啊，你帮你姐参谋参谋，她傻乎乎的看人不准，你帮忙了解一下我也能放心点。"

唐祎突然就觉得饭菜不好吃了，随口应付："行，我知道了。"

唐爸爸跟着说："今年年中，也就是你们暑假的时候争取回来。"

莫笙抬头回忆自己的时间安排："我想想看啊，我那段时间有可能有比赛。"

"那你说你哪天有空，反正结婚的日子还没定呢，按你的时间安排。"

莫笙一听就兴奋了，问："结婚？你们两个人终于决定了？行，我到时候问问教练，你们俩结婚我肯定得在啊！"

唐祎听完之后捧着饭碗，看着他们三个人许久没出声。

莫笙已经给教练发消息询问时间了，同时还在询问这老两口结婚之后住哪里，有没有想过要个孩子之类的。

唐祎一直沉默地吃饭，全程没参与。

莫妈妈在吃饭期间看了唐祎好几眼，吃完饭后偷偷问唐爸爸："你看小袆是不是还是不同意我们结婚啊？"

"同意是同意，不过他心里还是会不舒服吧。"

"唉，还以为大一点孩子懂事了，就能理解了呢。"

"他们是理解的。当初小袆闹得有多凶，现在不也对你挺不错的？"

莫妈妈忧心忡忡地收拾东西，唐爸爸则是一直在安慰，并表示抽时间会找唐袆单独谈谈。

莫笙在家的这几天，每天都会保持跟郁黎川一起视频补习这个习惯。

除夕那天，莫笙接到了郁黎川的电话，她立即拿着手机到阳台去接，听到郁黎川糯糯的声音："学姐……"

"怎么了？"

"我试过了，实在是没办法熬夜，我困得不行，先给你打电话拜年吧。"郁黎川在电话那边叹气，吹得话筒哗哗作响，引得莫笙跟着耳朵痒。

真别说，郁黎川难得有这种撒娇求饶的语气，对莫笙特别管用，她瞬间就心软了："那你早点睡吧。"

"好。新年快乐啊，学姐。"

"嗯嗯，你也新年快乐，晚安。"

"先不说晚安……再聊会儿吧。"

"你不是困了吗？"

"还是想和你聊天。"随后还有极轻的哼唧声。

莫笙就这样在阳台接电话，和郁黎川聊了一会儿。唐袆拿着件外套走了出来，给她披上，说道："你在阳台打什么电话，你们家阳台没有暖气不知道吗？"

"我就是临时过来的。"莫笙随口回答。

"不冷吗？"

"不冷。你回去吧！"

"穿上点，别这么披着，你伸手我帮你穿。"

唐袆帮莫笙套上外套之后才离开。

她低头看了看，发现唐袆拿来的是他的外套。她这种身材的女生，也就穿唐袆的衣服才能穿出男友款的感觉来。

郁黎川突然说道："那学姐回房间里吧。"

"没事，我穿上衣服了。"

"哦……"随后郁黎川叹气，"果然还是很在意啊。"

"怎么了？"

"在学姐身边的人不是我。"

莫笙有点儿不知道该怎么回答，笑了笑后，听郁黎川说起了别的事情，没再继续这个话题。

莫笙回头看，怀疑郁黎川在意的是唐祎。

可是唐祎以后是她的弟弟，这关系没法处理啊。

挂断电话后，莫笙朝着自己的房间走，帮忙包饺子的唐祎抬头对她说："明天同学聚会。"

"大年初一同学聚会？"

"对啊。留学的有一个初二就走了，没办法只能大年初一一聚了，人最全。"

莫笙想了想还是同意了，问："行吧，几点啊？"

"下午就开始，估计得半夜才能回来。"

"那你是不是不能开车？"

"我得开车啊，不然非得让我喝酒，我不爱喝。"唐祎继续包饺子。

莫笙想了想坐下跟着一起包，外套并没有脱掉，挽起袖子就直接帮忙。

唐祎抬头看了几眼穿着自己衣服的莫笙，心中的蠢蠢欲动越发强烈起来。

同学聚会还挺吵的。

他们的老同学都分道扬镳了，在不同的城市，不同的国家上学。

今天聊得比较多的就是感情问题，还有就是以后考研还是工作，毕竟也要到那个节骨眼儿了。

"莫笙，你真的是我们班最牛的单身狗，持之以恒第一人。"有人突然夸奖莫笙。

莫笙当即不爽了："我怎么了我？我挺好的，就是凡人配不上我而已。"

"莫笙其实好多人追，"高中时和莫笙关系不错的女生说道，随后看向唐祎，"不都是唐祎给搅和了？"

唐祎立即反驳："我怎么就搅和了？他们自己喜欢得不真诚，怨我吗？"

老同学们开始说起以前的事情："我记得之前有一个男生追莫笙追得可凶了，还和唐祎打了一架对吧？"

唐祎不在意，回答："他没事找事。"

其他不了解真相的人问："后来怎么放弃的？莫笙拒绝了？"

莫笙的好友说道："不是，说是有一次给莫笙发视频，看到唐祎穿着睡衣在莫笙家里扫地呢，当时就把视频挂了。后来他和别人说，如果和莫笙在一起，后半辈子都得生活在唐祎的阴影下，他受不了。"

莫笙原本都忘记这件事情了，突然被提起来后，她又想起了郁黎川的话来。

"果然还是很在意啊。"

她迟钝地发现，原来男生是在意这个的吗？

可是，唐祎是她弟弟啊。

哦……对了，唐祎的女朋友们也在意。

就在莫笙愣神的工夫，其他人问莫笙："这些年里，你是不是也因为唐祎没成恋爱？你就不应该和他一所大学，不然你肯定有男朋友了。真说起来，老同学里就你这张脸最不像单身。"

另外一个人跟着说道："对，长着一张适合恋爱的脸，结果成了孤寡老人了。"

唐祎不乐意了，轻轻咳了一声揭短："之前一次可不怨我，莫笙当着她求者的面扛起两百斤的杠铃，做了三十个蹲起没喘大气，那个男的就被吓跑了。"

唐祎说完，其他人一起大笑起来，跟着起哄："完了，有画面感了！"

莫笙立即抗议："行了！别说我了，说说你们吧。"

后半程莫笙都有点儿沉默，她主要是在思考，以后该怎么处理和唐祎的关系。

她之前总觉得唐祎和她是发小，两个人以后还会是一家人，从来都没多想。难得避讳的时候，也都是唐祎有女朋友了，她就离唐祎远点。

此时她突然在想，是不是她这不注意的毛病，让她错过了很多恋爱的机会？

她的确应该理一理和唐祎的关系，不能让郁黎川误会了。趁她还没和郁黎川在一起，好好处理好这段关系才是正确的。

一群人在轰趴馆里闹到很晚，莫笙一个人上了露台吹风。

夜里挺冷的，莫笙站在露台看手机。郁黎川知道她今天有同学聚会，一整天都没发消息打扰她。

她想着要不要和郁黎川说一声，就听到了门响。

回过头，头发被吹得糊了她一脸，她撩开后才看到唐祎跟着走了出来，问她："这么冷的天你出来干什么？忽冷忽热最容易感冒。"

"他们抽烟，熏得我脑袋疼。"莫笙回答。

"也是，他们年纪不大，烟瘾倒是挺大的，以前都没发现，估计是大学后放肆了。"唐祎说着站在了她身边，同时拉上了拉链，跟着莫笙一起朝远处看。

"等我妈妈和叔叔结婚了，我们两个人是不是得分开住？"莫笙突然问了这个问题。

唐祎扭头看向她，问："怎么，想干脆分家了？"

莫笙摇了摇头，回答："你看，以后我会有男朋友，你也会有女朋友。你女朋友一向不喜欢我的存在，我估计我的男朋友也会在意你的存在。

我们之间虽然说是兄妹，但是毕竟没有血缘关系，所以……分开比较好吧？"

"然后呢？"

"到时候我、你、他们两个人都分开住。我们俩还是亲人，以后一起孝顺父母。"

"哦。"

"我家里其实还有其他房子，所以不用叔叔帮我，我也可以……"

"莫笙。"

"嗯？"

"我喜欢你。"

莫笙愣了一下，突兀地看向唐祎。

和唐祎四目相对的同时，她有一瞬间的心惊。

很陌生的唐祎，他的眼神是她从未看过的，眼眶里似乎还有些许晶莹，像是要哭了。

莫笙突然笑了起来，说道："你开什么玩笑？你是不是找不到女朋友，突然想找打了？"

"你以前的那些追求者，是我故意搅和的……他们都知道我喜欢你。"

莫笙的笑容逐渐收住，表情木讷地看着唐祎。

唐祎努力微笑，然而笑的时候眼中的湿润似乎更加容易溢出来。

"喜欢一个人的时候，每个人都是敏锐的，他们都能察觉出来谁和自己喜欢着同一个人。"

"你不是……一直在交女朋友吗？"莫笙问的时候，气息都不太对。

她不想听到这样的表白，尤其是来自唐祎的。

让人困扰的表白，不是惊喜，而是灾难。

莫笙的小天地瞬间天塌地陷，烟尘滚滚。

"我想放下你，我试着谈恋爱把对你的感情淡化，可是我做不到。我还是想试试看，我不甘心，凭什么，我就是最没有可能的那个……明明我才是喜欢你最久，并且喜欢得最深的那个。"

莫笙听完之后下意识地后退了几步，然而撞到了露台上的桌子。

唐祎伸手扶住她，却被她快速甩开了。

"别开玩笑了行吗？"莫笙的声音微微发颤，甚至有点儿想逃。

"你觉得我会开这种玩笑吗？"唐祎强调。

莫笙在寒冷的冬夜，有了溺水般的感觉。

她似乎被浸泡在寒冷的水里，窒息感压制着她，周围的寒意渗透进她的衣服，直到四肢百骸。

"我不喜欢你。"莫笙终于找回了自己的声音，然而声音瞬间就哑了，喉咙在说话的时候都在隐隐作痛。

唐祎似乎早就想到了，听到这个答案后，只是看着她苦笑。

莫笙继续说下去，急切地想要表述出自己的想法，仿佛这样就能让这种荒唐的事情立即停止："自我认识你的那天起，我就知道你和我会是什么样的关系，我没有一天把你当成一个异性。在我看来，你是我的……"

唐祎还在试图寻找可能："如果抛开那些的话，我追你会有可能吗？"

"你不要追我！"莫笙几乎是吼出来的，急切甚至带着恳求。

一段感情中最让人难过的是什么？

没有资格，没有未来，没有可能。

一开始就要被否认。

他们，不可能。

动物世界充满了互相厮杀，弱肉强食，有它们自有的法则。

人类世界也有顽固的思想禁锢，有些事情很难改变，眼光、舆论、伦理，有悖常规的事情总会被人津津乐道。

甚至，有可能会因为这种违和的关系，让莫妈妈和唐爸爸放弃他们的婚约，选择成全他们。

莫笙不想这样。

原本，唐祎也不想。

此刻莫笙的态度坚决，甚至没有因为唐祎的难受而有丝毫动摇。

在她的概念里，她对唐祎的定位明确，只是亲人关系。

她不喜欢他，完全没想过和他发展其他关系。

所以，她拒绝得毅然决然。

"给我一个机会好吗？"唐祎沉着声音说，低着头，努力压抑自己的情绪。

不想放弃。

这像是一种本能的反应，寒冷里努力靠近温暖，黑夜里寻找光明。

莫笙是他的温暖、他的光源、他世界里的太阳，他的甘之如饴，他的奋不顾身。

而莫笙的回答只有一句："不可能。"

说完，莫笙转身，回到轰趴馆里和大家打了招呼后一个人离开了，站在楼下拦了一辆出租车回家。

在路上，她的心情还是难以平复，手在微微发颤，总想找人安慰。

这件事她不知道适不适合跟齐柠说，毕竟齐柠是她和唐祎共同的好友。

她想了想，只是拿起手机给郁黎川发了条消息：我回家了。

C：嗯，我终于等到了。

莫笙看一眼时间，已经晚上十一点半了，郁黎川这个不熬夜的人，又为了她熬夜了。

她总觉得，她和郁黎川仿佛不是一个世界的人。

她最初觉得郁黎川性格很好，然而相处了好久，依旧觉得自己和郁黎川不熟悉。

她想，也许是她真的没办法跟冒着仙气的人做朋友。

现在熟悉起来后，她发现郁黎川还是有点儿接地气的，至少想到他迷迷糊糊熬夜的样子，就觉得蛮可爱的。

所剩余笙：那你可以睡觉了。

C：不要，我要等到你到家，和你一起。

C：车牌号发给我。

莫笙抬头去看司机的牌子，输入了车牌号发给了郁黎川。

郁黎川很快回复：距离你家里远吗？

所剩余笙：我家的位置非常棒了，去哪里都不算远，也可能是我家所在的城市小。全城最堵车的路段，就是我家一圈。

C：嗯，看来位置也很不错。

所剩余笙：你家呢？是不是也算挺好的地段？

C：还可以，黄浦江边，景色挺好看。

和郁黎川聊着天，莫笙到了家里，进门后发现莫妈妈和唐爸爸还没睡，还在边嗑瓜子边看电视剧。

莫笙走进去后，莫妈妈探头看了看，问："你没和唐祎一起回来？"

"哦……他啊……他晚点，我自己回来的。"

唐爸爸立即急了："这孩子怎么回事，不懂事呢，怎么能让女孩子自己回来。"

说着他就要拿手机打电话骂唐祎，被莫笙拦住了："我自己要求的。我困了，回房间休息了。"

莫笙换好衣服去洗漱，回到床上给郁黎川发消息：好了，我要睡觉了。

对面许久没回。

就在莫笙放下手机要睡觉的工夫，她听到了手机提示音，于是拿出手机看了一眼，郁黎川回复了她的消息：抱歉，刚才睡着了，晚安。

所剩余笙：你赶紧睡吧。

郁黎川回复了一条语音消息，莫笙点开，就听到郁黎川迷迷糊糊的声音，因为不太清醒，声音里还带着些许气泡音："嗯，晚安，别熬夜。"

莫笙听完这个声音后沉默了一会儿，接着鬼使神差地再次点击，反复听了五六遍才打字回复：好的，晚安。

莫笙早晨起床，出去洗漱的时候，唐爸爸问莫笙："笙笙啊，你们同学聚会的时候，小祎是不是跟哪个女同学聊得挺好的？"

"啊？"莫笙愣了一下。

"他晚上没回来。"

"没有啊。我去洗脸了。"莫笙含糊地回答完快速进入了浴室里，拿起自己的洗漱用品有点儿失神。

这几天早上她总和唐祎吵架。

她和唐祎共用客卫，唐祎的肠胃就好像有问题似的，每天早晨都蹲半天不出来。

莫笙每天早晨都要和唐祎隔着门对骂，今天倒是清静下来了。

她又不想和唐祎联系，迟疑了一会儿后才开始洗漱，回房间换衣服打算和郁黎川视频。

等待的期间她有点儿溜号。

她总觉得自己有毛病，她拒绝了唐祎之后居然产生了浓烈的愧疚感。

没有心疼，没有后悔，只是会检讨自己是不是太无情了。

她真的不擅长应对这方面的问题，突如其来的表白，也会让她十分困扰，十分头疼。

每次都是这样，吵架结束后会思考自己是不是没发挥好，做了绝情的事情会检讨自己是不是太过分了。然而她脾气来得快去得也快，有什么说什么。

这样处理……可以吧。

如果是其他人，莫笙恐怕也不会这么纠结。

可那个人偏偏是唐祎。

接通视频后，郁黎川问道："怎么了，学姐？"

"没什么。"

"昨天遇到了讨厌的老同学？"

"没。"

"感觉你心情不太好。"

"可能是起床气？"

"那我们今天不着急学习，先聊聊天吧。"

莫笙无聊地翻着书，问："聊什么呢？"

"等一下，我取一样东西。"郁黎川离开手机边，没一会儿拿来了一样乐器。

莫笙看着屏幕里被光亮盖住了一部分的东西，问道："这是什么？"

"拨浪鼓，算是一种治愈型的乐器。"

莫笙看着视频里的光束开始为她演奏，鼓里的珠子滑动犹如海浪哗哗的声音。

非常温柔，治愈。

莫笙拄着脸去听，竟然真的觉得好了一些。好的乐器，遇上优秀的演绎者，真的拥有神奇的力量。

郁黎川在视频那边说道："听听哆啦 A 梦主题曲。"

说着，改变了旋律。

莫笙认认真真地听，跟着点头："对，有那个味了！"

曲子结束后，郁黎川看着视频里的莫笙问："心情好点了吗？"

"嗯，好多了。就感觉吧……什么糟心的事情都去他的吧。"

郁黎川沉默了一会儿后回答："那就好。"

莫笙的心情调整过来后，两个人开始补习。

莫笙确实挺认真的，毕竟她也想把四级过了，不然总觉得还有任务没完成，耽误训练。

今天的课程结束后，莫笙伸了一个懒腰："等回学校了，我教你撸铁和防身术，像你这种柔柔弱弱的男孩子，就是要学会保护自己。"

"嗯，好的。你很快就要出发了是不是？"

"对，这次我得自己回去了，毕竟我是回省队。"

"票买了吗？"

"买了，老早就买了。"

"我会提前几天回学校，记得来教我。"

"成。"

第八章
摸鱼小分队

　　莫笙过完年回省队的时候唐祎也没再回来，听唐爸爸说，他回别墅住了。

　　具体因为什么唐爸爸没说，只是有点儿生气的样子，莫笙也没多问。

　　乘坐高铁回到省队后，莫笙的魔鬼训练就开始了。

　　这一年对莫笙来说十分关键，她过完年二十二岁，是排球运动员的黄金年龄。

　　她在这一年进入省队，其实已经算是年纪偏大的了。她要表现得足够出色，才能获得更好的成绩，被国家队关注。

　　今年的比赛对莫笙来说至关重要。

　　她所在的省队算是国内的强队之一。

　　她们队伍里有五位前辈进入过国家队，为国出征，多是副攻、二传，并没有自由人。

　　她想要拼一把。

　　成功是没有捷径的，成功伴随的总是努力，没有努力过就不要因为失败而沮丧。

　　一个球员从教练办公室出来后叫了声莫笙，莫笙立即擦了擦汗朝教练办公室走过去。

　　他们刚刚回来，此刻是一对一谈话、制订针对性训练、制订个人目标的阶段。

　　队员过年休息期间，教练们却没有休息，研究训练和比赛的视频，给每个队员都制订了针对性训练的表格。

　　莫笙走进办公室，教练立即笑呵呵地叫她过去："过来，坐下。"

　　"嗯。"莫笙规规矩矩地坐在办公室的沙发上。

　　教练走过来拍了拍莫笙的脸颊，问："怎么状态不太好？心情不好？和男朋友吵架了？"

"没有……"

"振作起来，从今天开始，就是你人生最关键的时期了。"

莫笙立即调整好表情，认真地看向教练："好的。"

教练拿着莫笙的训练表格，开始和莫笙谈心："你的压力也不要太大，你没必要下意识地跟其他队的自由人去比，甚至是去跟国家队的队员比较。你就是你，你的风格和她们不一样，不要刻意去比较、模仿，你要磨炼的是你自己。"

"嗯。"

"正确的比赛心态，是随时随地保持放松的姿态，别把身体绷得太紧。你要按照节奏来，努力但是不要逞强。"

莫笙下意识地捏紧自己的裤子。

她当初急于求成时，就留下了一些伤疤。

现在想起来，自己的确不够成熟。

教练看着莫笙，平日里严肃的模样都没有了，只是问了一个问题："马上是你进入省队后的第一次比赛，你知道你现在最需要调整的心态是什么吗？"

"不紧张？"莫笙问。

"输得起。"

莫笙瞬间怔住了。

教练笑了起来，又伸手揉了揉莫笙的头，接着将训练表递给莫笙。

莫笙翻看着自己的训练表，发现初期的训练目标并不算特别高。

其实教练制订目标非常有讲究，会充分考虑目标难度和动机之间的均衡关系。他们给运动员制订目标和训练计划的时候，一般都是阶梯的形式。如果目标难度特别高，运动员的动机就会跟着下降。

他们的训练一般是以一周或者两周为一个周期，目标难度也是一个阶梯一个阶梯地递增，这样还能增加运动员的自信心。

排球是团队合作的项目。

所以他们还会有个人目标以及团队目标，莫笙刚刚加入队伍，迅速融入也是目标之一。

和教练谈心完毕，莫笙拿着自己的训练表格回去，叫了下一名队员后，坐在角落里认真地看，快速记录下自己的训练计划，积极配合。

在之后的一段日子里，莫笙全身心地投入了训练中。

训练时是封闭状态，没有手机，联系不到外界，每天的生活三点一线，心里也只有自己的小目标，再无其他了。

不去想其他的事情后，她反而轻松下来。

这样也挺好的。

莫笙再次和郁黎川联系的时候，刚好是她的一个小目标结束的时期。

莫笙拿到手机后，首先看了看留言，无非是齐柠每天发一些有的没的，郁黎川偶尔给她留言一些学习总结。

她特意看了一眼唐祎的聊天框和朋友圈，一直都非常安静，她也就没管。

莫笙盘腿坐在宿舍的床上，跟郁黎川发消息：学弟，你的房子打算安装网线吗？

C：自然是要装的。

所剩余笙：赶紧装吧，我要去你家里抢课。我们学校的校园网不行，选课的那天学校周围的网吧都会爆满。我这次的任务很重，需要把课程尽可能选在周三，你懂的。

C：这样啊，我回去办理会不会来不及？你去我家里办理一下吧，我转账给你。

所剩余笙：妥了。等你回来后，我肯定已经弄得明明白白的了。

C：下学期起选修课就不分年级了，我试试看和你一起上选修课，或者尽可能避开周三的课程。

所剩余笙：好的。

莫笙打完字后还觉得没什么呢，结果突然发现，郁黎川这完全是按照她的课程表在选课啊，为的就是周三那天可以陪着她。

她吞咽了一口唾沫，如果这都不算爱……

莫笙和郁黎川聊完，开始联系宽带公司，特意选了这一片网络最好的一家。

她问完价钱后，联系了安装人员，预约下周过来安装网络。

没想到的是，莫笙去郁黎川家里等待安装人员的那天，郁黎川居然从上海回来了。莫笙看着郁黎川拖拽着行李箱走进来，不由得诧异："什么情况？距离开学还有二十天呢！"

郁黎川看着莫笙笑得温和，说道："想你了。"

"可……可是我就今天休息，明天就要回队里了。"

"今天能见到你就满足了。"郁黎川说着脱掉了外套，随后走到莫笙的面前，张开手臂示意，"能抱一下吗？"

外套上带着寒意，他怕莫笙觉得冷。

莫笙看着面前的光源，再看着他头顶【可爱】的表情包飘过，并未犹豫，直接扑过去抱住了他。

"我也想你了。"莫笙将脸埋在他的颈窝间小声说。

"怎么办，我超级开心。"

在这之前她还觉得没什么，此刻，莫笙突然觉得脸颊发烫了。

怀里的郁黎川，身体是纤细的，却比想象中结实一些。隔着衣衫，体温温柔地传递。

他的怀里好似有阳光，她瞬间变成了一只猫，享受安逸与温暖，还能将阳光霸占。

这阳光是独属于她的，在她的臂弯里，在她的指尖上。她深深地吸一口气，仿佛从鼻翼里吸进了属于他的温柔。

莫笙松开郁黎川后还有点儿不好意思，有点儿含蓄地问："你刚下飞机？"

"嗯，对，飞机快一些，落地后我就打车回来了。"

"哦……"她仿佛问了几句废话，这不是明摆着的吗？

"这段时间你不用担心我，我会联系一个驾校，利用这段时间练习开车。"郁黎川说着，拎着行李箱走进了房间里，似乎要收拾东西。

莫笙迟疑着没有跟进房间。

不过，过了一会儿，郁黎川拿出了几个盒子给了莫笙："没带什么，就带了点吃的，还有送给你的毛毡玩具。"

莫笙对毛毡玩具非常期待，首先打开，看到实物后惊呼了一声："比视频里还可爱！"

"你喜欢就好。"

"我喜欢，我超级喜欢。"莫笙说完，就将其中一个挂在了自己的背包上面。

这或许是对他做的东西最大的认可。看到她的举动后，郁黎川内心满足得不行。他原本不屑于做的东西，现在看起来也可爱多了。

随后，她拿起食物问："我能吃吗？"

"放心吧，你的食谱我记着呢。"

莫笙立即打开了，真就不客气地直接吃了起来，一边吃一边说："按摩仪我用了，真挺不错的，我队友也说好用，想让你推荐呢。"

"好，之后我把店铺地址发给你。"

"我预约的网线安装时间是上午十点，结果现在都十点半了人也没过来，反倒是你来了。你开门的时候我还当安装的人这么牛，能直接入户呢。

"吓了一跳。

"不过很快就从惊吓变成惊喜了。"

莫笙吃着东西，带着郁黎川去了一个房间，随后说道："我看这个房间空着，就买了健身的垫子过来，还买了点健身器械，到时候我就在这里教你武术和撸铁，特别方便。"

郁黎川站在门口抿着嘴，偷偷看了莫笙一眼。

其实他买房子的时候，就打算把这个房间给莫笙做健身房。不过，他怕他做得太明显了莫笙会发现，没想到莫笙竟然直接给他买回了健身器械，这回他倒是可以直接装修这间房了。

一时间，郁黎川真有点儿说不清自己的心情。

莫笙总是能歪打正着，成为最了解他的人。

他心中有一刹那惊喜，感叹着，能喜欢她真的是太好了。

莫笙见郁黎川不说话，也看不到他的表情，就解释说："以后这里如果住人的话，收起来就可以了。"

"挺好的，我也想买跑步机。"郁黎川立即说道。

莫笙突然蹲在了郁黎川的身前，伸手敲了敲他的膝盖："你膝盖行吗？膝盖不太好的话我推荐椭圆机。"

对于这方面郁黎川没有莫笙了解，还真认真地问了问："这个有什么区别吗？"

"如果是按照体力消耗的话，跑步机比椭圆机强。但是相比较对身体造成的伤害，还是椭圆机保守一些。像我们运动员都是推荐对身体损伤小的，毕竟我们是伤病高发人群。"

"嗯，好的，那我就买椭圆机。"

莫笙重新站起身来，对郁黎川勾了勾手指，带着郁黎川走进屋里，让他坐在垫子上。

郁黎川乖乖地坐下了，莫笙开始活动郁黎川的肩膀，随后在几个位置按了按："还可以，关节灵活。"

说着，她突然领着郁黎川做了一个诡异的动作，郁黎川居然能够完全做到。

这可是他们专业人员才能做的专业动作。

莫笙忍不住感叹："你身体柔韧性可以啊！"

郁黎川笑了笑，没回答。

莫笙突然想起什么来，问："阿姨天天拽着你学一些奇奇怪怪的东西，难道不教你跳舞吗？"

"……"

"你肯定也会跳舞吧？"

郁黎川一直没有提及这些事情，就是不想被莫笙看到，被问了之后才回答："其实……就会一些而已。"

"厉害啊，我能看看吗？"

"还是不要了吧……"

"哦。"莫笙没当回事，伸手去按郁黎川身上的筋，看看有没有小结节，"你身体柔韧性可以，都不用开筋，起步就很简单了，你之前撸铁吗？"

"都是一些简单的。"

莫笙蹲在郁黎川身边笑了起来："我本来以为教你会挺难呢，现在发现你身体素质还不错。"

"那我第一关过了？"

"也不是，你劲儿小。"

"应该也可以，你是……"是你力气太大了。

莫笙还在显摆："我想袭击你根本就是轻而易举。"

郁黎川叹气："你有点儿小瞧我了。"

"你别不信啊！"莫笙说着直接挽起了袖子，朝着郁黎川就扑了过去。

郁黎川伸手挡住了莫笙的手，问："我要反抗吗？"

"当然啊！你狂妄得太早了。"

郁黎川还在犹豫要不要用力的时候，莫笙就已经扑过来了，且极为迅猛，让郁黎川不得不用双手抵挡。

然而周旋间，莫笙很快挣脱了他的双手束缚，反过来抓住了他的手腕，接着身体顺势用力一压，他直接仰面躺在了垫子上。

莫笙握着他的手腕，将他的双手按在头顶，俯下身居高临下地看着他坏笑："看到没有，你在我面前就是身轻体软，一推就倒。"

郁黎川被扑倒的瞬间还有点儿蒙，错愕地看着莫笙，没想到自己居然会倒得这么狼狈。

这一瞬间仿佛被秒杀。

他躺在垫子上看着莫笙，迟疑着问："可以再来一次吗？我没做好准备。"

"重来几次你都不行。"莫笙回答完就松开了郁黎川。

郁黎川活动了一下手腕，随后站起身来说道："我刚才姿势不对，这次不会了。"

"行，你想怎么开始都行。"

"我可以攻击你吗？"

"小伙子，你挺有梦想啊。行，你可以攻击我，不过事先说好，咱不能输不起哭鼻子的。"

"不会！"郁黎川还是非常要颜面的，态度坚决地否认。

这一次郁黎川谨慎多了，认真地看着莫笙此刻的姿势，还有她面向的方向，在她走过来后灵活地躲开，顺势抬手从她的身侧环住了她。

莫笙并未被压制，肩膀一抬攻击他的下巴，随后用手肘去攻击他的肋骨，临要碰到他之前收了些许力道。

挣脱开之后她想要反过来控制住郁黎川，谁知他伸脚将她绊倒，让她倒在了垫子上。

郁黎川明显实战经验不足，竟然跟着她一起倒下了，两个人摔在了一起。

两个人倒下后同时朝对方伸手，莫笙想要在这个时候制伏郁黎川，把他压制住。

而郁黎川却伸手想要扶着莫笙，同时询问："你没事吧？"

看到对方的举动之后，两个人的动作同时顿住，莫笙收回手干脆躺在垫子上不攻击了，嘟囔着抱怨："你这样让我毫无斗志。"

"绊倒你的时候，我以为我能扶住你。"

"结果没扶动是吗？我的体重是不是超过你的预估了？"

"呃……其实还好。"

莫笙确实比郁黎川想象中重一些，他还当莫笙也就一百斤左右。

莫笙也没在意，躺在垫子上笑着说："我不怕摔。而且这个垫子摔了也不疼，我家里就是这种。"

"嗯，确实不疼。"

两个人都躺在垫子上没动，莫笙转过头去看郁黎川，然而只能看到发光的人形而已。

莫笙忍不住伸出手去，在郁黎川面部的位置摸了摸他的脸颊，问道："郁黎川，你现在是什么样的表情？"

她有的时候真的很好奇。

他们都说郁黎川长得帅，他到底是什么样子的？

他平日里都是怎样的表情？看着她的时候是什么样的眼神？此刻，他又是什么样子的？

"是一种让我庆幸你看不到的表情。"郁黎川回答。

"欸？"莫笙不解。

"在笑，在看着你，此刻脸可能会有些红，因为刚刚运动过，还有一点打不过你的恼羞成怒。"

莫笙当即被逗得大笑。

莫笙还没来得及说什么，门外传来了门铃声，莫笙立即起身朝外面走："应该是安装宽带的人来了。"

郁黎川其实还想和莫笙再继续待一会儿，不过他还是跟着起身，帮莫笙打开视频对讲机。

安装宽带的工作人员很快拿着设备走了进来，安装得很快，设置完毕，测试后能上网了工作人员就离开了。

郁黎川坐在电脑前敲击键盘，设置路由器的密码，随后拿着手机登录。

"好了，你可以连网了。"郁黎川转头对莫笙说。

莫笙拿出手机搜索，询问："叫什么啊？"

"摸鱼小分队。"

莫笙听到名字就笑了起来，接着问："密码呢？"

"moyu20201010。"

莫笙只是输入了密码，同时嘟囔："还挺好记的。"

"嗯。"郁黎川点了点头，这是他对莫笙一见钟情的日子，只有他自己知道。

莫笙连上网之后，立即打开了视频网站，想要看看网速快不快，接着又去看电脑上的网速测试，之后打了一个响指："优秀！等抢课那天我就把笔记本电脑搬来，看谁是我的对手。"

"嗯，我们一起努力。"

洗衣房隐隐约约地响起了音乐提示音，莫笙想起了什么，赶紧跑过去。

她想着反正来都来了，就用了他家的洗衣机洗自己的衣服。

现在估计也快洗完了，她得赶紧拿出来，不能让郁黎川看到她的那些低级趣味衣服，比如——海绵宝宝的衬裤。

郁黎川有些不解，探头往外看，就看到莫笙将门反锁了，他也就没跟过去。

没一会儿，莫笙走了出来，跟他解释："我借用了一下洗衣机。"

"哦，没事，你随便用。"

"其实我还打算洗个澡再走的，我们省队的浴室没你这里洗澡爽。"

"你随意就好。"

莫笙已经没有最开始的不自在了，点了点头回答："行，午觉、洗澡一条龙，反正我已经把自己当外人了，毕竟这房子有一部分是我帮忙装的。"

"对，你是半个主人。"

莫笙再次将郁黎川叫进健身室，开始按照自己的记忆教郁黎川一些武术动作，今天教的都是一些基本功。

她和白小婷不一样。

白小婷是教育体育专业，以后出去恐怕会成为体育老师、教练之类的，他们的课程需要样样精通，以后才能去教学生。

莫笙上课则是参与性质的，学会了就行，没想过怎么去教学生。

今天的课程好几次莫笙都是想到了什么教什么，教了一会儿后觉得自己恐怕不会是一个好的体育老师，当私教都费劲儿。

好在郁黎川并不在意，并且学得很快。

郁黎川很聪明，聪明到莫笙望尘莫及的程度，很多东西教一遍他就懂。最重要的一点是莫笙都没讲明白呢，郁黎川就理解了。

这脑子就应该在死后捐到研究所去，让专家研究研究这种聪明的脑袋是怎么长的，这个世界太多人需要这种脑子了。她以前见识过的，听不懂人话的人太多了。

和郁黎川沟通起来不累，甚至还让莫笙有了一种盲目的自信。

她备课不行，但是她会教，不然郁黎川怎么学会的？

中间休息的时候，莫笙询问郁黎川："你四级的成绩是不是下来了？"

莫笙与世隔绝后，都没来得及问郁黎川这个问题呢。

"嗯，下来了，过了。"

"多少分？"

"634分。"

莫笙听完沉默了一会儿，随后回答："哦，还行。"

就是有点儿非人类而已。

郁黎川也谦虚："我会继续努力的。"

"你学习这么好，为什么不去更好的大学啊？"莫笙终于忍不住问这个问题。

"兴趣使然吧。我以前是学理科的，没什么意思，看一看就会了。"

这要是别人说，莫笙八成撇嘴，并且腹诽这人真装。

但是这话是郁黎川说的，莫笙就信了，主要是这小子脑子确实挺好使的。

她小声地问："你要是参加高考能考多少分？"

"模拟考试时，大致是640分左右。"

"不高啊。"

"嗯。"

"满分750分？"莫笙想到了关键点。

"我们是3+3模式，满分660。"

莫笙听完直捂脸，特别小声地说："这还是人吗……"

"嗯？"郁黎川没听清。

"我说你考得不错。"

"谢谢。"郁黎川展现出了天使般的微笑，然而莫笙看不到。

莫笙趁休息的工夫出去把衣服收了起来。

郁黎川走过来倒水喝，同时说道："就算从烘干机里拿出来，还是晾晒一下比较好。"

"不用……"莫笙不想郁黎川看到她的衬裤在阳台上晒太阳。

"嗯，那你带回去晾晒也可以，我去收拾行李。"

"好的。"

莫笙收好了衣服，走到健身室里拿起哑铃开始撸铁，穷极无聊的时候开始研究新动作，结果失手将哑铃甩了出去。

哑铃咕噜咕噜滚到了客厅，她立即跑出去捡，看到郁黎川出来后跟他解释："我就是闲的。"

郁黎川没看到哑铃，只注意到了莫笙，没理解这句话，于是特别认真地反驳："不，你是甜的。"

莫笙一时间没听懂。

这是不是就是传说中的尬聊？

现在是假期,东高大的竞技食堂还没开。郁黎川也没办法去买食材,市场的食材他们不放心,莫笙只能回省队去吃饭。

今天是周日,省队每周一次的假期。

莫笙想试着带郁黎川一起进去,先自己刷卡进入省队看了一圈,确定食堂里的人不多,才重新跑回来给郁黎川刷卡,让他进来。

这就是省队新人的惶恐,她听说其他队友有用两部手机的,交上去一部,私底下还有一部可以用。知道归知道,但莫笙刚进省队真的不敢这么做……

郁黎川上一次来是在夜里,并未仔细看省队内部。

再次进来,他认真地看了看这里,的确像岑沐可说的那样朴实无华。

一圈很有年代感的建筑物,房子都不算高,楼内甚至没有电梯。

体育馆就像一个巨大的仓库,倒是门很大,大型的玻璃门看起来十分通透。透过玻璃可以看到里面贴着"发展体育运动"之类的标语。

院子里有 400 米的跑道,场地倒是十分专业。

省队院子里多是柳树,时间到了二月底,已经长了些许柳枝。

风一吹,柳絮纷飞,看起来轻飘飘的,伸出手来却抓不住,在空中打了一个旋,最后在地面落下,积雪一般覆盖了半个天地。

两个人到了食堂,莫笙把郁黎川安排在角落的位置坐下,自己去给郁黎川打饭,端回来后放在了郁黎川的面前:"尝一尝,比学校竞技食堂的好吃一些。"

"嗯,看起来就不错。"郁黎川拿起筷子回答。

他挑食,吃得不多,只是喜欢和莫笙在一起吃饭而已。

莫笙坐下之后特别担心,说道:"我明天就得交手机了,你一个人在这边能行吗?"

"我都这么大的人了,可以的,你放心吧。"

"唉,我总担心你出事,你长这么大应该是第一次一个人住吧?"

"在你看来,我就是温室里的花朵?"

"不不不,你是蔷薇花,白色的那种,好看还特别神圣。"

结论就是:你的确是花朵,不过是很好看的那种花。

郁黎川拿出手机来给莫笙看:"喏,我报的驾校,明天过去,争取这学期就把驾照考下来。"

莫笙拿起郁黎川的手机看了看,嘟囔:"位置也不算特别远,这种驾校和我们学校都有合作,你知道吗?"

"嗯,胡教授帮我推荐的。"

"那就行。"

莫笙说完将手机递还给郁黎川,扫了一眼手机壳后又拿了回来,看着郁黎川的手机壳沉默许久。

她猜测，郁黎川是拿他们两个人的合影做手机壳了。

对，只是猜测。

递还手机的时候，莫笙就注意到手机壳在发光，反过来看，就看到手机壳一部分在发光，一部分依稀看起来像是她，主要是她那部分隐藏在了圣光之下。

她看着这泛着圣光的手机壳，恨不得拿下来拜一拜，太神圣了。

"这个手机壳……"莫笙迟疑着开口。

"哦，就是用这个手机壳很方便。"

"怎么方便？"

"被人要微信号的时候，我举起手机给她看就可以了。"

莫笙没有这种烦恼，很少有人跟她要微信号。

倒是有女孩子会突然跑过来说她帅，跟她要微信号。她也搞不懂，她扎着马尾辫，哪里帅了？

她又看了看手机壳，随后说："你就应该直接定制两个，给我一个，我也用，不过我的手机是华为的。"

莫笙的这个反应让郁黎川十分意外，不过他还是很快回答："你把你的手机型号发给我，我给你做一个。"

"行。"莫笙拿着手机给郁黎川发型号，心里盘算着，拿着这个手机壳，她夜里都能拿来照明。

以后她家里都不用放小夜灯，直接贴一排郁黎川的相片，一整晚灯火通明，节能环保，还不打扰其他人。

两个人吃饭的工夫，队里其他人走了进来，看到他们就打招呼，还特意过来看看他们吃的是什么："小两口重聚了？"

莫笙立即否认："不是，就是他提前回学校了。"

队友看了看他们吃的食物："不是你男朋友做的东西啊？"

"不是。竞技食堂没开，不能去买食材。"

队友便不再打扰了，一边走一边说："小哥常来啊，带不带东西不重要，主要是我们好客。"

另一个人补充："对，空手来也没事，我们不在意，真的！"

郁黎川微笑着回答："好的，我明白。"

有一种关系就是，明明两个人没有交往，然而身边的人都觉得他们早就是一对了。

而他们呢，确实也极力否认，然而有些时候也习惯或者默认了。

这恐怕就是朋友之上，恋人未满。

大家都心知肚明，含蓄的只有他们两个人而已。

开学后，莫笙和郁黎川的选课大获全胜。

莫笙这边课程都选好了，给齐柠发截图炫耀，齐柠气急败坏地回复：

我这里还显示着载入中请稍后呢，什么破玩意儿！

所剩余笙：我的课全都选在周三了，学弟还选了一门和我一起上的课，还把周三其他的课都避开了，周三我们两个人能在一起一天。

齐柠：跪安吧，哀家已经不想听了。

莫笙高兴得笑出声来。郁黎川看着她也只是宠溺地笑，递给了她一杯水。

莫笙拿起水杯一口气就喝完了，温度正好合适。郁黎川每次送水来都特别体贴。

所剩余笙：要不你也来我这里？

齐柠：算了吧。我听说郁黎川不喜欢别人靠近他，也就你是例外，我可不做招人烦的朋友。行了，不和你说了，我要和系统拼了。

莫笙选完课非常开心，整理好东西后背上，对郁黎川说："我去找齐柠了。她刚回来，我陪陪她，不然她又要吃醋。"

"那你去吧。我去厨房装一点东西，你带给她。"

"好的。"

莫笙背着电脑包，拎着餐盒出了郁黎川家的小区。这次她没让郁黎川送她，毕竟她是要去网吧，距离这里不算远。

走出小区不远，莫笙就看到了熟悉的人，只是随便看了一眼后就继续往前走了。

女孩却叫住了她："莫笙。"

莫笙停住脚步，问："有事？"

"我能和你聊聊天吗？一会儿就可以，我请你喝东西。"

莫笙摇头拒绝了："不行。我最近有比赛，外面的东西都不会碰的，果汁也不能喝。"

"就一会儿，行吗？"女孩的语气楚楚可怜。

"我可以拒绝？"

"可以，不过我应该会再来找你的。"

莫笙拎着东西看着她，知道她叫王乐初，是唐祎的前女友之一，刚刚分手不久的那个。

这位长得蛮漂亮的，表演系的，身高168厘米，身材纤细修长，似乎女孩子这种身高体形才是最美的。

莫笙当初还夸过这个女孩子，让唐祎好好处，不过半年后两人还是分手了。

她知道，王乐初出现在这里不是意外，可能连这里是郁黎川住的地方都知道。王乐初有这股劲儿，再闹到队里就不太好了。

莫笙只能跟王乐初解释："你们交往的期间我没有找过唐祎，完全没有联系过他，你和他分手后我才和他联系的……"

"我知道。"

"那你还有什么事吗？"

"就是想和你聊聊天，看看你是什么样的人。"

如果唐祎没有表白，莫笙或许还不会在意，甚至不理解王乐初为什么要来找自己。

然而现在唐祎对她表白了，还说了那些话，让她依稀明白了王乐初的意思。

造孽啊！

"那我们就随便找个地方坐一会儿吧。"莫笙最后还是妥协了。

王乐初点头，似乎并未因为莫笙答应了就心情好起来，依旧忧心忡忡。

两个人并肩走在一起，王乐初的长发披散在肩头随风飘动，十分温柔的样子。

相比较起来，莫笙就像一个男生似的，一身运动服，背着黑色的电脑包，手里还拎着餐盒，扎着单马尾用的也是黑色的皮套，毫无精致可言。

到了咖啡厅后，两个人坐在了角落的位置。王乐初点了饮品之后一直没说话，只是看着莫笙出神。

莫笙有点儿不自在，问："你想聊什么？"

"你知道唐祎喜欢你吗？"

莫笙看着她没回答，垂着眼帘似乎表情不太好。

王乐初捧着饮品苦笑起来，感叹："什么啊……你知道啊。"

"我也是最近才知道的，在……你们分手后很久。"

"我追唐祎的时候就知道你，毕竟你们两个人总在一起，我还一度以为你是他的女朋友。后来我从篮球队的人那里打听到，你是他的备胎。"

"什么玩意儿？"莫笙瞬间提高了音量，她完全不知道这件事情。

"不过在我看来不是，后来发现，果然不是。"

莫笙还对刚才的事情耿耿于怀，问："谁说我是备胎的？"

"张垚。"

莫笙听完就翻了一个巨大的白眼。

王乐初继续说："我最开始对你很不屑，然而越和唐祎相处，就越觉得不对劲儿。明显唐祎对你而言可有可无，而你对他而言就是他最在意的存在。他的手机里有一个设了密码的相册，从来都不给我看。有一次我尝试输入你的生日，结果进去了，里面都是你的相片。"

莫笙很纳闷，说道："我没怎么和他拍过相片。"

"可能都是一些你朋友圈里的，或者你朋友发的朋友圈相片里有你，有些明显是偷拍的。最让我在意的是他偷拍了你睡觉的样子，你睡在沙发上，辫子还没松，身上披着大衣，那种相片肯定是很亲密的关系才能拍到吧。"

"我和他其实是……"莫笙想要解释她和唐祎的关系。

"我知道，重组家庭。"

"嗯。"

"他喜欢你，却不能喜欢你，就尝试和我们谈恋爱来放下你。他跟我分手的原因是因为他努力过，却依旧无法喜欢上我！你听听，这是人话吗？"

莫笙听完沉默了一会儿回答："你和我聊也没用，我没有参与过你们的事情。而且，我对他没有任何想法，我喜欢的是别人。"

"郁黎川是不是？"王乐初问出这句话的时候，还有种解气了的醋畅感，"对，找比他好的，不要答应他，他就是一个渣男！呵，让他也尝尝这种感觉！郁黎川真的很好，至少他的身边只有你。"

莫笙依旧十分不解，忍不住问："既然你什么都知道，为什么还要找我呢？我也没办法帮你们和好，我很久没和唐祎联系过了。"

"我其实也没什么事情，就是还喜欢他……很贱是不是？明明知道他有多过分，可我就是喜欢他！我心里难受，就想看看他喜欢的人是什么样子的，然后跟他喜欢的人说他的坏话！"

"哦……那你很棒棒啊……"莫笙简直词穷。

"唐祎真的很过分，和我在一起接吻都很少。而且晚上一定要关着灯，我真不想知道他在那个时候想着谁。"

莫笙听完忍不住蹙眉，不想深想，想到就会觉得特别恶心。

她做了一个深呼吸后，才温和了语气，问："你很生气吧？我听着都好气啊。"

一句简单的问话，居然戳到了王乐初的泪点，莫名其妙地哭了起来，眼妆都花了。

她一边哭，还一边努力忍住眼泪，然而完全控制不住："怎么这样啊，在情敌面前哭成这样。"

"不，我们不是情敌，都喜欢他那才是情敌。我不喜欢他，从未喜欢过，以后也不会。"

王乐初看了莫笙一会儿，眼泪越发汹涌了。

莫笙抽出纸巾递给了王乐初。

王乐初哭了好一会儿，还在断断续续地说着唐祎的过分，然而听得出来，她还是喜欢唐祎。

莫笙真搞不明白，为什么那么多好的男生王乐初不喜欢，偏偏对一个渣男情有独钟呢？

就因为唐祎那张脸？还是因为得不到的才是最好的？

莫笙心里有点儿气，气得心里血气翻涌，想要找唐祎出来打一架。

莫笙忍到最后，也只说了一句："没事，别哭了，我帮你收拾他。"

"我是故意找你的，这样你就会讨厌唐祎，他永远都追不到你。我是不是特别差劲儿，难怪他不喜欢我。"

"这有什么差劲儿的？没揍他就不错了。"

"打他还手疼呢。"

"没事，我来。"

王乐初擦了擦眼泪，纸巾就在脸颊边，露出湿漉漉的眼睛盯着莫笙看。脸上的妆容残败不堪，居然也不丑，这就是美女的实力吧。

莫笙依旧是无辜的模样，尴尬地安慰王乐初两句。王乐初居然又开始哭了，弄得莫笙措手不及，只能手忙脚乱地帮她擦眼泪。

两个人先前说只聊一会儿，结果聊了整整两个多小时，其中一个小时是莫笙在哄她别哭了。

临走的时候，王乐初哑着嗓子问她："能加个微信号吗？"

"啊？我……我的处境很尴尬。"莫笙真的不想加。

王乐初摇了摇头，小声说："不是因为唐祎了，我就是发现我还挺喜欢你的。"

"哈？！"莫笙真的是一次次被这个丫头片子震惊到。

莫笙最后还是加了王乐初的微信号，主要是怕王乐初又哭了。

莫笙拿着餐盒去找齐柠的时候，还觉得一阵阵头疼，仿佛有一只啄木鸟在她脑袋里时不时地啄几下。

她找到齐柠绝望地说："我对女孩子哭真的是束手无策。"

"你哭的时候我更束手无策。"齐柠拍了拍莫笙的肩膀说道。

"咋的呢？"

"你一哭，话都说不清楚，就跟嘴里含了个山竹似的，并不是所有人都是郁黎川，能搞懂你。"

莫笙突然一惊，问："郁黎川不会有读心术吧？"

如果郁黎川也能看到她头顶的弹幕就完蛋了，那不得看到一堆黄色废料？

齐柠摇头安慰："不会，他如果会读心术，知道只要一表白你就能追到手，不会等这么久。郁黎川都不如我们学校的选课系统，等了一阵最起码有个盼头，知道课能选上。他已经等了这么久，都不知道他到底怎么想的。"

莫笙靠着齐柠缓了一会儿，才给唐祎发了消息：回学校了吗？

唐不甜了：嗯。

所剩余笙：出来一趟吧。

唐不甜了：怎么？

所剩余笙：打架。

唐不甜了：行，我换身抗打的衣服。

莫笙放下手机后，齐柠小声问莫笙："这次这事儿，我一个人拉架够用不？"

齐柠还不知道唐祎表白的事情，只当是唐祎的前女友来找莫笙麻烦了。他们之间复杂的关系，齐柠也知道一些，只当是发小不好当，总是被无辜连累，里外不是人。

莫笙点头："应该够用。"

莫笙和唐祎约在体育馆，这里还没开始训练，现如今人少。

齐柠最开始不打算打扰他们说话，就让他们先开打，打一会儿她再去，不然莫笙不过瘾。

她去超市里买了三根棒棒冰，准备等这两人打完了，她过去拉完架后一起吃。

结果她在超市遇到了云折竹和郁黎川。

她立即一阵慌张，结了账就走，小跑着回了体育馆，小心翼翼地蹲到看台位置猫着。

云折竹和郁黎川自然一进超市就看到了齐柠，主要是她个子高，一眼就看到了。

刚要打招呼，就发现齐柠跑了，明显是在躲他们。

云折竹和郁黎川对视了一眼后，都没说话就跟着走了过去。看到齐柠进入体育馆里那么小心翼翼的，他们也跟着轻手轻脚的，然后猫在了齐柠的身边。

齐柠和这两个人对视后，想死的心都有了。

这里听不到莫笙他们说话。

没事，顶多让郁黎川看看莫笙是怎么打人的。

莫笙看着唐祎，头顶戴着头盔，挡着脸，身上还穿着冰球服，也不知道是跟谁借的。

反正唐祎在体育系人缘好。

"今天你前女友来找我了。"莫笙直接切入正题。

"哪个啊？"唐祎的声音从头盔里传出来都十分含糊。

你看看这渣的，一句话就暴露了。

"你甭管，我现在就是有点儿气。"

唐祎点了点头，准备好挨揍了，这理由足够了。

莫笙没动，只是看着他，接着说："唐祎，就因为我，你跑去渣了那么多那么好的女孩，她们明明那么无辜，却因为你受伤，你不觉得你很过分吗？"

"是她们追我的，我提前也说明白了，一个愿打一个愿挨。"

"看着她哭得那么难过，我心里全是愧疚感，明明我什么都没做。

我配让她们那么难过吗？我想了半天，呵……"

莫笙说着，抬手就扇了自己一巴掌，特别狠，在体育馆里都有回响："我不配。"

唐祎眼睁睁看着莫笙的脸颊瞬间变得通红，还有指印，一下子就慌了，赶紧拿下头盔说道："你干什么啊？！"

唐祎拿下头盔的一瞬间，莫笙的巴掌就扬了过去，同样是重重的一巴掌，接着说道："你也不配！"

在莫笙突然抽了自己一巴掌的时候，郁黎川就看不下去了，瞬间起身要过去。

齐柠立即伸手将郁黎川又拽得蹲下了。

郁黎川终于发现了，莫笙和齐柠拎他都像拎小鸡崽。

齐柠看着那边蹙眉，似乎也有点儿心疼，随后小声嘟囔："今天是什么路子啊？"

郁黎川不悦地问："发生了什么？"

"具体发生了什么我不知道，就知道是唐祎的前女友来找莫笙了。莫笙和唐祎是发小，发小这种人不受'女朋友'这类人待见，莫笙自己也知道，所以在唐祎恋爱后就跟个隐形人似的，竭尽所能避开唐祎。可就算一点联系都没有，这群前女友还是不放过莫笙。"

"那个前女友跟莫笙闹了？"

"听说没闹，就是哭了两个小时，最后和莫笙聊得还挺好。"

郁黎川抿着嘴唇，眼中的戾气少了些许，然而火气未消。

他珍惜得跟至宝一样的女孩子，被人欺负了他自然受不了，心中火气翻涌。

自身修养的提升，从能忍住脾气的那一刻开始。

或许，对一个人动了心，就从那个人被欺负了，他能瞬间放下修养的那一刻开始。

齐柠没注意到郁黎川的情绪，只是看着莫笙那边继续说："莫笙这个人有个臭毛病，一般遇到什么事情，先自我检讨，从自己身上找问题，然后愧疚感就特别强。刚才那巴掌估计就是因为这个，她也许是觉得自己避嫌避得不够好。你现在过去，她那巴掌算是白挨了。"

郁黎川低声回答："她其实很无辜。"

"也不算。咱理性分析的话，我要是唐祎的女朋友我也在意莫笙。唐祎对莫笙太好了，好到简直是慈父对待自己的亲女儿。莫笙这个人吧，你对她好，她就对你更好，但是和唐祎不是。她和唐祎认识太久了，就像亲人，唐祎对她好她也不觉得有什么不对。从某种意义上来说，是唐祎惯着莫笙。莫笙现在脾气这么大，唐祎绝算功臣一位。"

初期齐柠还当唐祎喜欢莫笙，后来唐祎一个劲儿地换女朋友，齐柠也就打消这个想法了，有时也会感叹，有唐祎这种发小真好，怪让人羡慕的。

郁黎川听完做了一个深呼吸。

果然还是会在意。

莫笙会对他礼尚往来，有时会收敛自己私底下疯疯癫癫的样子，伪装成淑女。

可是，唐祎了解她的全部。

云折竹看着莫笙开始揍唐祎，拳拳到肉，每一脚都踢得唐祎身体一晃，忍不住问："这没事儿吧？"

齐柠也在看，回答："莫笙肯定不会白打自己，一准儿打回来。这要是问题不严重的时候，唐祎都会抬手挡几下，嬉皮笑脸地逗几句也就没事了。唐祎这样完全不还手，估计是理亏了。"

齐柠说完，递出了手里的棒棒冰，问："吃吗？买完才想起来莫笙吃不了。"

郁黎川这边紧张得不行，齐柠作为莫笙的闺蜜居然给他递棒棒冰？这群女孩子到底有多心大？

云折竹鬼使神差地伸手接了过来，还选了草莓味的。

郁黎川没接。

齐柠看了看郁黎川，随即说道："放心吧，我在这里拿捏着呢，过来就是看准时机出去拉架的。莫笙一般心里有数，有事提前搬救兵，喝酒那次不就错把你搬去了？"

郁黎川看了一会儿还是起身走了过去："抱歉，我看不了，我不想过几天去警局给她送饭。而且，她要比赛，手腕还是不要受伤比较好，打他手疼。"

齐柠想了想，也没再拦着，任由郁黎川去了。

云折竹问齐柠："我跟过去吗？"

"你这个体格去了拉架都拉不动，莫笙一巴掌就把你掀飞了，你吃你的，我去。"齐柠说完把剩下的棒棒冰也全给了云折竹，跟着郁黎川走了过去。

云折竹捧着棒棒冰也不躲了，干脆坐在观众席上吃。

莫笙还打算给唐祎一拳，手腕突然被人握住。

莫笙还当是齐柠，立即说道："齐柠你别拦我，我今天打不死他！"

"是我。"郁黎川声音沉稳地回答。

莫笙就像被抓住逃学的小学生，被吓得瞬间一个激灵，震惊地看向郁黎川，问道："你怎么来了？"

"偶遇。"郁黎川将她拽到自己身边，随后再次强调，"确实只是偶遇。"

唐祎觉得嘴角疼得厉害，用舌头舔了一下，舔到了血腥味，"嘶"

了一声后抬眼看向郁黎川。

郁黎川和唐祎每次见面，两个人都没有好表情，似乎从第一次见面起，他们都觉得对方不是个善茬儿。

唐祎此时心情不佳，被揍后脸颊有点儿青，嘴角还有血迹，看起来更野了，将那种放荡不羁展现到了极致。

莫笙沉默了一会儿，对郁黎川说道："这事儿你别管了，我可以解决。"

郁黎川点了点头，温顺地回答："好，我不管。"

说着抬手碰了碰莫笙的脸颊，刚刚碰到莫笙就疼得躲开了，郁黎川的心口也跟着震颤了一下，紧接着揪紧。

郁黎川最后也没执着，只是说："我在体育馆门外等你，处理完了来找我，我去买冰袋给你。"

"好。"

郁黎川说完转身离开了体育馆。

莫笙看向齐柠，看到齐柠无奈地耸肩，一脸的无辜。

她再去看观众席，云折竹正吃着棒棒冰跟她挥手打招呼呢。

这就是打不下去了。

"行了，你和他一起吃棒棒冰吧，我最后说几句话就完事。"莫笙对齐柠说道。

"行，你悠着点。"齐柠说完转身回了观众席。

唐祎在他们离开的同时，脱掉冰球服，扯着衣领朝着莫笙看，听到莫笙说道："别来往了吧，别让我觉得你恶心，也恶心我自己。"

唐祎将衣服往地上一摔，问道："就这样？"

"对。"

"我没有做错什么，我也没有惹你，只是因为我以后会是你弟弟，所以我就一点机会都没有？我在你眼里什么都不是？"

莫笙原本都准备走了，结果转身对唐祎说道："我从来没想过和你在一起，我和你关系好只是因为唐叔叔。我曾经以为你对我的态度是因为我以后会是你的家人，是你接纳了我和我妈妈的表现。既然不是，那就不要再维持了。"

唐祎此时只能苦笑，笑得嘴角疼。

莫笙继续说："还有，你做的那些事情我打心眼里就看不上，别搞得你受伤似的，就好像只有你是受害者，滚蛋，琼瑶剧看多了是不是？你失去了伟大的爱情是吧？再惹我，我让你失去你的双腿，滚！"

莫笙说完，朝着门口走了出去。

齐柠和云折竹赶紧跟着走了出去，就像两个小弟，莫笙走出去的气势 BGM 都应该是《乱世巨星》。

莫笙走出去后，郁黎川并不在门外，云折竹拿出手机看了一眼，说道："黎川马上就回来。"

她低声回应："嗯。"

云折竹又挤了挤棒棒冰吃了一口，抬头看向齐柠。

齐柠和云折竹对视了一眼后，没等他开口就懂了，说道："既然不打了，我就回宿舍了，你是不是也得回省队？你和郁黎川自己聊吧，我回去了。"

云折竹跟着点头："你在那边等郁黎川就可以了，我回去准备一下学生会竞选的材料。"

莫笙站在云折竹指的地方等待，这两个人就跑了。

莫笙站在树下，脸颊火辣辣地疼，正难受着，郁黎川拿着冰袋过来了，轻轻地贴在了她的脸上，说道："下手那么重，明天都不一定能消肿。"

"啊……没事，我以前被排球砸过脸，也是这种感觉。"莫笙抬手想接过来自己拿着。

"我帮你拿着，挺凉的。"

"哦。"莫笙有点儿不敢看郁黎川，就跟做了什么亏心事似的。

郁黎川看着她许久，最后也只是叹了一口气，说道："以后不许这样了。"

"嗯。"她乖乖听话。

他能拿她怎么办呢？

唐祎捧着冰球服和头盔走了出来，扫了一眼站在一起的两个人，接着大步朝着男生宿舍的方向走。

他走过去的时候还挺潇洒的，结果拐个弯，看不到那两个人之后就开始哭，明明是个身高193厘米的大男生，硬汉形象，却哭得跟个傻子似的。

怕被人看到丢人，他干脆又套上了头盔。

唐祎捧着东西走回去，趁宿舍里还没有人将东西扔到了床上。这个时间，刚刚放假归来的同学还在打篮球。

他擦了一把脸，随后到宿舍楼尽头的电源房里蹲着。

这里空间不大，且没有窗户，面前只有一排电表而已。

常年不通风，使得这里潮湿阴暗，有种发霉的味道，空气里充斥着腐朽的尘埃。

他一个人蹲在那里抽噎着，情绪爆发，再难收敛。他胸腔里发出悲鸣来，身上被打过的地方跟着疼起来。

他和那么多个女朋友分手，从没哭过，但是被莫笙拒绝了，才是发自肺腑的难受。

曾经的莫笙就好像天上的太阳，看得到，碰不到，靠近了都会被融化掉。

他表白后，莫笙就像夜里的月亮，偶尔能看到，清冷的，不容侵犯的，还被云层拥抱着。

都不属于他。

唐祎从口袋里拿出纸巾擤鼻涕，这声音似乎惊动了路过这里的人。

那人退后一步，看到灯光照到的地方是熟悉的鞋子，这么"骚"的款式也唯唐祎喜欢。

那人干脆打开门，朝里探头看了一眼，随后就笑了。

唐祎抬头看到自己的室友时宴冰，立即黑了一张脸。

唐祎和时宴冰不对付不是一天两天了，两个人从同寝的那天起就犯冲，偏偏还是上下铺的关系。

现在失恋被时宴冰看到了，足够唐祎难受的。

时宴冰在唐祎的斜前方蹲下身来，认认真真地看着唐祎，随后拿出了手机，对着哭唧唧的唐祎拍了一张照片。

唐祎简直要揍人。

"是哪个妹子发挥得这么好，能让你也有今天？"时宴冰依旧在笑，似乎唐祎心情不好，他心情就好了。

"听说你被莫笙的小徒弟强吻了，你是不是也挺爽的，这么讨人厌的臭嘴人家也不嫌弃。"

"是啊，我很爽啊，虽然我逮不到她了。"

"估计就是游戏输了，你浑身上下除了那张脸就没有拿得出手的东西。"

"这句话同样送给你。"

"老子有腹肌！"

"好像我没有似的？"

"……"

唐祎瞪了时宴冰一会儿，也不哭了，只是气呼呼地站起身来往外走。

时宴冰伸手在唐祎身上拍了两下，引得唐祎回神揪他衣襟："想打架是吧，对你我可不会不还手！"

"你后背有灰。"时宴冰回答，"不过打一架也行，我最近也挺不爽的。"

两个人第一次一拍即合，真的就打了起来。

莫笙捂着冰袋回了省队宿舍，拿下冰袋洗漱的时候都觉得脸疼。

她这巴掌打得特别实，口腔内靠近牙齿的位置破皮了，有咸咸的血腥味，刷牙的时候会疼，脸肿得碰到就会疼。

她看着镜子里的自己，模样真的有些滑稽。

洗漱完毕后，她走回去拿出手机看了一眼，郁黎川发来了信息：

我回到家里了。

C：以后不要再这样做了，知道吗？

所剩余笙：不了，其实也挺疼的。

C：已经说清楚了？

所剩余笙：嗯。

C：那就好。以后的事情不要想，总之按照你的想法来，你做了决定就没有错。

所剩余笙：好的。

C：冰袋如果温度不合适了就扔了，我送给你的机器有冰敷和热敷功能，你可以用那个。

所剩余笙：好的。

C：早点休息。

莫笙颓然地坐在宿舍里冰敷的时候，突然心里一阵委屈。

她也想吃棒棒冰，估计吃了此时会觉得好许多，可是她不能吃。

早就习惯了的事情，她突然就觉得委屈起来，不过又忍住了，倔强地保持着"大无畏"的模样，拿起手机，看到微信群里有人在聊天。

齐柠：唐祎被莫笙揍了一顿。

孟果：唐祎和莫笙又怎么了？

齐柠：就那些破事呗，避嫌不够还招骚，莫笙来气就动手了。不过唐祎和时宴冰是怎么回事？

孟果：不知道，两人莫名其妙地就打起来了，听说被导员叫走谈话了。

齐柠：你去安慰安慰？

孟果：我现在不敢在学长面前出现。

齐柠：你强吻的能耐哪儿去了？

孟果：不敢了，呜呜呜！

莫笙前一秒还在丧气，后一秒就精神了。

所剩余笙：强吻？什么强吻？我怎么什么都不知道？

齐柠：对哦，还没跟你说呢。刚开学，我们孟果同学就把时宴冰强吻了，轰动整个体育系。

莫笙是知道时宴冰的。

时宴冰，东高大女生都不敢碰的毒莲花，还是唐祎的室友。

这人长得祸国殃民，闭嘴的时候国泰民安，张嘴就容易引起战争，祸害人间。

所剩余笙：我还没接过吻呢！

齐柠：你何止啊，你初吻还在呢！

所剩余笙：我太酸了，我太羡慕了，啥味啊？

齐柠：你亲学弟两口，学弟肯定不会拒绝的，你试试？

所剩余笙：呜呜呜，学弟太纯洁了，我不能玷污他！

齐柠：实在不行，你主动吧，学弟的动作看得我直着急。

孟果：什么，你们还没在一起呢？

队长：居然还没恋爱呢？

齐柠：对。

所剩余笙：老幺都下手了，我还没！不行，我要去刷抖音放松一下。

莫笙拿起手机，打算看会儿视频缓解一下，结果第一条就看到：有一个"沙雕"男友是什么感觉。

莫笙又难过了。

她都不用前缀，她特别想试试有男朋友是什么感觉。

返回微信，她看着郁黎川的聊天框，迟疑着要不要直接表白得了。

她输入文字：你对我什么感觉？

想一想是不是太卑微了，她又删掉了。

之后她又打字输入：你喜欢什么类型的女孩子？

看着这段字，觉得问了也尴尬，郁黎川要是说他喜欢别的类型的，她也改不了啊。而且，郁黎川老早就当众说过喜欢她这种女生。

到最后，莫笙也只是打字过去：你早点睡吧，晚安。

对面回复了一段语音消息："好，你明天早上也冰敷一会儿。"

莫笙将手机放在了一边不再看了，就等着明天一早上交。

她今天刚刚闹了一场，估计在郁黎川看来，她就跟演了一出戏似的，这种情况下真不适合谈这些。

躺在床上敷脸的时候，她终于承认，她开始着急了。

周三一大早，莫笙就给郁黎川发消息，让他先去教室等她，她这边有事要处理。

省队这边要定制新的队服，刚巧今天过来人量尺寸，莫笙只能先留下。工作人员周三过来，也是为了不占用队员的训练时间。

莫笙和其他的学生不同，身为进入了省队的竞技体育专业的学生，老师都会关照一些，就算迟到了老师也不会说什么，课后说明情况就可以了。

郁黎川进入教室里后，就引起了一阵小骚动，似乎很多人没有想到，郁黎川会选这节课，毕竟和他的专业完全不沾边，甚至还有点儿偏。

还有女孩子暗暗兴奋，之后能和郁黎川一起上课，就算不能认识他，在一起上一学期的课也够饱眼福的。

郁黎川刚刚走进去，就看到一个女孩子举手对他喊道："这里！"

他朝那个女孩看过去，稍微有点儿迷茫，回忆了一下她的声音才想起来，这个女孩是岑沐可，莫笙的朋友。

他对这种总换发型和衣服风格的人，真的会有种疲惫感。

如果岑沐可在，莫笙就算来了也会和岑沐可坐得很近，他干脆直接走过去坐在了岑沐可的前排。

刚坐下，岑沐可就拿着笔记本电脑走到他的身边坐下，对他说："据说你圈重点特别厉害，莫笙跟我吹了一个寒假。"

莫笙难得考得这么好，恨不得天天跟别人吹，岑沐可就是受害者之一。

听莫笙跟别人夸他，郁黎川心情好了些许，不过还是谦虚地回答："还好。"

"我就是为了莫笙才选这节课的，我看了书，迷茫得不行，期末就只能靠你了。"

"嗯，我可以告诉你重点。"郁黎川回答。

他不会像辅导莫笙那样辅导岑沐可，将重点告诉岑沐可已经算是仁至义尽。

"可以！"岑沐可开始整理自己的书本，似乎是打算坐在这里上课了。

郁黎川抬头看了一眼位置，随后问岑沐可："我们可以换个位置吗？"

"啊？怎么了？"岑沐可不解。

郁黎川还没来得及解释，老师就走进了教室，他们只能安静上课。

莫笙姗姗来迟，进入教室后老师看了她一眼，随后摆手示意她赶紧进去。

莫笙朝着教室里走，朝着郁黎川的位置走过去，走到半路诧异了一瞬间，还是坐在了岑沐可的身边。

郁黎川的位置有点儿尴尬，属于教室的中间排。他另外一侧已经坐了其他的学生，这一边坐着岑沐可，莫笙只能坐在了岑沐可身边。

在莫笙坐下的时候，郁黎川坐直身体越过岑沐可看向莫笙，似乎觉得岑沐可隔在他们中间很碍眼。

莫笙也看不清郁黎川是什么表情，只能看到郁黎川头顶的弹幕：

【座位怎么才能换过来？】

【唉……岑沐可为什么要坐过来，好烦。】

【以后都要和她一起上课？怎么这么自来熟？】

莫笙看到弹幕后，猜测这个"她"是指岑沐可，并没有误会。

意识到郁黎川有点儿不高兴了，她快速拿出手机来给郁黎川发消息：先这么坐吧，等下课再说。

郁黎川很快打字回复：好，我记笔记了。

郁黎川发完消息后，就开始认认真真地上课了，全程没理岑沐可。

岑沐可也不在意，伸手拉住了莫笙，依旧喜欢赖着莫笙，时不时还会偷偷和莫笙说几句悄悄话，很是兴奋。

莫笙和岑沐可也是一个假期没见过了，难得见面，两个人都挺开心的。

　　郁黎川记笔记的间隙，扭头看到岑沐可和莫笙亲密的姿势，抿着嘴唇叹了一口气，继续记笔记。

　　莫笙眼睁睁地看着郁黎川头顶的心电图变成了绿色，毫无办法，都不知道该怎么哄。

　　下课后，郁黎川收拾笔记的期间，岑沐可问郁黎川："郁黎川，能加个微信号吗？你把你的笔记拍下来给我传一份呗。"

　　"我传给莫笙，她再转给你吧。"

　　"不至于吧？"岑沐可惊讶得不行，"我也是莫笙的好朋友欸，加个微信号而已，你以后联系不到莫笙了也可以找我啊！"

　　郁黎川迟疑了一会儿，拿出手机来给岑沐可扫自己的微信二维码。

　　岑沐可扫了二维码后添加了好友，随后背着包朝外走："我还有课，先走了啊！"

　　莫笙跟岑沐可挥手道别："嗯，拜拜。"

　　下一节课，郁黎川依旧陪莫笙一起上。莫笙到了教室里后神神秘秘地从包里掏出了一盒旺仔牛奶来，递给了郁黎川："喏！"

　　郁黎川接过来后诧异地问："你不是喝不了吗？"

　　"你能啊。"

　　郁黎川懂了，伸手接过来后，微笑着说："好，谢谢。"

　　郁黎川插上吸管喝的时候，莫笙趴在桌子上看着他，小声问："好不好喝？"

　　"嗯……还好。"

　　"等我退役了，我也想喝。"

　　郁黎川停下手里的动作，伸手揉了揉莫笙的头发："等你退役了，我陪你喝。"

　　莫笙看着郁黎川头顶的心电图恢复正常颜色了，这才笑了起来。

　　这小子还蛮好哄的。

　　午休时间，郁黎川带着莫笙去竞技食堂买菜。

　　阿姨看到郁黎川之后直接把秤扔了过来，说道："自己称重自己记账，进价在本子上呢，自己看。"

　　"嗯，好的。"郁黎川到处看了看，选了几样之后，像模像样地用最老式的秤杆托盘去称重，接着到一边的本子上记账。

　　莫笙看得直乐："你会的还挺多。"

　　"这个看两次就会用了。"郁黎川说着将自己选好的菜品装袋，带着莫笙回自己家。

　　莫笙想起郁黎川和食堂阿姨熟悉的模样，就觉得有意思。

到了郁黎川的家里，打开电梯就听到一阵风铃声。莫笙抬头看到家里还安装了风铃，有了家的味道，生活用品多了很多。

最开始来时，这里就像样板间，根本不像正经住人的地方。现在这里依旧整洁，不过至少有了点烟火气，让人觉得舒服多了。

莫笙换鞋子的同时问："你现在已经在这里住了吗？"

"嗯，一般都住在这里，男寝查寝不严。"

郁黎川拎着菜进了厨房，没一会儿就做好了饭菜。

莫笙每次吃郁黎川做的饭菜都会十分惊喜，格外满足，同时跟郁黎川说："我家里人做菜都不太好吃，过年的时候尤其明显。我家里人要是能吃到你做的菜，估计都能把你绑在我家里，不让你走了。"

"那有机会了，我做饭给他们吃。"郁黎川微笑着回答。

"那什么时候有机会啊？"莫笙突如其来地问。

郁黎川被问住了，一时间不知道该如何回答。

莫笙确实有点儿急了，这孩子的确欠敲打。

郁黎川迟疑了一会儿，回答："总会有机会的。"

"哦……"莫笙继续吃饭，得，没敲动。

"你以后每年的假期都会回家吗？"郁黎川问道。

"今年是我省队的第一年吗，我的任务轻，明年开始过年的假期只有三天，估计是回家吧……对了，我4月要封闭训练一个月，那个月都不会出来了，4月末参加比赛。"

"嗯，知道了。"郁黎川拿出手机来看了看日历，"所以我们最后一次能见面的时间是3月31号？"

"对，那天我能上一整天的课。"

"懂了。"

吃完饭后，莫笙站在墙边玩手机。郁黎川从家里拿出了一个小盒子来，到了莫笙身边说道："我查了些方法，可以软化一些你手上的茧子，你等我准备一下。"

莫笙听完跟在郁黎川身后转悠，询问："什么方法啊？"

"其实也只是护理而已，需要长期维持。"

郁黎川没一会儿端来了一盆温水，放在了恒温壶上面，点击液晶屏调整好温度。

水里面应该放了一些什么，至少莫笙闻到了白醋的味道。

莫笙把手放进了盆子里，泡了一会儿后，郁黎川将手指伸进水里试了试水温，然后认真地问她："水温可以吗？"

"其实可以再热点。"

"好。"

等莫笙的手浸泡时间够了，郁黎川就将她的手拉出来，托在自己的手心里，小心翼翼地帮她磨茧子。

郁黎川似乎是第一次做这种事情，小心翼翼的，时不时会问她："疼不疼？"

莫笙都摇头否认了。

在郁黎川第三次问时，莫笙终于忍不住了，说道："你老这么问，我都想歪了。"

郁黎川怔了一下，抬头不解地看着莫笙。

莫笙被看得有些心虚，又开始否认："没事……"

"嗯，你放松就好了，我会很温柔的。"郁黎川说着继续帮莫笙处理茧子，随即轻笑了一声，"疼了你就和我说，我轻点。"

"哦。"莫笙怀疑郁黎川最近考驾照考飘了，暗搓搓地玩灵魂漂移。结果她仔细想想，郁黎川这些话似乎也没有什么太大的问题。

你这是在玩火啊，臭弟弟。

帮莫笙护理完手之后，还有一个手膜，这期间莫笙手机都玩不了。

郁黎川打开电视，两个人坐在沙发上看了一会儿动画片，莫笙忍不住问郁黎川："你是不是也有守宫砂？"

"哈？"

"没事。"

"……"

如果莫笙能看清郁黎川，此时怕是能看到郁黎川通红的耳朵。

他怎么可能不懂？

可是，和他计划的时间还有些出入……

等手膜敷完，莫笙洗干净手后，揉了揉自己的手指，嘟囔："好像好了一点，好像也没有什么变化。"

"这个都是潜移默化慢慢保养的，真那么快有效果的话，就神了。"郁黎川说着托起她的手来，摸了摸她的掌心，随后感叹，"你的手好大啊。"

"那是，我们专业的手都大，我们主攻手身高和你一般高，188厘米，那手这么大个……"

郁黎川换了一个角度，伸手跟莫笙比手的大小，他的手指还是长出一截来，毕竟是长年弹钢琴、拉小提琴的手。

莫笙正要收回手，郁黎川突然握住了她的手，单方面与她扣住十指。

莫笙一怔。

她抬头，看到郁黎川头顶的弹幕。

【原来十指相扣是这种感觉啊。】

【我也握到了。】

【愉快】【愉快】

"手感挺好的？"莫笙挑眉问。

郁黎川收回了手，回答："嗯，先感受一下，这样才能知道以后有没有保养好。"

"哦，这样啊……"

"是啊。"郁黎川理直气壮地回答，随后开始收拾东西。

莫笙坐在沙发上看着他收拾的时候，他头顶一直都顶着【愉快】的表情，就好像头顶戴着一个【愉快】表情的发箍一样稳定。

莫笙看看看着就偷偷笑了起来。

有点儿可爱。

晚上，送莫笙回省队的时候，郁黎川从包里拿出手机壳来："按照你手机的型号做的。"

莫笙表情郑重地托着泛着圣光的手机壳，对他说："感谢。周末我们去买花，我争取把你的露台改造完毕。"

"好，周日我来接你。"

郁黎川拿出手机来，看到岑沐可发来的消息。

岑沐可：学弟，哪个好看点？

岑沐可：【图片】

郁黎川图片都没点开，从小图就能看到是两个保温杯，一个是黄色主体的轻松熊，一个是粉色主体的兔子，都属于可爱的款式。

郁黎川看了一眼后，就将手机放了回去，不再理会了。

他之前给岑沐可发了一张图片，是上课时的笔记，发完后岑沐可说了谢谢，他就没再回复了。

结果岑沐可时不时就来找他，搞得他很烦。

过了一会儿，他的手机再次亮起提示灯，他拿起手机时动作都带着些许暴躁。

岑沐可：哎呀，你别误会，我是要送笙笙的。

岑沐可很会找话题，每次的话题都围绕着莫笙，说的所有的事情都和莫笙有关，让人说不出什么来。

然而她总是来找他，让他有点儿厌烦，于是他打字回复：你也可以问问齐柠。

岑沐可：齐柠她们训练呢。

C：莫笙的另外一个室友呢？

岑沐可：我没有白小婷的微信号。你告诉我哪个可爱不就好了？

C：都买，让她选。

岑沐可：对哦，我一个她一个，就当是情侣杯。

郁黎川原来不想搭理，结果看到这句就不爽了，跟着打开了APP，想要挑一个高端大气上档次的杯子，真正情侣款的。

他要和莫笙用情侣杯，轮得到岑沐可吗？！

这场战役他不能输。

随后，他打字回复岑沐可：那你随意吧。

岑沐可：已结账。

郁黎川继续选杯子，他觉得莫笙肯定喜欢他买的这个。

晚上十点半，郁黎川已经睡着了，迷迷糊糊地接到了岑沐可的微信语音电话，他接通后问："你有事吗？"

突然被吵醒，他心里烦得不行。

岑沐可娇滴滴地说："下雨了！"

"哦。"

"你能不能来接我啊？"

"我为什么要接你？"

岑沐可叹气："现在学校都关寝了，你不是住在校外吗？就你能出来接我了。我穿得好少，还特别冷，哎呀！你赶紧过来吧。"

"我不去，你找别人吧。"

"阿嚏——郁黎川你看啊，我都要冻感冒了，你就不能帮忙给我送一件衣服过来吗？"

郁黎川蹙着眉翻了一个身："我给你两个选择：一、我帮你叫一辆车，你自己回去；二、我给你叫救护车，你去医院急诊室治感冒。"

"我没地方去……"

"你转身，看到人了就冲过去抢他的包，注意，别跑得太快，要让他能抓住你。接着就有免费的警车去接你，你今天留宿的地方也能解决了。"

"好的，没事了。"

"嗯，我挂了。"

郁黎川挂断电话后，开启了飞行模式，继续睡觉。

郁黎川在音乐系练习室里整理东西，云折竹走来打招呼，小声问："你和学姐怎么样了？"

"还是那样。"

"你打算什么时候表明心意啊？"

"她最近有比赛，还是进入省队后第一场比赛，我不能让她分心，所以打算等她比赛结束后表白。我订了游艇，带她出去玩，她比赛结束后有两天假期。"

云折竹想了想后问："那要是输了呢，她心情不好不容易答应你吧？"

"那就带她出去散心，安慰她，找机会表白。"

"也行吧。"

两个人等待的时间，就看到岑沐可踩着高跟鞋嗒嗒嗒地走了过来，似乎是奔着郁黎川来的。

郁黎川有点儿不爽，没理。

云折竹扭头看了一眼后，叹气道："行了，交给我吧。"

"嗯。"

云折竹快步走过去跟岑沐可打招呼："学姐。"

"我找郁黎川。"

"学姐，我之后有比赛，你能不能做我的观众，听听我的水平怎么样？"

岑沐可有点儿诧异，回答："我不懂大提琴。"

"没事，外行人才能听出好不好听，专业人士是听细节挑毛病，你听听感觉就行了。"

云折竹说完，回去取了自己的大提琴，带着岑沐可出了教室。

岑沐可气得脚步声都特别重，走成了女壮士的样子来——这个对手太棘手了，完全没有弱点，比唐祎还讨厌！

第九章
风是甜的

周日，莫笙刚刚从教练手里拿到手机，插上充电器开机后就被信息轰炸了。

她拿起手机，看着岑沐可发来的消息一脸的迷茫。

这位大小姐又怎么了？

她没解读出岑沐可究竟就怎么就不高兴了，于是回复：好啦好啦，我今天就出去，找时间去看你。

莫笙回复完毕后就去洗漱了，再回来看到手机，岑沐可又刷屏了。

可可：你还抽空来看我一眼？你探监啊？

可可：哼，将近两年的真心全部错付，你现在完全就是重色轻友的典范。

可可：怎么了，少陪你学弟一天怎么了，陪我一天不行吗？

所剩余笙：我今天答应了帮他改造露台，上午我们要一起去买花。

可可：我也去！我也要买花！

所剩余笙：你买花干什么？

可可：买多肉养，没事拍拍多肉发朋友圈，显得我很文艺。

所剩余笙：那好吧，我们一起去买。不过事先说好哦，下午就要分开了，学弟不太喜欢其他人去他家里。等我比完赛，带你去爬山？

可可：又爬山？太累了，今年去海边吧。

所剩余笙：行。

莫笙放下手机后，打开衣柜看了一眼，忍不住撇嘴。

她的衣服不少，但都是卫衣、牛仔裤、工装裤、运动服，颜色也没有太跳脱的，都是黑、白、灰，仿佛她的世界被抽去了颜色一般。

她跟室友求助，室友比她强多了，至少有一件粉色的卫衣。

莫笙拿着卫衣就感叹："太少女了！这个款式我喜欢。"

队友笑嘻嘻地显摆："我还有粉色的外套，这个浅蓝色的是不是也好看，不过不知道怎么搭，黑色的裤子行不行？"

"嗯，审美这方面，你果然在我之上。"

莫笙套上这件粉红色的卫衣，搭配简单的牛仔裤和运动鞋，背上包就走了出去。没有白小婷帮忙，她也只能涂个唇膏算化妆了。

到了楼下就看到郁黎川又在和她的队友聊天，再一次成功混进省队内部。

莫笙对他勾了勾手指，两个人并肩走了出去。

郁黎川原本准备带着莫笙去取车，结果听莫笙说："等一下，今天可可也去，我们去她宿舍楼下面等她一会儿吧。"

"她也去？"郁黎川语气瞬间冷了两度。

"我不会让她去你家里的，下午就我们两个人，放心吧。"

郁黎川还是挺不高兴的，不过莫笙都答应了，他也不能说什么，只能跟着莫笙一起去了女寝楼下。

岑沐可明明很早就给莫笙发了消息，结果还是让他们在女寝门口等了二十多分钟她才下来。

下楼后岑沐可直接扑到莫笙的怀里，抱着莫笙兴奋地说："你看我新编的头发好不好看？"

"嗯，好看。"

"嘿嘿，我们走吧。"岑沐可说着挽住了莫笙的手臂。

郁黎川跟在莫笙的另一边，全程听着岑沐可跟莫笙聊天，都没有插话的机会。

等到了郁黎川停车的地方，莫笙去开车，岑沐可立即坐在了副驾驶席，郁黎川看了一眼，沉默地坐在后排。

刚坐稳，岑沐可就跟莫笙闲聊似的说："卡宴没有大 G 贵吧，我可能看唐祎的那辆车看惯了，觉得他那辆暗红色的车挺拉风的，这辆车就有点儿小家子气了。"

"看配置，其实配置到位了价格差不多，大 G 属于网红车，炒起来了。"莫笙随便回答了一句，接着启动了车子。

莫笙开车慢，车里的两个人都没在意。岑沐可热衷于和莫笙聊天，倒是郁黎川一路沉默，听到岑沐可的声音就不想搭话。

到了花鸟市场，莫笙依旧和岑沐可手挽着手一起逛。

郁黎川报着嘴跟在两个女生的身后，云折竹不在，都没有人帮郁黎川处理岑沐可这个"小情敌"，他很是头疼。

岑沐可比较喜欢玫瑰这类开得比较鲜艳的花，莫笙都否定了："不太好养。"

在莫笙的概念里，可以野蛮生长的植物才算是好养活的。

她去问郁黎川："你以前养过花草吗？"

"我妈妈喜欢养花草，我偶尔帮忙照顾。"

岑沐可又凑到了莫笙身边，小声问："他总提妈妈吗？不会是个妈宝男吧？"

莫笙立即否认："你想太多了。"

"哦……"岑沐可眼珠一转，不再说什么了，也不知道是不是在酝酿其他的坏水。

莫笙订的花都是观赏性比较好，且比较好养活的植物。逛了一圈后，又买了其他的小型植物，多肉也选了一些，将露台所有的空间合理分配。

这些植物都是莫笙送郁黎川的，买的时候也没含糊，算是与郁黎川送她的礼物等值了。

岑沐可则是买了一些多肉，不过不太听劝，选了一些比较好看的，很杂。

莫笙建议她分开养，毕竟浇水频率都不太一样。

岑沐可含糊地听了，特别开心地包了起来，也不知能不能养好。

岑沐可坐在车上后问莫笙："你真的不能陪我吃饭了啊？"

莫笙系着安全带回答："肯定的啊，我之后有比赛，不能吃外食了。"

"去你们竞技食堂都行。"

"今天早上学弟买了菜了，抱歉哦。"

岑沐可回头看了郁黎川一眼，话都说到这个份上了，郁黎川也不邀请她，她也不能死皮赖脸地去，只能同意了。

这一路上郁黎川都板着脸和死神一样，岑沐可估算着，郁黎川早就想她离开了。

车子开到靠近宿舍楼的校门停下，岑沐可下了车。

临走时岑沐可还扒着窗户对莫笙说："记得比赛结束后陪我出去玩！"

"好，我答应你了肯定会做到。"

岑沐可临走的时候瞥了郁黎川一眼，郁黎川刚好也不爽地看向岑沐可，两个人四目相对，一瞬间火光带闪电。

岑沐可对郁黎川扬眉挑衅，郁黎川则是看向了别处，不再理会她。

岑沐可离开后，莫笙缓缓地启动车子，完全没注意到另外两个人的眼神过招。

莫笙在地库停好车，乘坐电梯就能到郁黎川家里，比步入小区还近一些，这个车库位置还挺好的。

进入家门之后，郁黎川先去做饭，莫笙则是在露台忙碌。

饭后不久花店就将花送过来了，莫笙熟练地摆弄这些花草，摆放好了后在露台上席地而坐，就着茶几在纸上写上了每种花草的照料方法。

郁黎川收拾好厨房后走了出来，站在莫笙身边看了一会儿后，拿来了一个草团垫子，坐在了莫笙的身边，随后身体一倒，靠在了莫笙的后背上。

莫笙被靠得一怔，隔着卫衣都能感受到郁黎川温热的体温。他的发丝搭在她的后脖颈上，很轻很柔很软，露台上的风吹拂，让他的发丝轻微地飘动，刮着她的皮肤。

她一瞬间不敢动了，问："怎么了？"

郁黎川耍赖似的靠着她的后背，含糊地说："我有点儿头疼。"

"头怎么疼了？严重吗？"

"还好，歇一会儿就好了吧。"

莫笙想要转过身看看他，他不让，只是让她继续写。

莫笙也就没再坚持，继续写字，同时跟郁黎川解释："可可一直都这样，特别爱吃醋，她也没少吃齐柠的醋，总觉得我和齐柠比跟她好。可我和齐柠是室友啊，还同队，共同语言多，一起训练一起上课，肯定在一起的时间多，有的时候真照顾不到她。"

"哦……"郁黎川恹恹地回答。

"我回头跟她说说，保证不会再来骚扰你了好不好？"

"哼。"郁黎川特别轻地哼了一声。

莫笙听完一怔，郁黎川这是在发脾气？

他是在撒娇吗？

她此刻背对着郁黎川，弹幕都看不到，只能用心去感受郁黎川的情绪。

感受了半天，她觉得自己感受不到，只能继续说："其实可可吧……人不坏，就是有点儿娇气，怎么说呢……"

"我不想聊她。"郁黎川终于开口说话了。

"那不说她了。我告诉你这些花应该怎么护理吧，我养过，有经验。"

"好，你说。"

莫笙开始介绍这些花的特性，比如哪些喜光，哪些不喜。郁黎川靠着莫笙，安安静静地听，抬头看向莫笙的后脑勺，终于觉得自己好了点，扬起嘴角笑起来。

莫笙把露台布置得差不多了，拿出手机来拍照留念，还特意修了图发了朋友圈。

所剩余笙：亲手改造的阳台，看着就特别有满足感。【图片】

她发完朋友圈，等待被点赞的时候，郁黎川拿着她写的单子，随手将纸用吸铁石贴在了露台边的小板子上，随后对莫笙说道："学姐，我们开始补习英语吧。"

莫笙的笑容瞬间收敛，哭丧着脸问："我难得放一天假，就不能休息休息吗？"

"那我们来练习趣味英语吧。"

"怎么个趣味法？"

"我教你用英语骂人，不带脏字，但是能毫无痕迹地气死人。"

"好的，我瞬间感兴趣了。"莫笙回答完便朝着卫生间跑过去，"我去洗个手就来。"

"你干脆冲个澡吧，我去备个课。"

"好的。"

莫笙怕郁黎川等，随便冲了一个澡就出来了，头发也只吹到了半干。

她坐在郁黎川身边，早就没了最开始的端庄，盘着腿，捧着郁黎川列出来的单子，读了一遍。

郁黎川伸手搂着她的转椅拉到了他身边，这个动作似乎已经成了他每次授课前的第一个举动了。

接着，他指着一个单词说道："发音不对，跟我学。"

莫笙听郁黎川用标准的发音从容优雅地说了一句脏话，忍不住竖大拇指："我要是不知道内容，还当你在演讲呢。"

"就算吵架，也做最优雅的那个。"

"这要是更优雅地骂人，怎么骂？"

"听过庄子骂人吗？井蛙不可语于海，夏虫不可语于冰。"

莫笙理解了一会儿，才点头："我大致懂了意思，这要是谁用这句跟我吵架我都能卡壳。"

"吵架的时候不是看谁最凶谁最厉害，而是让对方哑口无言，讲不出道理。"

莫笙摇头否认了："一看你就实战经验不丰富，真正愿意吵架的人脑子里一般都没什么东西，比如我这样的。我虽然没什么脑子，但是我不讲理啊，我管你说的是什么道理呢，反正我不认可。只要我不认可得理直气壮，我就能说服自己继续吵下去。"

郁黎川听完莫笙的反驳还真的思考了一会儿，跟莫笙讨论起了关于吵架的事情："那碰到蛮不讲理的人，真的无解了吗？"

"以暴制暴。"

"不，这是不对的，现在是法治社会。"

"你总会遇到那种人，他们完全不讲道理……"

"那就用其他的方法。"

"比如呢？"

郁黎川想了想后，突然笑了起来："算了，不能教坏你。"

莫笙特别不服气，凑过去质问郁黎川："你是不是也想不到了？"

"也不是，我的方法很多，不过跟你讲就不太好了。好了，我们继续上课。"

郁黎川调整了一下姿势，靠着椅子的扶手，伸出手来挑起她一绺半干的头发，在手指尖绕着玩。

莫笙也不在意，靠着椅背懒洋洋地读，郁黎川在一旁纠正她发音。

郁黎川的书房里有一个落地的摆钟，很复古的样式，从透明的玻璃能够看到重锤与钟摆。钟摆摇晃得漫不经心，指针转动得从容惬意。

郁黎川喜欢这种钟，可以听到时间流逝的声音，提醒他不能浪费时间。

然而他却在落日黄昏的时间，懒洋洋地听着莫笙读着东北话版的英语，耐心地纠正错误。手指尖绕着她的黑发，空气里还有她洗漱后的香味。

以前在他看来是浪费时间的事情，此刻也变成了一种享受。

说真的，郁黎川之前不喜欢莫笙这种声音。

他有一个十分挑剔的耳朵，此刻竟然觉得莫笙读英文很好听，听着就忍不住笑意。

莫笙能听到他的笑声，问："我的发音就那么好笑？"

"没，就是觉得你可爱。"

"你这个人啊……虚伪，真虚伪。"

"怎么虚伪了？"

"对我都能夸出可爱来，你说你怎么就不虚伪了？"

"我确实觉得你很可爱。"

莫笙对于郁黎川的无脑夸也习惯了，拿起手机看到岑沐可发来的消息：【图片】

可可："它们在我宿舍安家了，我要给它们起名字，你帮我想一想好不好？"

莫笙听完语音消息后，看着图片用语音回复："那个有'齐刘海儿'的可以叫平头哥，红色的那个叫红红和火火，连成一串的叫富贵。"

放下手机后，莫笙抬头就看到郁黎川用手指轻轻敲击桌面，头顶的弹幕划过：

【那个女的好烦啊。】

【阴魂不散的。】

莫笙立即跟郁黎川解释："我和可可就是朋友聊天而已，你可别连这个都在意啊。"

郁黎川立即摇了摇头："没事，你和好朋友聊天我不会在意的。"

莫笙看着郁黎川头顶的弹幕，知道他心里并不是这么想的。

【也就你傻乎乎的觉得没什么，那个女的明明就是很有心机，为

什么你就发现不了呢？】

莫笙看着郁黎川头顶的弹幕表情逐渐垮了。

她非常护短。如果自己未来的男朋友和自己的闺蜜有了矛盾，她会下意识地向着闺蜜。

如果男朋友诋毁闺蜜的话，莫笙肯定会特别生气。

莫笙试着跟郁黎川解释："可可她很护着我，我们关系也都挺好的……"

【护着你也改变不了她心机的事实，她只对你很好而已。】

莫笙立即改了语气："她不是！"

郁黎川立即一怔，错愕地看着莫笙。

莫笙刚才有点儿冲动了，捂着额头缓了一会儿才说："抱歉，我有点儿失态了……我特别在意我的朋友，我珍惜每一段情谊。你也是我在意的人，我不想你们之间有误会。"

"嗯，我知道你在意朋友，从上次你和齐柠吵架就可以看得出来。"

"我比较笨，不知道该怎么处理这件事情，所以刚才有点儿着急。我只是想跟你说，你如果和我的朋友不和，我会非常为难。"

郁黎川不会轻易特别讨厌一个人。因为一般人他都懒得理会，根本不放在眼里。

他不针对莫笙其他的朋友，他确实不喜欢岑沐可的小心机。

不过此刻，他选择了道歉："抱歉，我会努力控制的。"

不想她为难。

这一次见面并没有持续到晚上。

莫笙和郁黎川吃晚饭的时候，莫笙收到了岑沐可的消息，询问学弟做了什么好东西给她吃。只是一句闲聊，说的也是无关痛痒的问题。

莫笙将晚饭拍照后发给了岑沐可，岑沐可先是夸奖了一通，随后便表示想要尝一尝。莫笙经常会带些东西回去给队友或者白小婷她们吃，自然很快就同意了。

结果，岑沐可非得说怕菜放久了就不好吃了，让莫笙赶紧带回去给她尝尝。早晨还迟到的岑沐可，立即起身去了莫笙的宿舍等她，并且表示已经到了，速度快到让莫笙吓了一跳。

莫笙将其他食物放在了餐盒里，对郁黎川说道："那我先回去了。"

郁黎川正在收拾厨房，东西刚刚放进洗碗机里，瓷器碰撞发出清脆的声响。他随便擦了擦手就走出来送莫笙，然而脚步声里都带着欲盖弥彰的不悦。

"你不用送我，这个时间估计没什么问题，不然你还得再回来。"莫笙单脚站立提上鞋子，回身对郁黎川说。

之前郁黎川住校，送她也就送了。

现在郁黎川在这里住，往返不太方便，她自己也能回去，没必要麻烦他一趟。

郁黎川乖顺地点了点头，然而莫笙刚刚走出大门，就感觉自己的衣角被钩住了。

她低头看了看，发现居然是郁黎川拽着她的衣角。

她顺着他手臂的光源朝上看，一直看到郁黎川的头顶，就看到了几个表情——

【可怜】【委屈】【快哭了】

这还没谈恋爱呢，她就瞬间懂了齐柠恋爱时，处理她和张垚关系有多为难。

她抬手揉了揉郁黎川的头："好啦，我们周三还要上一天的课呢，晚上我给你发消息，今天晚上还是能聊天的。"

郁黎川可怜巴巴地看着莫笙，不过莫笙也看不到他的表情，不知道他现在究竟有多舍不得。

莫笙揉了揉郁黎川的头发就准备离开，郁黎川再次走过去，干脆将头搭在她的肩膀上继续耍赖。

她没有防备，朝后退了两步，被堵在了逼仄的角落，只能站住睁大双眼错愕地看着郁黎川，然而只能看到他的肩膀与他的发丝。

她目光扫过郁黎川，怀疑一个人温柔到了极致，是不是发梢的弧度都会带着柔软。

莫笙和郁黎川之间有十厘米的身高差，郁黎川这样低下头像一只巨大的猫咪，在无声无息地撒娇。

就在这一瞬间，莫笙的心口犹如受到棉花糖的重击，又甜又软，胸腔里迸发出了柔软的甜蜜，瞬间就不想走了。

男生撒娇原来这么致命的吗？

就应该把他的奶粉给扬了，让他体会到社会的险恶！

她都要心软了，心里思考着该怎么跟岑沐可解释。郁黎川突然起身，声音低沉地说："好了，你回去吧。"

"那我真走了啊？"

"嗯。"郁黎川下定决心似的点头，再不走他就要抢人了。

"我回去后给你发消息。"

"好。"

莫笙离开了，郁黎川站在门口，看着电梯门一点点合上，并合之前莫笙还在微笑着跟他摆手道别。

他看着电梯上的数字变化，随后靠着门口叹气。

以前他真没发现自己独占欲这么强，还这么黏人。

这可不行啊……莫笙会不会觉得他不懂事？本来他的年纪就比她小，行为举止幼稚会不会被嫌弃？

他转身走回家里，站在窗口往下看，看到莫笙拎着餐盒朝着小区外走。

她似乎是察觉到了什么，抬头朝他所在的窗户看过来，接着对他摆手道别。他下意识往后退，浑然不知自己在夜里就是发光体，莫笙在楼下能够清清楚楚地看到这一扇发光的窗户。

他再次往外看时，只能看到莫笙小小的身影了。

他第一次喜欢一个人，恨不得每分每秒都和她在一起。既然他们之间有了红线，就应该系一个中国结，解不开，分不开。

然而他喜欢的这个人非常特殊，她是运动员，她经常会封闭式训练，训练期间仿佛人间蒸发。他明知道她在哪里，却不能去找她，只能每天一个人等待她的消息。

难得她离开省队，能和他在一起了，她还有她原本的生活，她要陪着自己的好朋友，不可能一直在他身边。

想想也是，他们现在只是朋友，想霸占她的时间都名不正言不顺。

他越是靠近，越是想要得到。

怎么可能甘心做朋友？

那个唐祎这么多年到底是怎么忍的呢？

郁黎川再次呼出一口气，随手拿起手机想要给莫笙发消息，最后还是忍住了。

他将手机扣在窗台上，双手挂着窗台缓了许久的神，终于觉得自己好一点了，结果抬眼看到自己的手机壳，莫笙笑得那么好看，像耀目的钻石般，成了他最宝贵的东西。

他又开始难过了。

他想把她抢过来，藏起来，就是他一个人的，他养着。

星期三，郁黎川和莫笙一起进的教室，让岑沐可再没有机会坐在他们中间了。

坐下之后郁黎川整理自己的东西，岑沐可很快就凑了过来，坐在了莫笙的身边。她和莫笙打完招呼后，越过莫笙跟郁黎川打招呼："嗨！学弟。"

郁黎川也不能表现得太排斥，于是轻声应了一句："嗯。"

不亲近也不算太没礼貌，明摆着他只是在给你面子而已。

岑沐可搂着莫笙的手臂跟郁黎川说道："今天你不要买菜了，笙笙不能去你那里了。"

郁黎川看向岑沐可和莫笙，没说话。

岑沐可拄着下巴，好整以暇地说："笙笙马上要开始比赛了，我们后援会要组织给笙笙加油。她之后封闭训练肯定不能来了，所以这次笙笙得去见见大家，也能鼓励大家的积极性！"

莫笙这才反应过来："对哦！我好久没看到她们了。"

岑沐可故作凶巴巴地说："对！你个小没良心的。"

莫笙想了想，的确应该过去看看，随后跟郁黎川说道："我今天过去一趟，你不用陪我了。"

"我和你一起去见她们吧。"

"不要了，不然你会见识到一群岑沐可，然后她们集体排挤你。"

郁黎川瞬间沉默了。

他终于意识到，莫笙其实很有人气，只不过是在女生里。

莫笙的后援会仿佛一个后宫。

莫笙哪里是单身啊，她才是真正的后宫佳丽三千，烹饪得香飘十里的"大猪蹄子"。

郁黎川最后还是妥协了，只不过情绪一直十分萎靡，简直成了忧郁的蘑菇。

莫笙时不时看一眼郁黎川的头顶，看着弹幕变化，心情颇为复杂。

郁黎川此刻的弹幕数量也提升到了新高度。

【我等了两天，结果又被抢走了……】

【算了算了，不能计较，不能太黏人。】

【不开心。】

【委屈】

【晚上能一起吃饭吗？她们不可能一整天都在一起吧？】

【但是晚上去我那里吃一顿饭就离开，是不是有点儿太刻意了？】

【是不是只有午休时间过去，下午还是可以和她一起上课吧？】

郁黎川转着笔，扭头看向莫笙，刚好看到莫笙盯着他头顶的空气看，不由得跟着抬头。

【我头上有什么？为什么她总是往我头上看？】

【是不是看不清我的样子很吓人，她不想看到我，回避的时候才会抬头看？在她眼里我的样子很可怕吧？】

【如果我在她眼里是怪物的话，她会愿意和我在一起吗？如果在一起生活会很恐怖吧……】

郁黎川突然陷入了自卑的情绪之中。

莫笙看着最后一条弹幕划过，心跳突兀地加快了几个节拍，快速转过头看向老师。然而老师讲的什么她都没听进去，全部成了耳边吹过的风，在空气中消逝了。

第一次确定了郁黎川的心意，莫笙要强行忍住才能不笑出来。

愉悦的心情，似乎可以将枯燥的公式幻化为音符，乏善可陈的文字都在书本上起舞。

喜欢的心情就好像一首圆舞曲，一个人雀跃着，在心中转着圈圈。

旋转间，牛仔裤也甩出了裙摆来，蕾丝与卷边，好不华丽。

她想笑，却不能笑。

她想去看郁黎川，却不敢看他。

周围的一切都消失了，留下的只有她狂乱的心跳声，还有她不安分揉搓的手指。

他果然喜欢我。

下课后，郁黎川和莫笙并肩走出教学楼。

这个时间走出教学楼的人很多，两个人凭借身高优势在人群之中鹤立鸡群，像众多碎钻中的一克拉钻石一般，格外招摇。

莫笙走出大厅后站在门口等岑沐可会合，对郁黎川说道："你先去吃饭吧，我见见她们之后随便吃一口就去上课，你要是下午不忙可以和我一起上课。"

"我陪你等。"

岑沐可跑过来，立即扑到了莫笙的身边，挽着她的手臂离开。刚走没几步，岑沐可就回头对郁黎川吐了吐舌尖，眼神挑衅。

果然是故意的。

莫笙回过头和郁黎川道别，就看到郁黎川头顶划过弹幕。

【这个女的果然好讨厌啊，不耍心机会死吗？】

莫笙看到弹幕诧异了一瞬间，顷刻间粉红色的泡泡碎裂，飘浮的气球漏气了一般落在了地上，情绪瞬间转变。

她本想抬起手来道别，却没有抬起来，垂在身侧，然后转过身和岑沐可一起离开了。

莫笙和她的后援会关系都挺好的，都是一群很爱闹的女生，聚在一起叽叽喳喳的。

她们打算给莫笙做灯牌，或者是手幅。为了去看莫笙的比赛，还统一定制了上衣。

莫笙看着这些忍不住笑："我一个自由人有后援会是不是太夸张了？我到现在都适应不了。"

"你配！你值得拥有。"岑沐可第一个这样说道，同时拿起手幅给莫笙看，"大概就是这个款式，你喜欢哪个标语？"

"都太羞耻了，所向披靡什么的不太合适。我是救球的，搞得我像主攻手。"

一群人聚在一起，拿着一台平板电脑翻标语，讨论了半天才定下来。

莫笙在午休快结束的时候才去竞技食堂随便吃了一口，全程小跑着到了教室。

走到门口，她就看到郁黎川站在那儿等着呢。

临近上课的时间，走廊里的人并不算多，偶尔有人路过，都忍不住朝着郁黎川站着的位置多看两眼。

看到郁黎川的感觉，就仿佛在现实里见到了明星，竟然真的有人长得那么好看，瞬间觉得自己仿佛就是一只猹。

郁黎川这个人神奇的地方就在于，莫笙和郁黎川认识这么久，几乎没见过郁黎川穿重样的衣服，并且衣品和搭配都特别好。莫笙身为女生，在这方面都自叹不如。

莫笙走过去问他："有没有等很久？"

郁黎川拿起手机对她晃了晃手机壳："等你的时候，手机壳派上用场两次。"

"棒棒哒，我们进去吧。"

两个人进去后，教室里已经人满为患了。

第一排是满的，后排是满的，反倒是三四排有几个空位。

莫笙和郁黎川一起走过去。这位置仿佛是教室里的 C 位，抬头就能和老师四目相对。

莫笙以前上课身上就没有一个自在的地方似的，坐不住，还总喜欢看一看手机，今天下午却十分安静，一直挂着下巴听课，偶尔还会记一下笔记。

今天的莫笙很老实，整个下午都有些沉默。她这个样子反倒让郁黎川不适应了。

最后一节课结束，郁黎川收拾包的时候问她："学姐，你怎么了？"

"没怎么，我晚上还要过去，不和你一起了，你先回去吧。"

"还要去？"

"嗯，可可希望我帮忙改点东西。"

【她还有完没完啊……】

莫笙看着郁黎川头顶的弹幕。说真的，看着自己有好感的男生，心里如此腹诽自己的闺蜜，她的内心十分难受。

意识到郁黎川不喜欢岑沫可，莫笙苦恼了许久，不知道该如何处理。

她其实和岑沫可说过，希望岑沫可可以和郁黎川好好相处，不要故意针对郁黎川，岑沫可也答应了。

郁黎川也答应了她，可是他的想法似乎没有改变。

她没想到这个一向淡漠的人，居然会这么平静地表现出自己的厌恶来。

她再难提起兴致和郁黎川相处了，有点儿心累。

郁黎川说："去我那里吃完饭再去吧。"

莫笙拿起自己的包背上，情绪低落地说："不麻烦你了，拜拜。"

莫笙背着包低着头往外走，走了一段之后就看到面前有人挡住了她，入眼是郁黎川的衣襟。

"你怎么啦？"

"没什么。"

"你别这样好吗？不然我又要记挂好几天，你们最近训练紧，我也不能去你们队里打扰，你说是不是？"郁黎川慢条斯理地对莫笙说，语气温柔，甚至带着哄骗的味道，足以蛊惑人心。

莫笙抬眼看他，看不到表情，于是只能去看他的头上。

【肯定是不高兴了吧？这次生气的理由是什么呢？】

【又在看我的头顶？】

"学姐……"郁黎川再次开口，小声询问，"你是又发现我不喜欢你的朋友了吗？"

莫笙当即愣住，郁黎川也太聪明了吧。

郁黎川盯着莫笙的表情看，随后笑了起来："果然是这样。"

莫笙低声回答："就是有点儿失落，觉得我的圈子和你的圈子是不相容的，这样的话我们可能……没办法长期相处。"

郁黎川点了点头："嗯嗯，我都懂，都理解，我们可不可以聊一聊，等我们聊完了之后，你再思考我们圈子的问题，好不好？"

"好。"

"那要在这里聊吗？不是很方便吧？"

莫笙这才意识到他们还在走廊里，于是带着郁黎川到了二楼水吧。

郁黎川点了一杯红茶，给云折竹发消息：你想办法找到岑沐可，拖住她。

云折竹：行，告诉我位置。

郁黎川抬头问莫笙："岑沐可在哪里等你？"

"在多媒体楼，在机房改手幅。"

"哦……"

郁黎川回复了消息后，将手机放在了桌面上，抬头看着莫笙问："你为什么总看我的头顶，我头顶有什么？"

"没……没什么。"莫笙心虚地解释。

"哦……"郁黎川托着下巴看着她，随后含着笑说道，"你看不清我的样貌，是不是能看到其他的东西？以前我就很诧异，你怎么那么懂我的想法，现在我仔细想了想，我的头顶能看到什么？"

莫笙瞬间心虚无比，这要是知道自己的想法能被别人看到，绝对会气得杀人灭口吧？

就在莫笙紧张得直吞咽唾沫的时候，郁黎川开口说："那你现在看看呢？"

莫笙有点儿不敢看了，然而又好奇，于是抬头去看郁黎川的头顶：

【我喜欢你。】

【非常喜欢你。】

莫笙看完弹幕，整个人都顿住了。

她慌张地躲开了郁黎川的眼神，看周围，看桌面，就是不看他。她双手拘谨地握在一起，揉捏着手指，吞咽了一口唾沫没有说话。

郁黎川看过煮螃蟹的过程，莫笙此刻的脸颊就是按照螃蟹熟了的速度红起来的，看起来十分有趣。

看着她难得羞涩的样子，郁黎川忍不住笑了起来："果然能看到啊。"

"什么啊？"莫笙依旧在装傻，含糊地反问。

"没事。"郁黎川喝了一口红茶，随后用勺子随意搅拌，"虽然我也不理解这到底是怎么回事，一切都很荒诞的样子。不过，能看到你的样子让我非常开心，简直是我这辈子最开心的事情。"

莫笙快速看了他一眼，随后狼狈地点头："哦……"

郁黎川反过来安慰她："我不在意，也希望你不要在意。"

莫笙真的是遭遇了重击，感受到了做人格局的差距，都不知道该说什么好了，甚至有点儿自惭形秽。

郁黎川也不难为她，生怕她再这样发热下去，下一秒就会化为水蒸气蒸发了。

他转移了话题："我们还是聊关于岑沐可的事情吧。你怎么不问问我为什么讨厌她？"

"我也知道一些，可可的性格确实不太好相处。"这点莫笙是知道的。

她一直都知道岑沐可的人缘不太好，和室友都在掐，宿舍群里独独没有岑沐可。岑沐可的朋友也不多，她算是岑沐可难得的朋友。

"她曾经在夜里给我打电话，让我去接她，还说她没地方住，这估计是想要试探我吧。在她看来，你是一个单纯的女孩子，所以要帮你试探，怕你遇到渣男。不过这种试探的行为让我十分讨厌，在我看来，我什么样，应该由你去发现，而不是她。对于我来说，她只是一个陌生人。"

"有这种事情？！"莫笙还真的不知道。

"对，后来她开始费尽心机不让我们接触。或许在你看来都是正当理由，但是她会故意跟我挑衅，你应该没有注意到她当时的表情。"

"真的？"莫笙的眼睛一瞬间睁圆了。

"我只是在说我讨厌她的理由，没必要造谣。其实，你能有这样的朋友我也很为你高兴，至少她是一心一意地向着你。不过，我是她的对立方，所以会产生厌恶的情绪。"

"对不起，我真的不知道，我会和她说的，我真的没想到她会这样做。"

"她是你的朋友，我也不想你为难，所以还是会对她有礼貌的，但内心的想法有时真的控制不住。所以，你能不在意我的想法吗？我正在努力控制这件事情。"

郁黎川说完，莫笙又开始检讨自己了。

她只看到岑沐可对她好的一面，不知道岑沐可对别人是什么样的。而且，岑沐可如果真的这样做了，也是她处理不当，没有叮嘱好。

"对不起……"莫笙垂着眼眸，愧疚得不行，"我已经和可可说过了，不过效果似乎不太好。其实，不是你的问题，是我的问题，我情商太低了，的确是我没处理好。"

"我不是怪你，只是希望你不要怪我，不要因为这件事情心情低落，好吗？"

"嗯。"

"既然都说清楚了，就笑一个吧。"

莫笙艰难地挤出了一丝微笑来，随后说："不过我还是要去见岑沐可，跟她说清楚。"

"好。"

"那……你先回去吧。"

"好。"郁黎川依旧是温和的样子

莫笙拿起包，站起身看了郁黎川许久，才慢吞吞地下了楼。

郁黎川喝完了一杯红茶，呼出了一口气，拿起手机看云折竹发来的消息：我有点儿慌，聊着聊着就哭了算什么英雄好汉？

C：递一张纸巾就跑吧。

云折竹：不用，扯着我衣服擦眼泪呢，沾了我一衣服的眼泪、粉底、睫毛膏，精彩极了。

C：辛苦你了，我赔给你。

岑沐可原本在机房里等莫笙，结果云折竹突然来了。

电脑屏幕上是做的半成品，其实，她是一个修图高手，自己一个人就能搞定，一直放着是要等莫笙来。

云折竹仿佛跟她很熟似的，帮她保存了图片传到邮箱里后，就拉着她去听自己拉大提琴。

岑沐可对这种音乐没有一点兴趣，听得直犯困，结果云折竹突然变了调子，吓得她身体一颤，惊呼了一声问："你拉的是什么啊？！"

"演奏会时的恶作剧，专门用来惊醒睡觉的观众。"

岑沐可气鼓鼓地瞪了云折竹一眼，起身要走。

云折竹立即叫住了她："莫笙一时半会过不来。"

"你又和郁黎川串通好了是不是？"

"怎么能算串通呢？"云折竹笑了，回答得特别真诚，"这叫默契合作。"

云折竹将自己的大提琴放好之后说道："你的事情我也听黎川说起过，你真的觉得你这种自作聪明，莫笙知道后不会讨厌你吗？"

"用得着你管吗？"岑沐可不爽地问，看起来盛气凌人的。

"我当然管不着，我只是帮你分析。就算黎川真的是渣男，就算你是为了莫笙好，你这样去试探了，莫笙知道了会心里一点芥蒂都没有？真要是不明事理的，还以为你在勾引她心仪的对象。"

岑沐可立即冷笑着否认了："不会，莫笙了解我是什么样的人。"

"嗯，莫笙了解你，你了解莫笙吗？如果她知道了这件事情，心里肯定特别难受，还会觉得愧对于郁黎川。"

岑沐可这回没了刚才嚣张的气焰，似乎是觉得穿着高跟鞋有点儿累，又退回去重新坐下了，想着云折竹刚才说的话。

云折竹手臂搭在椅背上，看着岑沐可继续说道："这种事情也就是旁观者清，你觉得你是在帮莫笙，但是在莫笙看来也许是一种负担。你完全没有站在莫笙的角度考虑，自以为是，十分自私。"

岑沐可否认："才不是呢！我从见到郁黎川的第一面起，就觉得他是一个伪善的人，他肯定隐藏着什么真面目，他万一花心、有家暴倾向呢？莫笙太单纯了，她被美色迷住双眼了！"

云折竹听完就笑了，问她："黎川哪里伪善了？他一看就不是善茬儿啊。你看着他挺有教养的，其实，嘴巴可坏了。赵桥学姐被他气得好久都没出现在他面前了。我们黎川自始至终，一直都是一个不好交往的人啊。"

"莫笙一直觉得她的学弟可单纯了，就跟纯洁的小天使一样，我就想找到一点证据，让她发现郁黎川的伪善。"

云折竹继续指点："这是你的主观意识，你排斥和莫笙关系好的人，所以讨厌郁黎川。而莫笙那边呢，她看到的就是纯洁的郁黎川，你知道这意味着什么吗？"

"意味着郁黎川在她面前伪装。"

"不是，意味着郁黎川在莫笙面前就是这样，他不是伪装，他只是单纯的'双标'，对莫笙和对别人不一样。莫笙被黎川照顾得很好。他长得好看也聪明，从小被众星捧月般长大的。你说郁黎川家暴？我听说莫笙教黎川一阵子武术了，黎川还是打不过她呢。"

岑沐可不说话了，她发现她说不过云折竹，这个男人怎么叽叽歪歪那么能讲道理呢？

云折竹继续说："所以你现在做的事情，只会对那两个人造成困扰。你有这个闲功都不如去下一个宫斗游戏，把你的聪明用在那里，还能升升级，别再给别人添麻烦了。"

"我就是不甘心吗！"岑沐可突兀地开始哭，"我的房子塌了！她是我的偶像你知道吗？结果我看到我的偶像没了平日里的帅气，含情脉脉地看着一个男生，我难受死了！"

云折竹原本挺淡定的，被岑沐可这一嗓子号得吓了一跳："呀！你哭什么啊你，你喝点水？要不我给你买杯奶茶？冰激凌行不行？要不……"

云折竹从口袋里掏出一百块钱来，递给了岑沐可："来，拿着钱开心开心？"

岑沐可不要，她也是娇生惯养大的从小到大什么都不缺，就是因为性格太差朋友很少，莫笙是她难得喜欢又关系很好的朋友。所以她会嫉妒齐柠，会嫉妒郁黎川，总想把莫笙抢过来。

可是此刻她终于有点儿慌了，她怕难得的一个朋友都没有了。

莫笙赶过来的时候，正好看到云折竹双手做投降状，被岑沐可扯着衣服擦眼泪。

莫笙赶紧跑过来问："怎么了？"

"她自己哭的……"云折竹生怕莫笙一生气把他给揍了。

"嗯，你也欺负不过她。"莫笙说完伸手揉了揉岑沐可的头，问，"你怎么了？"

岑沐可也不说话，只是哭。

云折竹往后退了几步，扯着自己的衣服看了看，随后对莫笙说："我先走了，你们聊吧。"说完去拿自己的大提琴，走出去的时候还在心疼自己的衣服。

必须得让郁黎川赔！

莫笙坐在岑沐可面前，耐心地哄了岑沐可半天，岑沐可才不哭了，泪眼汪汪地看着莫笙，问："郁黎川跟你告状了吧？"

"他和我说了一些事情，解释了不太喜欢你的原因。"

"你也觉得我做错了吗？那你骂我吧。"

莫笙看着岑沐可半晌，随后叹气："这要是别人，我骂人都不带卡壳的，但是对你我舍不得。我知道你真的对我好，也知道你或许真的没有恶意，但是……我有点儿生气。你为什么不和我说呢？为什么擅做主张呢？是不是我做得不够好，让你觉得我不能应对这些？"

岑沐可看到莫笙果然开始自我检讨了，立即摇头："你没错，我就是……嫉妒！我难受死了！"

"你这么做，郁黎川不高兴也是正常的，你让我为难了也是真的，你能跟他道歉吗？"

错了就是错了。

这个没办法偏袒。

莫笙说完，岑沐可陷入了沉默。

莫笙一直看着岑沐可，也不怪她，只是帮她擦眼泪，同时安慰："可可，你是我很在意的人，我能当成闺蜜的人很少，你就是其中一个。我真的希望你能和齐柠他们好好相处，也希望你能接受郁黎川。我最近这段时间都很为难，因为我在意你，也喜欢他。"

听到莫笙说喜欢郁黎川，岑沐可还是酸了一下，随后小声问："打扰你训练了吗？"

"这倒没，我训练从来不分心。"

岑沐可擦了擦眼泪，随后说："好，我会和郁黎川道歉的。"

莫笙伸手拉住了岑沐可的手说道："抱歉，让你为我担心了。"

岑沐可看着莫笙拉着自己的手，突然又开始号哭了，一边哭一边说："你怎么这么傻啊！你该跟我发脾气的！你为什么要对我这么好啊？呜呜！讨厌我的女生那么多，你怎么还对我这么好啊？"

"我就是傻啊，不傻你怎么会担心我被骗？"

岑沐可又哭又笑的，最后还是跟莫笙道歉了："对不起……是我自作主张了，以后我不捣乱了……"

莫笙去找郁黎川之前，特意给郁黎川打了三次电话，郁黎川都没接。

无奈之下她联系到了云折竹，确定郁黎川回家了，没在宿舍。她犹豫了一会儿，直接去了郁黎川的家里。

她心里藏不住事，也担心郁黎川在她进省队之后惦记她的事情，必须去跟郁黎川说清楚。

到楼下的时候下起了小雨，莫笙小跑着进了小区单元门，拿出电梯卡来刷卡。

电梯入户就这点不好，她都到门口了，也没办法按门铃。

入户这里的确有一个门，然而房子大，敲了门，主人在卧室里也不一定听得清。莫笙试着敲了几下，最后还是直接开门走了进去。

郁黎川明显是在家的，客厅里的灯开着，他的包也挂在门口。

她走进去之后喊了一句："学弟！"

等了一会儿没有回应，她再次拿出手机来给郁黎川打电话，听到手机铃声在卧室里响起。

她朝着卧室走过去，敲了敲门，又叫了一声："学弟？"

门虚掩着，她敲着敲着，门慢慢开了一条缝。

莫笙顺着门缝探头往里看，然后就看到郁黎川一边从浴室里走出来，一边披上浴袍的画面。

……

一个巨大的发光体穿上了衣服……

她要这双狗眼有何用？！她甚至不用娇羞地捂眼睛！

正懊恼着，郁黎川发现了她，吓得一瞬间呆住了，竟然半晌没动。

气氛尴尬里带着一丝丝的诡谲。

郁黎川好半天才找到自己的声音："学姐？"

"啊……我敲门了，你没听到吗？门就是被我敲开的，呵呵呵，太巧了。"

"我没听到，刚才在吹头发。"

"我也没看到，我看不到的不仅仅是脸。"

郁黎川陷入了沉默中，更加不知道该说什么了。

郁黎川努力让自己冷静下来，随后强装镇定地点头，说道："你怎么突然过来了，吃饭了吗？"

"我吃过了。"莫笙适应能力要比郁黎川快多了，毕竟差点儿被看的人不是她，她是真的什么都没看到，"我就是和你说一声，我和可可说明白了，她过两天会来找你跟你道歉。我是想她今天来的，但是她说她妆哭花了，不能在你面前输掉气场。"

"哦，这倒是无所谓，我没有在意，我更在意你。"

郁黎川整理了一下浴袍，随后对莫笙说："我们出去说吧。"

"好。"

等郁黎川走出卧室，莫笙还在跟他解释："我就怕你担心，就过来跟你说一声才能放心。我给你打电话了，你没接。到楼下的时候下雨了，我就先上来了。"

"有没有淋到？"

"没，这场雨都可以叫及时雨了，特别赶巧，我都没遇到过这么懂事的雨！"

郁黎川做了一个深呼吸，努力让自己淡定下来。

然而，刚刚平静了情绪，莫笙又扔来了一个重磅炸弹——

"你喜欢我对吧？"

郁黎川难得乱了阵脚，接着幅度很轻地点头，轻轻"嗯"了一声。

"然后呢？"

"什么然后？"

"干喜欢有什么用啊，你得行动啊！"

莫笙已经受够了这种"若即若离"的关系了。

似乎只有确定下来了，她心里才能足够踏实，不然她总觉得吊着一口气，呼不出吞不进，让人不上不下的难受。

郁黎川目瞪口呆地看着莫笙，措手不及。

他一向是沉稳淡然的，好似什么都能在他的掌握之中。

莫笙是他人生之中最大的变数。

他迟疑了一下才说："我……我打算表白的，在你比赛结束后我预约了……"

"为什么要等呢？怎么的，喜欢了先养着，过几个月我就能变好看了吗？不能！我打赌我几个月后还是现在这样。"

"我是不想打扰你训练。"

"这点事儿还能影响训练，那我还有点儿运动员的心理素质吗？我跟你讲，我们运动员都有一颗金刚钻的心、雷打不动的身躯，别妄想撼动我们的信念，没可能！"

"那……"郁黎川左右看了看。

他预订了很多东西，有轮船，有鲜花，还有定制的礼物。

然而现在他身边什么都没有，环境实在是有点儿寒酸，他再次弱弱地开口："其实，我预订了轮船……"

"别整那些花里胡哨的，你说你是不是喜欢我？"

"嗯，我喜欢你。"郁黎川终于说了出来，一瞬间有了卸下了千斤重担的酣畅感。

"问我。"

郁黎川居然懂了这简单的指挥，问道："你可以做我女朋友吗？"

"行。"

莫笙同意了。

就这么草率的、在毫无心理准备的情况下，莫笙成了他的女朋友。

郁黎川难得慌了神，不知道该怎么做才好，他现在应该过去抱她一下吗？

或者……吻她？

谁知，莫笙还挺自然地说："省队晚上集合安排工作，我先回去了。"

"这就回去？"

"嗯，不过你这儿有伞吗？"

"有。"郁黎川只能去帮莫笙拿伞。

在莫笙伸手来接的时候，郁黎川拉住了莫笙的手，将她拽到了自己的怀里。

这一刻，他抱住的是他的女朋友，名正言顺。

真实的触感，以及她身上的温热都让他喜欢。

"我能拿你怎么办呢？"郁黎川抱着莫笙呢喃似的开口，声音就在莫笙的耳边，无奈之中还掺杂着些许宠溺，"谢谢你愿意做我的女朋友。"

莫笙抱着郁黎川的后背微笑："谢谢你愿意做我的男朋友。"

莫笙和郁黎川交往后，莫笙当天直接回了省队，手机被没收，她没来得及通知任何人。

郁黎川也只跟云折竹说了一句他恋爱了，云折竹回他一句"恭喜"，他便再没和其他人提及。

以至于两个人的恋爱谈得无声无息，这恋爱前后似乎没有任何变化。

周日，因为排球队即将要开始全国比赛，这周没放假，省队安排队员们去游泳放松。

晚上还要去推拿、针灸刺激血液循环，之后用陈年火山灰热敷，每次结束之后，体内的小周天都打通了。

莫笙只能在晚上回到宿舍后，匆匆给郁黎川发几条消息，手机就再次被没收了。

莫笙刚进省队胆小，不敢有备用手机，恋爱后酝酿也搞一部备用手机，不然真的挺想她的小男朋友的。

郁黎川照常每天上课，练琴，偶尔跟着老师一起去演出。

周二这天，岑沐可突然找到了郁黎川，还算认真地跟郁黎川道歉了。

至少在道歉的态度上，郁黎川还是认可的。

不过，岑沐可对郁黎川的态度还是十分别扭，道歉后还要补充几句："我承认你挺帅的，而且也没有什么缺点。可你就是太优秀了，让人觉得你特别假，才会嫉妒你，想扒出点你的缺点来，这样我才能心理平衡。"

郁黎川看了看站在身边的云折竹，觉得很荒唐。

随后郁黎川问岑沐可："你就是这么道歉的？"

"我夸你呢，你没听出来吗？"

"哦……那感谢。"

这夸人的方式还真是绝无仅有。

岑沐可递给郁黎川一个口袋，说道："我们定的衣服，莫笙比赛那天给她加油穿的，这里还有手幅和其他的小道具，你拿一份吧。我们统一订票的时候你和我们一起坐，我会安排好的。"

"哦……"郁黎川接了过来，看了看那粉色的半截袖，陷入纠结。

云折竹正要笑，岑沐可就又递了一份给他，云折竹硬着头皮接了。

岑沐可对郁黎川说道："比赛当天我们会包一辆车过去，时间安排和集合地点我发你手机上。"

"好。"

"行了，没别的事情，我走了。"

"嗯，我和莫笙交往了你知道吗？"郁黎川仿佛闲聊似的突然提起。

岑沐可听到这句话突然顿住，问："什么时候？"

"就是你哭的那天……"

"所以我间接助攻了吗？"岑沐可指着自己的鼻子问。

"算是吧。"

岑沐可受不了这个刺激，听完眼圈瞬间红了，眼看着又要哭。

郁黎川居然抿嘴笑了起来，随后对云折竹说："交给你了。"

"什么就交给我了，我最不擅长应付这个情况！"

"我是有女朋友的人了。"郁黎川说完，拎着东西走了。

云折竹看着岑沐可气得跺脚，突然站在走廊里哭，瞬间绝望。走廊里其他人对他们两个纷纷注目，就好像他把她惹哭了似的。

他也不能去跟路人解释。

他没办法，只能推着号啕大哭的岑沐可去了练习室。

岑沐可看着空荡荡的房间问："你带我进这里做什么？"

"这里隔音好，我们哭是我们自己的事情，不能打扰别人是不是？"

"那你为什么还在这里？"

"我怕你自寻短见，我得看着，确定你没问题了我再走，不然没办法跟郁黎川、莫笙交代。"

岑沐可又开始生气了，继续哭。

云折竹也不知道怎么哄，干脆到一边练习大提琴去了。岑沐可哭得大声，他就拉得大声。

岑沐可哭着哭着就感觉自己的哭声顺着云折竹的旋律走，气得直翻白眼。

周三那天，莫笙终于离开省队，走出来的时候都有点儿疲惫。

郁黎川早就站在省队门口等她了，看着她走出来后，十分自然地伸手揉了揉她的头发，问："怎么了？临近比赛很累？"

莫笙都蔫了，叹了口气回答："其实，越接近比赛，训练安排反而没有之前紧张，多数是放松和调整状态。不过最近总是开会，做总结，布置战术、研究对手之类的，反而让我觉得有点儿累。"

"辛苦啦，今天上课放松一下。"

"上课才不放松呢，我又不是你这种学神。"

莫笙左右看了看，然后靠在郁黎川怀里，蹭了两下，小声说："看到你就好了，特有治愈性。"

她竟然难得地撒娇。

"嗯，那我真的是非常荣幸。"郁黎川说着，抬手抱着莫笙，还拍了拍她的后背安慰。

莫笙也只在他怀里赖了一会儿，就和他一起去上课了。

到了教室，岑沐可已经在了，莫笙刚过去就看到岑沐可肿肿的眼睛，吓了一跳，问："你怎么了？"

"我的房子塌了而已。"

"啊？施工问题吗？"

岑沐可看着莫笙半晌，愣是没回答出来。

郁黎川笑着坐在了莫笙身边，伸手扳过莫笙的头，温声对她解释："不是，她的房子恋爱了，她失去了信仰，仅此而已。"

莫笙这回才明白过来，松了一口气："吓我一跳。"

她又凑到岑沐可身边小声说："我觉得云折竹也不错，干干净净的一个小伙子。"

岑沐可立即嫌弃得不行："可拉倒吧，我打赌云折竹找不到女朋友。"

莫笙又劝了几句，岑沐可都十分排斥，后来甚至不想理莫笙了。

莫笙没办法，只能继续跟郁黎川聊天："月末我恐怕不能来上课了，教练那边帮我给学校交了申请，我马上就要开始封闭训练。"

"这么早就开始了？"

"嗯，没办法啊，我是新人，有些方面还要调整，教练单独陪我练，我不能让他们失望。教练也是征询我自己的意见，我边读边练，算队里的特殊情况。我想了想后同意了，相较之下，今年的比赛更重要，年龄不等人。"

"行，我知道了。"

他们两个人刚刚在一起就分开了，有一个多月的时间完全没有任何联系，甚至不如异地恋。

这次分开后，再见面就是比赛那天了。她在赛场上，他在观众席。

郁黎川有一瞬间的失落，不过还是很快调整了过来，既然是自己的选择，就不能有任何的情绪。他要支持她，鼓励她。

"那我今天要做好多好吃的给你。"他凑到莫笙身边说道。

莫笙重重地点头："好。"

这还是交往之后，莫笙第一次来郁黎川的家里，她还挺紧张的，心里想着，郁黎川会不会过来抱着她不松手，或者……亲她？

结果，郁黎川回到家，就开始给莫笙做饭吃。两个人吃完了，莫笙站在客厅里玩手机，郁黎川在厨房里收拾。

郁黎川收拾完出来，问莫笙："今年年底考四级应该可以吧？"

"可以试试看。"

"好，我去整理一份资料给你，你在队里闲下来了，抽空看一看巩固一下。等到你赛季结束了，我会再给你紧急补习，争取让你十二月的考试可以过。"

"哦……"

莫笙看着郁黎川走进了书房，开始整理资料。

格局。

这就是格局。

莫笙恋爱后想的都是卿卿我我。

你看看人家郁黎川，想着的是如何让她变得优秀，提升她，升华她！

莫笙又开始自我反省了，瞬间自惭形秽。

这份文档郁黎川一直整理到晚饭后，时间眨眼间到了晚上八点多，莫笙不得不回省队了，郁黎川才打印出来用档案袋装上给了莫笙："我还打了一份备份的。"

"嗯，好的。"莫笙伸手接过来。

郁黎川套上外套，对莫笙说："我送你回去。"

两个人并肩朝着省队走，莫笙全程低头看着自己的鞋尖，有着自己的小心思。

他们……是不是该牵手啊？

然而就算两个人没有牵手，依旧觉得十分甜蜜。

风是甜的，夜是柔的，脚步声都仿佛是悸动的心跳声，连两个人并列的影子都令人心动。

省队和东高大之间只开了一个小门，位置挺偏僻的，一般没什么人过来，只有省队的人从这里通行。

到了夜里，这里也十分冷清，除了青树就是两盏孤零零的路灯，以及刷卡处的遮雨棚。

到了门口，郁黎川终于伸手牵住了莫笙的手，先是钩着手指，最后干脆握在手心里，不想松开。

他看着莫笙许久，将莫笙拉到自己的怀里，抱着她小声说："舍不得你。"

一句话，莫笙的心就融化了。

莫笙抱着郁黎川的腰，脸靠在郁黎川的颈窝处，瞬间笑得像成功偷到了鱼的猫，特别贼。

啧啧，学弟这小腰，这身材，真不错。

"没事，等赛季结束了我就又能陪你了。"

"嗯。"郁黎川的这一声仿佛在撒娇，像是"嗯"又好像是"哼"，含混不清，糯糯的。

莫笙听得心里痒痒，想着现在学弟也是她的男朋友了，趁着夜黑风高的亲两口不为过吧？

她正酝酿呢，突然听到了一声咳嗽，显然不是他们两个人发出来的。

莫笙和郁黎川就好像两个早恋的学生，吓得一下子就分开了，四处打量。

齐柠特别尴尬地从草丛里站起身来，又轻轻咳了一声说道："我想着你要比赛了，之后你们都封闭训练，就想过来给你一个惊喜，给你加加油什么的。就……就没想到你和学弟发展得还挺顺利的哈，挺突然的……"

莫笙和郁黎川两个人看着齐柠神奇地出现，都有点儿慌张。

莫笙故作镇定地原地踱步，走了一圈。

郁黎川则是抬头看天，目光躲闪。

最后还是莫笙说："我就是最近有点儿忙，没和你说，我和他……谈恋爱了。"

"拿下了？"队长突然跟着从草丛里站了起来，惊呼了一声。

孟果捧着手里的东西，跟着激动起来："师父！你脱单了？"

莫笙看着自己在东高大的队友一个个地出来，一瞬间慌得不行，恨不得找个地缝钻进去。

原来省队门口的树丛里能藏这么多人呢？！

一向淡定的郁黎川都被吓了一跳，有点儿想逃，不过还是稳住了，点了点头对她们说："嗯，我追到她了。"

不是莫笙拿下他了，是他追到她了。

这群队友纷纷从草丛后面出来，朝着莫笙起哄。队长比莫笙还激动，拿着手机的手都颤抖了，说道："我要拍一张合影，我队友和校草谈恋爱了，太值得出去吹了。"

孟果也嚷嚷着："我也要合影！"

说着，她把手里的东西给了莫笙："这个是花生，这个是荔枝，不是给你吃的，你摆床头供着，代表着胜利知道吗？"

"好。"莫笙伸手接过来，然后被一群人围着，莫名其妙地开始合影。

莫笙看着镜头，手里还拿着花生和荔枝，表情有点儿不自然，甚至有点儿蒙。

怎么就发展成这种剧情了呢？

郁黎川倒是适应过来了，伸手揽着莫笙的肩膀，对着镜头摆剪刀手，这是莫笙教给他的姿势。

被郁黎川揽着，莫笙这才觉得好一点，跟着对镜头微笑。

郁黎川站在一群练球的女孩子边上只是陪衬，然而却最显眼，外形让人无法忽略。

拍摄完毕后，莫笙被一群人推着进了省队。

队长站在原地修图，修完了之后将手机递给郁黎川看："你看看，我的图修得怎么样？"

郁黎川看着屏幕，照片里只能看清楚莫笙的脸，她被拍得很好看，于是他点了点头："可以。"

"我们可以发朋友圈吗？"

"嗯，可以。"郁黎川不在意这个。

往回走的途中，齐柠拍了一下郁黎川的手臂："好好对莫笙，不然我打人可疼可疼了。"

"嗯，我会珍惜她的。"

"最起码让她有一段美好的初恋吧，毕竟到了这个年纪才第一次谈恋爱。"

"好。"

齐柠有了嫁女儿的惆怅，不过心里还是挺高兴的。

这要是别人，齐柠八成觉得是自己的小白菜被别人家的猪拱了。

但对象是郁黎川，齐柠就觉得绝对是莫笙拱了他。

人这辈子，能遇到几个郁黎川这样的男生呢？

这张合影被队员们发到朋友圈后，还算是引起了体育系的小范围轰动。

比如群名为"清华得不到的女人"，实则是东高大女子排球队的群里，就发了这张照片。

群里这次没有来的人，看到照片后都捶胸顿足的。

齐柠：我们的傻闺女终于也有今天了。

队长：笙哥太争气了。

孟果：啊啊啊！仔细看照片，郁黎川真的太帅了！

副攻：这张照片可以啊，拍得和电影海报似的。

队长：这绝对是我自拍的巅峰之作！

二传：主要是后面的主角怎么拍怎么好看，随便坐在草坪上都是文艺大片儿。

比如群名为"国家队需要我们"，实则是体育系的内部群里，就有人转发了照片。

重竞技 –A：这图不是 P 的吧？笙哥的男朋友是音乐系那个开学演讲的新生代表？

田径 –B：不是吧？笙哥有男朋友了？不对，笙哥的男朋友挺帅啊。

田径 –C：你们不说，我还当全是女生呢。

花滑 –D：酸吧，人家脚后跟都比你好看。

体操 –J：天啊！我室友要失恋了，原来刚才听到哭声是因为这个？

篮球 –E：@ 唐祎

击剑 – 时宴冰：别 @，容易哭。

篮球 – 唐祎：你怎么那么贱呢？

击剑 –F：有八卦啊这是……

排球 – 齐柠：没八卦，莫笙和郁黎川在一起了，和别人没有任何关系，别想太多了。

排球 – 孟果：对，我师父和师公一心一意的，感情好着呢。

击剑 –F：哦，没事，我好奇@排球 – 孟果 和@击剑 – 时宴冰的八卦。

击剑 – 时宴冰：别问，问了怕她退群。

击剑 –F：懂了。

第十章
自由人

莫笙加入省队后，打的第一场全国比赛，大家都挺重视的。

一大早，莫笙后援会的成员就在学校门口聚集了。

郁黎川和云折竹最后还是穿着统一的半截袖一起去了，不过背着的包里还备了一件自己的衣服随时准备替换。

这件印着可爱图案的衣服，真的不是他们两个男生的风格。

到了地方，岑沐可已经在组织了，发放手幅，带着后援会练习加油口号，还在强调秩序。

比如不能爆粗口，和其他的球迷保持良好的氛围，不可以留下垃圾，走的时候把周围的垃圾也带走，给其他人留下好印象。

同时，她还跟后援会交代："我之前问过莫笙，莫笙也不确定比赛结束后能不能跟我们合影。这是她进入省队后的第一场比赛，不了解详细情况，所以最后如果她不能和我们打招呼你们也不要有小情绪。"

云折竹双手环胸，看着岑沐可，对郁黎川说道："这个岑沐可在这个时候还挺靠谱的。"

郁黎川对于岑沐可这点是认可的："对待莫笙的问题，她还是靠得住的。"

"你说，现在小姑娘对偶像那么上心，男朋友怎么办呢？"

郁黎川笑了笑没说什么。

这个时候有人注意到了他们两个人，小声议论："笙哥后援会有男孩子了？"

"我还以为顶多是唐祎过来呢。"

"长得还挺帅的。"

岑沐可瞥了郁黎川一眼，接着说："那个高个子男生是莫笙的男朋友。"

一瞬间，两级反转。

后援会的粉丝们纷纷回头看向郁黎川，那画面仿佛几十个豌豆射手同时转向，瞄准预备发射炮弹。

粉丝们看到他之后纷纷抱怨："什么啊？怎么突然有男朋友了？"

"怎么这么瘦？找一个壮一点的也行啊。"

"他好像是校草。"

"校草算个屁。"

"我突然不想去加油了。"

郁黎川人生之中第一次感受到同时被几十个女生讨厌，强装镇定才能硬着头皮继续站在这里。

云折竹都有点儿害怕了，吞咽了一口唾沫。

岑沐可打了一个响指，随后说："好了，不要针对他，毕竟是笙笙喜欢的人。"说完继续交代后援会的事情。

之后，齐柠她们也来了。看到了熟悉的人，郁黎川和云折竹才觉得好了点。

齐柠过来就跟他们打了招呼，同时说："你们定的衣服有点儿小啊，我穿着不舒服。"

岑沐可抬头回答："你的已经是最大号的了，和郁黎川一个号。"

齐柠扭头看看郁黎川，穿着正合适，她穿怎么就小呢？

刚刚才被后援会其他人嫌弃瘦的郁黎川，再次遭遇了会心一击。

莫笙比赛的城市不在本市，需要开车两个多小时才能到。

岑沐可干脆租了一辆大巴，人齐了之后大家一起上车。郁黎川被岑沐可安排在第一排，前面就是上车口。

之后上车的女生们，上来一个看郁黎川一眼，郁黎川压力很大。

齐柠就坐在他们后排，探头过来问："怎么样，是不是跟掉进盘丝洞似的？莫笙的粉丝是最可怕的。"

"还好，你们没有比赛吗？"

"有，不过不是同一天。莫笙第一次参加比赛，我们肯定得去看看，不过也就来了几个人而已，毕竟我们也要训练。"

"哦，那你的比赛也要加油。"

"肯定的，我得进省队陪莫笙去，不然她'扬了二正'的，在省队里容易犯错。"

郁黎川点了点头，并没有跟齐柠继续聊了，悄悄地拿出手机查询"扬了二正"是不是自己理解的意思。

查询完，他又默默地将手机放回到了口袋里。

车子到了邻市体育馆大院里，众人纷纷下车，拿着各自的票排队过安检入场。

他们统一的衣服在人群中非常引人注目，还有其他球迷探头问他们："你们是哪个球星的粉丝会啊？"

"莫笙的！"女孩们回答。

那些人似乎不知道这个人，十分纳闷，接着问："进过国家队吗？"

岑沐可回头回答："没有呢，是新人，第一次参加全国比赛。"

路人继续询问："没加入过国家队就有这么多粉丝啊，肯定很厉害吧？主攻手？"

岑沐可："是自由人。"

"自由人还这么有人气？"那人忍不住撇嘴，"说实在的，球员我就知道几个，国家队的自由人我都不记得叫什么名字，也不得分。"

其实跟一个人的粉丝说这些，真的挺没眼力见的。

不过他们并没有跟路人计较，不然传出去就成了莫笙的黑点，其实暗地里都很不高兴。

岑沐可原本也是个暴脾气，看着那人沉默了一会儿，说道："那您比赛的时候仔细看看，莫笙是一个很优秀的球员。"

郁黎川和云折竹回头看了看岑沐可，岑沐可还在给其他人发票，同时告诉他们最近的入口，显然提前看过比赛场地的地形图，做足了功课。

进入比赛场地入座后，可以看到有些球员正在场地热身，他们坐下后，有人说："莫笙在那儿呢！"

接着有人喊了莫笙的名字。

莫笙倒是一下子就找到了他们，对着他们挥手示意，接着看着郁黎川陷入了沉默。

郁黎川坐在观众席，没理解莫笙此时表情的意思，只能独自一个人纳闷。

比赛开始后，莫笙作为首发球员上场。

齐柠就坐在郁黎川身边，充当了解说员："我们省的省队最擅长的是多节奏进攻方式，二传手特别厉害，利用不同的高度和速度，让对方完全没有办法稳固地双人拦网。比如在进攻的时候，对方的拦网因为二传的速度，不得不和攻手一起行动，这样对方的节奏就是乱的。"

"听起来很厉害。"

"对，我们省队的二传和主攻是进过国家队的，我的偶像，我还有签名呢。"

"那自由人呢？"

"这才是重点。"齐柠笑了笑后说，"提起我们省，都是二传和主攻手，自由人几乎没有人提及，主要是之前的自由人有实力，但是不够出彩。这也使得莫笙被省队看中了，进入省队第一年就被重点培养，现在直接参加全国比赛了。"

"那是她真的很优秀吧。"

"是的。你看场地里即将要比赛的队伍，都是老对手了。她们都曾经交过手，还有各种视频资料去研究对手的打法和习惯，研究出专门克制对方的路子。今天的对手队伍里，就有三个人是参加过国家队训练的，算是一支强队了。莫笙是她们唯一不熟悉的球员。"

郁黎川看着场地里的莫笙，突然有点儿担心："那她会不会紧张？"

"这倒不会，我们莫笙是一个野蛮生长的人，就没有能难住她的困境。她除了找不到对象，其他的都挺厉害的……"齐柠说着突然看向郁黎川，发现郁黎川的眼神不太对，才尴尬地笑了笑，"我都忘了你是她对象了。"

"没事。"郁黎川倒是没有在意，他这个男朋友，也没真的有男朋友的样子，"身为自由人有什么讲究吗？"

齐柠托着下巴想了想后回答："其实吧，局限性大，但是也有很多有利空间。莫笙非常擅长预判，可以通过对方助跑的角度，还有二传当时的位置，甚至是助跑后所处的位置进行提前判断，接着将球垫到合适的位置。"

郁黎川看过几次莫笙比赛，她一般都是一样的姿势——

身体的重心偏向于脚掌，屈膝、弯腰，目视前方。

可能是因为他过分在意莫笙，所以每次看到莫笙鱼跃救球，扑倒在地后又迅速起身，都会跟着心口揪紧，下意识心疼。

然而看到莫笙眼神认真且犀利的样子，他又意识到自己的心疼都是多余的。

她是一名专业的球员。

莫笙上场之后，并没有特别惊艳的表现，甚至不太起眼。

齐柠坐在椅子上急得直揪裤腿，跟郁黎川说道："今天莫笙状态不对啊，好几个球都是堪堪才垫起来。

莫笙的移动能力自然不用说，能够快速地移到自己的防守位，并且追球能力很强。

她移动的时候，都是极为快速的小步位移，这样能让身体保持平衡，将球垫出去的时候也能瞬间停住。

然而今天她的身体朝向有点儿不对。

郁黎川看不出细节问题，这种小问题只有行家才懂，于是只能问齐柠："怎么了？"

"她在垫球的时候，身体要面向攻手，但莫笙的方向明显不对，这不是她应该犯的错误啊。孟果这样我就不说什么了，但是莫笙……

不应该啊。"

"紧张？"

"不知道，反正不对劲儿。"

发现这一问题的不仅仅是齐柠，省队教练干脆叫了暂停，走向莫笙询问。

莫笙跟教练说了些什么后，教练朝观众席看了一眼，随后纳闷了一阵，还是点头同意了。

不一会儿，就有助手来了观众席，在这边找到穿粉色衣服的人询问："哪个是莫笙的男朋友？"

郁黎川立即探头答应："我是。"

"莫笙说，你在这里干扰她比赛了，太亮了，影响她的视线，希望你能出去。"

郁黎川看着那个人十分不解，就连身边其他人都觉得很离谱。

这是什么理由？

齐柠小声嘟囔："莫笙这是秀恩爱呢？还是故意找碴儿？"

郁黎川却很快理解了，起身表示："好，我会离开。"

郁黎川走出去后，脑袋里回忆起和莫笙的初遇，那个时候莫笙就提及过他在发光。

现在看来，难道他在莫笙眼里，是发着光的？

这是什么诡异的形象？

离开观众席后，郁黎川还是放不下心来，给云折竹发消息，询问：比赛怎么样了？

云折竹：你离开之后笙哥超神了。

郁黎川看着手机屏幕突然一阵委屈，期待了一个多月，好不容易来看莫笙比赛了，结果刚刚开场就被请出来了。

他终于理解莫笙看向观众席时复杂的表情了，原来是因为这个。

离开后，他还是想看比赛，只能跟云折竹视频。

云折竹坐在场内，手里拿着手机拍摄比赛场地，还总被郁黎川数落手抖。

明明有票，最终却只能在场外看比赛，他也算是独一份了。

莫笙也不想让郁黎川出去，可是有郁黎川在，真的很影响她的发挥。

这就好像开演唱会的时候有人用激光笔，她在比赛的时候，视野范围内开了一盏大灯，特别晃眼睛，影响视线就会影响她对球的观察，从而影响状态。

她只能让郁黎川出去。

虽然教练不理解，助理也不理解，但还是照办了。

郁黎川出去之后，莫笙就回到了巅峰状态。

教练站在一边看，跟助教聊天的时候说道："莫笙的感觉不错，也融入这个队伍了。"

"她心态非常好，马上要比赛了睡眠质量也挺高的，并且没有表现得过分紧张。正式比赛后，除了开场发挥不太好，之后很快就进入平时的状态了，这是最不错的地方。"

"嗯，是挺不错的。"

莫笙的发挥很稳，加之她们队伍的主攻手和二传也是出了名的厉害，这场比赛也算是有惊无险地获得了胜利。

莫笙和队友庆祝了一番后，又一次朝着观众席挥手示意，接着跟着进入了休息区域。

散场的时候，莫笙粉丝后援会在清扫周围座位时，听到有人议论："那个自由人有点儿厉害啊。"

"嗯，个子那么高还挺灵活的，救了不少危险的球。"

粉丝们听完之后一阵窃喜，果然是自己喜欢的莫笙，就是这么有实力！

岑沐可拿着手机看屏幕，随后对粉丝们说："笙笙说明天要去别的地方比赛，今天会在这里住一天。所以一会儿会出来找我们，不过也就只能陪我们一阵。"

莫笙明天还要去别的省参加比赛，需要乘坐飞机，费用实在太高，对于身为学生的粉丝来说负担有些重，就只能放弃了。

莫笙可以出来和粉丝们见一面，粉丝们也很开心。

莫笙换完衣服走出来，就听到一阵欢呼声，赶紧笑着跑过来。

一群人聚在一起闹了一阵，接着合影留念，最后岑沐可用下巴朝着郁黎川站的位置示意："看看你的男朋友吧，被赶出来后抑郁得像一朵毒蘑菇似的。给你们十五分钟时间，我们这边上厕所、买水、之后就要坐大巴回去了，夜车车费翻倍。"

莫笙点了点头，在其他人离开之后，朝着郁黎川走过去。

郁黎川只是站在莫笙面前，什么也不说，头顶却顶着【快哭了】的表情。

她拉着郁黎川到了避风的楼体装饰物边，这里左右有弧形墙壁遮挡。

莫笙跟郁黎川解释："我不是故意的，以前没注意到，这一次你坐的位置刚巧在我最习惯去的方向，一抬头就看到你在发光，所以只能出此下策。"

"哦……在你眼里，我是发光的？"

"对，就像一个巨大的灯泡。"

"抱歉我影响到你了。"

莫笙赶紧扑过去抱着郁黎川安慰："哎呀，你别总这么懂事，你跟我道歉我反而过意不去了。我知道你不高兴了，我该怎么补偿你才好呢？"

"今天晚上可以手机聊天吗？"

"可以聊一会儿，估计晚上九点或者十点左右就收手机了，教练怕我们熬夜。"

"这样啊，那下一场比赛我可以去看吗？"

"别了吧，位置挺远的，没必要。"

郁黎川呼出一口气，又开始沮丧了。或许他真的去了，也只能再次被赶出去，他甚至不知道坐在哪里才不会影响莫笙。

莫笙看着郁黎川委屈的模样心疼得不行，真的是弟弟啊，太招人疼了。

她抱了抱郁黎川，又伸手揉了揉他的头发："好啦，别失落了，等比赛结束了我就陪你，好不好？"

"嗯。"郁黎川闷闷地回答。

"真乖。"莫笙看着郁黎川笑了起来。

她左右看了看，注意到周围没别人，稍微踮起脚来就在郁黎川的唇瓣上轻轻啄了一下。

她明明看不到他，找地方却挺准的。

这一下很轻，碰了一下就分开了，她显然是第一次做这种事情，也很慌张。

郁黎川有一瞬间的错愕，看着莫笙开始心跳加速，一下子就被哄好了。

之前的抑郁，苦闷的心情烟消云散。

现在是抑制不住的欣喜。

滴答滴答，心中滴进了如蜜糖般的甜，四处漾开，躺得郁黎川嗓子都在发痒，他下意识地吞咽，喉结上下滚动。

他看着她狡黠的笑容，和眼中璀璨的光亮，喜欢得不行。

莫笙亲了一下之后看着郁黎川，有一瞬间居然看到了郁黎川的模样，惊讶得立即扑过去又亲了上去。

这一次亲得结结实实的，因为太猛，郁黎川要伸手扶墙才稳住了自己的身体。

看到了！

她真的看到了！

和郁黎川接吻的时候，莫笙终于看到了他的样子，看到他因为惊讶微微睁大的眼睛，白皙的皮肤，还有头顶青木色的头发。

这么帅呢？

她很满意！

莫笙沉浸于去看郁黎川的颜值，恍惚间被郁黎川按在了墙壁上，反过来被吻得七荤八素的。

她尝到了甜。

或许……郁黎川不属于禁欲系。

莫笙被吻得有些喘不匀气的时候，这么想着。

在莫笙的概念里，郁黎川一直都是一个很可爱的小学弟，温柔、体贴，甚至还有点儿可爱。

一个软软的、糯糯的小兔子一样的小弟弟，现在这只小兔子突然反过来吻她，让她意想不到。

许久，郁黎川才松开莫笙，抬手用大拇指帮她擦掉嘴唇上的湿润，同时用温柔得渗进骨缝中的声音说道："好啦，我不在意了。我要去车上了，你也去和大家道别吧。"

莫笙和郁黎川分开后，眼前的男朋友再次变成了发光的模样。

帅气的面孔消失不见，让她颇感遗憾，只能那么近距离看，其实看不到全脸，也挺难受的。

她是不是注定看不到她男朋友平日里的样子了？

这个时候莫笙终于知道不好意思了，点头回应："好，我们走吧。"

莫笙刚走了两步，郁黎川就帮她拍了拍身后的衣服，顺势拉住了她的手，特别自然。

莫笙跟着上了车，和过来的人最后道别，接着下了车。

她一直站在路肩上，看着车子开走，挥手道别。

等车子不见了，她才怅然若失地跑回了休息室。

回去后大家还在休息，看到莫笙之后其他的前辈鼓励道："今天表现得不错。"

"嗯，还是大家厉害。"莫笙走过去整理自己的东西，问，"一会儿回去休息吗？"

"冲个澡就得去教练的房间了，开会研究明天的对手。"

"哦……"莫笙拿出手机来，给郁黎川发消息：我晚上恐怕不能和你聊天了，要开会。

C：没事，比赛更重要。

莫笙看着手机，忍不住将它举得高高的。

有一个这么懂事的男朋友，真好。

比赛一共有七天，预选赛结束后换到下一个场地，之后的比赛都会在这里。

女子组一共十四支比赛队伍，莫笙在 A 组，对手全部是强队。

莫笙需要提前三个小时起床，进行肌肉唤醒，随后吃早餐。

吃早饭的时候，莫笙拿起手机给郁黎川发了一条消息：我状态挺不错的，你放心吧。

C：嗯嗯，比赛加油。

莫笙吃完早饭就跟着队友一起到教练身边商量战术，接近开场了，才走到场地热身，随后发现了怪异。

她抬头看着观众席那个怪人，一阵沉默。

在南方，这个时间已经很热了，那个人居然穿着长衣长裤，把自己挡得严严实实的。最离谱的是围巾加口罩，还戴着墨镜和帽子，恨不得一点皮肤都不露出来。

如果不是露出来的发丝带着点光亮，莫笙都发现不了这位怪人居然是她的男朋友。

真够努力的。

莫笙回过身在衣服口袋里找到手机，给郁黎川发消息：你不热吗？

C：热。

C：但是想看你比赛。

所剩余笙：如果觉得呼吸不顺畅了，记得出去喘喘气，别中暑了。

C：好。

莫笙放下手机的时候还是想笑，扭头去看观众席的怪物。果不其然，这种奇怪的装扮引得周围的人都看向他。

郁黎川原本是一个脸皮挺薄的人，此时也豁出去了，对周围的目光，权当看不见。

比赛开始后，莫笙所在的省队和对手陷入了胶着之中，两队势均力敌，分数咬得很紧。

到最后，她们开始使用新战术。

其实，这个防守阵型非常常见，一般称之为倒三角防守阵型。之所以称之为是新战术，是因为这个阵型她们队之前很少用，不是她们原本的风格。

所谓的倒三角阵型，可以解释为防守身前的球要比守护身后的球更容易。

这种防守阵型十分灵活多变，对防守以及拦网都能进行调整。

莫笙在这个阵型之中处于端线的位置，左右移动，防守后场。

这种阵型之下，莫笙的防守能力就此展现出来。

郁黎川之前对排球并不太懂，然而听到身边的人都在喝彩，时不时惊叹，就知道她们此刻的表现有多么优秀。

莫笙在场上一直都游刃有余，毫不慌张，看起来那么可靠。

难怪她能拯救东高大女子排球队。

当看到莫笙的队伍险胜后，郁黎川再难抑制，跟着其他的观众一起欢呼鼓掌。

在场上的莫笙依旧是原本的样子，挂着灿烂的笑容，和队友击掌庆祝，然后朝着观众席郁黎川的方向跳起来挥手示意，兴奋异常。

郁黎川对着莫笙比了一个心。

比赛结束，莫笙领奖回来给郁黎川发消息：你住在哪里？

C：你们住的酒店。

所剩余笙：什么时候到的？

C：昨天。

所剩余笙：我晚上找时间去找你，告诉我房间号。

莫笙和队友一起回酒店后，打算去找郁黎川，却在电梯里遇到了今天的对手。

这名球员也是曾经进入过国家队训练的选手。

能够进入国家队训练的选手比较多，但能正式上场比赛的人数是固定的。莫笙所在队伍的前辈们，也只有两个人正式上过场。

而现在电梯里这位也是其中一个。

那人看到莫笙进来后，笑着说："你挺厉害啊，新人？"

"嗯，刚刚进省队。"

"潜力不错，好好练，说不定以后我们会是队友。"

这话对于莫笙来说是巨大的认可了。

她用力地点头："好，我会努力的，谢谢前辈。"

电梯到了二十层，这一层的人都很少，还有专门接待的服务人员，莫笙出来后服务人员主动迎过来问："请问您是那个房间？"

"2020 的。"莫笙说。

"郁先生的女朋友是吧？这边请，我带您过去。"

这种服务态度让莫笙受宠若惊，工作人员送她到了 2020 房间门口，还帮莫笙按了门铃。

郁黎川很快打开门，让她进去。

"我那层怎么没有专门的服务员呢？"莫笙说着走进去，站在客厅的位置忽然停住了脚步，她又左右看了看，在房间里走了一圈后惊呼，"我去，总统套房啊！"

"嗯，最近有比赛，这家酒店的房间客满了，只剩下这种房间了。"

莫笙看完觉得脑袋疼："你疯了？这得多少钱啊？"

郁黎川倒是不在意，拿出水问莫笙："酒店的矿泉水你可以喝吗？"

莫笙："另收费吗？"

"不，还有免费果盘和其他的饮品，不过，你还是不要吃了吧。"

莫笙在房间里又转了几圈，肉疼，问郁黎川："你还打算在这里住四天？"

"嗯。"

莫笙走到电话前，问："我给前台打电话，让他们留意一下，如果有其他房间就给你留下换房可以吗？商务房也行啊。"

郁黎川直接走了过去，想了想后拿出手机来，用自己的手机登录了网银，打开余额给莫笙看："放心吧，我不缺这些钱。"

莫笙伸手接过郁黎川的手机，看着那串数字，得用手指一个一个地数："个十百千万、十万、百万……千万？不对，个十百……"

"嗯，活期余额是这些，你看这里。"

莫笙将手机还给了郁黎川，没好气地骂："是，你有钱，你把酒店买下来，在大堂上刻上你的名字，后面跟着落款人傻钱多。"

莫笙回答完了之后还有点儿气，走到郁黎川面前用手指戳他的额头："炫富是吧？这钱是你自己赚的吗？你花得理直气壮吗？败家玩意儿。"说完走进了浴室里，找到了身体乳开始往身上涂，好像这样才能少亏一些。

"好，我错了，我以后不了。"郁黎川走进来诚恳地跟莫笙道歉。

"你没错，你错什么啊，你有钱你有道理，你说的都对，我少见多怪。"莫笙气不顺地回答。

"你没错，是我不对。"

"我哪敢说你啊，你大款！"莫笙重重地放下身体乳，对郁黎川吹胡子瞪眼睛。

郁黎川走到了莫笙的身前，环住了莫笙的腰，低下头吻住她的嘴唇，让她再难骂出来。

莫笙原本还有点儿气呢，眯缝着眼睛看到郁黎川那张脸，瞬间就消气了，还有点儿荡漾，抬手抱着郁黎川的脖子不松开。

今儿就别期望老娘放过你！

明明交往不久，不应该这么浓烈才对。然而两个人都被长久的分别折磨疯了，难得见到对方，还没有其他人打扰，环境也足够安静，使得两个人的吻许久都不肯停止。

莫笙觉得嘴有点儿累了才推开郁黎川，活动着下巴走到落地窗前坐下，躺在沙发上看着城市的景色，还挺惬意的。

郁黎川把手机放莫笙面前："以后你管钱。"

"我不，名不正言不顺的。"

"哦，催婚了？"

"什么什么啊？我不会理财，你自己弄去吧。"莫笙人生之中最大的理财，就是把钱放在余额宝里，每天看着五六块钱的进账，就觉得赚大了。

"比赛累不累？"郁黎川坐在莫笙的身边问。

"其实还好，我从小就开始训练，早就习惯了。"

"我看到你今天的表现了，发挥得很好，周围都有人在说你特别稳，就算是新人，和其他人比起来也毫不逊色。"

"其实，我以前是二传。"莫笙盘腿坐在沙发上，怀里抱着一个抱枕，突然提起了这件事情，"我从小就练排球了，最开始的位置是二传。当时预测我的身高能有 180 厘米，结果我长着长着，就不长了，你说气不气人。"

郁黎川坐在莫笙的对面，认认真真地听，随后问："这个位置要求多高？"

"最好是 180 厘米以上，我停在 173 厘米就不长了。我的二传实力不是跟你吹，真的挺溜的，但是教练就是更偏重比我个子高的那个人。教练觉得，我就算真的有灵性，但是身高以后顶多 175 厘米，未来就没什么太大的希望了。"

"不是有个子不够，弹跳力却特别好的球员吗？"

莫笙摇头："不，他们不觉得我会是那个奇迹。当时教练也说，我的排球之路可能不会太长远了，身高差了点，实在不行就试着做自由人，或者直接放弃排球。"

莫笙现在想起来还是觉得心里挺难受的，坚持了很多年的事情，突然就改了，真的让人非常难过。

"我当时急于求成，私底下练习自由人的垫球、鱼跃，结果摔出了伤疤来。"说着，她扯起衣服给郁黎川看她的伤疤，"当时给我家人吓坏了，劝我放弃，但我还是坚持下来了，现在成了一名还算不错的自由人。"

"你现在长高了。"

"对，我的身高居然又起来了，到现在 178 厘米，做自由人还有点儿高了。不过，我很喜欢我现在的位置。而且，我感谢我之前做过二传，让我能掌握其他的东西。"

郁黎川立即问："什么？"

"预判。二传就是一个需要预判的位置，预判将球给谁，把球给到哪里更合适，预判队友的位置等。有这样的预判能力，让我现在做自由人救球方面有优势。"

郁黎川伸手揉了揉莫笙的头发："你现在特别优秀。"

莫笙仰起脸笑了起来，随后靠进郁黎川的怀里，问他："不回学校没问题吗？"

"你不用担心，你最重要。"

莫笙没收敛住，在郁黎川的怀里笑出声来。

郁黎川拿出自己的手机设置，随后录入了莫笙的指纹，随后说道："这个指纹可以开锁，可以支付。"

"哦。"莫笙随口回答。

"喏，给你转奖励过去了。"

莫笙拿起自己的手机，看到两笔转账，每笔 520 元。

莫笙纳闷："这是……"

"赢了两场，所以是两场的奖励，总决赛如果赢了还有奖励。收着吧，我忙着跟着你看比赛，都没去给你准备礼物。"

"我喜欢这种礼物，让我突然特别有斗志。"莫笙看着手机笑起来，"你以后比赛赢了，姐姐也给你奖励。"

"好，谢谢姐姐。"

总决赛的那天，莫笙换好衣服正在准备，听到助理提醒队员："好好表现，国家队教练过来了。"

莫笙突然就紧张起来，不受控制地往观众席看，结果一抬头就看到国家队教练正回头去看那个全副武装、捂着全身的怪人，瞬间笑出来。

莫笙活动了一下身体，听着教练的嘱咐，随后走上了比赛场地。

莫笙今天的状态依旧不错，有了前面几场比赛的经验，和队友磨合得更好了。

自由人在比赛场上总是那么不起眼，全程都是一个姿态，要么鱼跃，要么前扑垫球。

莫笙的身体灵活，随球后可以很快向后翻滚，双脚滚到身下后迅速起身，那利落的样子仿佛一个武林高手，尽显飒爽。

然而比赛到中途却出了问题，她所在队伍的主攻手和副攻在救球的时候手腕撞在了一起，主攻手手腕似乎受了伤。

主攻手本人说没什么问题，却还是被教练换了下来，让她去医务人员那里看一看再说。相较比赛，还是队员的身体更重要。

莫笙看着队友被换下去，不由得跟着紧张起来。

她们队伍里，最为强劲的得分选手被换下场了，这是她们都不想见到的。

不过，莫笙很快做了一个呼吸调节。

运动员在快速激励自己的时候，会进行三次到六次的提神呼吸，并且在第三次呼气之后，在心里暗暗给自己加油。

这样可以打破压力螺旋，自我唤醒。

她此刻需要做的，就是竭尽所能不让对方得分，直到队友回来。

她是自由人，这就是她的责任，她最重要的任务。

重新开始比赛之后，莫笙看起来比之前更加激进，但依旧很稳，并且能将球垫到其他选手觉得舒服的区域。

这样，主攻手离开后对她们造成的影响就降低了些许。

她努力用自己的行动，来激励自己的队友。

好在主攻手去了一段时间后就回来了，表示可以上场，教练再次叫了暂停。

等主攻手归位后，莫笙活动了一下身体，恢复到了最开始的状态。

调整得无声无息，又十分自然。

比赛继续。

其实，最后比赛赢了的时候，莫笙还有点儿恍惚。

集中起来的精神还没有松懈下来，四周都是她自己的呼吸声。

有人过来拍她的后背，她才回过神来，跟着队友一起庆祝。

这是她第一次参加全国比赛，和之前参加的全国青少年比赛、全国大学生比赛完全不同，对手是职业的运动员。

她们赢了。

第一次获得全国冠军。

她们队的主攻手得到了 MVP。

而莫笙，是这一年的最佳自由人。

这一次，莫笙彻底得到了媒体的关注，有很多人过来采访莫笙。

莫笙之前也被体育记者采访过，不过并没有此刻这种规模，她有些不适应，原本伶牙俐齿的人，此刻也有些嘴笨了。

最后还是队友帮忙打的圆场，主攻手前辈揽着莫笙的脖子，就像拎着一只小鸡崽，轻而易举地将莫笙带走了。

回去后莫笙有幸看到了这一次采访，看到自己在电视里脸颊通红，眼圈也红红的，对着镜头说："什么心情啊？就是很高兴，比赛赢了我妈妈和我男朋友都会给我包一个大红包，就……挺厚的那种。"

她看完之后忍不住捂脸，这模样也太憨了。

自由人得到媒体关注还是比较少见的，一个是因为莫笙是新人，又是今年的最佳自由人；另一个是因为莫笙长得不错。

在论实力的运动员中，莫笙的外形绝对算是偶像派的，偏偏实力也不错，被媒体关注后被冠上一个美女的头衔，有了噱头，关注度就高了。

这一次比赛结束后，莫笙听说东高大的校园网站都有了她的消息。

要知道，东高大的官网看着就非常的"不值钱"，网页版式估计都是数据速成的那种，八百年不更新一次，难得更新一次，还给莫笙上了一个图推。

上一次的图推，还是郁黎川获得世界大奖。

他们两个人的名字在网页上下并排，页面看着非常有趣。

就连她上过的高中，都在校门口挂了一个红色的条幅，赫然写着：庆祝本校毕业生莫笙获得全国最佳自由人。

他们高中走廊里会挂优秀毕业生的相片，莫笙这次也上墙了。

莫笙看着这些消息真是哭笑不得，主要是这些人选的相片也不太好看啊……

比赛后，郁黎川的奖励依旧是转账，三次 1314 元。

莫笙的妈妈也给了大红包，给莫笙转了 5000 元钱，然后问莫笙：你交男朋友了？

所剩余笙：嗯，就是你见过的学弟。

妈妈：你们真在一起了？

所剩余笙：对。

妈妈：行吧……你别脾气太大了，吵架也心平气和的，千万别打人，知道吗？

所剩余笙：好的。

妈妈：就算发现被欺骗感情了，也不要太生气，杀人犯法。以后就算结婚了，也别家暴。

所剩余笙：妈妈……

妈妈：最近好好在队里继续训练，没别的事情别出去，记得要遵纪守法，不要违反社会公德，不要打架斗殴。

所剩余笙：在您印象里，我是一个什么样的女儿？

妈妈：大概就是埋在土里的地雷，平时没事，说不定哪天就炸了。

所剩余笙：好的，我知道了，我会听话的，我会做一个遵纪守法的好闺女的，您放心吧。

这一次比赛结束后，下一场比赛在 9 月份，莫笙有几天短暂的假期。

一直紧绷着的弦终于可以松一松了。

莫笙和新队伍磨合得还挺好的，进入状态很快，虽然是省队新人，却处事冷静沉着，教练也就放心了。

这回她是真的轻松了，又可以回学校上课，周日也有假期了。虽然时间依旧很少，但是对她来说简直美美的，这样就可以和老朋友玩，还能和郁黎川谈恋爱。

结果放假第一天，莫笙就被郁黎川严肃五问。

齐柠和白小婷手里拿着网球拍，看着郁黎川严肃的样子又默默地将网球收起来了。

郁黎川只是考了莫笙几个单词，五个对了两个。

莫笙坐在大厅的椅子上，艰难地回忆重点。

郁黎川看着自己整理的文档，问："其实就是没怎么看是吗？"

"嗯……我训练结束后要开会，然后就是洗漱睡觉，没时间……"

郁黎川声音不带任何情绪："好，我理解你，不过你还是要学会合理利用时间，早餐结束后你在做什么？"

"我……和队友聊天。"

"嗯，上厕所的时候，你也有时间，你在做什么？"

"我在使劲儿……"

郁黎川本来还要问，突然被这个回答弄得一顿。

齐柠和白小婷"扑哧"一声笑了出来，怕郁黎川不高兴，赶紧转过身去。

郁黎川再次开口："6月有一次四级考试。"

"你是不是要考六级了？"

"嗯。"

"我也一起考四级吗？"

"对，试试看吧，找找经验。"

"我真的怕越考越没信心。"

"没事，有我呢。"郁黎川从自己的包里拿出了一个文件夹来放在了莫笙面前，"你11月还有一场比赛，依旧很忙，所以干脆这一次就试试看吧，我们寒假的时候不是补习过吗？"

齐柠和白小婷一看这个架势，赶紧跑了。

齐柠一边后退，一边说："那你们先忙着，我们走了。"

郁黎川抬头认认真真地看向她们，问："你们需要考四级吗？我可以一同给你们补习。"

白小婷立即举手："我过了！"

齐柠想了想，自己不能当电灯泡啊，于是赶紧说："我自学。"

等齐柠和白小婷都走了，郁黎川又收起了文件夹说道："这里太吵了，我们去我家里吧。"

"哦，那你陪我回一趟省队，我需要取点东西。"

"好。"

莫笙回到省队之后，扛着一个编织袋就出来了，还是"LV"同款的。不过她的是加大款，十五块钱买俩。

扛着编织袋下来后，郁黎川伸手想接过来帮她拎着，莫笙摇头拒绝了："不，我觉得这个袋子不符合你的气质。"

"我不在意。"郁黎川执意要接过来，结果居然没拎动，身体一晃，编织袋落在了地上。

他惊诧地看向莫笙，头顶都是【发呆】的表情。

莫笙只能苦笑着解释："我就说吗，何必逞强。"

莫笙说完，单手扛起来就走，动作干净利落。

郁黎川看着莫笙飒爽的动作，久久无法回神，最后跟在莫笙身边朝着他家的方向走，同时问："里面装的是什么？"

"脏衣服，我训练一个多月攒的。"

郁黎川跟在莫笙身边，思量了一会儿问："我对你的要求是不是太高了？"

她累得连衣服都没时间洗，他居然还想让她背英语单词，是不是太苛刻了？

莫笙摇头："其实，你这么做是对的，像我这种性格，要是不逼一把过四级真够呛。"

她和郁黎川在一起之后没有甜甜蜜蜜纸醉金迷,反而是共同努力,一起变得更好,其实挺积极正能量的。

两个人走在路上,突然有人跟他们招手问好。

莫笙不认识,想着会不会是哪一科的老师?毕竟是四十多岁的年纪。

郁黎川的脸盲症在这个时候也体现了出来,看不出来这个人是谁。

不过郁黎川还是礼貌地点头示意。

对方见到郁黎川这样,还走过来搭话:"最近胡教授身体怎么样?"

"他的身体很好。"

"哦,你还记得我吧?"

郁黎川沉默了一会儿,接着只是微笑,显然是不记得,对声音都没有印象。

这人的表情一瞬间就不对了,不悦地说:"真是贵人多忘事,扭头就不记得人了,呵,胡教授其他优秀的徒弟也不见得像你这样。"

"抱歉。"郁黎川依旧十分客气。

这人显然有些自负,觉得搞音乐的,都应该认识他才对。

他主动过来打招呼,结果郁黎川不记得他了,这让他十分难堪,心中不爽,语气刻薄了起来。

这要不是看郁黎川前途似锦,他才懒得打招呼。

"算了,我怕是没有认识你的福气了。"这人说完扭头就要走。

"抱歉,请问您是……"

"不用问了,无名小卒!"这人说完大步流星地走掉了。

莫笙目睹了全程,当即替郁黎川抱不平:"这个人怎么回事?他是什么伟人吗?以后考试填空题都有他的名字不成?非得所有人都认识他?"

"可能是胡教授的好友。胡教授曾经将我介绍给他的好友们,其中有几位没说话,我没能记住声音。他应该就是其中之一,我实在不能对号入座。"

莫笙十分不解:"你怎么不跟他们说你有脸盲症呢?"

"很多人无法理解脸盲症,觉得脸盲症就是分不清大众脸,就像很多人看外国人都长得一样,就觉得自己是脸盲症。这种错误的认知让我解释起来很难。而且,他刚才的态度明显不会有耐心听我解释下去。"

莫笙把编织袋往地上一放,叉着腰抱怨:"那怎么办啊?"

"没有办法。"郁黎川扭头看向莫笙,伸手揉了揉她的头发,"别担心,没事的,我已经习惯了。"

莫笙还是从他语气里听出了委屈,试想,因为脸盲症,郁黎川一定被误解了很多次吧？那种委屈难以述说，积压了多年，他该有多难受？

于是她对着郁黎川张开手臂："过来，姐姐抱。"

郁黎川立即微笑着抱住了莫笙。

抱了一会儿，莫笙还是推开了郁黎川："还是到了家里吹空调抱吧，有点儿热。"

"好。我们一人一边拎回去吧。"

"行。"这一次莫笙没拒绝。

到了郁黎川的家里，莫笙一个人在洗衣房里往洗衣机里塞衣服。

郁黎川已经在书房里准备了，还给莫笙接了一杯温水。

这个时候手机响了起来，郁黎川随手按了接听，还放在了耳边问："喂？"

"黎川啊，我怎么看不到你？"

郁黎川立即将手机拿开，这才注意到是视频通话，随即问："有事吗，妈妈？"

"想你了吗！就想看看你，我看看啊，你今天穿的这身衣服……"

"我到家里了，你可以不用在意。"

"我就是看看你搭配得怎么样。"

郁黎川让妈妈看完，说道："好了吧？"

"嗯，还挺好的……"

说话间，莫笙跑到书房门口问："我衣服装多了，洗衣机不动，门还打不开了。"

听到莫笙说话，郁妈妈一瞬间来了精神，问道："黎川，是你在北方认识的朋友吗？我还以为除了折竹，你恐怕交不到其他男生的朋友了呢！"

莫笙一阵沉默，她的声音被认成是男生的？

她的破锣嗓子也不至于吧？

"不是。"郁黎川解释，"是我女朋友。"

"欸？"郁妈妈一惊，随后惊呼，"你交女朋友啦？快给妈妈看看！"

莫笙赶紧整理自己的头发和衣服，随后看着郁黎川转过手机来，对着手机屏幕打招呼："阿姨好。"

打完招呼她才看清，如果不是特意告诉她，她绝对不相信屏幕里的女人居然是一位母亲，太年轻了。

而且，这也太漂亮了吧！

有这样的妈妈，他爸的五官就算随便长长，儿子也难看不了。

"你好！"郁妈妈激动地看着视频里面打招呼，认真看了看后突然开始惊呼，"天啊，你太可爱了，好漂亮啊，阿姨好喜欢你。你什么时候来上海玩啊，阿姨亲手给你做菜吃。阿姨煲汤很好喝的，你要不要来尝尝？"

"以后有机会我会去的。"

"对哦，你们还没放假呢，五一假期也过去了，要不我去看你们吧。"

莫笙还没回答，郁黎川抢先说："不用！"说着，调整回视频，对着镜头说，"您不要过来，而且我们要开始学习了，您也去忙吧。"

他说完直接挂断了电话。

莫笙看着郁黎川还没等郁妈妈回答就挂断电话，连忙问："这样会不会不太礼貌啊？"

"没事，不然更麻烦。"郁黎川特别极端地将手机都调成了飞行模式。

"是阿姨会拆散我们的意思吗？"莫笙突然一阵慌张。

郁黎川将手机扣在桌面上，回答："我跟她介绍你，就是怕你多想。我并不是不想跟家里说我恋爱了，只是被她知道了之后会很麻烦，恐怕会影响到你训练，所以我才隐瞒的。"说完，他长长地叹了一口气。

莫笙奇怪地问："怎么个麻烦法？"

"我妈妈的生活就是：美容、逛街、睡觉。她真的很闲，待不住就会去逛街，自己的衣服实在穿不过来了，就会给我买。买完邮寄过来，然后每天打电话检查我的穿搭对不对。"

莫笙立即反应过来："哦！当初可就说看你的穿搭肯定经历过几任女朋友。"

郁黎川心里苦，只能叹气："我没有！"

郁黎川坐在椅子上，还对莫笙招了招手。

莫笙跟着坐下了，郁黎川才继续说了下去："我妈妈一直很想要一个女儿，可是她自己不想生，所以我青春懵懂的时候，就被她催着找女朋友了，导致我对恋爱这件事情都有点儿排斥。如果不是遇到你，我恐怕还不会恋爱。"

"别人都是家里不许早恋，偷偷恋爱。你是家里允许你恋爱，你反而叛逆了。"

"她如果知道我有女朋友，一定会给你买衣服、买鞋子、买各种各样的东西，装满你的宿舍。你还不能拒绝，拒绝她会哭。"

"哭？"

"对，真的是哭唧唧的，很棘手。而且，她闲下来会拉着你陪她插花、练习舞蹈，她学什么，就想你陪着她一起。她还会给你编头发，给你化妆，检查你的衣服穿搭。"

莫笙听得目瞪口呆，这可真的是非常规家长啊。

这么看来，真的很棘手。

郁妈妈似乎很黏人，还有点儿小公主。

郁黎川苦恼地扶额："都是我爸爸惯的，我稍微不顺从，我爸爸就不高兴。所以我的大学要离家里远远的，以后也不会和他们一起生活。"

莫笙忐忑地问："我应该怎么做？"

"不要让她有你的联系方式，不要让她知道你的尺码，觉得没办法应付就交给我，你跑。"

"哦，好的。"

"你放心，你不用担心婆媳相处的问题，我会竭尽全力让你们没有相处的机会。"

莫笙先是点了点头，沉思了一会儿扭头看向郁黎川："婆媳？你催婚了？"

郁黎川尴尬地轻咳了两声，干笑起来。

比赛后，莫笙有三天假期，就这样在郁黎川家里补习了整整三天。

第三天傍晚，她从书房里走出来扑倒在沙发上，哀号了一声："我现在睁开眼睛，闭上眼睛，都觉得字母围绕着我转圈，满脑子都是语法、笔记……"

郁黎川从厨房里走出来，在她面前放了一杯水，随后坐在她身边，拉着她的手说："脑子里不许只有字母。"

莫笙回头看了一眼郁黎川头顶绿色的心电图，都有点儿震惊了："咱能不吃英语字母的醋吗？你跟二十六个英文字母较什么劲儿啊？"

"不行。"郁黎川对于这个十分执拗，"你脑子里得有我。"

"好好好，有你！"莫笙立即妥协了。

郁黎川很快被哄好了，顶着红色的心电图进入厨房给莫笙做晚饭吃。

莫笙躺在沙发上短暂休息，拿出手机来跟岑沐可发消息。

可可：说好的去海边呢？天天就陪着你的臭弟弟！

所剩余笙：我准备考四级，他在帮我补习，真的超级严格，在他身边我大气都不敢喘，这都是为了我顺利保研吗。等考完了抽空和你去，正好我要回老家一趟。

可可：我和你一起去？

所剩余笙：嗯，陪我去看我姥姥，好久没看到她了。

可可：行啊，郁黎川去吗？

所剩余笙：不带他了，我家亲戚能把他喝得在桌底下爬。

莫笙的老家，大家一起吃饭不是按照亲属关系分的，全是按酒量分的。

如果真带了新女婿回去，老少爷们儿坐一桌，面带微笑地看着你，聊人生聊理想，一句一杯，当解渴。

他们最大的忍让，是不跟小辈喝白的。

莫笙看郁黎川的样子就知道他酒量不行，现在才刚交往，还没谈婚论嫁呢，她真怕把他吓跑了。

岑沐可这回高兴了，兴奋得连打字都快了些许：那我就心理平衡了！哼，单独陪我两天！这才差不多！

所剩余笙：好，不过还有齐柠。

可可：晚安。

莫笙看着手机有点儿无奈，最后还是哄了岑沐可几句。

放下手机发呆的时候，她开始构思新的愿望该怎么写。

她已经意识到脸盲症给郁黎川带来的困扰了，就思量着回老家之后再许一个愿望，试试拯救郁黎川的脸盲症。

万一成功了呢？

这次她一定不能加形容词了，必须写白话文。简单直接，直奔主题，不然实现得真的太偏激了。

晚饭后，郁黎川又给莫笙补习了两个多小时。在莫笙临回省队前，他还打印出一沓笔记来，帮莫笙封在了档案袋里，对她说："这是你不足的地方，我给你整理出来了，你回去抽空看看。"

"行，这次我回去后，吃完饭就看，拉屎的时候也看。"

"嗯。"

莫笙捧着档案袋朝外走，刚走两步就被郁黎川拽回去了，她被郁黎川拎着坐在桌上，亲了十几分钟才松开。

"我送你回去。"结束后，郁黎川就跟个没事人似的拉着莫笙的手，带着她出门。

莫笙跟在郁黎川身后，看着他头顶的弹幕，观察郁黎川的心路历程。

【这就送她回去？】

【要不留下来吧……】

【不行不行，太快了。】

【她是不是能看到？】

莫笙在郁黎川看向她的时候，立即扭头看向别的地方，装得浑然天成。

她就不适合扮演一个傻子，因为实在是太像了。

将莫笙送到省队门口，郁黎川恋恋不舍地看着莫笙走进去。

久别重逢仅三天。

果然，还是好想她在自己身边啊。

莫笙在进英语四级考场时还是没什么信心，主要是补习时间真的很少。

　　她之前做了一套题,勉为其难考了三百多分,听力还是郁黎川考的,故意慢慢读了好几遍。

　　郁黎川看着她的卷子沉默了许久后,给她恶补。莫笙第一次在郁黎川家里过夜,孤男寡女独处,居然全程在补习。

　　莫笙闭上眼睛休息,都觉得眼前有字母在乱转,最后去卧室里睡觉。

　　醒来后她发现郁黎川居然没睡,又列出来了一些重点,让她集中复习。

　　据说,她回省队后,郁黎川在第二天旷课了,在家里连续睡了二十四个小时才补回来,其间都没吃饭。

　　要知道熬夜对郁黎川来说简直就是临刑。

　　临进考场前,郁黎川跟莫笙说了一些考试投机取巧的小技巧,实在不会了就用这些小技巧,说不定能多得几分。

　　进入考场后,莫笙拿着手里的祈福笔,在心里默默祈祷。

　　左右看了看,忐忑的人不止她一个,她也就放心了。

　　考试期间,莫笙答完卷子看着卷面,觉得自己答得对,又觉得自己答得不对,看着这些句子感觉自己认识,又全都不认识。

　　呜呜呜,考四级比打全国排球比赛都难!

　　考完后,莫笙还觉得晕乎乎的,和齐柠会合后,齐柠问她:"考得怎么样?"

　　"我觉得吧,发挥出了我的水平。"

　　"什么水平?"

　　"就是不太靠谱的水平,反正,我拼尽全力了。"

　　"你保研,四级肯定得过,这次不行就继续考,反正有郁黎川呢。"

　　两个人走出去,就看到郁黎川在外面等了,莫笙立即走过去说道:"我尽力了。"

　　"嗯,既然考完了就不要想了。"

　　"我下午还得回队里。"

　　"去吧,我不用你陪着,可以的。"

　　四级考试在上午,六级考试在下午。

　　莫笙只能请半天假,下午就得回去了。

　　莫笙看着郁黎川半晌,最后只能匆匆抱一下。

　　齐柠刚刚把自己的自行车骑出来,对莫笙招手:"上来!"

　　莫笙走过去坐在了自行车后座上,对郁黎川挥手道别,接着听到齐柠说:"我这小破车一个人骑还行,我们两个人一起的话,这轮胎都要瘪了。"

　　"别诋人啊!你是不是挺长时间没打气了?"

　　"打气了,早上特意去学生处打的,一个学弟热情地要帮我打气,结果我下车站起来后，他直接把气管子递给我了，可能是觉得帮不上我的忙。"

"哈哈哈！"

莫笙坐在自行车后座往郁黎川那边看，远远地已经看不清弹幕了，只能看到发光的人形。

他一直目送莫笙离开，随后转身走了回去。

齐柠在这个时候说道："我看郁黎川恋恋不舍的样子，和你谈恋爱能维持很久吗？"

"他刚才很不舍？"

"他的眼神恨不得变成钩子，钩着你不让你走。他那么受欢迎，你还不经常出来，我怎么有点儿担心了呢？"

莫笙立即摇头否认："不用担心，我们学弟特别懂事。"

"你之后难得双休一次，周五还连夜和我、可可跑了，他一句话都没说吗？"

"没有啊，他听完我解释之后就理解了。"

"行吧，不过你好好安慰安慰吧。这事得处理好了，不然以后肯定是隐患。"

"嗯，我会留心的。"

第十一章
愿望成真

　　莫姥姥家在沿海城市，因为沿海再加上环境好，房价比省会还贵一些。

　　不过莫姥姥住的地方不是城里，而是乡下。

　　可以说是一个世外桃源。

　　莫姥姥承包了一片果园，占地面积极大，她在这里有一处三层自建房，看起来就是一个小别墅。

　　从房子里往外看，就是青山绿水，依稀能够看到海。

　　离家不远就是海边。这片海不属于旅游区，没有其他游客，只有住在这附近的人会过去。

　　莫笙原本打算和齐柠、岑沐可坐大巴回去，结果周五出来就见到了唐祎在等她们。

　　这段时间唐祎已经很少出现在莫笙面前了，就和人间蒸发了一样。莫笙成了全国冠军，唐祎都任何表示也没有，朋友圈都没点赞。

　　莫笙没在意，觉得这样反而好一些。

　　这次唐祎突然出现，三个女生都很惊讶。

　　唐祎也没多热情，靠着车无精打采地说："上车吧，我开车带你们回去。"

　　"不用，我开我男朋友的车回去也行。"莫笙特意提起自己有男朋友了。

　　其实，莫笙没打算开车，她车技不行，这么远的路程能平白多开一个小时。

　　唐祎看了莫笙一眼，随后说道："你当我情愿？我爸让我也去看看姥姥。"

　　莫笙迟疑了一会儿，还是带着另外两个人上车了，太矫情了也没意思。

　　最主要是她不想让唐叔叔多想。

　　唐叔叔对她是真的好，她也不想让唐叔叔失落。

　　上车时莫笙抢先坐在了后排，岑沐可跟着坐在后排。

　　齐柠迟疑了一会儿，坐在了副驾驶席，纳闷着连连往后头看。

　　唐祎开车的时候一直都挺沉默的，许久后才开口问："他们俩领证了你知道吗？"

　　这句话显然是对莫笙说的。

　　莫笙随便回应了一句："嗯。"

　　"现在就等十月份结婚了。"

　　"嗯。"

　　之后两个人就再也没有其他的交流了。

　　莫笙突然被岑沐可戳了一下，才注意到岑沐可示意她拿出手机来。

　　打开手机，就发现岑沐可和齐柠弄了一个群，把她拉了进去。

　　齐柠：谁结婚啊？

　　莫笙：我妈和唐祎他爸。

　　可可：？？？

　　齐柠：？？？

　　所剩余笙：这回知道我们的关系了吧？

　　可可：我突然明白唐祎为什么不追了。

　　齐柠：？？？

　　可可：你连这个都不知道？

　　齐柠：我仿佛是个傻子。

　　所剩余笙：可可你早就知道？

　　可可：在你不知道的时候，我早就和唐祎大战八百回合了，这要不是郁黎川告状，你都发现不了我和郁黎川的斗争。

　　所剩余笙：还想我夸你是不是？

　　可可：我算是看明白了，郁黎川就是男生中的绿茶，呃……也不能说是绿茶，应该说是高段位选手。我算是明白男生为什么对绿茶毫无招架能力了，性别转换后，笙笙这种直女对郁黎川也是毫无招架能力。

　　所剩余笙：哪有？

　　可可：就是，你们三个人如果转性，就是标准的直男大猪蹄子（你）、心机女（郁黎川）、渣女（唐祎）。

　　齐柠：等等！之前的事情！我怎么没看出来呢？

　　可可：两个钢铁直女！

　　可可：我很早就发现唐祎喜欢笙笙了，觉得唐祎有女朋友还惦记笙笙非常恶心，就和他恶战了。结果，他和我说真正喜欢的只有笙笙，这真的是渣得清新脱俗，甚至渣得很有剧情感，跟那种三观不正却偏说是文艺片的电影似的。

可可：不过唐祎还算行吧，一直对笙笙好，也没做其他过分的事。

可可：等郁黎川出现之后，我才真正地发现了敌手，真的是打不过，干不掉，笙笙还真吃郁黎川那一套，对郁黎川心疼得不行。

可可：那个郁黎川有没有说过这样的话，比如：学姐，你的朋友是不是不喜欢我啊？我真的好委屈哦，我明明没有做什么，为什么要这么对我啊？

所剩余笙：才没有！

齐柠：唐祎……喜欢笙哥？

齐柠还沉浸在之前的震惊之中，对吐槽郁黎川没有兴趣。

可可：对。

齐柠：笙哥你也知道了？

所剩余笙：寒假期间，他突然表白了。

齐柠：然后他还是你的继弟？

所剩余笙：对。

齐柠：天降狗血一大盆。

可可：我倒是瞬间懂了唐祎的行为了，对他来说就是虐恋情深啊。

所剩余笙：不过我看不上他的行为。

齐柠：所以上次你打他之前，先抽了自己一巴掌？

所剩余笙：嗯。

可可：那以后怎么办？会不会很尴尬？

所剩余笙：不知道。

可可：不过你放心吧，唐祎不是郁黎川的对手。郁黎川如果真回古代当皇妃，参加宫斗，都能顺风顺水地活到大结局。

对一个人最高的评价是什么呢？

就是来自敌方的认可。

唐祎开车期间扭头朝她们看了一眼，问："你们女生是不是就喜欢建小群？"

齐柠下意识地将手机放下了。

唐祎歪嘴一笑："看来还真是。"

齐柠瞬间觉得自己是个猪队友。

可可：没事，我们三个人同时不说话，必有蹊跷，唐祎能猜出来也不奇怪。

所剩余笙：唉，算了，不提这些破事了，我现在和学弟感情挺好的。而且学弟真的不心机，他很单纯，你再这样说他我就要生气了。

可可：没有交过手，就不要妄加判断，你还太嫩。

齐柠：我也觉得学弟不错，不渣，还帅，一个人聪明还能算缺点？

可可：不是缺点，我就是斗不过他心有不甘！

齐柠伸手打开了车载音乐,听到了广场舞神曲,精神随之一振:"这歌儿……不错。"

硬着头皮夸。

唐祎没在意,回答:"我爸让我练习,以后有机会了陪我未来妈妈去跳广场舞。我也是被逼无奈,弄个歌找找乐感。"

齐柠哭笑不得地问:"乐感培养得怎么样了?"

"在这方面,我大概是个残废吧……"

齐柠关了音乐,靠在椅子上小憩。

莫笙拿着手机跟郁黎川发消息,岑沐可逛淘宝,一行人继续沉默。

唐祎只在一个服务中心停了一次车,之后直达莫姥姥家里。

莫姥姥已经坐在门口等了,院子的大门也开着。

莫姥姥一共有三个孩子,莫妈妈排行老三。三个兄弟姐妹之间还挺和谐的,主要是三家条件都不错,没什么需要钩心斗角的地方。

莫姥姥现在和莫笙的二舅一起住,养老也主要靠这个唯一的儿子。

看到人来了,莫姥姥笑呵呵地拉着莫笙左看看右看看,接着数落:"这大傻个子长的。"

接着她扭头看向齐柠,齐柠正忐忑呢,发现莫姥姥特别"双标":"这个小姑娘的个子真高啊,看着就好看!"

莫笙:"……"

莫姥姥扭头看向岑沐可,又感叹:"这个小姑娘长得好看啊,一看就是个小姑娘。"

不像个小姑娘的莫笙 & 齐柠:"……"

唐祎停下车,转着钥匙走过来打招呼:"姥姥,最近有什么需要帮忙的吗?"

"不用,你们大老远过来的,哪能要你们干活。"莫姥姥笑呵呵地回答,"你们自己上山看看,闲不住了我倒是不拦着。"

唐祎点头:"行,我这两天多转几圈。"

莫姥姥走到唐祎身边说道:"你舅舅买了四箱啤酒回来。"

唐祎直喊:"可别啊……他上次喝醉了说什么要跟我拜把子,我受不住!那我跟我爸不乱辈分了吗!"

走进院子的时候,莫姥姥问莫笙:"这俩小姑娘有对象了吗?"

"都没。"

"你看看你哪个哥哥……"

"不合适吧。"莫笙连连摇头。

结果齐柠把莫笙拽过去了,问:"你有哥哥啊?帅吗?"

岑沐可不缺人追,倒是不太感兴趣。

这题唐祎会答,说道:"有五个哥哥,堂的表的,我小学就认识全了,每个哥哥都揍过我。"

莫笙终于忍不住了，笑出声来。

岑沐可忍不住语气刁钻地问："你欠揍？"

唐祎摇头回答："我小时候天天和莫笙打架，莫笙是家里一枝独秀，这一辈就她一个女孩，一群人护着。知道她被欺负了，几个哥哥轮流来找我，现在成亲戚了，还坐一桌跟我喝酒，就跟不记得打过我这件事儿了似的。"

齐柠继续问："帅吗？"

唐祎吧唧吧唧嘴："跟我比，差点儿。"

莫笙回答："别的不敢打包票，但是没一个低于 185 厘米的，除了一个已婚，其余四个只要你能看得上，之后的事情交给我。"

齐柠立即跟莫笙击了个掌。

莫姥姥早就收拾好了房间，让他们四个人住下。

唐祎住莫笙表哥的房间，表哥上大学没回来，房间正好可以腾出来。

放学后就一路奔波到此，长时间坐车有点儿乏，加上本来就已经是晚上了，她们干脆准备休息。

莫笙不想打扰她们两个人，一个人蹲在房间门口和郁黎川视频。

郁黎川在那边给莫笙示意，说道："我在图书馆发现的谱子，你看，是 1965 年的，非常有年代感了。"

"真厉害啊，你怎么翻到的？"

"今天无聊，在别的科目的架子上看到的，因为封面破损了，就被人胡乱放在这儿。"

两个人正说着，就听到了上楼的脚步声。

上来的人看到莫笙蹲在门口之后脚步一顿，停留在楼梯间没有再上来，而是问莫笙："姥姥让我问问你们，还缺不缺什么东西？"

莫笙她们三个女生住在三楼顶楼。

莫姥姥腿脚不方便，平日里都住在一楼，二楼是二舅一家人住的地方，三楼就是留给客人的，他们自己家人也不愿意爬楼梯。

现如今，这种跑腿问话的事情就交给了唐祎。

莫笙小声回答："她们两个人已经休息了，不缺什么了，缺的话我下去取。"

"哦……"唐祎迟疑了一会儿，转身下了楼。

视频那边的郁黎川似乎也听到了动静，问："唐祎和你一起回去的？"

"嗯，唐叔叔交代的。"

"哦……你们周日下午回来吗？"

"对。"

视频那边，郁黎川随手将谱子放在了桌面上。

随后，他伸手从不远处拿来了一杯水喝了一口，莫笙甚至听到了他吞咽的声音。

然而……莫笙还是觉得郁黎川似乎是在用喝水来掩饰自己的情绪。

她这边看不清手机屏幕，只能依稀看到郁黎川的轮廓，于是小声说："我只喜欢你——"

郁黎川放下了杯子，随后凑到屏幕前问："什么？"

"回去给我做好吃的。"这次更小声了。

郁黎川错愕了一瞬间，随后温和地笑着说："好。"

"这你就听清了？"

"我就是想再听一遍。"

莫笙偏就没有顺他的意，看着视频里的光亮说道："我有点儿累了，想去休息了，我保证不熬夜。我周日下午回去，等回去之后我再跟你好好聊，好不好？"

"好。"

"我只喜欢你！"莫笙突然说了一句，就快速挂断了视频。

视频刚刚挂断，就收到了郁黎川的消息。

C：！！！

C：好吧，晚安。

C：[语音消息]

莫笙点开，听到郁黎川林籁泉韵般的声音："我也喜欢你。"

莫笙把手机按在胸口，激动得直跺脚。她起身打算回房间，看到房门开着一条缝，接着房间里传出两个声音。

齐柠："腻歪。"

岑沐可："哼。"

接着两个房间的门都关上了。

莫笙看着门口，都不知道该去哪个房间睡才好，女孩子不能三个人一起出来，这样的题太难了。

最后她推门进了岑沐可的房间，主要是她和齐柠都太高了，骨架也大，睡一起有点儿挤。

三个女孩来莫姥姥家里是玩的，唐祎则是帮忙干活的，大家跟唐祎也熟悉了，倒是没那么多的客套。

三个女孩决定去海边玩，莫姥姥生怕女孩子不安全，派唐祎跟着，水性很好的二舅也被派来了，不过一直在周围晃悠想搞点海货，专搬石头挖沙子。

女孩子凑在一起就是拍照，乐此不疲。

她们三个人在一起，就是标准的"凹"字，为了让画面看起来和谐，真的是煞费苦心，唐祎也是累得叫苦不迭。

岑沐可看着唐祎拍的照片对他抱怨："你一个渣男拍照怎么这么丑？"

唐祎一万个不服："拜托，渣男不是全能高手！再说了，渣男拍照好看是靠女朋友长得好看，你长什么样你自己心里没数吗？"

莫笙和齐柠站在一边观战，莫名其妙就感觉被冒犯到了。

不过，唐祎很快被岑沐可收拾了。

岑沐可不是郁黎川的对手，但和唐祎倒是势均力敌。

疯玩了一天之后，莫笙带着两个女孩子去果园里逛一逛。

莫笙去之前，特意又写了一个愿望小字条：希望郁黎川的脸盲症可以消失，眼里的世界变成正常的样子。

在齐柠和岑沐可摘草莓的时候，莫笙去了那棵大树前，站在树下双手合十拜了拜："谢谢山神老爷保佑，让我能够遇到郁黎川，还成功和他在一起了。如果不是真的希望他能恢复正常，我也不会再来叨扰您，希望您能帮我实现这个愿望。"

莫笙默念完，蹲下身，想要将之前的字条挖出来，却发现字条消失不见了。

她惊讶了一会儿，还是将新的字条埋了进去。

齐柠从棚里探出头来看，问莫笙："你拔草呢？"

"哦，没有，就是这棵树许愿很灵，我在对山神老爷许愿呢。"

齐柠走到树前抬头看了看，正要开口，就听到莫笙提醒："许愿直白点，别用形容词。"

她当初就是吃了这个亏。

不过，自己许的愿，含着泪也要承受。

齐柠看着大树，对着山神许愿："希望我的姐妹儿莫笙能变聪明点。"

莫笙等了一会儿，发现齐柠就许了这么一个愿。

莫笙诧异地问："没了？"

"嗯，没什么其他愿望了，人生还是要靠自己努力不是吗？"

"对。"

"但是你的脑袋是真的没救了，努力也没用。"

莫笙瞪了齐柠一眼："不想在山神老爷面前口出狂言，不然我骂死你。"

岑沐可沉浸于摘草莓，没注意到这边闹成一团的两个人，然而进去得最久，摘得最少。

她说，她得挑好看的摘。

莫笙和齐柠对视一眼，拿这位大小姐完全没辙。

他们这次回来挺匆忙的。

不过短短两天，莫姥姥就相中齐柠了，看着就好养活，人也讨人喜欢。

岑沐可漂亮是漂亮，但是太娇气了，而且瘦得太过分了。在莫姥姥这个年纪的人眼里，反而不好看。

还是齐柠好。

齐柠临走前，加了莫笙表哥的微信号。莫笙的二舅和二舅妈还给齐柠带了一堆特产，显然是想要定了这个儿媳妇了。

回去的时候，齐柠坐在副驾驶席用手机和莫表哥聊天，随后嘟嚷着问："表哥多大啊？"

莫笙随口回答："我表哥比我们大两岁，读研呢，在浙大。"

"学霸啊？"

"算是吧，不过我至今不知道他真正实力。每年家里都派他给我补课，然后他假期到我家里就看我一眼，接着就和朋友打篮球去了。我还得帮忙圆谎说他教了，就是我笨，我没学会。"

"这是亲的。"

莫笙拿着手机给郁黎川发消息：我就快回去了，给你带了很多草莓。

C：嗯，好，路上小心。

所剩余笙：谱子看得怎么样了？

C：昨天练了一阵，我现在去食堂买菜，就等你回来了。

莫笙放下手机，敲了敲驾驶席的椅子说道："回去时到我男朋友住的小区门口停一下，我先去他那里。"

"嗯。"唐祎随口应了一句，"这次不带他回来，但是父母结婚的那天肯定要带回来吧。"

"我还在考虑。"莫笙有点儿纠结，交往没多久，就带他参加自己父母的婚礼，这事也是世间罕有了。

"嗯。"

两人交流还算是正常，但还是尴尬。

果然捅破了窗户纸，想回到最开始的状态很难。

她总怕自己表现得不对了，让唐祎产生什么错觉。

感情里，拖泥带水才最伤人。

青春懵懂的时候期待被人喜欢，觉得那是一种认可，然而被不对的人喜欢，反而是一种负担。

白天上高速，要比晚上开车速度快一些，到达郁黎川家小区楼下，莫笙拿着她带回来的东西下了车。

齐柠对她挥手道别："其他的东西我带回去，保证分配明白。"

"妥了！"莫笙笑着回答。

莫笙捧着盒子快步进入小区里，有了想要见的人，脚步都变得轻快。

她刚刚走出电梯门，就看到郁黎川迎了过来，显然他一直在留意电梯这边，间隔的门都没关。

郁黎川走过来，对着她张开双臂，她顺势将装了草莓的盒子放在了郁黎川手里。

郁黎川拿着草莓动作一顿："……"

莫笙快步走进房间里，感叹道："啊，还是这里舒服，外面走几步就热了，想到这破天气还得去训练，我就有点儿崩溃。"

他们省队的很多设备都很老了，场馆也大，听说夏天会热一些。

"那我给你想想办法。"郁黎川回答。

莫笙当即摆手："别！你大手一挥给我们安个中央空调，搞得我进省队就像走了后门似的。真的，一点都不浪漫。"

郁黎川轻笑出声，好似清风拂叶，很轻很淡，转移话题说道："你等一会儿，马上就能吃晚饭了。"

"好！"莫笙整个人都瘫在了沙发上，突然想到自己许愿的事情，瞬间蹿了起来，又快步走到厨房门口问郁黎川，"你今天看别人的脸有什么变化吗？"

郁黎川在做饭的期间抬头，奇怪地看向她："我周末都没出门，为什么问这个？"

"哦……就是期待你能好起来。"

"这么多年都治愈不了，不过，遇到你之后我就觉得很满足了。"

莫笙没再问，又去餐厅等待了。

最近莫笙也不用补习英语了，吃完饭留在郁黎川家里也没其他事情做。

莫笙提议看电影，指着里面的人物问郁黎川："你能分辨出来他们吗？"

郁黎川看电影的时候微微蹙眉，随后回答："可以通过小细节分辨出来，比如这个男主角是鬈发，一般穿着蒙古族的衣服……"

郁黎川耐心地解释自己是如何分辨别人的，莫笙含糊地回应，心里纳闷得不行。

怎么回事？

这次的愿望没实现吗？

是她太贪心了，许愿两次，山神老爷不想搭理她了吗？

她怕郁黎川看电影觉得累，于是改看动画片。正在寻找的时候，郁黎川指着超级赛亚人问她："在你的眼里，我就是这样的吗？"

郁黎川指着的是超级赛亚人全功率的状态，浑身都冒着金光。

莫笙只扫了一眼便回答："不是。"

郁黎川微不可察地松了一口气，接着就听到莫笙补充："他至少能看到人的样子，在我眼里，你的脸、身体一点样子都没有，就是全发光的，好在光线柔和，不然我都得戴墨镜。"

这一次郁黎川忍不住纳闷了："为什么会这样呢？"

"我也……不清楚。"莫笙当然不好意思回答自己许愿的事情，于是继续说，"以后我都得准备眼罩，不然容易睡不着。"

"你想得很多啊。"郁黎川突然轻笑起来，语气带着调侃。

莫笙赶紧辩解："我就是想一想不行吗？我都是有男朋友的人了，你还想让我纯洁成什么样子？"

"可以，当然可以。"郁黎川故作正经地点头。

"你床头柜里的耳塞我还没问是怎么回事呢！"

郁黎川停顿了一下，随后回答："我对睡眠质量要求高。"

莫笙抬头，看着郁黎川头顶的弹幕冷笑。

【就是不确定会不会被呼声吵到。】

【她在看……】

【……】

莫笙当即冷哼。

郁黎川试图卖萌蒙混过关，凑到了莫笙的身边，用额头蹭了蹭她的肩膀求饶。

莫笙没说什么，却忍不住笑起来。

这时手机响起提示音，莫笙伸手拿过来，看到群里她们在聊天，有人 @ 了她。

她特意按照顺序听了听。

队长："莫笙，草莓收到了，太甜了吧。你姥姥家邮递不啊，我想给我父母买点。"

队长："你晚上回来住吧？"

孟果："师父！我想你了！我要去你的宿舍等你。"

齐柠："你来，我给你们看看莫笙表哥的照片，可帅了。"

队长："这是想异地恋了？"

齐柠："我是要进省队的人，我们和谁谈不都跟异地恋似的？有所谓吗？"

莫笙拿着手机回复语音："我在我男朋友这儿呢，过一会儿回去。队长，你家里人要是想吃，我就让我姥姥给你们邮。"

队长："别，钱得给。亲兄弟明算账，亲姐妹也不例外。"

莫笙询问队长要多少，顺便问了地址，给二舅发了过去。

这期间，郁黎川抱着莫笙的手又紧了一些。见莫笙许久不理他，他干脆用力勒着她，哼了一声。

莫笙放下手机问他："怎么了？"

"就陪我这么一会儿吗？"她刚才说她要回宿舍了。

"对不起哦，我下周会多陪陪你的。"莫笙揉了揉郁黎川的头，随后在他额头上亲了一下。

郁黎川依旧不松手。

"这次真的是特殊情况！"莫笙对天发誓。

"想你陪我……"郁黎川声音里多少掺杂着点失落，甚至有些哽咽。

莫笙看不到郁黎川的面部表情，突然有点儿慌，想摸摸看郁黎川有没有哭，结果一巴掌拍在了郁黎川的脸上。

"啪！"清脆的一声。

郁黎川瞬间就松开莫笙了，诧异地看着她，怀疑是不是自己想留下她，惹她生气了。

莫笙慌得不行，赶紧扑过去解释："失误！是不小心打到的！"

郁黎川没说话，就连头顶的弹幕都变成了空白的。

等她反应过来，发现自己扑到了他身上。

莫笙突然想起齐柠提醒她的事情，突然意识到郁黎川恐怕真的会在意，于是说："我也好想和你在一起，可是你这么优秀，我肯定要成为一个能配得上你的人。虽然有人看到我们，感叹你是不是瞎了眼才看上我，这让人觉得挺爽的。但是久了吧……我也会多想。我想成为一个很厉害的人，就要努力奋斗，在省队里多训练才行。"

"嗯，我明白，不过你已经很优秀了。"郁黎川终于开口回答。

"郁黎川你知道吗？我也会想你，你的想念不是单方面的。我也是第一次谈恋爱，我在省队里不能玩手机，不能和你们联系，生活里只有训练，说我习惯了吧也不尽然。偶尔，也会觉得很寂寞。"

郁黎川调整好姿势，抱着她的腰，依旧低着头，显然情绪依旧不高。

莫笙凑近了他，继续认认真真地说："我知道，其实，你可以有很多更好的选择，可以找一个一直陪着你的女朋友，找到我这样的，算是耽误你了……"

"没有。"郁黎川立即打断了她的话。

"那既然在一起了，能不能理解这一点呢？我保证我和你交往的时候，会竭尽所能来陪你。我对你也会一心一意，不辜负你，你能不能原谅我不能一直陪你呢？"

郁黎川点了点头。

"等过几年，我成绩稳定了就可以申请在外面住了，这样我每天晚上训练结束了，就可以出来。"

郁黎川一瞬间就精神了。

莫笙看着郁黎川头顶【！！！】的弹幕笑起来："我现在刚刚入队，所以管得严格一些，其实成家了的队友，或者是水平稳定的队员，都没有这么严格。他们经常交一部手机，手里留一部手机。而且都在省队附近买房或者租房了，除非赛前集训，其他的时间也很自由。"

"哦，那以后你也可以……"

郁黎川这句话没说完，然而弹幕帮他说完了【可以住在我这里】。

莫笙微微扬起下巴说道："我考虑一下。"

郁黎川再次抱住了莫笙，在她的耳边嘟囔："我真的好想你。你本来每个星期可以陪我两天，但是你还要和别人……尤其是你这次还和唐祎一起回去的。我知道你在省队里训练不会在意，可是你陪他们不陪我，我还是会失落。"

"哦，吃醋了啊。"

"嗯，吃醋了，怎么办？"

莫笙找到他的嘴唇亲了一下，问："这样行不行？"

"就这？"

莫笙干脆将郁黎川扑倒，结果没多久就被郁黎川强势反击。

她仰面躺在沙发上，头顶的皮筋被扯了下来，头发铺在沙发上，窸窸窣窣的。

伴着清浅的呼吸声。

郁黎川看着平日里嚣张的猛虎，在他的怀里变成了乖顺的猫，一阵喜欢。

莫笙觉得自己太天真了。

她一直以为郁黎川就是单纯的弟弟。

直到她被带到了卧室里……

有一手啊，臭弟弟。

莫笙最后还是尿了。

她今天在外面跑了一天，还没洗澡，身上都是汗，肯定脏兮兮的。中途中断了去洗澡，之后再怎么继续她都不知道。

而且，她还是有点儿紧张……

毕竟他们两个真的继续发展下去，只有他能看到她，她却看不清他。

关了灯又能怎么样？

她还是能看到光源在自己身上游走。

她快速推开郁黎川，拔腿就跑。

郁黎川一个人在卧室里好半天没缓过神来。

须臾，他重新穿上衣服走出来，跟她道歉："对不起，是我太着急了。"

莫笙摇头，单手捂脸："不是，太亮了……"

脱了上衣更亮了，光芒乍现，她本来就紧张，看到那光源真的容易笑场。

"那……以后我穿着衣服？"

"不用，我……我会努力适应，给我点时间。"

郁黎川已经满足了。

吃到了甜头，郁黎川心里的酸味也散了不少，调整好衣服后说道："那我送你回去？"

"行。"

莫笙和郁黎川往学校走的途中，莫名地又回到了最开始的状态，没有牵手，只是并肩走着。

似乎烈火后，身上还留着灼热。

他们都怕再次碰到对方，人会再次烧起来。

郁黎川路过自动售货机时对莫笙说道："你等我一下，我去买瓶水。"

"好，我在这里等你。"莫笙站在原处拿出手机和队友发消息，打完字抬头朝自动售货机的位置看过去，却没有找到熟悉的光亮。

这个时间段的大学校园里依旧十分热闹，自动售货机前有很多人，买东西还要排队，莫笙在人群里找了几遍都没有看到发光的人，再扭头去看周围，都没有郁黎川的身影。

莫笙早就习惯一眼就能找到郁黎川了。

尤其是在夜里。

夜里的郁黎川实在太显眼，走在他的身边都会沐浴在光亮里，她只要随便看一眼，就能够轻易找到他。

可是这一次，郁黎川却突然消失了，无影无踪。

她赶紧拿出手机来打算给郁黎川打电话。

这个时候一个男生走到了她的面前，对她说："我还买了一个盲盒，要不要拆开试试运气，说不定可以出隐藏款。"

莫笙抬头看向这个男生，整个人都呆愣住。

莫笙在和郁黎川接吻的时候，曾经看到过郁黎川的眉眼，还有鼻梁，其他的地方都看不真切。

距离那么近，只知道郁黎川的眼睛异常漂亮，精致得不像话。

她看着此时这个男生的眉眼，再看着他的身高、体形、着装，以及他说话的声音，确定这些是属于郁黎川的。

可是，他没有发光。

莫笙近乎呆滞地看着郁黎川，眼睛都不舍得眨一下。周围的一切都变作陪衬，夜色下的校园，路过的学生，都瞬间沦为衬布。

莫笙从未想过，一个人能好看到让人自惭形秽的程度，看他一眼，就会下意识地自卑。

她曾经想过被誉为校草的郁黎川，会长得很帅。

然而帅到这种程度，竟然让她觉得有些不现实，仿佛这段时间经历的都是一场梦。梦里她遇到了童话里的王子，那么完美的人，独独对她伸出手来，邀请她一起共舞。

他的确是温柔的，眼角眉梢都透着那种儒雅的味道。

他的五官精致到离谱。

看着他，都担心他下一秒就冒出仙气来，飞升成仙了。

莫笙的声音不受控制地发哑："郁黎川？"

"嗯？怎么了？"突然被叫全名，莫笙还是这种表情，让郁黎川有些错愕，下意识地担心起来。

"不发光了。"她在脑袋短路的情况下，说了一句无厘头的话。

"我吗？"不愧是郁黎川，居然又听懂了，指着自己问。

"嗯，我看到你了。"

莫笙突然感觉，她好像在跟一个盲盒恋爱。

突然有一天，盲盒拆开了，她看到了郁黎川的样子。

一个从来都不幸运的人，拆到了隐藏款。

遇到他，她用尽了自己全部的运气。

郁黎川听到这个消息之后突然一阵紧张。

他不知道自己长什么样，会不会吓到她了？

她现在就是被惊吓到了的样子……

她不会要甩了他吧？

"为什么会这样？我还是能看清你。"郁黎川这样说道，下意识地伸手拉住了莫笙的手，生怕她就这样跑了。

莫笙拿起自己的手机看了看手机壳，确实不发光了。她能够看清自己和郁黎川的合影，合影里的男生，的确就是面前的男生。

莫笙又去看郁黎川的头顶，弹幕也没有了，什么都没有了。

她眼前的郁黎川突然变正常了。

莫笙迟疑了一会儿问："你还是能看到我的样子对吗？"

"对。"

"那你是不是也能看到别人了？"

郁黎川紧紧地拉着莫笙的手，随后扭头去看周围，微微眯起眼睛，去看夜色里的人，随后也跟着愣住了。

他刚才一心一意地买水和盲盒，着急回来，根本没有去看周围的人。

他生来脸盲，所以在这方面非常淡漠，不会去注意身边的人，甚至遇到熟悉特征的人，除非关系好，不然都不会主动打招呼，怕认错人尴尬。

现在看到周围的人之后，他的脑袋一瞬间短路了。

他真的能看清了！

"能……"郁黎川说出这个字的时候，声音都在颤抖。

此刻他的心情非常复杂，眼睛有点儿酸涩，看向了莫笙。

莫笙意识到，新许的愿望实现了。她一瞬间狂喜地扑到了郁黎川的怀里，抱着他的腰兴奋地说："啊啊啊！你能看到了！心情怎么样？"

郁黎川想起莫笙在回来之后就问过他这个问题,他当时没当回事。

现在想来,莫笙恐怕知道些什么。

他认真地问莫笙: "你知道是怎么回事对吗?"

莫笙立即松开了郁黎川,将手背在了身后,思量了一会儿后承认了: "对。"

"可以告诉我吗?"

"你听起来可能会觉得很扯。"

"我相信你。"

自然是相信的。

这种诡异的事情真的发生了。

他突然能够看清楚莫笙,现在又突然能看清楚所有人。

他的脸盲,是公认的不治之症,除非天降奇迹。

而现在,奇迹发生了。

莫笙伸手拿走了郁黎川手里的盲盒,带着郁黎川往学校安静的地方走。到了操场,莫笙和郁黎川肩并肩走在跑道上。

"我之前……听姥姥说家里后山的山神树许愿很灵,就许了一个愿望。"莫笙将自己的愿望,和偏激的实现方式说了出来,郁黎川听完之后诧异不已。

莫笙继续说了下去: "后来,我发现你因为脸盲十分苦恼,所以就换了一个愿望。现在看来,愿望应该是被顶替了,你在我的眼里不再发光了,我也看不到弹幕了。"

郁黎川迟疑了一会儿,突然回答: "不要将这件事情告诉任何人。"

"欸?"

"如果被滥用,后果会很可怕,而且你姥姥家里的日子也不会太平了。"

"哦……治愈脸盲症的愿望也有可能被顶替。"

"这个无所谓,我早就习惯这种生活了,我只是觉得这种事情不能被有心人利用。"

莫笙想了想,随后点了点头。

郁黎川盯着莫笙看了一会儿,突然笑道: "看来,我是你命中注定的那个人?"

"你说,山神老爷是不是挑了一个最好的给我?"

这是一种认可。

一时半会儿他不会被甩了。

郁黎川笑容终于轻松起来: "嗯,也挑了一个最好的给我。"

莫笙有点儿想笑,还想跟郁黎川聊很多,结果齐柠的电话打了过来,催她赶紧回去,宿舍要关门了。

核心思想是路过楼下超市的时候，给她带四节南孚电池。

莫笙拉着郁黎川朝女寝的方向走，说道："她们催我了。"

走到女寝门口，莫笙上了台阶还回头对郁黎川挥手道别。

看着那个帅气到不真实的男生温和地微笑，对她挥手，她心中一阵狂跳。

快速跑到宿舍，她想要探头看看郁黎川走没走，就看到一群女孩子纷纷朝正在往回走的郁黎川看，还有一个女孩子过去搭讪。

如果是以前，郁黎川会立即拒绝。

这次他动作停顿了片刻，朝着那个女孩子的脸看过去，随后又扫了一眼其他的女孩子，似乎是想要看看每个人的长相究竟有什么不同。

随后，他抬起手机来，给那个女孩子看自己的手机壳。

莫笙看着这一幕，突然就顿住了。

她这个时候才意识到，郁黎川以前看不清别的女孩子长什么样，所以才会觉得她是最好看的。

毕竟，他能看清长相的只有她一个。

现在，她再也不是独一份的那个了，她会不会被比下去？

想到这里，她原本美妙的心情瞬间消失了。

她怔怔地看着郁黎川离开，看着他的背影，心口突然揪紧。

明明只是短暂的离别，她却开始不安，总觉得郁黎川这次离开后，就会彻底离开她了。跟他此刻离开的背影一样，两个人渐行渐远。

也不知道是因为突然的变化让她不安，还是突然看清郁黎川后，让她产生了自卑，动摇了她的心情。

莫笙坐在宿舍里和室友聊天，聊了一会儿后意识到郁黎川没有给自己发消息报平安，于是给他发消息问：你到家了吗？

许久都没有收到回复。

以前郁黎川都是秒回的。

她赶紧抬手拍自己的脑门儿，瞎想什么呢！

她在这个时间拆开了盲盒，里面是一只戴着紫色魔法帽子，围着围巾坐着的小猪。

很常见的款式。

她其实没有那么幸运。

突然能看清周围人的样貌，对于郁黎川来说真的挺新奇的。

这一路上，他一直在看周围的人，男女老少，各不一样。

原来年龄真的可以体现在面容上，原来面容差距真的这么大。

他看着自己的手机壳，还有手机里零星的几张相片，看着自己的样子，突然蹙眉。

他长成这样，算好看还是难看？

莫笙应该不会嫌弃他丑吧？

郁黎川又看了看周围，再看看自己的照片，忍不住咬牙。他的鼻子似乎比别人的高一些，是不是最奇怪的？

看了这么多人，很少见到他这么奇怪的鼻子。

再看看周围，又去看自己的照片，他的脸是不是有点儿太小了？

以前能够看清人的轮廓，可以看到头的大小，再看自己，就觉得自己的脑袋小，看起来不太和谐，现在发现自己的脸也小。

和周围其他人格格不入。

之前云折竹他们夸他帅，不是安慰他吧？

校草这种称呼，是不是一种嘲讽的绰号？

郁黎川继续看照片，只有一种想法——

他的女朋友非常漂亮。

这一路上他也看到不少同年龄段的女孩子，发现莫笙绝对是最好看的那一个。

越看越觉得，他真是幸运，居然能追到莫笙。也幸好莫笙那么大条，才没被其他的男孩子抢走。

他对美丑没有任何概念。

他不知道什么样算好看，什么样是丑。

唯一清晰的只有一点：莫笙最好看。

回到家里，他的兴奋尚未褪去，他想要和自己的父母视频通话，看看自己的父母长什么样子。

此刻的他非常珍惜能够看清周围人的时间，想要用最快的速度，看自己熟悉的人。

能够看到，就算是明天就会消失，他也已经无憾了。

看着视频里的父母，郁黎川竟然有一瞬间红了眼眶，接着开始哭。

他活了这么多年，第一次看清父母的样子，这种喜悦难以描述。

这一举动吓坏了郁黎川的父母，郁妈妈看着视频一个劲儿地问："黎川，你怎么了？被人欺负了吗？还是出什么事情了？想家了？"

郁黎川不知道该怎么解释，于是只能点头："嗯，想家了。"

"我当初就说不让你考那么远，结果你非要去北方，现在知道想家了吧？"郁妈妈这才放下心来，也红了眼眶，跟着哽咽着埋怨。

郁爸爸放心了，重新拿起书看："你就是闲了，利用时间多看看书、练琴，就没空想这些乱七八糟的。我教了你十多年合理利用时间，你都当耳旁风。"

郁妈妈立即推了郁爸爸一把："你怎么这样？黎川长这么大都没哭过。再说了，他跑到北方去上学，也没个人照顾。"

"云折竹不是也在吗？他不是还有一个女朋友吗？"

郁妈妈这才反应过来："对哦，黎川，你和女朋友吵架了？"

郁黎川擦了擦眼泪回答："没，我们相处得挺好的。"

"你要对女孩子温柔一点，知道吗？要多花时间陪她，要真的关心她，不要因为学习不理女朋友，像你爸爸这样是不对的。"

郁家从来不担心自己的儿子会玩物丧志，因为郁黎川眼里只喜欢学习、乐器。

他们曾经以为郁黎川清心寡欲，似乎对女孩子不感兴趣。

突然有了女朋友，他们都很震惊，还松了一口气，终于觉得自己的儿子像一个凡人了。

郁黎川突然叹气："我真的很想一直陪着她，为什么我还没到法定年龄？"

郁妈妈听完认真地问："要不妈妈找一个法定结婚年龄低的国家给你们移民？"

郁黎川赶紧拒绝："她是要进国家队的，这是给国外输送人才呢，您别闹。"

"妈妈去看你们吧？"

"别来，我已经不想你们了，再见。"回答完，郁黎川秒速挂断电话。

莫笙洗漱完毕回来，拿起手机看到了郁黎川的回复：到家了。

C：刚才在跟我父母视频。谢谢你，我能看到父母的样子，非常开心。

所剩余笙：行，我知道了，我就是问问。

所剩余笙：哦哦哦，在视频啊。

莫笙将洗漱用品放回原来的位置，爬到上铺后躺在被窝里玩手机，看到了一段文字：感谢你不嫌弃我，愿意和我在一起。

莫笙觉得莫名其妙，回答：你已经脸盲了，我还嫌弃什么？

C：不嫌弃我丑。

所剩余笙：？？？

C：嗯嗯。

莫笙看着手机屏幕，陷入了沉默。

她觉得郁黎川是不是有些地方还是不正常？

比如——审美。

郁黎川很珍惜能和莫笙聊天的时间。

不过莫笙明显意识到，郁黎川在十点过后就会犯困，回复速度也没那么快了，于是催促他赶紧去睡觉。

莫笙睡觉没有郁黎川早，又难得能碰到手机，就想多玩一会儿。

无聊的时候她点开郁黎川的头像看，还是那只黑猫，不过个性签名改了，让她心口狂跳。

C：莫笙的男朋友。

莫笙又开始自我检讨。

郁黎川对她那么好，她怎么就因为自卑，而去揣测呢？

郁黎川不是那种会花心的男生，她应该相信他才对。

接着她开始捂脸笑，那么帅的男生，居然真让她追到了。

齐柠的声音突然响起，对莫笙骂道："半夜突然这么笑很瘆人知不知道？"

"对不起！"莫笙特别气人地回答，"就是突然看到我和我男朋友的合影，没忍住。"

白小婷突兀地从床上坐了起来："这还是人吗？太过分了吧！"

齐柠也有点儿躺不住了："我也听不下去了，我们动手吧。"

莫笙赶紧再次道歉："好了好了，我错了。你们帮我想想，我妈妈再婚，我带郁黎川去合适吗？"

白小婷重新躺下，回答："你们都在一起了，还是这么大的事情，带回去也正常。"

齐柠思考了一会儿，说道："你们也没到谈婚论嫁的时候，他不去也正常。"

白小婷："不过你还是得跟他说一下，看看他想不想去。"

齐柠："对，他就算不去也正常。"

莫笙还是很苦恼："他去了之后随礼不？没见过女婿随丈母娘礼的，这事儿真的棘手。"

齐柠："郁黎川倒看起来不差钱，住着那个小区，开着保时捷。"

白小婷："他家里得什么条件啊。"

莫笙想了想后回答："一家子艺术家。"

齐柠叹气："你这等同于带着他见家长了。你看啊，结婚的时候亲朋肯定都在，亲戚都见全了，场面比单独见父母还可怕，一般人是受不住的。而且学弟才多大？二十岁都没到呢，就直接修罗场级别的，想想也是惨烈。"

莫笙最后拿着手机打字，同时回答："我问问郁黎川的意思吧，给他留言，把所有的情况都跟他说一下，让他决定。"

莫笙没承想郁黎川很快就回复了：我会去的。

所剩余笙：恐怕会是终极修罗场。

C：没事，我会努力应对的。

第十二章
小白兔居然会吃人

　　莫笙之后的比赛在今年9月份。

　　莫妈妈和唐爸爸的婚礼定在了10月份。

　　这一次看比赛，郁黎川就不用全副武装了，名正言顺地坐在观众席。

　　这段时间郁黎川对排球了解了不少，看比赛的时候也轻松许多。

　　这一次莫笙所在省队的比赛成绩不算太理想，十分坎坷地进入了总决赛，最后获得了第三名的成绩。

　　比赛结束后，莫笙多少有点儿沮丧，在其他队伍庆祝胜利的时候，一个人到了场地边。

　　郁黎川站在围栏外，探身帮莫笙擦汗的同时鼓励道："你已经表现得很优秀了。"

　　"总觉得还能更好。"

　　"很厉害了，最佳自由人。"

　　莫笙笑了起来，伸手接过来毛巾说道："我听到你给我喊加油都喊破音了，别那么拼。"

　　两个人说话的工夫，省队教练过来了，看到郁黎川也算熟悉："小川儿也来了？走，和我们一起坐大巴回去。"完全把郁黎川当成了自家人。

　　郁黎川笑着回答："好。"

　　郁黎川和省队的一些人已经混熟了，大家都知道这个帅气的大男生是莫笙的男朋友，都有种自豪感——看，我们队的人多厉害，男朋友都这么优秀。

　　莫笙坐在车上，捧着手机刷朋友圈，看自己封闭训练后错过什么消息没。她刷了一会儿才想起来，问："我四级过了吗？"

　　"嗯，过了，非常幸运的那种。"

"就是踩线过的？"

"对。"

莫笙兴奋得手舞足蹈，查到分数后都不知道该说什么好了。

468 分。

对她来说，这就是超水平发挥了！

莫笙抱着郁黎川不松手，兴奋得仿佛张飞转世："啊啊啊，你怎么那么厉害，石头都被你磨成帝王绿了！我这一下子就升华了，我和以前不一样了！我英语过四级了。"

"嗯，六级继续加油。"

"不考了，我没有大理想，我就这样了……"莫笙瞬间就颓了。

四级和六级根本就不是一个概念，真亏得郁黎川说得跟玩似的。

她今年都大四了，四级才过，还指望她能把六级也过了？

郁黎川依旧是那温柔的语气："没事，有我呢。"

"你六级是不是过了？"

"嗯，过了。"

莫笙还是有点儿不想考："六级的词汇量那么大，难度还高，我四级都过得这么艰难，六级就更难了。"

"我可以教你，你很聪明，可以的。而且，你不是升华了吗？"

"不，我是石头。"莫笙松开郁黎川，缩在椅子上，嘟着嘴不想继续这个话题了。

郁黎川凑到莫笙耳边，小声耳语："考吧，这样我就可以理直气壮地霸占你了，不然你总是不陪我。"

莫笙迟疑了一会儿问："我可以重在参与吗？"

"可以。"

"好。"

莫笙拿着手机询问："婚礼的时候，我们坐高铁回去吗？"

莫笙知道郁黎川不太待见唐祎，坐唐祎的车回去肯定不行。

郁黎川回答得很平静："我开车带你回去。"

"欸？你拿到驾照了？"

"嗯，我学东西很快。"

莫笙倒不是质疑什么，就怕郁黎川逞强，迟疑了一会儿表示："回去我要坐你开的车试试看你的水平，如果不行我来开。"

"嗯，好。"

事实证明，郁黎川的学习能力确实比莫笙强。

回到家里之后，郁黎川开车带着莫笙去附近的商场买东西，游刃有余，停车也比她利索多了。

莫笙的担心简直就是多余。

郁黎川怎么学什么都那么快呢？

这小子一出生就是带着外挂的吧？

郁黎川走下车，刚刚关上车门，莫笙就把手放在了他的额头上，特别认真地审视他。

他纳闷地问："怎么，我看起来像生病了吗？"

"并不是，我在测试你到底是不是真人，正在感受你的体温。"

"开个车而已，至于吗？"

"至于！你对很多乐器都精通，学习好，家庭背景好，最重要的是你长成这样根本不需要努力啊。"

"我第一次知道我会开车也能让人怀疑人生。"郁黎川拿开了莫笙的手，在她额头亲了一下，"放心吧，是真人。"

莫笙和郁黎川在商场里买了去见父母时要带的礼物，莫笙搬着东西上车，坐在副驾驶席就开始紧张："明明是我父母，我怎么反而忐忑起来了呢？"

郁黎川探身过来帮她系上安全带，动作轻柔地安慰："别在意。"

莫笙的假期短，还想早点回去帮忙，所以假期第一天就出发了，郁黎川也陪着她。

路上一直是郁黎川开车，莫笙戴着U型枕坐在副驾驶席，全程在睡。如果不是担心找错地方，郁黎川都不会叫醒她。

莫笙睁开眼睛就发现，他们已经到自己家小区附近了，立即指挥着郁黎川找地方停车，接着拎着大包小包的东西往家里走。

莫笙醒得匆忙，路上要拎东西，也没时间跟家里发消息。

走出电梯门就看到唐祎站在走廊里抽烟，走廊里的窗户开着，风徐徐吹进来，吹着唐祎的短发和衣摆。他回过头来看向这两个人，随口说："别锁门，我没带钥匙。"

状态似乎没什么不妥。

"哦……"莫笙回应了一句，带着郁黎川进了家门，随后重重地将门反锁了。

门关上的瞬间，唐祎还看到郁黎川朝他看过来，笑了一下，笑得跟个天使似的。

莫笙和郁黎川进门后，莫妈妈和唐叔叔就迎了出来，看到郁黎川时眼前一亮。

莫妈妈曾经见过郁黎川一次，当时莫笙拍得很快，镜头也晃，她看不真切，只是觉得小伙子很帅气。

现在她看到了本人，觉得更帅了。

原来真的有真人能长成这样？

这孩子脸上是不是动过刀啊？

郁黎川进屋后，两位家长又准备水果又倒水，招呼着。

莫妈妈问的问题都很老生常谈："你是学音乐的，毕业后能做什么？"

郁黎川规规矩矩地回答："能做的很多，可以做老师，也可以参加乐团，也可以走其他的方向，比如作曲之类的。"

莫妈妈和唐叔叔对视了一眼，似乎都不太懂，毕业了做这些赚钱吗？至少得够支付日常开销吧？

莫妈妈继续问："如果毕业了做个培训班的老师，一个月也能拿五六千的工资吧。"

郁黎川点了点头："应该可以吧。"

莫妈妈长长地松了一口气："这还行。"

唐叔叔看出来了，莫妈妈是关心莫笙的将来，怕莫笙找了一个小白脸，以后跟着吃苦。

他当即大手一挥安慰："没事啊女婿！你不用担心，你以后要是找不到工作了，我给你出钱开个培训班，到时候笙笙开健身房，你开培训班，小日子也能过起来。"

这就改口了。

郁黎川迟疑了一会儿回答："其实不用担心，就业问题不大。"

唐叔叔点头："对，你先进个文工团混几年，有了噱头，培训班好开一些。"

莫笙帮着打圆场："哎呀，你们不用管这个了，他还小呢，今年才大二，之后还得读研。"

莫妈妈又问："你的父母是做什么的？"

郁黎川回答的时候依旧文质彬彬："我父亲是小提琴艺术家，我母亲是舞蹈艺术家。"

莫妈妈依旧不懂："哦、哦，艺术家怎么赚钱啊？"

"我爸爸自己经营了一家乐器行，我妈妈偶尔会去给人培训，不过课程不多，有时候会去参加节目，做舞蹈导师。"

郁黎川没说的是，他母亲的课都属于特聘，由于每节课的费用太贵，所以聘请郁妈妈的人比较少，导致郁妈妈总是很闲。

莫妈妈赶紧问："那你妈妈是不是上过春晚啊？"

郁黎川"嗯"了一声："上过两次，有时会去重大晚会做舞蹈指导。"

莫妈妈和唐叔叔对春晚的认可度是很高的，唐叔叔立即就松了一口气："上过春晚有噱头，培训班好开。小郁啊，你家是上海哪儿的？"

唐叔叔有口音，这声"小郁啊"，叫得像"小鱼儿"。

郁黎川迟疑了一会儿才回答："陆家嘴。"

"哦……"唐叔叔一听，这是好地方啊，随后嘟囔一句，"你家房价得挺贵吧。"

"均价大致二十七万一平方米。"

这一家三口同时沉默了。

这条件……似乎也不用他们家担心什么。

唐祎开始敲门了，估计着时间，应该是又抽了两根烟。

莫笙起身去开门，唐祎进来就抱怨："你是不是故意的？你怎么那么欠呢？你不应该叫莫笙，你应该叫莫欠欠。"

"你嘴更欠。"

两个人贫嘴的工夫，莫妈妈突然语重心长地对郁黎川说："小郁啊，之后你要是和笙笙吵架了，别太逞强了。"

郁黎川理解为莫妈妈想让他让着点莫笙，于是点头听话："好。"

"如果笙笙真的急了，拿到了趁手的东西，你就赶紧跑。"

郁黎川："……"

莫妈妈："别太要面子，命要紧。"

郁黎川好半天才找回自己的声音："好……"

"实在被追上了，你就好好服个软，道个歉，少挨点打。当然，我会时刻叮嘱笙笙不要做违法违纪的事情，她平时性格也很开朗，你可以不用太担心家暴……"

莫妈妈说着突然心虚起来，伸手拉起了郁黎川的手，特别心疼地说："好孩子，委屈你了。"

郁黎川艰难地微笑："不会，她是一个很好的女孩子，从来不会乱发脾气。"

"是不会乱发脾气，只要不触及底线，笙笙一般不动手。"

话音一落，唐祎被莫笙踹出三米远。

莫妈妈不知道该怎么说了。

结果郁黎川回答："我和唐祎不一样。"

莫妈妈和唐叔叔对郁黎川的第一印象还是挺好的。

郁黎川气质修养一流，说话有礼貌，情商也算是男孩子里很高的，为人处世周到，让人挑不出错处。

他到了莫笙家里之后，很快就适应了。

莫妈妈把家里的老相册拿来给郁黎川看，接着她和唐叔叔去厨房里做饭。

唐祎也没别的地方去，就瘫在沙发上吃水果，姿态像地主家的傻儿子。

莫笙伸出手来指着相册里的人说："这是我，三岁左右吧。"

"嗯，眼睛好大，很漂亮。"郁黎川看着莫笙小时候的相片，不自觉地微笑，实在是太可爱了。

唐祎听完直冷笑："不觉得双目无神吗？"

莫笙刚要生气，就听到郁黎川用淡淡的语气问道："你坐得那么远都能记得她双目无神，不也看过很多次？"

莫笙当即无言。

唐祎吃水果的动作停顿了一瞬间，随后回答："我就是看过，当时就觉得丑。"

郁黎川扭头看向莫笙，轻声安慰："我们不理他，在我看来你从小漂亮到大。"

唐祎顿时觉得心里堵得慌。

郁黎川的确很会讨莫笙开心，气死人了。

算了算了，是他嘴贱。

结果，郁黎川突然指着一个人问："这个男孩子也是你的哥哥吗？"

"不是，是唐祎。"

"欸——"郁黎川拉了一个长音。

在莫笙和唐祎九岁之后，关系渐渐好了起来，两个人渐渐就开始有合影了。逢年过节的，唐祎也会跟着唐叔叔一起来莫家，或者莫妈妈和唐叔叔一起带着两个孩子出去玩。

这个相册里也有不少唐祎小时候的相片。

唐祎当即将果盘放在了茶几上，问郁黎川："你欸什么？"

"你也算是……从小长相端正。"郁黎川犹豫了一会儿后回答，用词很是严谨。

"端正？是不是被我小时候的帅气征服了？"

唐祎小时候还真就眉清目秀的，是出了名的好看，长大之后反而长残了，全靠自己的底子撑着。

唐祎长大了之后多了些痞气，眉宇之间带着戾气，不讨喜，所以降低了些许颜值。

喜欢的就会特别喜欢，不喜欢的，也特别不喜欢。

毕竟唐祎看起来就不像个好人。

郁黎川又仔细看了看唐祎小时候的相片后摇头："不，有点儿丑。"

"我丑？"唐祎指着自己的鼻子问，特别不服气，"你这是睁着眼睛说瞎话！"

"你不觉得你的鼻子也有点儿奇怪吗？"郁黎川指着相片里的小唐祎问。

"哪里奇怪了？啊？"唐祎气得都站起来了。

"总之就是不好看。"

"是，就你好看。"

"我也不好看。"

唐祎本来还想继续跟郁黎川呛几句，结果顿住了。

他迟疑了一会儿后问莫笙："他是不是故意找碴儿？"

莫笙心虚地回答："也不是……"

唐祎冷笑了一声："怎么，我是真丑？"

莫笙叹气："他的审美是后天进化的，进化得不太好……所以……他是真的觉得自己长得丑。"

唐祎诧异地看着莫笙和郁黎川半晌，这才问："但是他觉得你好看？"

莫笙点头："我曾经拿着女艺人的相片给他看，他还是特别认真地表示，我最好看。"

唐祎觉得这特别扯："不是忽悠你呢？"

郁黎川不开心了："笙笙本来就特别漂亮。"

唐祎好半天才反应过来，妥协了："我算是明白他怎么看上你的了。"

莫妈妈走出来说道："小郁啊，今天晚上你和唐祎住一个房间行吗？"

郁黎川愣了一下，迟疑着说："我可以出去住酒店。"

莫妈妈赶紧反对："你都来了，哪能让你出去住？实在不行让唐祎睡沙发。"

莫笙赶紧帮忙："妈，其实……"

莫妈妈立即瞪了莫笙一眼："怎么，你们俩还准备睡一个屋？"

莫妈妈这眼一瞪，瞬间把两个人都吓住了，莫笙和郁黎川一起否认："不不不。"

莫妈妈一看两个人的反应，就知道这两个还算是老实，接着对郁黎川说："那阿姨去收拾房间了。"

莫笙小声和郁黎川说："要不你就忍耐一晚上？"

唐祎跷着二郎腿，慢悠悠地说："我可不睡客厅。"

莫笙大手一挥："那他睡我房间，我睡客厅。"

郁黎川第一个不同意："不要，你是女孩子，不能睡在这里，我可以和他一起住。"

唐祎听完就想笑："欸，你的小白兔你都没抱着睡过呢，被我抢先了？"

莫笙气得又想打人。

莫笙最后没理唐祎，拽着郁黎川起身进了厨房，对唐叔叔说："叔叔，你让他做两道菜给你们尝尝，他做菜还挺不错的。"

"还会做菜？"唐叔叔笑呵呵地问，"别太为难啊！我们家没那么多讲究，就算不会做菜也能娶到莫笙。"

郁黎川倒是没逞强，看了一圈之后选了蔬菜开始切，这刀工比莫妈妈、唐叔叔都娴熟，看得唐叔叔直扬眉："有两下子啊！"

莫妈妈走出来看着这一大家子，突然忍不住长长地呼了一口气。

当年莫笙年幼丧父，莫妈妈一度崩溃，完全看不到未来。

好在，她坚持下来了。

还遇到了唐爸爸。

现在，莫笙和唐祎都长大了，莫笙还带回了男朋友。

莫笙优秀，她的男朋友同样是出类拔萃的。

家里一下子聚集了这么多人，时不时地聊天，有饭菜的香味传来，真有了一家人的感觉。

吃饭时，郁黎川做的菜大获好评。

莫妈妈惊呼："我的天哟！我在饭店里都没吃过这么好吃的菜。"

唐叔叔跟着点头："的确好吃，以后笙笙有口福了。"

唐祎不爽地夹了几筷子尝了尝，最后没吭声，确实挺好吃的。

莫笙骄傲得不行，笑得嘴都合不上了。

她就知道郁黎川的厨艺肯定能征服自己家人。

郁黎川吃了莫妈妈做的菜，寡淡无味，唯一觉得能入口的，就是盐水煮虾，这道菜没有技术含量。

晚间，郁黎川穿着睡衣，盘腿坐在床上，双手搭在膝盖上仿佛在打坐。

唐祎手里拿着一个梨还在啃，问："你神神道道的干什么呢？"

"闭目养神，疲惫一天放空自己，以此放松。"

唐祎住男寝多年都没碰到过郁黎川这样的，觉得郁黎川比他们宿舍的时宴冰还神奇。

唐祎吃完梨后开始在房间里做拉伸，随后对郁黎川说："你也时不时做做拉伸，个子能长高，不过你这个年纪做估计没什么效果了。"

唐祎和莫笙都是体育生，从小就做拉伸，个子长得很高。

在郁黎川面前，唐祎唯一能拿得出手的就是身高了，特意数落一句。

郁黎川缓缓睁开眼睛，朝着唐祎看了一眼，不屑地说："你的动作我都能做，但是我的动作你不一定能做。"

唐祎立即冷笑："呵，你就吹吧。"

郁黎川很快调整了自己的姿势，跟着唐祎一起做拉伸动作。唐祎为了为难郁黎川，还特意做了几个比较难的，郁黎川也都坚持下来了，大气都没喘。

唐祎忍不住扬眉，这小子长得跟个弱鸡似的，没承想还不算弱。

唐祎站在窗边，问郁黎川："你能做什么？来，我看看。"

然后唐祎就看到郁黎川在床上做了一个标准的一字马。

唐祎："……"

这小子不是学音乐的吗？怎么身体这么软？和学舞蹈的似的。

这个唐祎确实来不了，于是问："行，还有别的吗？"

郁黎川想了想后躺下，示范了一个劈横叉。

唐祎就看到郁黎川的腿张开后，就那么"啪"的一声，两腿就落在身体两侧了，和骨折了似的。

唐祎忍不住问："你睡觉前放空自己，还有这个功效呢？"

郁黎川调整姿势问："你来不了吧？"

唐祎继续挑衅："就这？"

郁黎川本来都撑着身体要站起来了，停顿了片刻后，又撑着身体展示了一个十字马。

唐祎彻底不说话了。

这小子绝对练过软骨功。

唐祎终于妥协了："行，我认输。不过你一个男的把自己练这么软干什么啊？"

"这只是基本功而已，我的个子太高了，才没有继续练。"郁黎川说完重新在床上坐好，盘腿打坐。

"你还真学过舞蹈啊？"唐祎说着要坐在床上，结果被郁黎川制止了。

"你出汗了，不要上来。"

唐祎动作一顿，还真就没上去，郁黎川不是闭着眼睛的吗？

再去看郁黎川，这小子也跟着做了半天拉伸，竟然没有出汗。

他站在一边双手环胸，看着郁黎川，想聊聊天，了解一下情敌，于是问："你看上莫笙什么了？我听说赵桥都看上你了，你居然拒绝了？"

"我对学姐一见钟情，对其他人没有感觉。"

"你真觉得她是最好看的？"

"嗯。"

唐祎扯了扯嘴角："我吧，是日久生情，意识到喜欢的时候我还挺纠结的，越知道不可能，越放不下。但是我到现在都觉得你追莫笙很扯，就算我喜欢她，眼里有滤镜，也觉得你和她不太合适。"

郁黎川眼睛都懒得睁开，冷淡地回答："你就是逆反心理，心理学上显示，越被阻挠，越不被认可的人，反而爱得越深，就好像梁山伯与祝英台。如果没有任何阻碍，说不定是不同的结局。"

"我也不想喜欢了，我就是放不下，我们十几年的感情，居然赶不上你们几个月的心动。"唐祎有点儿惆怅。

"不，是和对的人几个月。而你是不对的人，十几年的感情也是无用。"

唐祎等了一会儿问："我消汗了可以上去了吗？"

郁黎川无情地拒绝了："洗澡去。"

"要是莫笙也一身汗上床呢？"

"你又不是她。"

"得，关于你的'双标'我也是略有耳闻。行吧，祖宗家的小白兔我也惹不起。"唐祎说完就去冲澡了。

唐祎冲完澡回来，就看到郁黎川已经睡着了。

他看了一眼手机，才十点钟，这就睡觉了？

他俯下身仔细看郁黎川，这小子皮肤这么好，是不是跟早睡有关系？

算了，他也睡吧，明天有得忙的。

为了参加婚礼，莫笙还特意定制了一条小裙子。袖子过手肘，裙摆过膝盖，能挡能遮，还能凸显她的身高和身材。

莫笙和唐祎在这场婚礼之中，充当的也不知是花童还是伴郎伴娘，总之是最特别的存在。

重组家庭的两个孩子，个子都高到离谱，以至于成了婚礼里的一道风景线。

尤其是今天还来了一个郁黎川。

有亲属过来时，正好碰到郁黎川站在大堂里，看着莫笙帮忙，一直都没有动。

有人伸手碰了一下郁黎川的手臂，问："这是假人吧，怪好看的。"

然后就看到郁黎川转过头朝他看过来，顿时吓了一跳，往后退了好几步，接着道歉："抱歉啊，我当是迎宾蜡像呢，长得也太好看了吧。"

郁黎川微笑着回答："没事。"

郁黎川今天也穿得很正式，一身西服正装，头发特意整理过。

他此刻的模样仿佛要去参加颁奖典礼的，还是要得奖的影帝级别的气场。

今天的莫笙忙得不行，她父母结婚，她要跟着到处跑，酒店的问题她来处理，宾客的座位她来安排，车队的事情她也要管。

亲戚们也都认识莫笙，有事都找她。

接亲到了酒店，莫笙已经有点儿迷糊了，看到郁黎川之后立即靠在他怀里嘟囔："啊，结婚好累啊！"

"我们结婚的时候，我来安排就好，你只需要负责美美的。"

莫笙在郁黎川怀里偷偷抬头看他，随后忍着笑问："想结婚了？等你到法定年龄再说吧。"

"嗯，好。"

"而且，我结婚的时候齐柠和可可肯定会帮我张罗得稳稳的，队友也会过来。"

"嗯。"

莫笙重新站好，给郁黎川看自己的鞋子："我为了搭配裙子，特意穿了一双坡跟的鞋，其实也不算特别高啊，怎么脚这么疼呢？"

"你穿运动鞋习惯了，不擅长穿这种，坐下休息一会儿？"

莫笙左右看了看，没有能坐的地方。

她要在这里帮忙迎宾，安排亲朋，根本没有椅子。

郁黎川在她身边站好："你坐我脚上吧，鞋子是干净的。"

莫笙按着自己的裙子，坐在了郁黎川的鞋上短暂地休息，觉得自己终于活过来了。

莫笙忙碌了一上午，看到自己妈妈穿着中式婚礼的礼服走进来，和唐叔叔走在了一起，突然有点儿想哭。

这么多年她妈妈过得有多苦，她都知道。

妈妈和唐叔叔在一起小心翼翼的，尤其怕她和唐祎不自在，等了这么多年才结婚，有多难她心里都清楚。

看到妈妈终于获得幸福，莫笙哭得妆都花了。

郁黎川拿来纸巾，小心翼翼地帮莫笙擦眼泪，尽可能保护她的妆容，接着低声安慰，极尽温柔。

莫笙一哭嘴里就跟含着个山竹似的："这个……（％（……"

"嗯嗯，这个场面确实很容易让人哭，我理解。"

"嗯，而且＆（@％……"

"对，他们都不容易，我明白的。"

唐祎就坐在旁边，扭头看了他们这边好几眼。

他们两个人是怎么交流的？

宾客知道郁黎川是莫笙的男朋友，敬酒期间，他们都忍不住关心。

莫姥姥和二舅他们走过来，问郁黎川是学什么的。

郁黎川回答："学音乐的。"

旁边的亲戚听到了，跟着问："学唱歌的？长得确实像当歌手的料，唱一个我们听听。"

郁黎川解释："我是学乐器的。"

那位亲戚又问："那你钢琴得过十级了吧？"

另外一位亲戚搭茬："就算没有十级，也得有六七级了吧？不然说不过去了。"

"那边有钢琴，你弹一弹，我点个难的吧，《卡农》你会不会？"

郁黎川看着他们，保持微笑。

莫笙本来陪着妈妈，看到这场面，赶紧过来解围，结果郁黎川居然真的走到了酒店的钢琴前，试了试钢琴的音。

莫笙站在郁黎川旁边说道："我去跟他们解释，说你是拉小提琴的，而且咱们没必要表演。"

"大家对钢琴的认可度高一些，而且我也会钢琴，无所谓。"

郁黎川并没有弹《卡农》，选择了《夜的钢琴曲》，从四到五。

旋律很轻，舒缓且悠扬，能够让人安静下来，有种被治愈的感觉。

或许，是旋律动人，又或者是郁黎川弹钢琴的画面美轮美奂，很多人都朝这边看过来，还有人拿出手机录像。

弹完了之后，郁黎川起身谢幕，显然已经是一个成熟的演奏师了，游刃有余。

之前那个提要求的亲戚好似很懂地点头："弹得还行，确实认真学了。"

他们不知道的是，在一场婚礼，听到了专业级别的演奏，还不用买门票。

难得有一位宾客感叹道："这个小伙子有点儿水平，专门学过吧？"

其他人问："这首曲子很难吗？"

那人摆手："不懂了吧，同样一个谱子，谁都能弹出来，但是演奏出来的东西是不一样的，有的干巴巴的，就是照着谱子按琴键。弹琴也是一种表演，能够将其中的感情表达出来，这才是钢琴水平的展现。"

而此时，郁黎川已经陪着莫笙继续忙去了。

那位懂琴的，因为没能和郁黎川聊上几句，颇为遗憾。

也是因为这位行家，让周围的人知道了郁黎川的厉害。

合影完，婚礼差不多要结束了。

莫笙想找一个地方单独休息一下，出去和齐柠她们打个电话，结果推门走出去就看到唐祎站在那里吸烟。

他的身边放着一个烟灰缸，里面已经有四五个烟蒂。

莫笙迟疑了一会儿问："什么时候你烟瘾这么大了？"

"哦……"唐祎随便应声，突然发现自己的呼吸在发抖，心口也随之抖动了一下。

随后他垂着眼，独自苦笑。

莫笙思考着自己避嫌。

就算唐祎表现得都挺自然的，但是单独和唐祎相处，她还是会不自在。

她正要离开，唐祎突然叫住了她："欸，等一下。"

"怎么了？"

"还没改口呢。"

她诧异地抬头看向他，随后看到唐祎努力挤出一个笑来，对她叫道："姐。"

莫笙没来由地一阵难受，随后笑道："嗯，弟弟。"叫完，快速关上门转身离开。

她无法去体谅唐祎的心情，也无法回应这段感情。

所以，她刚刚成为姐姐，就成了不称职的姐姐。

唐祎一直看着莫笙离开的方向，许久都没有动。

眼泪无声地从眼眶里涌出来，直直坠落，落在了他衣襟上，碎裂开。

他多年来的执着，最后也只化为无名的痛。

似乎他的一腔真情，在她看来一文不值。

他用最糟糕的方式与她相遇，用最卑微的身份去爱她，用最草率的方式结束。

唐祎第一次失声痛哭。

这次，彻底没可能了。

年少的喜欢，到最后成了心口的朱砂，如玫瑰般鲜艳。

郁黎川来找莫笙，推开门就看到唐祎在哭。

他的脚步一顿，问："需要纸巾吗？"

唐祎现在最不想看到的人就是郁黎川，气急败坏地回答："不用！"

"需要安慰吗？"

"不用。"

"需要我做什么吗？"

"滚蛋。"

"好的。"郁黎川听话地关上门离开了。

唐祎气得蹲在角落哭，一边哭一边骂："找一个男朋友比我还小，我还得叫一个小屁孩姐夫，太不靠谱了……"

上午所有人都很忙碌。

婚礼结束之后，莫妈妈和唐叔叔回了新房，莫笙想带着郁黎川逃跑，结果还是被哥哥们逮到了。

莫笙的五个哥哥兵分五路，各个方向堵截。

两个人正偷偷摸摸地想要开车走，就看到莫笙的表哥在郁黎川车前等着呢，笑呵呵地看着他们。

莫笙当即反应过来："唐祎把我们卖了是不是？"

"对，他说他要去缓缓，就不一起了，不过告诉了我们车牌号。"

莫笙气得直抓头发："他怎么那么烦啊，他要缓和心情，我也要啊！"

"你缓什么缓，催婚比老一辈都狠的人就是你。赶紧的，姥姥也等着呢，想看看你男朋友。"表哥说完，对着郁黎川扬下巴示意，算是问好了。

郁黎川不习惯这种问好，文质彬彬地点头回应。

逮到两个人后，生怕他们跑了，表哥亲自开车带他们去下一个饭店，继续吃。

坐在驾驶席上，莫表哥嘟囔："我也算开过保时捷了。"

莫笙四十五度角仰望，有着对未来的绝望，说道："你可以让二舅给你买一辆。"

"扯！他就想等我毕业了，给我买辆二手的，说我肯定得到处刮，二手的不心疼。"

莫笙瞬间精神了："这辆车别给我刮了！"

"不能啊！"

到了饭店里，亲戚们都坐好了，好大一桌，莫笙只觉得眼前一黑。

莫笙都没告诉过他们自己会带男朋友回来，这群人在婚礼现场还能召集这么大一群，还订好了地方，也是行动力惊人。

莫笙坐下之后就开始求饶："我男朋友年纪小，你们别欺负他，吓跑了我就嫁不出去了。"

莫姥姥第一个说："哪能？机会难得，我们就是一家人聚聚！"

莫笙当即指着身边："能喝的全在我们俩旁边呢，当我不懂是吧？"

周围的人开始笑。

莫表哥倒是很靠谱，坐在莫笙身边表示："你的朋友交代我了，让我多照顾照顾郁黎川，到时候我跟你们是一伙的。"

莫笙将信将疑地问："真的？"

"真的，我帮你们，齐柠寒假的时候来我们这边玩。"

齐柠和莫表哥的发展出人意料的顺利。

这两个人的性格都非常大条，竟然特别谈得来。

再加上齐柠主修打排球，很多运动也都能上，这就证明能陪莫表哥打篮球啊！而且，齐柠游戏打得好，配合能力一流，差点儿和莫表哥处成兄弟。

就在莫笙觉得这事恐怕是不行了，扭头表哥就给莫笙发消息说：我觉得她行，就这个了。

两人成了。

多年闺蜜熬成了嫂子。

郁黎川一直都是优雅的样子，坐下之后礼貌地回答长辈的问题，说话时的气质与谈吐非凡，让大家都默默地感叹，真不知道莫笙用了什么法子把这小子拿下的。

了解到郁黎川才十九岁，大家也都没怎么劝郁黎川喝酒，也就是聊天的时候顺便意思一下。

莫姥姥很喜欢郁黎川，问了一些简单的问题，比如学什么的，家哪里的，家里几口人，郁黎川都一一答了。

学音乐的，上海人，独子。

挺好挺好。

酒过三巡。

那边，有个虚荣心很强的亲戚喝得有点儿多，就开始吹嘘了："我对你们学的这些花里胡哨的东西不太懂，但我是过来人，见过的人比你们见识过的多多了。你们以后的职业啊……不行，不稳定。像我女婿五百强企业，每个月拿固定工资，后半辈子稳当。"

郁黎川用纸巾擦了擦嘴，随后笑着回应："嗯，那很好啊。"

"像你们，毕业能干什么啊？你就说你，毕业了能找什么样的工作？"

郁黎川笑着回答："如果毕业时成绩尚可，我应该可以留在学校里做大学老师。不过我志不在此。"

郁黎川是胡匀的弟子。

凡是胡匀的弟子，东高大都想挽留，学校安排他们去读研，接着留校做老师。毕竟胡匀年纪大了，如果胡匀退休了，东高大音乐系半壁江山也要人顶。

不过胡匀的弟子是真的不好留啊。

在老一辈眼里，能做大学老师是非常不错的工作了，有人诧异地问："为什么不做啊？大学老师多好啊？"

郁黎川回答："我会专研演奏。"

之前吹嘘的亲戚再次问："演奏？就是出去给人表演？"

郁黎川点头："对。"

"那能赚几个钱？如果演出少了，日常开销都成问题吧？我认识的一个团里的，一个月工资才刚过三千，还是一级演奏员，你能到那个水平？大学老师还不想当，年轻人啊，好高骛远！"

郁黎川耐着性子回答："我应该会比他多一些。"

莫笙有点儿不高兴了："他自己选的路，肯定是自己喜欢的，觉得合适的，您就歇会儿吧。"

亲戚反驳："我也是为他好！"

莫笙指着餐桌上的转盘说道："您知道这儿为什么加一个玻璃板吗？就是手没办法伸那么长，吃眼前的几道菜就行了！手伸太长招人烦。他能赚多少？他比一次赛的奖金就是几十万，一年比两次，十九岁就年入百万了，比你女婿五年赚得都多，有那么多指导别人的闲情，不如去路口帮忙指挥交通。您歇会儿吧，好好吃菜，多喝点酒。"

莫表哥当即感叹："我去，已经年入百万了？"

莫笙点头："我就是不愿意显摆，省得有人来借钱，结果非得觉得我们多清寒呢。"

其他亲戚见气氛不对，就开始帮忙打圆场。

郁黎川凑到莫笙身边小声问："这样没事吗？他也是你的亲属。"

"没事，酒蒙子喝了酒屁事儿多，每次喝多了都这样。他在婚宴上就喝了不少，听说有酒局就又跟着来了。我们关系也没多好，我妈妈守寡那几年，也没见他帮过忙，我妈手里的店铺生意好了就又凑过来了。他就是多管闲事，自己有个在五百强企业上班的女婿乐坏了，看哪个晚辈都觉得工作不行，没有未来，不够稳定。"

"哦，这样啊……"

"其实，你说你能当大学老师，他就该闭嘴了，大学老师在我亲戚里算是顶尖职业了。"

"我记住了。"

莫笙在桌子底下拉着郁黎川的手，和他十指紧扣，说："抱歉啊……我家里的氛围，是不是和你家里不太一样？"

莫笙老家就是农村的，亲戚里有些人很好，比如莫姥姥和二舅他们，都对莫笙很好，人也挑不出毛病来。

但是也有些不太体面的，比如喜欢攀比的这位。

郁黎川家里恐怕不是这样吧，毕竟是艺术家的家庭，听说，还是书香门第。

估计都是一群很有文化的人，和她的成长环境完全不同。

郁黎川拉着她的手，小声说："我喜欢的是你。"

一句简单的话，已经确定了一切。

她生活的环境怎么样，亲戚是什么样子的，他全都不在意。

他只喜欢她，只要是她，怎样的事情都能克服。

结婚宴席完毕后，莫笙和郁黎川就不好去新房打扰了。

唐祎可以回唐家别墅，唐叔叔家底殷实，房产也多，随便给唐祎一套他都有地方待。

莫笙就没地方去了，于是和郁黎川去了酒店。

郁黎川住的连锁酒店，他在这家酒店似乎有会员，报了手机号后，酒店服务员直接介绍："郁先生您好，我们总统套房还有房间，给您办理入住吗？"

莫笙在一边听完，身上的汗毛都竖起来了。

就听到郁黎川回答："好。"

"好的，两位请出示身份证。"

莫笙赶紧从包里拿出身份证来，递了过去，然后凑到郁黎川身边小声问："没有其他房型吗？"

"卡是我爸爸办的，一般接待客户用，如果这一年次数没有住够，那预付款就算是白付了。"

莫笙打了一个响指："行，懂了，我们住！"

两个人拎着东西上楼的时候，莫笙还在问郁黎川："年底的时候我们看看还有多少次，把次数用完，不然多浪费。"

"嗯，好的。"郁黎川微笑着回答。

总统套房，里面一共有两个房间，一个房间大一些，一个小一些。

郁黎川走进去脱掉西服外套，扯着领带对莫笙说道："我去冲个澡，一身的酒味。"

莫笙回头看着郁黎川扯领带，忍不住兴奋。

结果郁黎川也只是松了松领带而已。

她关心地询问："你头疼吗？"

郁黎川就算没被为难，也喝了差不多有五六杯酒，莫笙不了解郁黎川的酒量，多少有点儿担心。

郁黎川歪着头回答："头有点儿疼，其他没什么。"

莫笙抬手捧着他的脸揉了两下，随后说："你进去之后看看你的脸和脖子，还有，别在浴室里睡着了。"

"嗯。"

郁黎川觉得自己走得很平稳，在莫笙的眼里，他就是晃晃悠悠地走进去的。

他走进去照了照镜子，发现自己的脸颊有点儿红，脖子也很红。

他的皮肤原本十分白皙，绯红极为明显，他用冷水冲了一下脸，结果发现脸反而更红了。

不会是酒精过敏吧？

郁黎川冲了一个澡，接着晃晃悠悠地走出来对莫笙说："学姐……帮我找找风筒。"

莫笙原本站在窗户边录小视频给齐柠看，听到声音立即跑了过来，最后在洗手台下面的储物格里找到了风筒。

储物格里有竹筐，看起来像脏衣篓，结果风筒这些东西都在里面。

莫笙算是发现了，郁黎川喝了酒脑袋会有些迟钝。

郁黎川肯定不是第一次住这个酒店了，风筒都找不到，显然是脑袋迷糊了。

莫笙拉着郁黎川在一边坐下，亲自动手帮他吹头发。

郁黎川就乖乖地坐在椅子上任由莫笙摆弄。

郁黎川的发丝很细很软，吹的时候才发现，这小子的发量真的十分惊人。似乎是毛孔里长出来的发丝太多，才导致发丝偏细，手感极好。

养生的人果然皮肤好，发质也好。

莫笙站在郁黎川的身后，看着郁黎川纤长白皙的脖颈，忍不住伸手碰了一下。

郁黎川顺势抓住了她的手，用脸颊蹭了蹭她的手背，猫咪一样撒娇。

帮郁黎川吹好头发后，她叮嘱："你要是困了就先睡吧，我去洗澡了。"

郁黎川乖巧地点头。

莫笙本身就酒量好，而且今天亲戚喝酒的气氛让她搅和了，她就喝了两杯而已，就和喝了饮料一样。

莫笙冲完澡、吹干头发走出来，就看到郁黎川居然还穿着浴袍坐在客厅里等她。

莫笙诧异地问："你怎么还不睡觉？"

郁黎川迷迷糊糊地回答："我还不知道你要睡哪个房间。"

莫笙真的是服气了："睡哪个都可以啊！"

郁黎川站起身来，伸手拉着莫笙的手走到小的房间说："这个房间有镂空屋顶，可以看到月亮。"

接着，他带着莫笙走到大的房间说："这个房间三面落地窗，可以看到夜景，不一样的！"

莫笙耐着性子回答："我都可以。"

郁黎川有点儿困了。

此时是晚上十点半，已经过了他入睡的时间，他眼睛都有点儿睁不开了。

他倒在床上眯缝着眼睛看着莫笙，小声说："他们家的床特别舒服。"

莫笙到了他身边，帮他把拖鞋脱下来，随后扯着被子帮他盖上，坐在他身边，问他："头还疼吗？"

"嗯……"

莫笙伸手帮郁黎川揉头，让郁黎川觉得好了很多。

看着郁黎川即将要睡着，莫笙收回了手，正打算要离开，浴袍却被郁黎川拽住了，问："你要去哪里？"

"我去另外一个房间睡觉啊。"

"头疼……"

"那我再帮你揉揉。"

莫笙刚刚转过身，郁黎川就让出了位置来，接着掀开了被子，示意她可以坐进来。

莫笙坐在他身边，用被子盖住腿，正要帮他继续揉，手刚刚伸过去就被他拉住，在她的手心亲了一下。

莫笙看着郁黎川，突然低声说："你要是这样，我就不放过你了啊！"

郁黎川就算是有点儿迟钝，还是拥有自己的意识。

他抬眼看向莫笙，随后笑了起来："你总是说得特别厉害，最后跑的人却是你。"

"我上次……没洗澡。"

"这次洗了吧。"

莫笙朝着郁黎川挪过去，用手肘撑着身体，低下头去吻他。

绵柔温润的吻，似乎可以融进温柔的月色里。

夜色已深，整个世界都仿佛陷入了安静之中。

窗外是车水马龙和璀璨夜景，远处的海沉寂在黑暗里。

天际飘着柔软的云朵，似香甜的棉花糖。

入口是甜，甜水可融。

四周溢着石楠花香。

入夜时分。

莫笙独自一个人撑起身体，靠着床头短暂休息。

她坐起来后发现身体其他的地方还是不舒服，只不过腰好一些了。

郁黎川躺在她的身边熟睡着，似乎斯文的人睡相都很好。

他喝醉酒后不闹、不话痨，只是有点儿迷糊、迟钝。睡着之后也很安静，不打呼，也不会踢被子，只是抱着她的手臂有点儿紧。

他们两个人睡得匆忙，窗帘都没有拉上。

月光从三面落地窗投进来，铺在被子上，镀上了一层银色的霜。酒店前方没有其他的高层建筑，坐在房间里，能够看到无遮挡的夜空与远处的海。

夜空中的云仿佛是一层雾，深深浅浅。天际中有一个被打翻的首饰盒，璀璨的钻石散落在四周，有的则落进了云雾里，透着朦胧的光。

郁黎川的发梢带着光泽，沉睡中的脸庞像软软糯糯的白兔，跟刚才完全不同。

禁欲系什么的……鬼扯吧？

莫笙双目呆滞地看着窗外，又回头去看床头，按了一个按钮，窗帘自动合并。

黑暗之中，莫笙还是忍不住揉头发。

她又进入了自我检讨的状态。

首先，她不该跟郁黎川吹牛，说自己是练体育的，并不是娇滴滴的类型，没事的。

其次，她不应该低估学艺术的男生的实力，就算他看起来文质彬彬，身材纤细，也是个血气方刚的男孩子。

她要跟学艺术的男孩子们道歉，她吃到了教训。

或许第二次的时候她就应该拒绝，可惜那个时候她话都说不利索了。

郁黎川还算是有理智的，至少最后结束后还能扶着她去浴室清洗干净，反复跟她确认有没有问题，这才睡觉。

莫笙看了一眼时间，深夜两点钟。

真能折腾。

躺下之后郁黎川几乎秒速入睡。

莫笙正在发呆的时候，郁黎川似乎觉得怀里的人不对劲儿，迷迷糊糊地问她："怎么了？"

"我腰疼。"如果不是突然说话，莫笙都不会注意到自己的嗓子有点儿哑。

"我帮你按按。"郁黎川说着伸出手来。

莫笙赶紧制止了："不用了。"

"你一个人难受，我在睡觉，岂不是显得我很浑蛋？"郁黎川还是执意起身，让莫笙趴在床上，帮莫笙按腰。

莫笙终于觉得好了一点，没一会儿趴着就睡着了。

两个人一起睡到了第二天上午十点多，莫笙醒来后就发现自己不知不觉间就躺在郁黎川怀里了。

郁黎川依旧抱得特别紧。

她有点儿饿了，披着衣服去一边订餐，又担心这边的东西不能吃，点得颇为纠结。

郁黎川在她之后醒过来，看到她站在客厅里，披散着头发，还能看到她白皙的小腿和脚踝，觉得这个画面非常温馨。

他走过去靠在莫笙的背上，压低声音问："在做什么？"

"想订点东西吃，但是又怕送来的东西有问题。"

"酒店可以订运动员餐，你等我一下。"郁黎川说完就去订餐了。

两个人吃饭的时间，郁黎川迟疑了好久才问她："你还好吗？"

莫笙挑起一边眉毛问他："你酒后记事？"

"其实……就是有点儿迟钝，但还是有意识的。不过……"不过还是有点儿醉了，不然也不会那么没有分寸。

莫笙冷哼了一声，没回答。

郁黎川有点儿心虚，继续道歉："抱歉，我……帮你检查一下？"

"不用！"莫笙立即拒绝了，继续吃饭。

"那你哪里不舒服？"

"心里。"

郁黎川颇为诧异，问："心里怎么不舒服了？"

"就是……小白兔居然会吃人，人设崩了，我得缓缓。"

郁黎川觉得很委屈，他没有立人设，他只是对莫笙"双标"而已。

他不敢继续吃饭，拿出手机来给莫笙发红包，一边发，一边偷偷观察莫笙的表情。等发到第十个，莫笙终于笑了起来，他知道目的达成了。

他最后发了一笔转账，随后对莫笙说道："好了，别生气了，我们在这里再休息一天，明天就要回学校了。"

"好！"莫笙放下手机，放松了心情说道，"那就先放你一马。"

第十三章
她们在一起，所向披靡

莫笙 11 月还有比赛。

这一次莫笙所在的省队再一次获得全国第一名。

此时的莫笙已经算是一名成熟的球员了，新人时期出场即巅峰，没有骄傲，其间输过一场，心态没有就此崩塌。

下一场比赛，她依旧拼尽全力。身为新人，却已然有了老将风范。

这也使得莫笙获得了国家队的关注。

省队教练没敢告诉莫笙，怕影响莫笙训练的状态，只是偷偷地把队里水平稳定的球员资料递了过去，其中就有莫笙的。

莫笙在此之前并不知晓，都是按部就班地训练。

直到被通知要去参加集训，她才兴奋得蹦了起来，尖叫的样子就好像愚蠢的土拨鼠，欢快地一个劲儿地跳，队友看向她只能看到一道残影。

因为这件事，莫笙还特意离开了省队，跑到东高大音乐系教学楼里找郁黎川。

兴奋使然，她跑得特别快，旁人觉得一阵飓风呼啸而过，根本看不清过来的人是谁。

莫笙记着郁黎川的课程表，找到郁黎川上课的教室后，跳起来扒着通风口的窗台努力往上蹦，但根本看不到郁黎川具体坐在哪里。

坐在教室里的学生，也只看到一个黑色的辫子在窗口那里甩来甩去。

莫笙没办法，就跑到教室前门装成路过，第三次路过后终于跟郁黎川对视了。

她对郁黎川招了招手，注意到老师看向自己，立即躲开了。

这之后，莫笙在走廊里等了十几分钟，郁黎川才下课走出来，疑惑地问："你没带手机吗？"

莫笙太兴奋了，出来时着急，根本没带。

她只顾着摇了摇头，接着就扑进了郁黎川的怀里："我我我……啊啊啊！"

"？？？"郁黎川看着莫笙纳闷，第一次破解莫笙的语言密码失败。

不过，莫笙显然特别开心，抱着郁黎川还在摇晃他，兴奋得只剩下"啊啊啊"一种语言，然后捧着郁黎川的脸亲了一口。

郁黎川莫名其妙，却还是跟着莫笙一起笑，揽着她到了走廊一边，尽可能不挡到走出来的学生。

可是莫笙这土拨鼠的模样，还是吸引了不少人的目光。

有些人第一次知道郁黎川有女朋友了，不过他的女朋友看起来……不太聪明的样子。

云折竹走出来问："笙哥这是怎么了？"

郁黎川揉着莫笙的头回答："我也不清楚。"

莫笙这回找回语言能力，清了清嗓子回答："我可以进国家队集训了。"

郁黎川的眼睛睁圆了，接着比莫笙还兴奋："真的？你太厉害了。"

"笙哥威武！"云折竹跟着说道。

莫笙兴奋得继续手舞足蹈，正嘚瑟着，老师走了出来，笑呵呵地问："黎川啊，这个小朋友是你女朋友？叫什么啊？"

"莫笙。"郁黎川规规矩矩地回答。

"哦……哪个 shēng 字？"

"簧管。"郁黎川的回答特别简洁。

老师懂了，对莫笙微笑："你好啊小朋友，我是黎川的导师胡匀。"

莫笙还是第一次见到胡匀教授，立即惶恐地跟胡教授问好："您好您好，镇校之宝。"

紧张之下说秃了。

胡教授怔了一下，接着大笑出声："这个小朋友有意思，挺好的。"

郁黎川跟着笑，随后点头。

等胡教授走了，莫笙才和郁黎川抱怨："在你们音乐系，我就是莫簧管吗？"

郁黎川点了点头："非常古老的乐器，我也会，下次吹给你听。"

"行吧……"

云折竹在一边问："笙哥，你们集训时间挺长的吧？"

莫笙恢复了理智："嗯。"

郁黎川跟着沉默下来。

元宵节后，莫笙就要跟着队友一起去集训了，恐怕很长一段时间都没办法和郁黎川联系。

莫笙怕郁黎川再次崩溃，特意在集训前申请了出来住。

12月初，莫笙就搬着自己的一部分行李到了郁黎川的家里，开始了同居生活。

省队晚间训练21:00结束，偶尔会进行今日的总结，莫笙到郁黎川的家里大概是21:30左右。

郁黎川的养生生活就此被莫笙打乱。

莫笙回到家里就先洗漱，整理好了也到了郁黎川休息的时间了。为此，郁黎川主动将自己睡觉的时间延后了一个半小时，就是想和莫笙一起待久一点。

就算只是聊聊天，他也满足了。

不过……哪里可能只是聊天呢？

然而同居后没多久，莫笙就和郁黎川发生了相识以来的第一次争吵。

甚至一度闹到郁黎川要离家出走。

凌晨2:36分，莫笙蹑手蹑脚地走出电梯，打开密码锁的门。

为了不发出声音来，她特意没穿鞋子，袜子踩在地板上。她蹑手蹑脚地走到客卫，推开门去洗漱。

从客卫走出来，凭借客卫的光亮看到郁黎川居然坐在客厅里等她。

"你、你怎么不开灯？"莫笙被郁黎川吓得心口一颤，连续拍胸口才平复下来。

"你告诉我会在下午三点前回来，我在这个时间就开始等你，开始等你时不需要开灯。"

"你在那里坐了那么久没动？"

"嗯，你迟了多久，我就等了多久。"

莫笙心虚得不行，小声叮嘱："你先闭上眼睛，我要开灯了。"

"你开吧。"郁黎川的声音依旧十分冷淡，好似南极的雪，毫无温度毫无感情。

莫笙打开了壁灯，接着乖乖地坐在了郁黎川身边，笑着去哄郁黎川："我错了，我这次确实出去的时间久了点，下次我绝对遵守时间好不好？我这次都没喝酒，就是和她们聊聊天！"

近期，齐柠终于进了省队，莫笙要去参加国家队的集训。这都是好事，自然要聚在一起庆祝。

齐柠进省队的难度，不亚于莫笙进国家队。

毕竟，他们省队的二传就是国家队的，全国二传强队，想要进去要求肯定更高，齐柠也是非常不容易了。

队里的人难得聚在一起，话就多了一点，一群女孩子聊到了凌晨才散场。

兴奋了之后，莫笙就忘记了时间，见郁黎川也没联系自己，还当郁黎川不会计较。

结果回到家就看到养生的男朋友在等，表情还冷冰冰的，莫笙立即察觉到了不妙，主动认错。

郁黎川强忍着怒气看向莫笙，眉头微蹙，低声道："我一直在等你联系我，告诉我你会在几点回来，然后我去接你。"

"不用啊，你这种姿色出去了反而比我夜里出去危险。再说了，你也打不过我，我遇到危险肯定比你安全，你说对不对？而且，我以为你早就睡了，就没跟你说。"

"我到底是一个男人，匪徒还得掂量掂量，但你是一个女生，万一他们有武器打得你措手不及，你怎么逃生？"

"不能啊……"

郁黎川越发不悦了，声音都严厉了许多："你总说不能，可是万一出了事你让我怎么办？你出省队住在我这里，我就要为你的安全负责。"

"哎呀，你别生气了。好了好了，我错了，我下次不这样了。"

"下次？你之前和齐柠她们出去玩到晚上十一点多的那次，我什么都没说吧？结果你们闹到警局去了，我去警局里接的你，我心跳都要停了！"

上次的事情真不怪齐柠和莫笙。

吃饭的饭店里面两拨人打起来了，她和齐柠去拉架，之后被带去警局做笔录了。

这其实都没什么事，结果做证完，首先动手的那群人不承认，偏说莫笙和齐柠偏帮，和那群人是一伙的。不识好人心还倒打一耙，莫笙、齐柠和他们吵了起来，这才闹到郁黎川也知道了。

这也是郁黎川这次会这么担心的原因之一。

莫笙继续撒娇、卖萌、道歉，结果郁黎川油盐不进，根本不消气，一副誓不罢休的样子。

莫笙哄到后来就没有耐心了，问："你睡不睡觉？别用这招抗议，没必要。"

"我是在抗议吗？我是担心你！"

"我也承认错误了！"

"你承认错误的态度良好，但是坚决不改啊！"

莫笙呼出一口气，最后指着客卧说道："行，那我今天不惹你，我去睡客卧行不行？"

郁黎川不同意："不用，你去睡主卧，我不会去烦你的。"

"这是你家，你哪能睡客卧啊，你去你的房间睡吧。"

莫笙说完，直接走进客卧去收拾床铺了，打算两个人都冷静冷静，之后再心平气和地说这件事情。

结果郁黎川看到莫笙去客卧就急了："我都说了你去睡主卧！"

"哪有让主人睡客卧的？"

"那我走，我去宿舍住，你住主卧行不行？"郁黎川气得简直要疯了，在房间里收拾了东西，穿上外套就要出去。

莫笙一看，这位是要离家出走啊！凌晨两点多怎么进宿舍？

她赶紧追了过去，发现郁黎川跟阵小旋风似的根本拦不住，干脆俯下身，单手夹着郁黎川的一条腿，把他往后搬。

郁黎川的一条腿被架起来，只能狼狈地单腿蹦，接着他就被莫笙架着坐在了门口的鞋柜上面。

他伸手扶着莫笙的身体才坐稳，惊魂未定地看向莫笙。

莫笙双手撑在鞋柜上，困着郁黎川不让他走。

"我以前没发现，你这小脾气挺暴啊！还想离家出走了？结果钱包、手机都不带，就拿着你的小提琴？生活不下去的时候打算去天桥卖艺去呗？"

郁黎川被莫笙说得哑口无言，羞愤难当。

莫笙单手捧着郁黎川的脸，凑过去吻他，结果被他扭头躲开了。

莫笙也不管，按着郁黎川的脖颈重新吻上去，强势又凶蛮，郁黎川根本没办法躲闪。

许久，莫笙才松开他。

郁黎川气鼓鼓地看着莫笙，不说话。

莫笙破罐子破摔，对他扬眉坏笑，说道："我就是不听话了，怎么了，你咬死我啊？"

郁黎川的脾气又上来了，起身要走。

结果莫笙扣着郁黎川强硬地将他的裤子扒下来了，扔在地上："走！你就这么走，透风！凉快！"

穿着平角裤的郁黎川看着莫笙，简直要气炸了："莫笙！"

"欸！你姐姐在这儿呢。"

郁黎川快步走进卧室里的衣帽间，打算再穿一条裤子。

莫笙慢悠悠地跟在郁黎川身后，将卧室的门反锁了，接着活动了一下肩膀，跟着进了衣帽间，走过去将郁黎川扛起来带到了卧室里，扔在了床上。

郁黎川想过自己瘦，但是没想过能被莫笙扛起来！

郁黎川仰面躺在床上，依旧一脸的难以置信。接着看到莫笙在床边将自己的套头卫衣扯下来，随便扔在地上，朝着他扑过来。

"乖，别闹了，想你了，让姐姐亲两口。"

"……"

"唉……别生气了，把嘴张开。"

"唔……"

郁黎川的确很气，然而最后所有的气都融化在莫笙的温暖中。

昏暗的卧室里，依稀还能看到莫笙居高临下地看着他，凌乱的发梢轻微摇晃。

　

前一天晚上，莫笙和郁黎川还在吵架。

第二天上午，郁黎川还是起来给莫笙做了早饭。

他算是明白什么叫床头打架床尾和了。

吃饭的时候，郁黎川看了莫笙许久，叹气："以后你不许那么晚回来了，如果一定要这么晚，就打电话给我，我去接你，或者我去陪你。"

说到底是他喜欢的人，他又能怪她什么呢？

继续宠着呗。

莫笙一边吃，一边回答得特别乖巧："好的好的。"

郁黎川沉默了半晌后询问："你过年要回家吗？"

"我肯定要回去看一看啊！这次集训时间太久了，过年我会回去几天。"

"那……我和你一起回去？"

"欸？那你家里怎么办？"

"你元宵节之后去集训，我就回上海。"

莫笙拿着筷子愣了半天，然后问："那我算不算抢走你了啊？叔叔阿姨会不会生气？"

"不会，我会和他们解释清楚的。"

"那也行，我和我妈妈说一下，问问我和你住在哪里合适，毕竟不太一样了，说不定有什么讲究呢。"

"嗯。"

莫笙放下筷子给妈妈发消息，手指敲击屏幕，速度极快。

郁黎川继续吃饭，吃几口就看莫笙一眼，趁着还能在一起就多看看，怎么看都看不够。

多少还是会舍不得。

两个人吃完饭后，还要复习。

莫笙就算到了大四，这学期的期末考试还是要参加的，下学期情况特殊倒是可以请假。

莫笙只能再次做考前英雄，临阵磨枪。

幸好身边有郁黎川在，帮她总结重点，期末考试就算是只恶补了几天，也能考得不错。

最终，莫笙的期末考试有惊无险地过了。

莫笙和郁黎川一起开车回了莫笙的老家。现在郁黎川开车就跟开了几年车的老司机似的，游刃有余，让莫笙佩服得不行。

莫妈妈还是安排郁黎川住在之前唐祎住的房间，莫笙住自己的房间，他们两口子住在主卧。这样见面的时间比较多。

唐祎搬出去住了，据说自己一个人独占了一栋别墅，自在逍遥。

估计也只有到了除夕晚上，唐祎才会过来和他们一起过年。

莫妈妈热衷于跟郁黎川学做菜。

每次到了做饭的时间，都是郁黎川在厨房里忙碌，莫妈妈和唐叔叔打下手，莫妈妈更是拿着手机录郁黎川做菜的视频，打算以后跟着学。

这老两口对这个女婿认可不认可，莫笙不太确定，但对郁黎川的厨艺是绝对认可了。

每到这个时候，莫笙就成了一个闲人，一个人瘫坐在客厅的沙发上看电视，换着各种姿势。

饭菜端上桌了，莫笙才慢悠悠地坐过去，眼睛还在往电视上瞟。

莫妈妈忍不住说莫笙："吃饭的时候别看电视，对胃不好。再说了，这个《神雕侠侣》你都看了多少遍了，剧情都背下来了吧？"

"我看的是剧情吗？我看的是杨过，我小时候一直想嫁的人啊……怎么说黑就黑了呢。"

莫笙嘟囔完，突然感觉到了一阵寒气，抬头就看到郁黎川板着脸，将菜放在了桌面上。

莫笙立即认怂："你是我现在想要嫁的人。"

郁黎川倒是好哄，很快扬起嘴角笑了起来。

结果莫妈妈突然开口了："结婚不着急，你刚进国家队集训，还能奋斗几年，黎川年纪也小。"

郁黎川，一个打算法定年龄就求婚的男人，此刻突然意识到莫妈妈似乎不舍得女儿嫁人。

不过郁黎川并没有表现出来什么，说道："嗯，还是要以事业为主。"

莫妈妈见郁黎川懂事，立即笑得跟朵花似的："对咯！"

单亲家庭，孩子和家长的互相依赖性更强一些。

莫妈妈不舍得女儿出嫁也是正常的事情，郁黎川都理解，只是他很着急，得想想办法才行。

翌日，郁黎川早晨起床，洗漱完毕后打算去做早饭，走进厨房就看到橱柜下面蹲着两个人，正在偷偷摸摸地啃鸡翅。

郁黎川看着莫妈妈和唐叔叔一起偷偷摸摸地吃着 KFC，多少有点儿意外，脚步停住，不知道该不该进厨房。

两个人看到郁黎川之后，立即招呼郁黎川也蹲下。

郁黎川莫名其妙地蹲在了老两口的身边，接着莫妈妈递给了郁黎川一个鸡翅，特别小声地说："吃一个解解馋。"

郁黎川拿着香辣鸡翅很疑惑，小声问："为什么要偷偷吃？"

"笙笙是运动员，吃不了这个，我们馋了吃一顿，她干看着不能吃还生气，就只能偷偷吃了。笙笙一放假就起得晚，现在吃没事。"

郁黎川点了点头，和老两口一起蹲成一排，躲在橱柜后面偷偷吃鸡翅，倒是很快和他们达成一致了。

吃了没一会儿，就听到莫笙站在厨房门口问："干吗呢？"

蹲成一排的三个人齐刷刷地抬头看向莫笙，吞咽的动作都十分同步。

唐叔叔第一个拍着手站起身来，快速收拾餐盒："哎呀，不好吃不好吃。"

莫妈妈跟着起身，腿蹲麻了起身的动作有点儿踉跄，郁黎川赶紧扶住了。

老两口跟没事人似的张罗着下楼去逛一逛，手里还拎着外卖盒子，带着他们拙劣的演技出了家门。

莫笙看着郁黎川，他手里还有一个啃了一半的鸡翅。

"好吃吗？"她问。

郁黎川看了看莫笙，又看了看鸡翅，随后回答："一般。"

"那你还吃？"

"怕浪费了。"

莫笙看着有点儿馋，到了郁黎川身边可怜巴巴地问："我能舔一口吗？就舔一口！"

"不行。"郁黎川立即拒绝，怕莫笙继续纠缠，快速拿起鸡翅，啃得那叫一个迅速。

莫笙目瞪口呆地看着郁黎川化身为一只鼹鼠，"咔哧咔哧"地啃，把嘴塞得满满的，然后狼狈地吞咽进去，把骨头丢在了垃圾桶里。

莫笙气得直跺脚。

郁黎川擦了擦嘴，接着在莫笙的嘴上亲一下："尝到味了吗？"

莫笙连连摇头，捧着郁黎川的脸亲了好半天才满足，松开他之后还在舔嘴唇，美美地回答："这回尝到了。"

郁黎川伸手用大拇指帮莫笙擦了擦嘴唇，宠溺地看着她半晌，接着转过身："我去做早饭给你吃，想吃什么？"

莫笙追过去抱着郁黎川不松手："想吃你。"

"我们提前一天回去吧……"郁黎川小声提议。

"也行。"

在郁黎川做早餐的期间，莫笙都在他身后抱着他，黏豆包一样地黏着他，还顺便亲了好几口。郁黎川也不在意，只是在下油的时候挡住莫笙的手，免得她被溅到。

莫笙吃早饭的工夫老两口回来了，唐叔叔走在前面，路过郁黎川的时候看了郁黎川好几眼，接着帮郁黎川整理衣服。

唐叔叔一个劲儿地扯郁黎川的后衣襟，随后小声嘟囔："才走这么一会儿就被蚊子叮了啊，挡上吧，不然你阿姨得喷杀虫剂。"

郁黎川立即懂了暗示，转身进了房间，说道："我去换件衣服。"

没一会儿他换了一件衬衫出来，至少不露脖子了。

他长得太白了，草莓印和牙印都比一般人分明。

春节期间，莫家总是人来人往。

很多亲属郁黎川也都见过，再次见面也没有什么不自在的。

唐祎只在除夕的那天回来了，住了一天就走了，说是和老同学出去玩。

郁黎川收到了莫妈妈给的大红包。

初四那天，齐柠过来玩了，莫笙带着郁黎川去了姥姥家拜年。

齐柠和莫表哥很有意思。

浙大比东高大放假早，主要是比体育系竞技体育专业的学生放假早，毕竟这个专业因为总有比赛，放假都是最晚的，开学都是最早的。

莫表哥没回老家，直接来了东高大找莫笙和齐柠。齐柠和莫表哥第一次见面，居然和老相识似的，一见如故。

齐柠和莫表哥视频过，结果见到真人诧异了一瞬间，莫表哥真的不上相，真人帅得很。

齐柠身高一米八，莫表哥身高一米九，两个人站在一起看着也合适。

齐柠问莫笙："你表哥真能看上我？"

"看不上我揍他。"

"行。"

莫笙本来想着跟着过去调节气氛，结果这两人都没工夫搭理她。

莫笙看着齐柠，好好的闺蜜扭头就成了表嫂，这打击还真不是一般的大。

于是，她讹了这两个人一通，接着开心地叫来了郁黎川，四个人一起约会。

郁黎川和莫笙要返校的那天，莫妈妈一大早就醒了，在家里给莫笙收拾东西。

从袜子、内衣，到秋裤、护膝等全都给准备全了。

临上车的时候，莫妈妈还哭了一通，一个劲儿地叮嘱莫笙要好好训练，别在国家队里闹小脾气。

莫笙容易哭这点绝对是随了妈妈，跟妈妈对着哭了一通。最后是唐叔叔按着莫妈妈，郁黎川帮莫笙系安全带，才把娘俩分开了。

车子行驶到了高速上，莫笙还在擦眼泪，也不知道自己哭什么。

不过她也是个人才，哭了半路，喝了两瓶水，然后就睡着了。一直到楼下地库停下车，莫笙才悠悠转醒，嘟囔："我想上厕所。"

"你先上去吧，我搬东西。"

莫笙迷迷糊糊地开车门上了楼，郁黎川一个人将莫妈妈整理的东西全部扛了上去。

郁黎川回到家里将东西整理好，刚刚走出去接了一杯水喝，就看到莫笙回到家后直接冲了一个澡，披着浴巾从客卫走了出来，头发还在滴着水，光着脚往卧室里跑，显然是没带换的衣服。

郁黎川放下水杯跟着走进去，莫笙的衣服根本没来得及穿上。

莫笙进入集训后，果然失联了。

国家队的集训跟省队有所不同，每天六点就要起床，似乎除了睡觉、吃饭，就是在训练，形成一种肌肉的记忆。

苦是肯定的。

不过莫笙这么多年走来，早就习惯了这种训练强度，就算辛苦依旧兴奋。

每一天都在为了自己的理想拼尽全力，辛苦的同时是快乐和满足。

根据队友的透露，她十天半个月能碰到一次手机就不错了。如果严格的话，说不定一个月一次，或者两个月一次。

郁黎川每天都让自己的手机保持畅通，生怕错过莫笙的消息。

五一放假期间，郁黎川没有回上海，而是一个人开车去了莫笙的老家。

他在猫舍预订了一只布偶猫，送到了莫妈妈家里，还住了一天。

郁黎川带着猫送过去的时候，莫妈妈十分嫌弃："我和你唐叔叔都不怎么喜欢这些小动物，还得伺候它们，毛还多。"说着，接过了猫笼子，似乎想将猫抱出来。

郁黎川在一边提醒："猫咪到家第一天，无论如何都要让它在笼子里待一天，不然以后就不好控制了。"

"这样吗？那它怎么喂啊？"莫妈妈看着小猫问。

郁黎川将猫笼子放在了客厅里，说道："我下去取猫粮和其他东西，一会儿回来告诉您怎么养。"

郁黎川怕莫妈妈嫌养猫费钱，还是比较娇贵的布偶猫，所以提前就买好了猫粮，需要的其他东西也都买全了。

等用完再继续送货过来。

等他大箱小箱地搬回家里，走进去就看到莫妈妈蹲在猫笼子前，对着猫咪嘟囔："哎呀，你叫什么啊？给你起个什么名字呢？你怎么这么漂亮啊！哎哟，看看这双眼睛啊，真好看啊。"

郁黎川差点儿没忍住笑出声来。

他将买来的东西放好，跟莫妈妈详细介绍猫咪该怎么养。

"笙笙最近在集训，没办法回来，就让猫咪陪你们好了。"郁黎川详细地整理了一个单子，把注意事项都写上，交给了莫妈妈。

莫妈妈和唐叔叔看着单子一起研究，然后蹲在笼子边逗猫。

这一天郁黎川表现得十分乖巧，回到房间松了一口气。

莫妈妈太依赖莫笙，想要动摇莫笙的地位，就要让家里出现一个角色顶替。

于是，郁黎川送了一只猫过来。

其实，他还预订了一条边牧，打算下一次假期送过来，让莫妈妈身边一猫一狗。

这样，莫笙说不定可以提前两年嫁，不然，他真的要等到莫笙退役了。

莫笙进入国家队集训，也不代表她能够在出场名单中。

这份名单都是赛前商议的，不到时间，根本不会对外公布，队员们也不会知道最终名单，每天依旧刻苦训练，绝对不能松懈。

她们这次参加的是世界女排联赛，第一场的举办地在巴西。

比赛队伍为：中国、巴西、韩国、泰国。

比赛地点在国外，郁黎川依旧早早预订了机票和酒店，郁爸爸生意忙没时间，郁妈妈吵着要一起。

郁黎川耐心地解释："莫笙说不定不会在名单里，集训名单里一共有四名自由人，您来了看不到莫笙的比赛就白来了。"

"哎呀，那我也要去，意义不一样的，实在不行就假装我没去，别让她知道就好了。如果她上场了，再跟她说我去了。"

"您不要打扰她。"

"我哪能对她做什么啊！妈妈都乖乖的好不好啊？"

"嗯，那您不许太挑剔了，从上海到巴西要经停加油，途中可能有三十多个小时，我应该也没什么精力照顾您。"

郁妈妈沉默了一会儿，问："那要订头等舱的呀，不然多不舒服啊！经停能不能中途在酒店休息一天，第二天再走啊？连续乘坐飞机会不会流鼻血呀！"

"我请的假期很短，要不然您别去了。"

"我去的，我去的！我可以的，相信妈妈！"

郁黎川无奈地妥协了。

其实也只有第一站的距离比较远。

第二站在中国澳门举行。

郁黎川这期间和莫妈妈、唐叔叔也联系了，他们表示第一站距离太远就不去了，莫妈妈的身体支撑不到巴西。

如果名单确定了真的有莫笙，他们之后会去中国澳门看比赛。

郁黎川和郁妈妈上午到了巴西后，郁妈妈说头疼，早早就回酒店房间休息了。

郁黎川在房间里休息了一下午，晚间想要发消息问郁妈妈要不要一起出去吃饭，郁妈妈就精神抖擞地来找他了："儿子，我们去购物吧！"

郁黎川："……"

"我也得给笙笙买礼物啊！"

"行李箱里不是带了吗？"

"可是我想买。"

"去吃饭，接着回来睡觉，明天去看比赛，作妖您就回去。"

郁妈妈委屈巴巴地看了郁黎川半晌，叹气同意了："好吧，我们去吃饭。"

郁黎川早晨起来，整理好出门等妈妈。郁妈妈美美地走出来给郁黎川转了一圈，问道："今天妈妈漂不漂亮？"

在郁妈妈的概念里，郁黎川只能分辨服装，所以问得多的是这个。

郁黎川扫了妈妈一眼，随后说道："今天的妆挺好看的。"

郁妈妈愣了一下："你能看到我的妆了？"

"呃……嗯，我的脸盲症好多了。"郁黎川这个时候才跟家里说起这件事情。

"你好了？"郁妈妈难以置信地睁大了眼睛，看向郁黎川，眼眶有点儿湿润。

"我喜欢莫笙，就是因为突然有一天看清了莫笙的面容，在她的帮助下，我的脸盲症有了好转，我现在能看到你和爸爸的样子了。我很喜欢她，也很感谢她。"

郁妈妈和郁黎川一起去比赛场地的途中一直在哭，一边哭，还一边咧嘴笑，像个疯子。

她狼狈地抱怨："哎哟，我的妆都花了，见到笙笙的时候该怎么办啊？"

"您很漂亮。"郁黎川温柔地回答。

两个人到了比赛场地，郁黎川还在刷新手机，不知为何，比赛名单至今都没有发布，似乎教练组还在商议。

郁黎川做了一个深呼吸，多少有点儿紧张。

这种对于结果的未知感，的确让人觉得十分难受。

上一次他这么不安，还是去查莫笙的四级成绩。

终于刷到了最新的新闻，郁黎川就看到了微信消息的提醒。

齐柠：！！！

齐柠：我姐妹儿出息了！

郁黎川去看新闻里公布的名单，看到自由人是莫笙后，缓缓地呼出一口气。

莫笙，进入正式队员名单了。

郁妈妈凑过来看，看到名单后兴奋地说道："笙笙要上场了是不是？！"

"嗯！"郁黎川点了点头，随后看向场地，那里在做准备的是其他队伍，莫笙她们会在下一场才上场。

与此同时，莫笙也知道了自己即将要上场，跟着教练和其他的队员做比赛前的战术安排，同时研究对手的战术。

比赛的前一秒，她们的准备都不会结束。

莫笙即将比赛前，站在比赛场地边做了三次提神呼吸。

这一场的比赛压力很大。

她们的对手是巴西队。

巴西队有着主场优势，入场后就能听到两队悬殊的欢呼声。

中国距离巴西真的太远了，来到这里看比赛的中国球迷不占数量优势。

莫笙又是第一次代表国家队参加比赛，心情还是需要调节的。

走出通道，她朝着比赛场地那片中国红的区域看过去，找到了一些心理安慰。

或许，爱上一个人之后，就瞬间拥有了一种未知的超能力，能够让他们在人山人海之中，一眼看到彼此。

莫笙在观众席看到了郁黎川，立即扬起灿烂的笑脸来，跳跃着跟郁黎川招手示意。

紧接着，她就注意到了坐在郁黎川身边的大美女，迟疑了一会儿认了出来，那是郁黎川的妈妈，又对着他们远远地比了一个带着土味的心形。

她双手举过头顶，举得仓促，举成了一个大西瓜。

莫笙上场了，身为自由人，队服颜色和其他队友都不同，一眼就能看到。

明明是一个高个子的女孩子，真的到了队伍里，反而成了队伍里个子最矮的那个。

然而，因为气场的关系，依旧让人无法忽视。

莫笙英姿飒爽地救球，好几次让郁妈妈惊呼出声："哇！笙笙真的是太帅了。"

郁黎川坐在妈妈身边看球，觉得真的很吵。

郁妈妈全程抓着郁黎川的手臂，时不时惊呼："这一球太惊险了！"

"怎么惊险了？"

"刚才的球差点儿砸到笙笙。哎呀，她跌倒了，没事吧？"

"刚才不是跌倒，是鱼跃救球，而且她是专业训练过的，只要姿势对就不会受伤，倒下也会很快起身。"

"哎呀！这个球……"

"妈妈，相信莫笙吧，她是一名非常优秀的球员，只要有她在，只要她还有力气，就会竭尽全力将球救下来，送出去得分，这就是自由人的意义。"

郁妈妈终于安静了下来。

中国女排无疑是一支强队。

她们克服身处客场的劣势，像一只咆哮的巨虎，拥有着强劲的爆发力，展现出稳定而强大的实力，最终赢得了比赛。

中国球迷在国外都会有一种自发的行为，穿着代表中国的红色衣服来看比赛。

在胜利的那一刻，看台上穿着红色衣服的球迷们，爆发出了热烈的呐喊声。

莫笙耳朵里被欢呼声充斥着，耳膜都在颤抖。

她和队友庆祝后，朝郁黎川的方向看去，朝他挥手，接着跟着队友们进入休息室。

教练在挨个儿鼓励，他拍了拍莫笙的手臂说道："这次表现得不错，不过你采访的时候注意点，别提红包了。"

显然，国家队教练也看过莫笙被采访的视频。

莫笙本来还激动呢，结果哭笑不得。

其他队友被提醒了，纷纷起哄："对哦，莫憨憨还挺受媒体关注的。"

"对，新人还长得漂亮。"

"以后肯定代言多。"

莫笙赶紧摆手："不能，我就一自由人。"

结果其他队友不乐意了，反驳她："自由人怎么了？自由人也是我们女排队的成员。"

另外一个队友跟着说："这次再拿一个最佳自由人，世界级的。"

莫笙被鼓励了，认真地点头，就听到队友说："这样妈妈和男朋友就会给一个更大的红包了。"

休息室里的笑声更大了。

莫笙用毛巾包着脸狼狈逃走。

走出去果然有记者采访，更多的记者会去采访队长和主攻手，莫笙身边的记者算是比较少的。

莫笙努力镇定地回答。还好，这次的问题都很保守，莫笙回答得四平八稳，应该没有什么问题。

回到酒店休息的时候，莫笙找到团队助理要来了手机，终于联系上了郁黎川。

接通语音电话的一瞬间，莫笙就只有一种语言了："啊啊啊！"

郁黎川则是在电话那边轻笑出声。

郁黎川不让莫笙离开他们入住的酒店，或许依旧觉得莫笙的口语是个问题，还怕她走丢了。

他带着妈妈来找莫笙，由于时间紧张，只能一起聊聊天。

见面的时候莫笙有点儿紧张，毕竟要见未来的婆婆，结果见面时，一度像见她的迷妹。

莫笙调整好状态正要装淑女，结果郁妈妈看到她特别激动，小跑着过来拉住了莫笙的手，兴奋地说："笙笙啊！你怎么那么厉害呀！阿姨看你比赛的时候，超级激动的！"

郁妈妈说话的时候抑扬顿挫，很喜欢加语气词，比如"呀""啊"，或者在结尾加一个字。

她看着莫笙的时候眼睛里似乎在绽放着烟火，亮晶晶的，格外闪亮。

莫笙低头看着郁妈妈，突然觉得挺可爱的，难怪郁爸爸当宝贝宠着。

郁妈妈给莫笙带了礼物，她知道莫笙怕是没什么机会戴首饰，其他的东西也没什么用，就按照莫笙的尺码给莫笙买了一双运动鞋。

莫笙接过来打开看，问："这鞋带过来，挺占地方的吧？"

郁妈妈笑着回答："没事，我们坐头等舱，可以带很多行李。"

莫笙迟疑了一下抬头看向郁黎川，郁黎川微笑着问："用我帮你带回国吗？"

"我带回去，不过估计只能套个袋子硬塞行李里。"

莫笙捧着运动鞋看。她是体育系的女生，对球鞋也挺有研究的，知道这是 AJ 的 PE 款，郁妈妈送的这款还是颇为难买的一双。

莫笙依稀知道价格，想起郁黎川去莫笙家里过年，妈妈给的红包，瞬间就被比下来了。

不过她没扫兴，立即收下了，真挺喜欢的。

郁妈妈其实很好相处，让郁黎川觉得比较难以应付的，恐怕是太黏人。

郁妈妈喜欢谁，就喜欢黏着谁，和喜欢的人一直在一起就会很开心。

郁黎川小声说："如果你觉得应付不来了和我说。"

"我倒是不觉得有什么，毕竟我身边也有一个小黏人精，你们很像。"

郁黎川立即闭嘴了，之后都很沉默。

等到莫笙要回酒店了，郁黎川才单独问她："我喜欢黏着你，你会烦吗？我会努力控制的。"

"我喜欢你啊，所以……也喜欢和你在一起。我觉得你妈妈也很可爱，和她在一起不会觉得烦。好了，我走了。"

郁黎川拽着莫笙的袖扣不松手。

莫笙立即懂了，捧着郁黎川的脸，快速亲了他一口才离开。

郁黎川看着莫笙离开，有点儿怅然若失，分开这么久，却只见了不到两个小时，说不想念是假的。

郁妈妈站在郁黎川的身边问："现在你理解我了吧？"

结果郁黎川不太捧场："黏着你老公去，不要跟我抢莫笙。"

和莫妈妈斗智斗勇就已经很烦恼了，莫笙还有一群闺蜜、迷妹，还有一个虎视眈眈的弟弟，谁受得了？

"哼。"郁妈妈轻哼了一声。

态度已经表明了一切，郁妈妈也会加入其中，谁让郁妈妈突然就成了莫笙的迷妹呢？

这一次的比赛会到处奔波。好在后面几场都是在国内，比如澳门、香港、广东等地区。

这一回，中国队就算是东道主了，莫妈妈和唐叔叔也能过来看莫笙比赛了。

郁黎川帮莫妈妈、唐叔叔订机票、接送车，酒店也安排在了和郁家有合作的连锁酒店的总统套房。

从出家门口到入住，都安排得明明白白的，让莫妈妈觉得这个未来女婿十分靠谱。

两家的家长也在看比赛的时候见面了，还一起去吃了一顿饭。

吃饭的时候没有莫笙在场，只能由郁黎川来调节气氛。

好在郁妈妈时常出去跟着郁爸爸应酬，除了吃得少点，其他方面都和莫家人合得来。

莫家人最担心的无非就是莫笙未来和婆家相处的问题。

不过莫妈妈能看出来，郁妈妈是真的很喜欢笙笙，也是一个好相处的人。

郁妈妈喝了两杯后就开始展望未来："年轻人最重要的是什么啊？是追逐梦想，实现自我！我们当家长的要做的，就是帮助孩子完成自己的理想，而不是用婚姻啊、孩子啊拘束住他们，所以他们以后什么时候要孩子，要不要孩子我都无所谓！"

"对，这种事情不着急，莫笙的性子还没稳下来呢，也不合适结婚、生子。"莫妈妈跟着说。

之前，莫妈妈总担心莫笙老不谈恋爱，怕她有什么问题，老了没人陪。但是莫笙有男朋友了，她又舍不得了。

郁黎川看着这两位聊一阵无奈……

他挺着急的，着急结婚。

唉！

郁妈妈继续说："我们啊，也该有自己的人生，我以后帮他们请育儿嫂，不会和他们一起生活。"

这一点唐叔叔很满意："这很好，我们也是。"

郁妈妈又开始感慨："我以前一直在努力教好黎川，但是看到笙笙之后就觉得，我可能没教好儿子，生怕黎川不能完全配得上笙笙。"

"哪儿啊！"莫妈妈赶紧反驳，"我们都觉得黎川特别好，涵养、气质都是一流的，我们都觉得黎川不应该看上笙笙呢。"

"才不是，笙笙特别好。"

"黎川也特别好。"

两家人就此达成一致。

外面有郁黎川帮忙张罗着，球场内，莫笙也是所向披靡。

虽然是第一次登上国际赛场，但她成熟稳重，已经是一名成熟的球员。

经历了长时间的集训，她和其他队员的配合已经达到了一种境界。

现在主要看的就是心理状态。

开场击掌的时候，队伍里的副攻手特意将手举得很高，坏笑着看着莫笙。

她们队伍里的副攻手身高192厘米，手臂伸长，莫笙需要跳起来才能碰到，显然是在调戏莫笙。

莫笙跳来跟她击掌，接着听到来自副攻手的鼓励："加油加油，别紧张。"

这一次的首发阵容里，的确有新人，但是第一次参加世界级比赛的，倒是只有莫笙了，这也是一种鼓励。

总决赛，最后一场比赛，胜败在此一举。

这一场，国家队采用了中心防守阵型。

排球比赛里，球大概率会掉落在中场区域内，这就是中心防守阵型的出发点。

莫笙作为自由人，被安排在了球场中间的位置上。

莫笙需要竭尽所能地去垫球，才能让这个阵型发挥出最强的功效来。

其实说起来，这种阵型和流动阵型大体一致。

防守住对方二传的直接进攻，不需要移动很大的位置就可以做好防守准备。

直觉，是这个阵型的重中之重。

对球的预判，是莫笙最大的王牌，所以她能够胜任这个中心位。

莫笙穿着红色的球衣，在场地的中间，承担着极重的防守任务。

她所处这个位置，甚至不适合迅速地鱼跃救球。

或许对于一个自由人来说，不能鱼跃救球，意味着需要收敛些许锋芒。

莫笙脑海里就只有一个信念：

防守！

竭尽所能地防守！

这一次的比赛，国家队披荆斩棘，最终获得了冠军。

莫笙在比赛结束后呼出了长长的一口气。

血管里的血液终于流畅了许多，她看向观众席，看到了她的家人、她的朋友、她东高大的队友。

还有郁黎川。

她扯起嘴角微笑，眼泪也同时落了下来。

她做到了。

有她在呢。

有队友在呢。

她们在一起，所向披靡。

最佳自由人莫笙终于有了短暂的假期，回到家里后却发现自己的地位下降了。

她是拿金牌的女人，结果回到家里，地位输给了一只猫和一条狗。

而且垫狗窝的毯子似乎还是她的夏凉被。

她扯起来看了看，问："妈妈，这是我的被子吧？"

"嗯，是。"莫妈妈理直气壮地回答。

"怎么给狗了啊，我盖什么啊？"

"你老不回来，占着一个被子干什么啊？还不如给聪聪呢。"

家里的边牧名叫聪聪，主要是莫妈妈觉得它特别聪明。

家里的布偶猫叫美美，主要是莫妈妈觉得它特别美。

莫笙特别迷茫："那我盖什么啊？"

莫妈妈说着走进了房间里，找出了一床陈年老被出来，抖落开了给莫笙看："盖这个吧。"

"这是最厚的被子了吧？"莫笙走过去，立即闻到了一股樟螂球的味道，当即嫌弃，"这个味这么重，怎么盖啊，不会中毒吧？明天早上要是叫不醒我，记得叫救护车。"

“我去给你晒晒，一天净是事儿。”莫妈妈说完走出去晒被子了。

莫笙特别委屈，坐在沙发上噘嘴，气鼓鼓地看着妈妈，等妈妈回来了才问她：“你怎么不把这个厚的给聪聪呢？”

“聪聪年纪小，皮肤多嫩啊，这个被子不干净，它用了得皮肤病了怎么办？”

“那我得皮肤病了怎么办？”

“你涂点药就好了。”

“涂……”莫笙真的被气到了，愣是没再说出话来。

郁黎川就坐在莫笙身边，赶紧给莫笙抚后背顺气：“没事没事，一会儿我开车去帮你买一床被子。”

莫妈妈走进厨房的时候还在说：“买什么啊，总共也在家里住不了几天，没必要浪费那个钱。”

莫笙立即轻哼了一声。

这个时候妈妈端来了水果，莫笙看着切好的水果终于觉得好多了，刚要拿一块，手就被妈妈拍了一下：“啧，切好的是给聪聪的，你啃这个。”

说完，她递给莫笙一个没削皮的完整的苹果，幸好洗过了。

莫笙拿着苹果愣神的工夫，就看到妈妈一脸慈祥地去喂聪聪吃水果了。

郁黎川在她身边拿来了苹果，帮她削皮，接着切成小块放在盘子里，递给了她一根牙签。

莫笙盘着腿坐在沙发上，吃着苹果，看着妈妈去遛狗了，才跟郁黎川抱怨：“我觉得我在家里的地位下降了。”

其实，刚比完赛后，莫笙和妈妈他们都在外地，难得能见面。

这个时候莫妈妈还是以前的样子，询问莫笙有什么想吃的，还帮莫笙揉肩膀。

结果回到家里后，莫妈妈觉得几天的寄养让聪聪和美美受委屈了，就开始忙碌猫猫狗狗的事，让莫笙感受到了地位的差距。

郁黎川低头叹气：“对不起，是我擅做主张，在你集训的时候怕阿姨、叔叔觉得寂寞，就给他们送来了宠物陪陪他们，没想到会是这样的结果。”

“怪你什么啊，你也是好心。我现在算是理解唐祎的心情了，之前我和聪聪是一个地位的。”

“笙笙，我们以后一定不养宠物，这样你在我心里永远都是最重要的，我也是你最重要的第一顺位，好不好？”

“行。”莫笙立即答应了，扑到了郁黎川的怀里，“我们小川川最好了。”

郁黎川抱着莫笙，会心一笑。

回到省队后，莫笙要处理毕业、保研的事情，还要继续到省队训练，依旧是每天晚上九点多到郁黎川的家。

周日有一天单休。

这几天，莫笙买了一辆平衡车改装的小卡丁车。

这种车子不能上路，莫笙也只在取快递的时候，才会在小区楼下开一会儿，练练自己蹩脚的车技。

在郁黎川收拾家务的时候，莫笙又坐进了小车里，在家里的客厅和回廊里来回开。

郁黎川搬着东西走过去的时候，莫笙躲闪不及，撞在了郁黎川的腿上。

好在速度不快，郁黎川并没有受伤，然而腿上还是红了一块，说不定过会儿会瘀青。

莫笙赶紧下车查看郁黎川的情况，心疼得不行。

郁黎川将手里的东西放了桌面上，看了看自己的腿，又看了看莫笙的车，一言不发地走进了书房里。

莫笙跟在郁黎川的身后道歉："我错了！我下次再也不这样了。"

郁黎川从书桌上拿出了一个本子来，写字的同时说道："超速了，还没有按照规则绕着茶几和餐桌转圈，突然变道，扣 2 分，去交一下罚款。"说着，把这张纸撕下来，找来胶带，把罚单贴在了莫笙的小车上面。

莫笙看着郁黎川严肃的样子，没来由地笑了起来。

等郁黎川继续去搬东西，莫笙才走过去撕下了罚单看了一眼，上面写着一行字。

惩罚：周末去约会。

莫笙拿着罚单去找郁黎川，问："小川川，我们周末去看电影吧。"

郁黎川的脸盲好了之后，对看电影已经不再排斥了，于是回答："嗯，好啊。"

莫笙想了想又说："今天你受伤了，晚上我给你做饭吃吧。"

"没事，其实并不疼，无所谓……"

"那你吃什么？"

郁黎川又看了莫笙好几眼，最后拉着莫笙往卧室里走："你只要负责休息就好了。"

你，相信命中注定吗？

遇见他，仿佛遇到了光。

遇见她，生命之中有了光。

晦暗的、低沉的伤都能消失不见。

他能够拧动她的发条，让她充满力量，冲向更远的方向。

她能够让他将乐感抒发，演奏出属于他们的篇章。

刹那的欢喜，恐怕是想逛逛时恰好晴空万里，有伞的时候恰好遇见雨，你喜欢我的时侯恰好我也喜欢你。

最好的我们，是不早不晚，恰好喜欢，爱得不偏不倚。

番外
恋爱中的郁黎川

莫笙跟郁黎川刚刚交往没几天的时候，曾经问过齐柠，交男朋友需要注意什么。

齐柠乱七八糟说了很多东西，诸如给他私人空间啦，不要太任性之类的，毕竟莫笙是初恋。

其中有一条颇为引人注意：恋爱后记得删除一些空间里的矫情语录；翻翻朋友圈，删删乱七八糟的东西。

莫笙十分不解，问："为什么啊？难不成郁黎川会去翻这些？"

"其实也不是，是喜欢你男朋友的女生会把这些截图发给你男朋友，或者明里暗里地让你男朋友知道，然后嘲讽你一番。"

可想而知，齐柠曾经经历过什么。

莫笙听完不以为然，她觉得她和郁黎川之间不会这样，毕竟郁黎川身边根本没有可以兴风作浪的女孩子。片叶不沾身，是郁黎川的良好品质。

结果，莫笙还是大意了，郁黎川真的会看她的点赞，还做出了让她哭笑不得的事情。

和郁黎川交往两年后，莫笙就没有最开始那样经常和郁黎川整天在一起了，更喜欢偶尔玩玩游戏，和朋友出去玩，或者到处出去旅游。

在她看来，她和郁黎川同居快一年了，每天都能见面，没必要一直腻在一起，两个人应该有点儿个人空间。

结果这种老夫老妻的态度，引得郁黎川提高了警惕，觉得莫笙对他的新鲜感过了，他们两个人出现了情感危机。

他想了很久的补救方法，突然有一天偷偷看了莫笙点赞的抖音短视频，想看看莫笙最近对什么感兴趣。

结果就看到莫笙最近点赞比较多的，都是机车风的男生。他反复去看那些视频，再去看镜子里的自己。

他穿衣都是有自己风格的，就算很多衣服都是妈妈买的，但是风格十分统一，偏成熟稳重，色调也都是温柔的。

这种机车风格则不同，大多是一身黑衣，骑着帅气的摩托车，身材纤细修长就更加出彩了。

郁黎川走到衣帽间，看着里面的衣服挑挑拣拣，都没找到合适的，最后发消息约云折竹出来。

他们两个人去了商场，挑了许久的衣服，主选的都是黑色系。

等郁黎川换衣服走出来，云折竹看着他忍不住问："你这是迟来的叛逆期吗？你这样就像小孩子偷用了大人的化妆品，化了一个格格不入的妆。"

郁黎川看着镜子里的自己，叹气道："笙笙对我没有新鲜感了，是因为我长得越来越丑了吗？"

"哈？"云折竹仿佛听了一个笑话，"你的审美什么时候能正常呢？"

郁黎川还是豁出去了，选了一身适合他的。

他本来就是一个衣服架子，穿什么都很好看，随便站一站都可以去拍写真了，站在服装店里试衣服都能帮忙招揽生意。这一身衣服他穿上也格外出彩，云折竹看着再也说不出什么。

这之后，他们去了一家造型店。

造型师迎出来问他们："你们是想要做哪方面的？"

郁黎川回答："做造型，主要是发型，符合我今天的衣服就可以。"

造型师带着郁黎川坐下，帮郁黎川化妆，拿着化妆品看着郁黎川半晌，问："我用给你打底妆吗？你已经很白了，我可以给你盖一层亚光，控油……你好像也没什么油。"

造型师的职业生涯遇到了瓶颈。

郁黎川很严肃，认真地说了自己的要求："不要太夸张，符合机车风就行，大致是这个风格。"

说着，他拿出了手机，给造型师看抖音里的视频。

造型师看完点头表示理解了，在做造型的时候问他："你是网红吗？要去拍视频？"

"不是，我女朋友喜欢这种风格，我做给她看的。"

"我就说吗，你看起来不是这种类型的男生。"

造型师还是很专业的，妆发就弄了两个小时，最终大功告成。

郁黎川站起身来看自己的样子，的确有点儿别扭，不过整体感觉还不错。

云折竹拿着手机过来对着他录视频，他还有点儿不自在，不想理，结果更有范儿了。

云折竹当即大笑："记住你现在的感觉，看到笙哥的时候不要笑，不然就破功了。"

他轻轻"嗯"了一声，带着自己的东西出了店里。

晚间，莫笙训练完毕刷卡离开省队，路过郁黎川的时候没认出来他，直接从他身边走了过去。

"笙笙。"他赶紧叫住了她。

她回头，看到坐在摩托车上的郁黎川一怔，好半天没有说话，一动不动。

他被看得多少有点儿不自在，轻轻咳了一声，说道："我来接你了。"

莫笙打量着他。

一身黑色的机车服，站在昏暗的路灯下，如果不是他脸白，她都容易把他掠过去。再看看郁黎川那大背头的发型，还有脸上若有似无的妆，风格倒是十分统一。

最让她觉得崩溃的是那深色系的口红，真别说，还挺……视觉系的。

让她眼前一亮的，只有他那双大长腿，坐在摩托车上双腿踩着地，真的绝了。

"你……觉醒了吗？"她战战兢兢地问。

"我想吸引你的注意。"

"你成功了。"

"那就可以了。"

"可是，为什么啊？"莫笙不解地走到了郁黎川的身边，看了他半晌之后，又伸手拍了拍摩托车，研究起来。

"我看到你抖音里点赞的都是这种风格的小哥哥，你应该是喜欢这种类型的男孩子吧，就想换个形象，希望你能喜欢我。"

"扑哧！"她特别不给面子地笑出声来。

"很奇怪吗？"

她摆了摆手，随后解释："不是，是觉得你可爱。"

他幽怨地看着她，又低头看了看自己："我今天很酷啊！"

她强行忍着笑，思量着要怎么跟他解释，好半天都没组织好语音，最后也只能说："我不是喜欢这个类型的男孩子。"

"难不成……你是喜欢他们？"

"不不不！"她连忙否认，"我不是开车不行吗，停车费劲儿，我就想换一个路子，想试试骑摩托车。所以在抖音里看到哪个摩托车好看了，我就点赞收藏，之后对比一下哪辆车性能更好。"

听到这个答案，郁黎川愣了半天，才问："所以你点赞的不是小哥哥，是摩托车？"

莫笙拿出手机来,给他看自己的抖音,指着其中几个视频说道:"这几个是科普摩托车的,你怎么没看到呢?"

"我就注意到你点赞了好多男生……"

"醋包真的是……"莫笙也是无奈了,不过还是绕着郁黎川走了好几圈,接着感叹,"这摩托车挺不错的啊,我喜欢。"

"那就送给你。"

"贵不贵啊?"

"还好。"

"说价格。"

"六十多万。"

"你……"

"不许说脏话。"

"那我再也表达不出来我的心情了。"

她最近已经开始接代言了,都是和队里其他几个人一起,很难有单人代言,代言费也没太高。她之前看的摩托车也顶多二十多万,结果郁黎川真是一步到位,败家玩意儿买了一个这么贵的?

在她气恼的时候,郁黎川终于缓和了语气,说道:"你喜欢就好。"

"算了,留着吧。你载我回去吧,头盔呢?"她说着上了摩托车的后座。

结果他为难了半天没说话,最后自己下了车,站在车边尴尬地问:"你坐在车上,我推着车带你回去好不好?"

"为什么啊?"

"我不会骑,这个车买来就是一个道具。"

莫笙再次炸了:"你不会骑,就买了一个这么贵的?就一个道具?你是要气死我是不是?"

"你不是喜欢吗?"

"你这是歪打正着!"莫笙气得下了车,把车立好,拽着郁黎川到一边让他罚站,气鼓鼓地训了他二十多分钟,最终两个人才推着车往家走。

刚才有多帅,现在就有多狼狈。